抗美援朝亲历记

1950

纪实

支援
抗美援朝实录

齐德学　等著

1953

中国文史出版社
CHINA CULTURAL AND HISTORICAL PRESS

图书在版编目（CIP）数据

纪实：支援抗美援朝实录 / 齐德学等著 . -- 北京：
中国文史出版社，2023.7

（抗美援朝亲历记）

ISBN 978-7-5205-4148-0

Ⅰ . ①纪… Ⅱ . ①齐… Ⅲ . ①纪实文学－中国－当代
Ⅳ . ① I25

中国国家版本馆 CIP 数据核字（2023）第 111683 号

责任编辑：蔡晓欧

出版发行：中国文史出版社

社　　址：北京市海淀区西八里庄路 69 号　邮编：100142

电　　话：010-81136606　81136602　81136603（发行部）

传　　真：010-81136655

印　　装：北京新华印刷有限公司

经　　销：全国新华书店

开　　本：710×1010　1/16

印　　张：18.75

字　　数：278 千字

版　　次：2023 年 7 月北京第 1 版

印　　次：2023 年 7 月第 1 次印刷

定　　价：65.00 元

出版说明

2023 年是抗美援朝战争胜利 70 周年。

习近平总书记强调指出，抗美援朝战争的伟大胜利，是中国人民站起来后屹立于世界东方的宣言书，是中华民族走向伟大复兴的重要里程碑，对中国和世界都有着重大而深远的意义。抗美援朝战争锻造形成的伟大抗美援朝精神，是弥足珍贵的精神财富，必将激励中国人民和中华民族克服一切艰难险阻、战胜一切强大敌人。

为纪念抗美援朝战争伟大胜利，中国文史出版社策划出版《抗美援朝亲历记》丛书，分为五册：《口述：我们的抗美援朝》《纪实：支援抗美援朝实录》《还原：抗美援朝 25 场殊死较量》《亲见：战地摄影记者在朝鲜》《亲历：一名汽车兵在朝鲜战场的日子》。本丛书秉承人民政协文史资料亲历、亲见、亲闻的"三亲"特色，突出志愿军普通指战员和普通民众的著述，以小故事反映大事件，通过历史当事人、见证人和知情人的回忆，生动翔实地记述中国人民伟大的抗美援朝战争中的重大事件经过和重要人物活动；再现了英雄的中国人民志愿军同朝鲜人民和军队共同抗击侵略者，以正义之师行正义之举的历史画面；彰显了中国人民不畏强暴的钢铁意志、万众一心的顽强品格、敢打必胜的血性铁骨、维护世界和平的坚定决心；充分印证了抗美援朝战争的胜利，是正义的胜利、和平的胜利、人民的胜利。

收入书中的文稿，部分选自本社已出版的《纵横》杂志或专题图书。为尊重作者原意，保持了原作原貌，入选文稿除统一年代、数字、称谓等标准用法，删除个别词句外，未对内容做大的改动。对有些篇幅过长的文章，节选其相关内容或主要部分。书中的部队番号做到单本书统一用法。

抗美援朝战争伟大胜利，将永远铭刻在中华民族的史册上！永远铭刻在人类和平、发展、进步的史册上！

目 录

第四辑　捐献增产

综述

抗美援朝运动的组织领导与开展

·齐德学·
·邓礼峰·

抗美援朝运动是新中国成立之初，在国家各方面存在着严重困难的情况下，中国人民为抗美援朝、保家卫国开展的一场史无前例的大规模群众运动。这场运动是中国共产党人民战争理论在新中国历史上的第一次伟大实践，反映了新中国领导人驾驭国家全局和指导战争的高超斗争艺术，对取得抗美援朝战争的胜利和国内建设任务的完成，起到了巨大的作用。

一、中国人民反对美国侵略台湾、朝鲜运动委员会的成立与运动的开展

1950 年 6 月 25 日，朝鲜内战爆发。27 日美国总统杜鲁门立即发表了一个破坏远东和平的挑战声明，公然宣布武装干涉朝鲜内战，并武装侵占中国领土台湾。同时，美国操纵联合国安理会通过了要求联合国各会员国协助美国侵略朝鲜的决议。7 月 7 日，美国又操纵联合国安理会通过组成侵朝"联合国军"的决议，朝鲜战争随之扩大。

中国政府和人民坚决反对美国的侵略行径，6 月 28 日，毛泽东在中央人民政府委员会第八次会议上发表讲话，严斥美国对朝

鲜和中国领土台湾的侵略，并号召："全国和全世界的人民团结起来，进行充分的准备，打败美帝国主义的任何挑衅。"同日，外交部部长周恩来就美国武装侵略中国领土台湾发表声明，宣布中国人民必将为解放台湾而奋斗到底。

周恩来发表声明后，中国国民党革命委员会、中国民主同盟、中国民主建国会、中国民主促进会、中国农工民主党、中国致公党、九三学社、台湾民主自治同盟、中国新民主主义青年团中央委员会、中华全国总工会、中华全国民主妇女联合会、中华全国民主青年联合会、中华全国学生联合会、中华全国文学艺术界联合会等各民主党派、群众团体，纷纷发表声明或谈话，坚决拥护周恩来外长关于反对美国武装侵略中国领土台湾的声明。

为了反对美国武装侵略朝鲜和我国领土台湾，中国人民政治协商会议全国委员会决定：把7月1日至7月7日作为拥护世界和平大会常设委员会的《和平宣言》签名运动周。7月1日，中国保卫世界和平大会委员会主席郭沫若，在中央人民广播电台发表了题为《由美帝国主义的侵略罪行说到和平宣言签名运动》的广播词，动员号召全国人民积极参加这一运动。7日，中国保卫世界和平大会发出通知，要求把和平签名运动与反对美国侵略的斗争密切地结合起来。

7月10日，中华全国总工会响应世界工会联合会关于举行"支援朝鲜人民周"的号召，决定从17日起，在全国举行"反对美国侵略台湾、朝鲜运动"活动，以积极的行动反对美国侵略我国领土台湾和支援朝鲜人民的解放战争。为了加强对这一运动的组织领导，由中华全国总工会、中国保卫世界和平大会委员会、中华全国民主青年联合会、中国新民主主义青年团、中华全国民主妇女联合会、中华全国学生联合会、中华全国文学艺术界联合会、中苏友好协会总会、中国人民救济总会、中国人民外交协会和台湾民主自治同盟等团体代表，组成了中国人民反对美国侵略台湾、朝鲜运动委员会，刘宁一为主任，该委员会的临时办公处设在中华全国总工会。

7月14日，中国人民反对美国侵略台湾、朝鲜运动委员会发出了关于在全国各地举行反对美国侵略台湾、朝鲜运动周的通知。通知要求：各大城市人民团体应立即商议建立各地的反对美国侵略台湾、朝鲜运动委员会，负责领导运动周及其以后的有关工作。通知规定，为了举行运动周，应当准备充分的宣传人员和宣传品。运动周的工作项目，各地可根据当地的具体情况决定。

7月22日，中国人民反对美国侵略台湾、朝鲜运动委员会发表《告台湾同胞书》，指出：6月27日，美国总统杜鲁门发表了狂妄的声明，宣布侵略台湾，并进攻朝鲜。台湾是中国的领土，台湾人民是中华民族大家庭中的一员。美国的任何阴谋，决不能改变这个事实。美国等侵略者，在台湾玩弄阴谋，企图把台湾变成它的殖民地。《告台湾同胞书》号召台湾同胞联合起来，反对侵略者。

从7月17日起，全国各地举行了多种形式的宣传活动，反对美国武装侵略朝鲜和我国领土台湾。8月1日，是纪念中国人民解放军建军23周年，全国各大城市举行了反对美国侵略的大会和示威游行。8月11日，组成以郭沫若为团长的中国人民代表团前往朝鲜，参加8月15日的朝鲜解放5周年庆祝大会。

从6月底美国武装侵略朝鲜和我国领土台湾后，到9月底，在中国人民反对美国侵略台湾、朝鲜运动委员会的领导组织下，全国人民开展了反对美国侵略台湾、朝鲜的运动，进行了普遍的政治宣传教育，全国各界人士对美国的侵略行径，表示了极大的愤慨，提出了严重的抗议和警告，并对朝鲜人民给予道义上的支援。

二、"抗美援朝、保家卫国"运动的决策和组织领导机构的建立

从8月27日起，美国侵朝飞机不断侵犯中国东北领空，扫射轰炸中国边民，美国军舰炮击中国商船，破坏中国人民的生命财产。10月初，美国无视中国政府和人民的抗议和警告，扩大侵朝战争，美国地面部队越过朝鲜"三八线"，向朝鲜北部发动疯狂进攻，并把战火引向中国东北边境，中国安全受到严重威胁。

在朝鲜战局岌岌可危、新中国安全受到严重威胁的情况下，应朝鲜劳动党和朝鲜政府的请求及保卫国家安全的需要，以毛泽东为主席的中共中央，作出了组成中国人民志愿军"抗美援朝、保家卫国"的战略决策。这一重大决策代表了全中国人民反抗侵略、保卫和平的坚强意志。10月19日，以彭德怀为司令员兼政治委员的中国人民志愿军入朝参战，开始了抗美援朝战争。

为了对全国人民进行普遍深入的抗美援朝教育，激发爱国热情，以各种方式和行动支援抗美援朝战争，10月26日，中共中央发出《关于在全国进行

时事宣传的指示》，指出："为了使全体人民正确地认识当前形势，确立胜利信心，消灭恐美心理，各地应立即展开关于目前时事的宣传运动。"

同日，中国保卫世界和平大会委员会在北京的委员，与中国人民反对美国侵略台湾、朝鲜运动委员会的各民主党派和各人民团体的代表，在北京举行联席会议。会议决定将这两个组织合并，组成中国人民保卫世界和平反对美国侵略委员会，以统一领导全国的抗美援朝运动。该委员会由各民主党派、各人民团体和各界代表人士158人组成，其中常务委员31人，他们是司徒美堂、李立三、李四光、吴耀宗、沈钧儒、沈雁冰、邢西萍、邵力子、郭沫若、胡乔木、乌兰夫、陈叔通、陈其尤、马叙伦、马寅初、张奚若、章乃器、许德珩、许宝驹、梁希、黄炎培、彭真、彭泽民、蒋南翔、廖承志、蔡畅、邓颖超、刘宁一、萧三、谢雪红、罗隆基。郭沫若为主席，彭真、陈叔通为副主席，后又增加廖承志为副主席。从1951年3月中旬起，该会简称为中国人民抗美援朝总会。

中国人民保卫世界和平反对美国侵略委员会成立后，于11月21日指示各地立即成立抗美援朝分会。各大行政区和各省、市，先后成立了抗美援朝总分会、分会。

中国人民保卫世界和平反对美国侵略委员会的成立，为全国开展大规模抗美援朝运动，在政治上和组织上提供了强有力的保证。

三、抗美援朝运动的开展

中国人民保卫世界和平反对美国侵略委员会（下称"抗美援朝总会"）成立后，立即根据中共中央指示，组织领导全国人民开展了声势浩大的抗美援朝运动。根据抗美援朝战争和国际国内形势的发展，适时地对全国抗美援朝运动工作作出指示、部署，把全国抗美援朝运动引向持久、深入。主要做了如下几个方面的工作：

（一）开展抗美援朝爱国宣传教育活动

中共中央在10月26日发出《关于在全国进行时事宣传的指示》，要求全国各地开展大规模的宣传教育工作。要求通过宣传，正确认识抗美援朝与保卫国家安全的关系，认清美帝国主义是中国的敌人，是全世界的敌人，是纸老虎的本质。

抗美援朝总会根据中共中央这一指示，在全国开展了抗美援朝爱国宣传教育活动。1950年11月4日，中国共产党和各民主党派发表联合宣言，庄严宣告："中国各民主党派誓以全力拥护全国人民的正义要求，拥护全国人民在志愿基础上为着抗美援朝、保家卫国的神圣任务而奋斗。"号召全国人民团结一致，积极行动起来，抵制暴行，制止侵略，支援朝鲜人民的抗美救国战争。

这一宣言发表后，中央和地方的报刊、电台大量刊登和播送宣传教育的材料。学校师生和文艺工作者，纷纷组成宣传队走上街头和下厂、下乡，以极大的政治热情投入到抗美援朝的宣传活动中来。他们利用墙报、宣传画、声讨会、座谈会、报告会等形式，有针对性地进行宣传教育，力求做到家喻户晓，深入人心。各民主党派、各人民团体普遍召开会议，对各自联系的单位、群众进行宣传教育，并提出了在抗美援朝运动中的具体奋斗目标。各地普遍召开抗美援朝代表会议，吸收各族各界人民的代表参加，统一思想认识，研究如何加强抗美援朝的工作。

1951年2月2日，中共中央发出《关于进一步开展抗美援朝爱国运动的指示》。2月中旬，中共中央政治局会议决定"在全国范围内继续推行这个运动，已推行者深入之，未推行者普及之，务使全国每处每人都受到这种教育"。据此，抗美援朝总会于3月14日发出了《在全国普及深入抗美援朝运动的通告》。要求：务使全国每一处、每一人，都受到爱国主义和国际主义教育，都能积极参加抗美援朝、保家卫国行动。

经过这一宣传教育活动，清除了百余年来帝国主义侵略特别是美帝国主义侵略造成的部分中国人亲美、恐美、崇美的心理，使中国人民懂得了美国侵略者是我们的敌人，懂得了抗美援朝就是保家卫国，普遍提高了爱国主义和国际主义觉悟，增强了民族自尊心和自信心，坚定了争取抗美援朝战争胜利的信念，在中国共产党的领导下，团结一致，同仇敌忾，竭尽全力，支援抗美援朝战争。

（二）动员参军参战支前

为保证志愿军在前线作战和建设现代化国防的需要，1950年12月1日和1951年6月24日，中央军委和政务院两次发出招收青年学生、工人参加各种军事干部学校学习的决定，在抗美援朝战争期间，每年各两次征集 20 万左右的青年参军参战，中央人民政府和中央军委以东北行政区为抗美援朝战争总后方基地，动员民工组织大车队、担架队以及各种技术人员，到朝鲜担负战场勤务。

为做好这些工作，抗美援朝总会多次发出通知、指示，号召各地总分会、分会配合各当地人民政府，动员参军参战支前，1951 年 2 月 1 日，与中国红十字总会联合发出《关于组织医疗队的通知》，组织医务人员到朝鲜担负战地救护勤务。

1950 年底和 1951 年初，全国掀起了参军参战支前的热潮，各族青年踊跃参军参战，父母送儿子、妻子送丈夫、兄弟争相入伍的动人事迹屡见不鲜。成千上万的铁路员工、汽车司机、医务工作人员和大批农民，纷纷组成运输队、医疗队、担架队等，志愿开赴朝鲜前线，担任战地的各种勤务工作，为中国人民志愿军和朝鲜人民军服务，为抗美援朝战争做贡献。

（三）组织慰问"最可爱的人"

1951 年 1 月 12 日和 22 日，中共中央先后发出了关于募集救济品、慰劳品和组织慰问志愿军及人民军的指示。据此，抗美援朝总会于 1 月 14 日和 22 日，先后发出了《关于慰劳中国人民志愿军和朝鲜人民军并救济朝鲜难民的通知》和《关于组织慰问团的通知》。中国人民亲切地称志愿军为"最可爱的人"。全国各族人民积极响应抗美援朝总会的号召，掀起了向志愿军募集慰问品、慰问金和慰问信的热潮。人民发自内心支持和拥戴志愿军的慰问信、慰问袋等，纷纷寄送到战斗在朝鲜前线的英雄儿女手中，表达全国人民对志愿军的热爱之情，鼓励他们英勇杀敌，为抗美援朝战争的胜利而英勇奋斗。

为了更直接地向中国人民志愿军和朝鲜军民表达尊敬和爱戴之情，抗美援朝总会于 1951 年 4 月、1952 年 9 月和 1953 年 10 月，先后组织 3 届大规模的中国人民赴朝慰问团，前往朝鲜慰问中国人民志愿军和朝鲜人民军。慰问团带去了祖国人民送出的大量的慰问金、慰问品和慰问信。随团的文艺工作者们不辞辛苦、不避艰险，在敌机的经常袭扰下，为指战员们作了千百次精彩的表演，不少演员还深入到前沿阵地为战士们进行演唱，把祖国人民的温暖送到每个战士的心坎上，有的演员还献出了宝贵的生命。这些都极大地鼓舞了中国人民志愿军和朝鲜军民。

抗美援朝总会还多次邀请中国人民志愿军归国代表团和朝鲜人民军访华团，到全国各地作报告，以志愿军和朝鲜人民军在前线的英勇作战激励全国人民的爱国之情。

在抗美援朝总会组织下，中国人民还节衣缩食，运送大批粮食和物资，救济在美国侵略者践踏下的朝鲜人民。据不完全统计，先后救济粮食 2130 万斤、棉花 40 万斤、肉 20 车皮、毛毯 11 万条、布 3.5 万匹、棉衣 36 多万套、鞋 15 万双、毛巾 15 万条、其他物资 127 万余箱，还有大批医疗药品和器材等等。

（四）开展订立爱国公约和增产节约运动

订立爱国公约，是人民群众在抗美援朝运动中的创造。为了把这一很有意义的运动在全国普及深入地开展起来，中国人民抗美援朝总会于 1951 年 6 月 1 日发出"推行爱国公约、捐献飞机大炮和优待烈军属"的指示和号召。这一运动，是群众表达爱国决心和爱国行动的一种好形式，把抗美援朝、保家卫国的爱国热情与实际行动结合起来，用公约的形式加以强化和巩固。把开展生产竞赛、优待烈军属、反对美日单独媾和、拥护世界和平理事会关于缔结和平公约签名均列为爱国公约的内容。1951 年 10 月，中共中央发出增加生产、厉行节约号召后，也把增产节约列为爱国公约的内容。人人按照订立的公约执行，在一定时期内完成爱国公约所订目标任务。订立爱国公约的群众性活动，在全国普遍推广，是深入持久地进行抗美援朝运动的一个重要步骤。在中国人民抗美援朝总会的号召下，全国 80% 以上的人订立了爱国公约，并以此作为行动的准绳，身体力行。这一运动，使抗美援朝运动更加深入人心。

订立爱国公约运动，推动了全国工业、农业、商业、交通等各条战线的生产竞赛和增产节约活动，调动了全国人民的革命生产积极性，掀起了人人为抗美援朝作贡献、人人为生产建设作贡献的热潮，大大提高了生产效率，促进了财政税收的增加，增强了国防力量，加速了生产建设的恢复和发展。

与此同时，还广泛开展拥军优属活动。在"先军属后自己"的口号下，尽一切努力帮助志愿军和解放军烈、军属，解决生产和生活上的困难，安排好他们的生活。对于特别困难的烈、军属，当地人民政府拨出优抚专款予以救济，并发动群众捐助实物、现金，保证他们的生活达到当地群众的平均水平。元旦、春节和"八一"等重大节日，普遍组织对烈、军属的慰问，解除了志愿军和解放军广大指战员的后顾之忧。广大烈、军属不仅积极参加各项社会政治活动和做好本职工作，还写信鼓励前线的亲人英勇作战，杀敌立功。

在抗美援朝总会组织下，1951年五一国际劳动节前后，全国有2.299亿人参加了抗美援朝、反对武装日本、保卫世界和平的示威游行。从1951年4月到7月，全国4.75亿人口中，有3.399亿人参加投票反对美国武装日本，有3.44亿人参加支持世界和平理事会关于缔结和平公约的签名。反对美国侵略的爱国运动达到空前规模。

（五）组织开展捐献飞机大炮运动

为改善志愿军的武器装备，增强作战能力，1951年6月1日，中共中央和中国人民抗美援朝总会发出了推行爱国公约、捐献飞机大炮运动的指示和号召。抗美援朝总会又于6月7日，就捐献的具体办法发出了通知，进一步强调了捐献运动必须有充分深入的宣传和细密的组织工作，必须与增加生产、增加收入相结合，必须贯彻自愿的原则。

各工厂、农村、机关、学校、街道以及各民主党派、各人民团体和工商业者同业公会等组织，纷纷制订了捐献武器的计划。

在捐献武器运动中，很多地方、单位和个人，都把捐献武器列入爱国公约之中，作为参加抗美援朝运动的一项重要实际行动。广大干部、工人、农民、学生、教职员工、民主人士、文学艺术工作者、各少数民族同胞以及海外华侨和驻外使领馆工作人员踊跃捐献，绝大多数地区提前、超额完成了原订的捐献计划，并且涌现出大批成绩显著的单位和个人，出现许多感人至深的事迹。从1951年6月1日至1952年5月31日，全国各族各界爱国同胞共捐献了人民币5.56亿元，相当于3710架战斗机的价款。捐献武器运动所取得的辉煌成就是，购买的武器被源源不断地运往朝鲜前线，使中国人民志愿军的武器装备有了明显的改善，战斗力得到提高，为赢得抗美援朝战争的胜利提供了重要物质保证。

此外，1952年1月，美国当局不顾国际公约，违反人道主义，在朝鲜战场和中国东北地区秘密实施细菌战。为配合中朝两国政府和军民的反细菌战斗争，抗美援朝总会还组织由中国红十字总会、各人民团体和有关方面专家学者组成的"美帝国主义细菌战罪行调查团"，分赴朝鲜和中国东北地区进行现场调查，并公布了调查报告，有力地揭露和控诉了美国细菌战的罪行。

周恩来曾经指出，抗美援朝运动"动员的深入、爱国主义的发扬，超过了过去任何反帝国主义运动，这是一个空前的、大规模的、全国性的领导与群众结合的运动，它的力量将是不可打破的。中华民族的觉醒，这一次更加高扬起来了，更加深入化了"。(《周恩来军事文选》第四卷第230页，人民出版社，1997年11月版。)

中国人民抗美援朝运动的开展，有力地支援了中国人民志愿军在朝鲜作战的胜利，在中国人民志愿军和朝鲜人民军的打击下，美国被迫于1953年7月27日在朝鲜停战协定上签字，历时两年零九个月的抗美援朝战争胜利结束。

1953年9月12日，毛泽东在总结抗美援朝伟大胜利的经验时说："领导是一个因素，没有正确的领导，事情是做不好的。但主要是因为我们的战争是人民战争，全国人民支援。""我们的经验是：依靠人民，再加上一个比较正确的领导，就可以用我们的劣势装备战胜优势装备的敌人。"(《毛泽东军事文集》第六卷第353、355页，军事科学出版社、中央文献出版社，1993年12月版。)

与此同时，这一运动有力地促进了国民经济的恢复。1952年下半年，国民经济恢复按原计划完成，从1953年开始，中国进入了有计划的大规模经济建设阶段。

1953年7月28日，中国人民抗美援朝总会向中国人民志愿军司令员彭德怀及志愿军全体指战员发去致敬电。7月31日，中国人民志愿军领导机关给中国人民抗美援朝总会发来贺电，祝贺祖国人民抗美援朝运动的伟大胜利。至此，全国大规模抗美援朝运动告一段落。

（作者齐德学系中国人民解放军军事科学院军史部第二研究室主任、研究员，邓礼峰系中国人民解放军军事科学院军史部第二研究室研究员）

第一辑

各地响应

抗美援朝运动中的首都工商界

·潘怡·

庄严誓师

1950 年 11 月 4 日，中国共产党和各民主党派联合发表宣言，"誓以全力拥护全国人民的正义要求，拥护全国人民在志愿基础上为着抗美援朝、保家卫国的神圣任务而奋斗"。为响应党和政府的号召，北京市工商联筹委会开展了形式多样的宣传教育活动。11 月 7 日，北京工商界举行抗美援朝动员大会，大会提出了5 项爱国公约："1. 贡献一切力量，支援抗美援朝、保家卫国的志愿行动；2. 认清敌我，坚定立场，不信谣言，严防匪特；3. 加紧生产，沟通物资交流；4. 保证继续稳定物价，不囤积居奇，不投机倒把；5. 不套用资金，不盲目贷款，不扰乱金融。"号召全市工商业者把 5 项公约作为共同遵守的行动准则，以各企业的实际行动支持抗美援朝运动。11 月 27 日，北京市工商界保卫世界和平反对美帝侵略运动委员会成立。

12 月 6 日，朝鲜平壤解放，北京市工商界保卫世界和平反对美帝侵略委员会举行声势浩大的工商业者的抗美援朝示威大游行，成立了游行指挥部。总领队为市工商联筹委会主任委员傅华亭，副总领队为市工商联筹委会副主任委员刘一峰、浦洁修、凌其峻、韩诵裳；总指挥是史耀先，副总指挥为（东路）汤绍远、赵宜之、席清梅，（西路）李贻赞、李砚之、段廷梅，检阅台主任为市工商联筹委会常委孙孚凌，副主任是郑怀之。

12 月 9 日清晨，全市工商业代表（市工商联筹委会下属的 132 个行业公会、特种手工艺联合会等 13 个行业公会、市属各公营企业的负责人与代表等，共约 53600 人）群情激昂，从四面八方拥向先农坛体育场（当时北京最大的体育场）。上午 9 点大会开始。庄严的国歌回荡在体育场上空。接着，北京市工商界保卫世界和平反对美国侵略委员会主席傅华亭作简短报告，宣讲庆祝平壤解放、反对美帝侵略示威大游行的意义。之后，他庄重地宣读大会给毛泽东主席的致敬电。电文如下：

> 敬爱的毛主席：
>
> 　　在您和中国共产党领导之下，站起来了的我们首都工商业者，今天举行了庆祝平壤解放、反对美帝侵略游行示威大会，坚决反对美帝国主义侵略朝鲜和我们的台湾。我们牢牢地记住您的话："全国一切爱国的工商业界和人民大众一道结成比过去更巩固的反帝侵略的统一战线，这就预示着中国人民在反对帝国主义侵略的神圣斗争中一定要得到最后胜利。"……我们今天举行的示威大游行就是表示我们决不受美帝及其走狗国民党匪帮的任何欺骗和恐吓！我们首都工商业者誓为实践我们自己志愿规定的支援前线、巩固后方的五项爱国公约而奋斗到底！

大会结束，首都工商界大军在游行指挥车的引导下向前门大街进发。总领队傅华亭和副总领队刘一峰、浦洁修、凌其峻、韩诵裳等人走在游行队伍的最前面。其后，是"庆祝平壤解放、反对美帝侵略，北京市工商界示威大游行"的巨大标语横幅和 18 面国旗组成的旗帜队。由工商界的家属们组成的腰鼓队十分引人注目，其中不少人是昔日的太太和小姐。随后是高举"工商界五项爱国公约"的标语队伍和高举着毛泽东、斯大林、金日成领袖像的队伍。最后便是按各行业同业公会列队的游行队伍，他们边行走边振臂高呼口号，马路两侧拥满欢迎游行队伍的群众。

游行队伍来到前门城楼。城楼上中国人民保卫世界和平反对美国侵略委员会副主席彭真、陈叔通；中国人民保卫世界和平反对美国侵略委员会北京市分会主席张奚若，副主席刘仁、吴晗、曾昭抡、舒舍予，还有各民主党派、各人民团体的代表，正在检阅游行队伍。北京市工商联主委傅华亭、副主委浦洁修向彭真、张奚若等领导人呈递了北京市工商界给毛主席的致敬电、给中国人民志愿军部队的祝捷电、给金日成将军和朝鲜人民军的祝捷电，以及献给中国人民志愿军和朝鲜人民军的锦旗、慰问品清单等。北京市工商界在大游行活动中为抗美援朝前线捐献了皮手套 2100 副、棉手套 110 副、毛巾 9666 条、袜子 1029 双、毛绒背心 400 件、慰问袋 50 个、慰问信 118 封和其他物品 244 件。

工商界游行大军在前门城楼开始分成东、西两路继续前进。东路从东交民巷向台基厂、王府井、东四前进，西路沿西交民巷、西长安街、西单、西四大街行走。沿街两侧的店铺店员、掌柜们都拥到路边为自己的队伍鼓掌助威。

工商界的游行队伍别具特色。各行业结合本行业业务，制定了各自的公约，在游行途中，写成标语口号，纷纷亮相。油盐酱醋业的标语是"加紧生产，保证群众副食品供应无缺"。国药业 1000 多名会员高举"团结职工，和谐劳资关系，保证提高质量，扶助农村副业生产"的标语。汽车行业是"保证加强运输客货，畅达交通，搞好城乡交流，沟通工农产品，节约人力物力"。金融业口号为"辅助国行（国家银行），稳定金融市场"。猪肉行业是"保证市民肉食供应无缺"。中西餐馆业是"在饮食卫生前提下，保证在合理的价格下供给人民的饭食"。粮食业是北京的大行业，参加游行的达 5000 余人，在行业公会主委常子久率领下，高举"加紧生产，沟通物资，继续稳定粮价不掺假，不投机倒把"的横幅。机制面粉业队伍紧随其后，举着"加紧生产，力求节约，保证面粉供应"横幅前进。土特产食品业的横幅是"促进城乡物资交流，肩负起桥梁任务"。橡胶业提出"政府所分配的加工定货生产任务，保证如期完成"。机器金属制造业是"以质量和信守搞好公私关系"。营造业的旗帜是"把我们的一切建设经验、能力贡献到国防上面去"。旅店业提出"提高警惕，严防匪特渗入"。各行各业的标语、口号、横幅、旗帜，组成强大的宣传阵容。沿街围观的群众或热烈鼓掌，或跟着呼口号，其情其景甚是激动人心。这是新中国成立以来，首都工商界举行的第一次大规模游行，又是首都工商界一年来在党和政府的帮助教育下，提高政治觉悟、组织纪律性的一次大检阅。它显示了工商界新的觉醒。

北京市工商联筹委会趁热打铁，组织了全市工商业者的家属收听游行广播实况，并要求他们在各自联系的群众中，采取各种方式进行宣传，进一步扩大政治影响。这次大游行不仅提高了首都工商界的爱国觉悟，还在全国工商界中引起强烈反响。游行的当天，天津市工商联即致贺电给北京市工商联筹委会，中国民主建国总会也向北京市工商联筹委会发来了贺电。

北京工商界所举行的盛大抗美援朝大游行正如当时北京《新民报》发表的短评所指出的"显示着首都工商界用行动响应毛主席号召的坚决意志，是工商界反帝队伍的庄严誓师"。

积极开展增产捐献运动

1. 消除恐美、崇美、亲美思想

抗美援朝运动初期，北京工商界在客观形势的影响下，虽能够随着全国人民一道投入这个运动，但在思想认识上，不少人存在着恐美、崇美、亲美思想。当美国侵略军在仁川登陆后，工商界在不同程度上出现紧张波动，忧心忡忡；相当一部分人受美帝宣传的影响，害怕所谓"原子威力""美式武器"等，认为中国出兵与美国侵略者作战是"以卵投石"，是"引火烧身"。

有鉴于此，北京市工商联筹委会组织了多种形式的宣传教育活动。如结合抗美援朝捐献武器运动，积极开展拥军优属和慰问志愿军活动。利用各种节日（国庆、元旦、春节等）通过各行业同业公会组织和地区组织，发动工商业者积极参加各项拥军优属活动。如由北京市工商界保卫世界和平反对美帝侵略委员会出面邀请志愿军英雄为工商界人士做报告。组织工商界慰问团，参加赴朝鲜慰问活动，使广大工商业者逐步提高思想政治觉悟，把国家命运和自己命运与志愿军紧紧联系在一起；不少人表示要向"最可爱的人"学习，在为祖国经济建设贡献力量的同时，积极贯彻增加生产，改善经营，厉行节约的方针，通过劳资协商，修订爱国公约；慰问志愿军伤病员、烈军属，组织各种文娱晚会、联欢会、座谈会及义演电影、团拜活动等。当时北京市工商联拥有一支由干部、职工、会员组成的文工团，自排自演话剧、京剧、曲艺、相声等。演出的节目深受群众欢迎，还曾荣获北京市市级机关文艺演出一、二、三等奖。这支文工团在抗美援朝宣传中发挥了优势。

2. 致函彭真市长

1951 年 4 月 6 日，北京市工商联筹委会召开"普及深入抗美援朝运动大会"，364 名工商界代表出席大会，会议气氛十分热烈，群情激昂，充分表达了工商界的爱国之情与抗美援朝的决心和信心。大会特致函彭真市长，表达了首都工商界的爱国之心及工商界深入抗美援朝运动的具体计划。

4 月 9 日，北京市工商联筹委会即收到彭真市长的复函。彭市长在复函中写道："你们的具体计划和肃清反革命公约，这都是很重要的事情。望根据你们的计划和公约，团结全市工商业者，与其他各界一道，再接再厉地深入与普及抗美援朝，并协助公安机关镇压反革命活动。我祝你们在这方面有更大的成绩。"

彭真市长的复函对首都工商界是极大的鼓舞和鞭策。4 月 23 日，北京市工商联筹委会又与北京人民广播电台共同举办了抗美援朝广播大会。组织了全市工商界及其家属 14.7 万余人收听了广播大会的实况转播。

3. 捐献第一架战斗机

1951 年初春北京市工商界代表凌其峻、汤绍远参加了祖国各界人士组成的第一届赴朝慰问团，亲临朝鲜战场，慰问"最可爱的人"。5 月 29 日在赴朝慰问团团长廖承志和副团长陈沂、田汉的率领下胜利返回首都北京。

同年 6 月 1 日，中国人民抗美援朝总会发出关于"推行爱国公约，捐献飞机大炮和优待烈属、军属"的号召。6 月 3 日参加赴朝慰问团的工商界代表号召全国工商界踊跃捐献飞机、大炮，支援前线。在朝鲜的数月慰问活动中，凌其峻、汤绍远等工商界代表耳闻目睹了许许多多的感人事情，使他们受到深刻的爱国主义思想教育，坚定了听毛主席话，跟共产党走，走社会主义道路的决心与信念。凌其峻、朱继圣（参加赴朝慰问团的天津工商界代表）所在的仁立公司在 6 月 3 日率先提出："仁立公司捐献喷气式飞机一架，支援朝鲜前线，并将该飞机命名为'仁立'号。"

仁立公司是由中国早期留美归国学生费兴仁与"成志学社"社员集资 1.9 万银圆于 1919 年在北京创办的。成志学社社员多是留美归国学生。仁立公司的董事长周诒春早年曾任清华大学校长。1926 年始任仁立公司经理的朱继圣毕业于清华大学，在美留学并获美国威斯康辛大学经济硕士学位。1913 年凌其峻考入清华学堂（清华大学前身），1916 年赴美国留学，1921 年归国，加入了仁立公司。仁立公司在北京、天津两地拥有地毯厂、毛纺厂、麻纺厂等企业，其中北京仁立毛纺厂是华北第一家民族资本家的毛纺厂。1947 年该公司资本已达 140 亿元法币。由朱继圣、凌其峻任正、副总经理。

新中国成立以后，党和政府号召人们把个人储存的美钞、外汇向国家银行登记兑换。当时仁立总公司在美国存款约 41 万美元。这笔钱是解放前储存的。朱继圣、凌其峻经过激烈的思想斗争，终于达成共识，向人民政府做了汇报，并将这笔外汇陆续调回国内，投入企业建设，以实际行动拥护党的领导，支援祖国建设。为此，受到政府表扬。在抗美援朝中，仁立公司捐献第一架飞机"仁立"号的行动得到公司全体职工的热烈支持与拥护，并在全国起了模范带头作用。毛泽东和全国人民都给予了高度赞扬。之后，凌其峻、汤绍远等慰问团工商界代表又奔赴上海、武汉、四川等地做抗美援朝的事迹报告。仁立公司的表率作用，工商界赴朝慰问团在全国各地举办的宣传、汇报工作，在全国引起强烈反响，各地工商界纷纷行动起来，认捐认购飞机大炮，并且大多提前、超额完成任务。

4."北京工商战斗队"

1951 年 6 月初，在首都各界人民欢迎赴朝慰问团大会上，北京市工商联筹委会主委傅华亭代表全市工商界讲话："……首都工商界将捐献一个飞行大队的战斗机群，并将该机群命名为'北京工商战斗队'。"傅华亭的讲话博得会场雷鸣般的掌声。接着工商界纷纷行动。

6 月 7 日，北京新药业同业公会主委王敏生宣布，该行业捐献飞机 1 架，命名为"首都新药号"。6 月 9 日，北京营造业和北京五金业分别决定捐献飞机 1 架、大炮 1 门。6 月 10 日北京市工商界召开捐献武器动员大会，一致通过捐献喷气式飞机 27 架的计划。各行业同业公会的主、副委，市工商联筹委会的领导们以身作则，纷纷带头捐款表态。傅华亭主委决定个人捐款 2000 万元（旧币制，下同），并每月捐献机制面粉两袋，直到打垮美帝为止。傅华亭兼任经理的北京唯一面粉厂捐款 1.4 亿元；孙孚凌任经理的北京福兴面粉厂捐款 1.62 亿元；稻香春是张立宏家的产业，该店经理许晋卿表示，在增产节约中，要尽所有力量为抗美援朝捐款 1 亿元，保证提前交齐。瑞蚨祥绸布店的经理焦寰五表示：保证完成 4 亿元的捐献计划。同仁堂、西鹤年堂、大华百货公司、餐饮业、粮食业、国药业等都不甘落后，争先恐后地表示决心与捐款。

1951 年 6 月 26 日至 28 日，北京市工商联召开第一届会员代表大会，选举了第一届工商联领导机构。时值中国共产党 30 周年诞辰之际，大会通过决议在捐献一大队 27 架飞机的基础上，再增捐飞机 4 架，其中 1 架作为中国共产党建党 30 周年的献礼，共计 31 架。并向毛泽东主席、金日成将军、中国人民志愿军、朝鲜人民军分别发出致敬信。表达了首都工商界立志"贡献一切力量来保卫和巩固我们人民已经获得了的胜利果实"的决心。给毛主席的致敬信全文如下：

敬爱的毛主席：

　　首都工商界为了正式成立北京市工商业联合会和加紧抗美援朝，自本月 26 日起，举行了北京市工商界代表会议。

　　在会议中一致认为，我们工商业今天所以能够得到恢复与发展，是由于在您和中国共产党领导之下，推翻了帝国主义、封建主义、官僚资本主义在中国的统治，扫荡了阻碍中国工商业发展的死敌的结果；同时在政治上我们工商业者也由被帝国主义及其走狗鱼肉的地位，一跃而参加了人民民主政权作了国家主人翁之后，从而祖国的安危关系着我们切身的利益，因此我们决心贡献一切力量来保卫和巩固我们人民已经获得了的胜利果实！

　　我们首都工商界为了响应中国人民抗美援朝总会的号召，曾经在增加生产、改善经营管理、发展业务的基础上，决定捐献飞机一大队——27 架。在这次代表会议中，全体代表一致提出保证超额完成捐献计划，并增献飞机一小队，共计 31 架以表示热烈庆祝中国人民的胜利领导者——伟大的中国共产党，建党 30 周年纪念，藉以支援我们中国人民志愿军和朝鲜人民军，能更有力地打击和消灭以美帝国主义为首的侵略强盗，争取抗美援朝最后胜利早日到来！

　　谨致　崇高的敬礼！

北京市工商界代表会议全体代表

5. 举行招待朝鲜人民代表座谈会

　　同年 7 月 1 日下午 2 点，北京市工商联在前门外西珠市口市工商联礼堂举行了欢迎朝鲜人民访华代表团招待座谈会。在座的有代表团团长、朝鲜总工会副主席元东振，朝鲜工商界代表、平壤胶皮工场负责人金致协，朝鲜政府代表、保健省副相柳基春，朝鲜民主党代表、平壤市人民委员会副委员长洪箕璜，朝鲜佛教界代表、佛教联盟副委员长金世律，朝鲜青友党代表、青友党副委员长金秉济等。座谈会开始由傅华亭代表北京市全体工商业者向朝鲜各位代表致欢迎词。接着，朝鲜人民访华代表团工商界代表金致协讲话。他说："我们这次访问伟大中国之前，我们工商界交付我们的任务，就是叫我们把中国工商界如何热爱祖国及经济建设的事迹带回去，以便加强我们的信心，早日消灭敌人……美帝国主义的滥炸，虽然把都市炸成废墟，但是无法使我们屈服，我们转入地下工作。贵国代表团曾经亲自见过，经过破瓦碎砖的废墟时，仍能听见马达和机器的转动声音。我们立誓为了支前、为了人民军及与朝鲜人民并肩作战的中国人民志愿军得到早日胜利而努力工作！"

　　座谈会上，北京市工商联副主委浦洁修还向朝鲜客人介绍了北京市工商界在抗美援朝运动中所做的工作。曾亲临朝鲜战场参加慰问活动的北京市工商联常委汤绍远也讲了话，他对参加赴朝慰问团时承朝鲜各界亲切的招待表示感谢。

6. 举办英模报告会

　　北京市工商联于 1951 年 10 月 12 日、13 日、15 日在北京市劳动人民文化宫内的劳动剧场连续举办 3 场欢迎中国人民志愿军战斗英雄代表报告大会。其中 10 月 15 日参加报告大会的工商界人士为 4200 人。会上，中国人民志愿军孤胆英雄陈德望同志、中国人民志愿军三级人民英雄宋兰君同志、中国人民志愿军担架模范宁儒贤同志分别做了激动人心的战斗报告。战斗英雄的模范事迹，极大地鼓舞了广大工商界人士的爱国主义精神和英雄主义斗志。为进一步做好爱国主义、国际主义的宣传教育工作，密切联系首都工商业各行各业的实际情况，市工商联在 3 场英模事迹报告会之后，布置各区、县工商联办事处及工商联下属 100 多个行业公会抓紧时间开展群众性的大讨论，题目为"如何贯彻抗美援朝的三大号召"，并对当时的 3 项具体工作任务，进行宣传和落实。这 3 项具体工作任务是：（1）与检查修订爱国公约相结合的检查订立增产捐献计划；（2）提前、超额完成增产捐献缴款；（3）展开拥军优属运动。值得一提的是，当时的一切政治学习活动大多是利用工余时间，以免影响企业的正常生产和经营。广大工商业者几乎天天加班加点，不分昼夜地为抗美援朝做贡献。

1951 年 9 月 18 日，傅华亭在北京人民广播电台举行的广播大会上报告了市工商界增产捐献工作情况，他宣布首都工商界在捐献 31 架战斗机的基础上再认捐 9 架，共为 40 架。全市 130 余个同业公会、市郊区县工商联分会组织数万名会员、家属收听了广播大会实况。在广播大会进行当中，就不断有工商户打来电话，表示保证在国庆节前 5 天交清一半以上的捐款。电话铃声此起彼伏。

广播大会刚一结束，北京城近郊区的大街小巷便响起欢快的锣鼓声，许多工商户的经理们手持现钞，亲自到各辖区银行缴纳捐款。据不完全统计，当日约有 17000 名经理、店员前去捐款。短短 3 小时之内，便缴款 23.6 亿余元。

9 月 28 日，北京市工商联又举行了上万人参加的大游行，主题为"北京市工商界庆祝国庆两周年捐献武器，提前缴款纳库"。使抗美援朝捐献武器活动再次掀起高潮。

11 月底，北京市工商界提前 1 个月超额完成捐献计划。12 月，工商界捐款数额已达 648.3903 亿元，折合购买喷气式战斗机 43 架之多，超过原计划捐款认购 27 架飞机达 16 架。表现出首都工商界听毛主席话，跟共产党走的决心与极高的爱国热忱。在新中国建设史上书写了光辉的一页。

书画古玩界大义卖

北京作为元、明、清三朝皇都，多贵胄世家，收藏有各种奇珍异宝、古玩文物、名人字画。进入民国，北京古玩业股东又新增金融经济人士和社会名流。新中国成立之后，抗美援朝运动激起书画界、古玩界人士的爱国热情，为以实际行动支援赴朝作战的将士，在北京著名人士叶恭绰、徐悲鸿、梅兰芳3位先生共同倡议下发起了一场震动全国的"抗美援朝书画大义卖"。

1. 筹备义卖

1951年北京市工商业联合会将属于文物艺术性质的古玩业、玉器业、珠宝玉石业、绣货业等同业公会合并为历史艺术文物业公会。由享誉古玩行业的崔耀庭、邱震生等原工商业者担任该行业公会负责人。

1951年4月，全国文联、全国妇联、全国美协、北京市文联四家单位与叶恭绰、徐悲鸿、梅兰芳3位先生共同发起举办"抗美援朝书画义卖会"，将义卖的收入全部捐献给朝鲜战场的中国人民志愿军部队。并推选了在美术界、文化界享有盛誉的叶恭绰、徐悲鸿、梅兰芳、陈半丁、老舍、叶浅予、溥雪斋、胡佩衡、江慎生、王雪涛10位先生为书画征集人，负责义卖作品的征集工作。与此同时，北京市工商联领导的北京历史艺术文物业公会也积极投入这次义卖会的筹备工作。

1951年4月18日，首都书画界、文化界人士为征集作品举行了茶话会。会上气氛热烈，发言踊跃，艺术家们的爱国之情令人感动。叶恭绰、何香凝、马衡、老舍、陈半丁、叶浅予、于非闇等先生都表示不仅要积极征集艺术品，还要泼墨挥毫、精心构思，为抗美援朝创作新作品，作为自己的爱国献礼。会上商议文化、书画界征集新旧书画作品1000件。北京历史艺术文物业公会的崔耀庭代表该业同人在座谈会上发言，他说："我们将发动会员广泛征集捐献书画作品、文物、古玩500件……"他的发言赢得热烈掌声。

2. 一片丹心

1951年的五一国际劳动节大游行中开始有了书画家们的队伍，这使广大书画界人士备受鼓舞。有些搁笔已久的老画家也受到爱国行动的感召，回到画案前，精心构思、创作；有些人则将自己所藏珍品捐献给抗美援朝义卖会。

古稀之年的叶恭绰先生以画竹著称，他精心创作了数幅风格迥异的作品《竹》，其中一幅题为"丹崖翠筱"，一幅题为"一片丹心"，表达了老画家对祖国对党对人民的热爱之情。作为义卖的发起人之一，他还特意将自己与张大千先生合作的几幅扇面捐献出来。他说："唯有积极行动，才是爱国的具体表现。"

义卖发起人之一的梅兰芳先生，当时在汉口，但他一直关心着北京义卖的事情，不仅自己作画，还将他在上海家中收藏多年的一部书画作品捐献给义卖会，并于5月12日托人由上海寄到北京。

义卖活动的热心倡导者、廖仲恺夫人何香凝女士，已是古稀之年，仍勤奋耕耘，她特意绘制多幅作品，并说："我们有一分力量就要贡献一分力量。"

清代翰林、著名书法家潘龄皋已85岁高龄，刚刚出了医院便不顾年迈体弱，热切地书写了好几副楹联。他说："我现在还能写，我就用写来报效国家。"

到5月初，仅叶恭绰先生一处，就已征集到300余件书画作品与文物。其中有号称"惜墨如金，讲究韵味，以天真幽淡为宗"的清代著名画家查士标的作品，有被誉为"画浅绛山水为独绝"的"清初六家"之一的王原祁的作品，还有"用笔秀劲潇洒，墨色淋漓，天趣横溢，神理俱足"的清代著名画家郑燮（号板桥）及姚茫人等近代书画家的墨宝真迹。

到5月上旬，义卖作品已全部征齐。其中有著名女画家潘素、孙诵昭等人捐献的书画作品，有著名京剧演员程砚秋捐献的家藏祖传遗画《鹰》，有著名老画家陈半丁、汪蔼士两位先生的个人作品各20件。

3. 珍品璀璨

5月中旬，已征集到各种书画、文物、古玩义卖品1600余件。其中有600余件是北京市工商联历史艺术文物业公会捐献的。该会主委琉璃厂宝古斋经理邱震生自书折扇10余柄，并捐出个人收藏的字幅数件；宝古斋还捐献一长两丈余的清乾隆年代的古宣纸。琉璃厂墨宝斋经理马保山自画扇面若干捐献为义卖品。他们还联系了琉璃厂文化街一带同业会员及非会员的店铺经理、有联系的收藏家等，捐献出一批珍藏多年的瓷器、古玩与字画。因此，历史艺术文物业公会比原计划多捐献义卖品100余件。经有关专家、学者的评选，义卖会选出特别义卖品200余件，一般义卖品1300余件，另有一部分珍品作为陈列品展示。

北京的一些收藏家慨然将他们收藏多年的各种珍品提供给义卖大会陈列展览，其中古玩字画有秦鉴、楚镜、汉陶、唐俑，有宋代画家李嵩的《货郎图》、北宋著名文学家范仲淹的手卷等百余件，为义卖会增辉添彩。

经过紧张的筹备，5月17日抗美援朝书画义卖会在中山公园的水榭预展。展厅内琳琅满目的艺术珍品令与会者赞不绝口。令人瞩目的《春壑云涛》巨画是由著名画家齐白石、何香凝、溥雪斋、王雪涛等人合作绘制。叶恭绰与徐悲鸿合作的《竹石》及梅兰芳的《梅花》匠心独具。蒋兆和的《手工仕女》、周元亮的《田园清兴》、王瑶卿的《蜡梅》、刘凌沧的《丰收》等作品各具特色，风格迥异。为表现抗美援朝的爱国主题，一些老画家颇费心思。如陈半丁的《端午》画卷上画有菖蒲、杨梅、姜等，并题写了"梅心酸、姜心辣……"字句，借"梅""姜"之谐音暗喻"美帝"和"蒋介石"，堪谓用心良苦。还有的画家画的是和平鸽与旭日，象征新中国如旭日东升，翱翔的和平鸽表达出对和平的向往。在何香凝等老画家合作的《喜鹊牡丹图》上，有周恩来总理亲题的诗句："鹊报援朝胜利，花贻抗美英雄"，寓意深远，画龙点睛。这幅艺术家与政治家合作的珍品后被中央文化部对外联络局以200万元购得。

书法作品中还有叶恭绰先生手书的毛主席的词《沁园春·雪》，李济深先生写的毛主席《实践论》中的一段话。陈叔通、郭沫若、黄炎培、马叙伦、章士钊、柳亚子、邢端、邵章、马衡等先生都为义卖会精心创作书法作品。义卖会使人在艺术欣赏中感受到中华民族优秀儿女的爱国情操与民族凝聚力，受到一次深刻而生动的爱国主义思想教育。

4. 意义深远

5月18日义卖会隆重开幕，时间为一周。参观券分普通券与特别券两种规格。普通券个人票每张售2000元（2角），团体票每人售1000元（1角）。特别券每张售10万元（10元），持特别券者可任选参展作品一件，特别优秀的作品则另有标价。

义卖会办得十分红火，参观者络绎不绝，在北京的一些外国友人也闻讯赶来，争购字画、文物、古玩等。党和国家的领导人也抽空前来助兴。开幕的第二天，董必武同志特意来到展卖会参观。首都书画界的许多知名人士轮流在展卖会服务。何香凝老人数次到现场作画；徐悲鸿、溥雪斋、陈半丁、胡佩衡等20余位著名书画家也都到义卖会现场泼墨挥毫，抒发对祖国、对志愿军的挚爱之情。首都书画界人士在展卖会期间，当场创作的作品，计达100余件，获得各界人士的赞誉。

这次义卖会共有 403 人捐赠了物品，除首都书画界、历史艺术文物业公会的人士外，还有部分来自全国各地的书画家积极捐赠作品。其中古稀之年以上的著名书画家就有近 20 位。参展的义卖品中，古今书画作品及各种历史文物、古玩计有 1749 件。义卖共得款 1.8 亿余元，这笔款后由义卖会购买药品送交中国人民抗美援朝总会转交中国人民志愿军。同时，在义卖款中还拨出 500 万元捐赠给朝鲜美术界。其后，北京历史艺术文物业公会又将在中山公园义卖后的 700 余件剩余物品，运到沈阳市进行义卖，得款 2000 余万元。之后，又送到旅大市、哈尔滨市等地进行义卖，款项均捐赠给中国人民志愿军作为慰劳费用。

首都书画界、历史艺术文物业共同举办的抗美援朝书画义卖活动为全国人民做出了榜样，又使书画界人士通过这次活动增进了彼此的交流与了解，打破了当时书画文物古玩业营业不景气的沉闷局面。著名画家叶浅予称义卖活动"是北京国画家的空前大团结，不仅表现了画家们的爱国热忱，而且为国画的发展前途提供了有利的条件"。叶恭绰在《我的感想》一文中谈及对书画界义卖活动的体会时说："值全国一致抗美援朝的今天，书画界这一举动，实有其深切意义。"

拥军优属　慰问志愿军

1950 年冬到 1953 年春，北京市工商界募集慰劳志愿军的资金直接通过北京市工商联经手的人民币计有 8.1 亿元，连同 1953 年春节慰劳金达人民币 2.3 亿余元，合计为人民币 10.4 亿余元。慰劳品更是多种多样。如市工商联曾分别送给军队和军烈属的慰劳品，计有面粉 1294 公斤、大米 160 公斤、肥皂 417 条零 217 块、肉类 4045 公斤、毛巾 771 条、酱油 780 斤零 82 瓶、月饼 145.5 公斤、木柴 1335 公斤、粉条 169 公斤零 5 捆、白菜 210.5 公斤、图书杂志若干、日记本等 40 余种慰劳品。以上尚未包括各区县工商联直接办理的慰问物品。由北京市工商联转给中国人民志愿军的慰问信有 1326 件，由北京市工商界人士直接发出的慰问信尚未包括在内。

北京工商界有的行业和个人还捐送了慰问金，如橡胶业捐送慰问金 713.85 万元，作为中国人民志愿军出国一周年纪念的献礼；粪业捐送慰问金

250万元；粮食业信义隆粮栈副经理马星如捐送金镏子一个，作为购买武器之费用，支援中国人民志愿军，夺取新的胜利。

为了给志愿军伤病员办实事，市工商联1951年在丰台区搭起供伤病员使用的凉棚。当秋风刮起时又及时将这些凉棚拆改为暖棚。在拆改暖棚的施工中，市工商联执委、棚业公会主委武厚之亲自住在工地，负责各项事务。直到全部工作顺利结束，他未离开一步。此时正赶上他父母并葬，市工商联派人去通知他，他表示："我父母早已去世，现在还是早日使志愿军伤病员住进暖棚最重要。"

北京市工商界人士协助政府部门积极安排志愿军烈军属就业的事例也有很多，仅城南的宣武区就安排了70余人就业。许多工商业会员店铺、企业结合自身业务，制定了具体的优待军烈属办法。还有不少人写信给志愿军，请他们在前方安心作战，保证照顾好他们的家属。他们以"学习志愿军爱国主义和国际主义的精神"作为自己努力工作的方向。由于北京市工商联在拥军优属工作方面做得出色，1953年春节北京市民政局优抚委员会特给予市工商联表彰，并授以锦旗。

北京市工商联在抗美援朝期间，先后推派有一定影响、表现出色的工商界代表，参加了中国人民第一、二、三届赴朝慰问团。凌其峻、汤绍远、乐松生、孙孚凌、马增骥、马兰亭等都曾作为北京工商界代表参加了慰问团，亲临朝鲜战场，进行宣传慰问活动。当他们回到祖国之后，又将中朝战士并肩作战、浴血杀敌的英雄事迹，做了广泛的宣传。并以亲身感受、体会向广大工商界做宣传报告共8次，听众达18000人。听了慰问团的传达报告后，有的工商业者说："没有志愿军出国作战，我们祖国能够这样进行经济建设，工商业者能够这样安稳地做生意，是不可想象的。"有的讲："我们应该本着'后方多吃一点苦，前方少流一滴血'的精神，捐献武器，增加志愿军的威力，争取迅速打败美帝，巩固国防。"

大量事例表明，首都工商界已把自己的命运同祖国紧紧地联系在一起。他们用实际行动支援抗美援朝运动，为伟大祖国的繁荣富强，贡献了自己的力量。

（北京市政协文史办供稿）

天津青年学生参加抗美援朝片段回忆

·张 济·

1950 年到 1953 年的 3 年间，是祖国革命风暴再次激荡世界的年代，是从祖国大后方到朝鲜前线战场英雄辈出的年代，是年轻人火热的心火红的年代。一句话，是抗美援朝战争取得震惊世界伟大胜利的年代。

在那个年代，我是行将毕业的南开大学学生、学生会主席，又是天津市学生联合会（含大、中专）主席。同时，在 1951 年初，我作为中国人民第一届赴朝慰问团团员，历时半年由祖国大后方到朝鲜前线慰问，又从前线返回后方汇报宣传。所以，在伟大的抗美援朝运动中，我既是参加者、受教育者，又是一名宣传工作者。

抚今追昔，在我半个多世纪的经历中，抗美援朝给予我的教育最深，体验爱国主义、国际主义精髓也最深。许多情景，至今仍历历在目。

"忘记过去，就意味着背叛。"积极地追思，珍惜昨日的成果，有助于继往开来，为了美好的今天与明天。这就是我把当年天津青年学生（包括我自己）参加抗美援朝的片段回忆写出来的初衷，以期自勉并与大家共勉。

抗美援朝运动的兴起，天津青年学生爱国热情高涨

在新中国诞生的第二年，正当我市 35000 名大、中学生和全国五亿人民一起认真学习，努力生产和工作，争取国家财政状况的好转，完成土地改革，肃清反革命的时候，美国侵略军于 1950 年 9 月在仁川登陆，悍然入侵朝鲜，蹂躏朝鲜人民和三千里美丽江山。同时，狂妄地空袭中朝交界的鸭绿江大桥、水电站，轰炸、扫射我东北辑安、安东（今丹东市）等边境城市。美帝侵略的战火已肆虐到我们的大门口。1951 年春，我们赴朝慰问，在安东集结和过江夜晚都亲身经历了美国侵略者狂轰滥炸的残暴罪行，安东市的民房、旅馆被炸，群众伤亡惨重。鸭绿江桥尽管千疮百孔，但经过日夜抢修，仍然屹立。中国人民首届赴朝慰问团总团长廖承志当时向我们全体团员讲，在这里（指安东），已经接受战火洗礼，硝烟弥漫，目睹美帝暴行，但正义必胜！半年前中国人民的优秀儿女组成志愿军开赴朝鲜战场，直接抗击美帝侵略，抗美援朝保家卫国，节节胜利。天津学联响应全国学联号召，拥护各民主党派联合宣言，加强形势教育，组织和领导全市大中学生投入到伟大的抗美援朝运动中去，以高涨的爱国热情走在运动的前列。我印象最深的是，在纪念七七抗日的大会上，当时中共天津市委书记、市长黄敬亲自给全市近 5000 名大、中学生代表讲形势任务。黄敬同志和团市委书记张淮三等在纪念"世界青年日""国际学生周"，纪念"一二·九"学生运动、抗美援朝保家卫国大会上都做了详尽的、有针对性的分析。通过学习讨论，对比教育，广大青年学生明确认识到，第二次世界大战后，帝国主义殖民制度瓦解，内部经济危机与社会矛盾激化。为了转移目标，维持其霸权，美帝从"冷战"转向"热战"，公然发动矛头指向朝鲜、中国的武装侵略战争，并加紧武装日本，派第七舰队进驻台湾海峡。总之，美帝国主义是在走日本军国主义老路：吞并朝鲜，侵占中国，统治亚洲，独霸世界。一些同学破除了旧社会、旧教育给予他们的亲美、崇美、恐美错误思想影响和顾虑。广大同学极大地增强了民族自尊心、自信心和爱国主义、国际主义的责任感。"放下笔杆，拿起枪杆。"他们纷纷向学联和大天津分会递交志愿赴朝参战的申请书。一天就有 2500 多名青年学生报名参加志愿军。南开大学财经分院各系同学、市一中 24 个班的同学一致

表决心，要走出课堂，奔向战场，参加志愿军，为抗美援朝、保家卫国献出一切。在组织未批准前，加紧学习，锻炼身体，时刻准备着。这也是市学联、各校学生会发动制定并落实的"学生爱国公约"的主要内容。在"最可爱的人"感人事迹的教育鼓舞下，成千上万封慰问信、慰问袋和慰问金送到了学联，送到了和大分会。全市广大学生热情无比高涨，参加了种种抗美援朝活动，以及反对武装日本，保卫世界和平示威游行等活动。

积极响应祖国召唤踊跃报考军事干校

"雄赳赳，气昂昂，跨过鸭绿江。保和平，卫祖国，就是保家乡。祖国好儿女，齐心团结紧，抗美援朝，打败美国野心狼！"天津青年学生在天津车站广场、第一工人文化宫大剧场多少次地欢送志愿军赴朝参战，欢迎"最可爱的人"凯旋，他们热泪盈眶，激情满怀地引吭高歌这首家喻户晓的《中国人民志愿军战歌》，军乐队同时奏出了雄壮的乐曲。我和所有在场的同学一样，全身心地融入伟大的爱国主义和国际主义情怀之中。就在1950年冬，中国人民志愿军赴朝参战的同时，为了适应形势的需要，加速推进我国的国防建设，中央人民政府、人民革命军事委员会和政务院决定招收青年学生和青年工人，参加各种军事干部学校，学习掌握现代军事科学知识与技术，加快建设祖国现代化的国防力量。在市学联和各大、中学校学生会举行的纪念一二·九、一二·一中国学生运动光荣节日的活动中，在抗美援朝、保家卫国各种活动中，广大同学都对照招生条件，踊跃报考军干校。大家都以此作为继承光荣革命传统，抗美援朝，报效祖国的最好时机。能够报上名就很高兴，能够得到招生委员会审核、考试后的批准，简直兴奋得跳起来。在1950年12月第一批报名时，不到两周报考者即达6300余人。1951年6月第二批报名的第一天，就有5000余名学生报考。青年学生以刘胡兰、卓娅、保尔为榜样，"当祖国遭受侵犯的时候，我们向组织交纳的不是团费，而是生命和鲜血！"圣功女中青年团员王惠荣本来立志做一个人民音乐家，这时她说："当祖国危难之时，我的歌怎么唱呢？我的音乐又能为谁欣赏呢？我先去抗击美帝侵略，胜利归来再圆音乐家的梦。"于是她毅然报考了军干校。北洋大学的刘肇伟同学原本立志做水利工程师，为祖国建设水电站。可是他也深切懂得，美帝侵略不仅破坏我们的建设，而且毁灭我们的家乡，有志青年首先要献身祖国国防建设，保卫祖国！因此他也报考了军干校。全市先后有 17000 多名青年报名参加军干校，经上级批准有 4000 多人光荣地走上了国防建设岗位。当各校接到金榜通知时，校校、家家都视为最大的喜事，给被批准的军干校学员披红戴花，彻夜欢庆。1951 年初，全市欢送第一批军干校学员大会是在民园体育场举行的。新中国第一批军干校学员，个个胸佩红色光荣花应邀坐在特设的光荣席上。他们人人脸上洋溢着由衷的喜悦与自豪，接受着全场上万名伙伴的钦羡、祝贺与欢送。整个会场阵阵对歌，此起彼伏，形成欢乐的海洋。时任中共天津市委书记、市长的黄敬同志是广大青年学生的良师益友。他在大会上满怀激情的祝贺、谆谆的教诲、亲切的嘱托，句句话语回响耳畔，长久深入人心。南开大学的胡文杰代表全体军干校学员热情洋溢地说，要不断提高政治觉悟，加强组织性纪律性，认真掌握军事技术，全心全意献身祖国，成为一名合格的钢铁战士。女一中的王颖华（16 岁）在大会上说，烈士的鲜血染红了庄严的五星红旗，红领巾是五星红旗的一角，抗美援朝巩固国防是自己的光荣职责，一定以全部优秀的成绩回报祖国与亲人对自己的信任。我作为学联代表留校同学也表示要全面提高自己，时刻准备响应祖国的新召唤。欢送大会后举行了盛大游行。游行队伍，以一面国旗、百面红旗和 200 余名旗手组成的仪仗队为前导，然后是学生军乐队，军干校学员方阵是游行队伍的中心和重点。近万人的浩浩荡荡的游行队伍行进在天津市主干线上，队伍的歌声、口号声，夹道欢送人们的欢呼声、爆竹声交织在一起，形成一首热情澎湃、波澜壮阔的交响曲，响彻全市，震动全市！

向"最可爱的人"学习　前方后方心心相连

1951 年春，我曾作为天津也是全国的青年学生代表参加了中国人民第一届赴朝慰问团，到朝鲜前线慰问中国人民志愿军指战员和朝鲜军民。回国后在京、津及全国各地汇报传达，前后历时近半年。慰问团团长是廖承志，副团长是田汉、陈沂。参加慰问团的天津领队是著名作家方纪（当时他任和大天津分会秘书长）。慰问团成员包括中央有关部门的负责人、中国人民解放军代表、各民主党派和各界知名人士。慰问团还带了一个有我国著名艺术家参加的文工团。整个慰问团近 600 人，与侯宝林齐名的我国著名相声艺术家常宝堃（艺名小蘑菇）烈士，就是在这次慰问中遭美军飞机轰炸而光荣牺牲的。在赴朝鲜前线的慰问中，慰问团共走了 26000 多里路，踏遍了东西海岸，把450 万元的慰问金、150 万元的慰问品、2000 多面锦旗和 30000 多封慰问信献给了"最可爱的人"。在朝鲜的日日夜夜、山山水水、人人事事，令人永生难忘。我们向"最可爱的人"表达了真挚的慰问、感谢、钦敬和学习之情，亲身感受到前方后方心心相连，是我们胜利前进的力量源泉。现就回忆所及，把我在朝鲜最受启迪，回国后大家有着强烈共鸣的感人事迹扼要叙述在下面。

1950 年 9 月 15 日，美国侵略军以 300 余艘军舰、500 余架飞机、5 万多名士兵登陆仁川，大举进攻朝鲜。他们的主帅麦克阿瑟扬言 3 个月占领整个朝鲜。可是，志愿军在同年 10 月跨过鸭绿江参战仅 5 个月，经过四次战役就把敌人打退，全面向南推进。应当指出，我们面对的敌人是用现代武器武装到牙齿的野兽，战场的制空权基本掌握在美国侵略军手中。我们慰问团是在1951 年 3、4 月间在朝鲜进行慰问的。我们身临战场，目睹了志愿军的神勇奇胜和美国侵略军的滔天罪行。我们的行军与慰问活动几乎都是在夜间进行的。

"打不断、炸不烂"的钢铁运输线

美军飞机昼夜不停地在朝鲜上空盘旋、轰炸、扫射，企图封锁、切断我军公路运输线。敌机投下定时炸弹，我们的战士当时缺少科学检测手段，凭着勇敢、智慧和经验，根据炸弹定时器音响判断，若不正常意味即将爆炸，就立即设警戒以回避。若音响正常，则立即将其扔到河道或山沟里去爆炸。敌机还投下三角钢钉，用来扎破我军车轮胎。我们的战士一面躲避敌机的扫射，一面抓紧时机扫除钉子，来个你投我扫。志愿军司机真是机智勇猛，技术过硬。他们不畏寒风雨雪，用席布遮盖住挡风玻璃，并把它整个支起来，为的是防止因反光而暴露目标。他们利用敌机投下的由小降落伞悬空的圈圈和串串照明弹的光亮来探明路况，绕过弹坑，躲过异物，抓住敌机掉头迂飞来不及炸射的瞬间冲过封锁地段，保证了运输的畅通。我们慰问团就是分组乘志愿军军用卡车（嘎斯 -69）在夜间活动的。慰问团中的解放军代表任车长坐在靠近驾驶室棚顶位置上与志愿军司机保持联系。车上团员各有分工，各司其职。有"对空瞭望哨"，发现并跟踪空中敌情，有"地面瞭望哨"观察地面山川敌情等等，配合志愿军司机采取对应措施，乘胜前进。我们年轻的、可爱的司机熬红了眼，累瘦了身体，但精神抖擞，英姿飒爽，指挥若定，十分成熟。他们说，敌人再疯狂，我们也有办法对付他们。这里就是我们构筑的"打不断、炸不烂"的钢铁运输线。

敌人万炮齐发，我军地下长城岿然不动

我们从进入朝鲜直到回国，白天就在志愿军挖好的"防空洞"里休息，做慰问的准备工作。我在东海岸慰问时，还待过"防炮洞"，是在敌舰炮打过来时保安全的。夜间，在战地慰问时，就进入地下坑道。坑道纵横曲折，点点相连，路路相通。有时，慰问联欢会就在"地下礼堂"里举行。真是比抗日时期地道战中的地道更伟大，也更"现代化"了。敌人万炮齐发，空中轮番轰炸，整个山地的碎石与浮土竟达几尺厚，可是我志愿军的地下长城岿然不动。在一次战斗中，我军的一位参谋，用黄豆计算敌炮发射的次数，一个昼夜，100 粒黄豆倒转了 120 次。也就是说，敌人向我军阵地发射了 12000 发炮弹，而我们只有一伤一亡。志愿军战士豪迈地说："尽管敌人把我们头顶上的阵地由白（雪）变黑（土与火药混在一起），可是我们防守反击把敌人阵地由白（雪）变红（流血）。"

万枪齐射"黑寡妇"，击破敌人制空权

我军高炮部队在空中给敌机以很大威胁。这里特别要提到在志愿军中开展的步枪、机枪，万枪齐射敌机的立功竞赛活动，给敌人的空中优势以更大的打击，就是低空射击敌机。我在朝鲜东海岸元山一带慰问时，志愿军的英雄班长关崇贵告诉我说，"黑寡妇"（指黑色美机）太猖狂了，在我们头顶上、山梁间横行霸道，真是气不忿！他就反复观察、琢磨敌机飞行的高度、速度、迂回路线与时间等，掌握最佳时机、最佳角度集中对空射击。他硬是用机枪把 4 架敌机揍了下来，打掉了"黑寡妇"的凶焰。在闻名于世的上甘岭战役中，志愿军战士肖文汉用冲锋枪的 4 发子弹击落了 1 架敌机。在志愿军入朝作战半年多的时间里，经过五次战役，取得了击落、击伤敌机 1000 余架的辉煌战

绩。当然，在1951年下半年后，年轻的志愿军空军参战了，战果更加扩大了，也更扬眉吐气了。志愿军空军战斗英雄赵宝桐曾向我谈到王海和他驾驶喷气式战鹰，先后分别击落4架敌机的战斗经历，使我们感到现代化的志愿军更是威力无比，内心充满自豪。

力量的源泉，前方后方心心相连

这是我们在前线慰问和回国后宣传中感受最深切之处。在朝鲜，志愿军把我们看作祖国的亲人。他们千方百计地保护我们，从几十里外赶来欢迎我们。好多次慰问欢迎大会都是夜间在树林里，志愿军周密戒备，利用敌机的照明弹和月光，还有远处炸弹爆炸声伴奏，隆重热烈举行的。战士们十分珍视我们带去的慰问品。英雄班长关崇贵把少先队送的红领巾，小心地珍藏在军服贴心口袋里。他说，要用更大的胜利，保护祖国的花朵苗壮成长。有的说，一针一线都是真心，一盒香烟一片红心。他们舍不得抽慰问烟，说要在战斗时，消灭一个敌人吸一口。在上甘岭战役中，爆破手郑定福眼望西北方（祖国的方向）说，为了使祖国人民永远欢乐，我保证为战友们打开胜利通过的道路。就是趴在铁丝网上，也让大家从我身上通过。他浑身是胆，勇往直前，不但炸开了一道屋脊形的铁丝网，还连续爆破了敌人的5个地堡，抓了5个俘虏，出色地完成了任务。千千万万个志愿军战士都坚信："为祖国死，义无反顾""为祖国生，职责神圣""为了祖国，前进！正义必胜，美帝必败。"当我们从朝鲜回国后，在1951年4、5月间慰问团先集中向京津人民汇报宣传，然后分赴全国各地。我有幸到了山西，并到了抗日根据地——太行山区，向老区人民汇报、向老区人民学习。通过言语与形象的宣传，志愿军的光辉思想与英雄事迹，还有美帝的色厉内荏，进一步激发起广大人民群众的爱国主义和抗美援朝的热情。在全国范围内掀起抗美援朝捐献武器（飞机、大炮）的高潮。我清楚记得，在北京先农坛体育场召开大会的情景，彭真、廖承志讲话的内容，还有常香玉、朱继圣分别捐献1架喷气式战斗机时的表态。到1951年6月，两个多月的时间，天津市的各行各业、男女老少齐表爱国心，共捐献了133架喷气式战斗机（合2000多亿元旧币），有力地支援了前方，反过来又推动了天津、整个中国大后方的各项事业发展。

中国人民志愿军和朝鲜人民军英勇作战，迫使美帝签订城下之盟——1953 年的停战协定，取得了举世无双的伟大胜利。

志愿军的英雄业绩万古流芳！中国人民爱国主义光荣传统永放光芒！我们要满怀豪情去继承它、发扬它，迎着改革开放的时代潮流奋勇前进！

（天津市政协文史办供稿）

抗美援朝在辽宁

·张德良·

抗美援朝分会的成立

抗美援朝战争是一场人民战争，抗美援朝战争的胜利是人民战争的胜利。

抗美援朝战争的后勤供应，由解放军战争时期"小米加步枪，仓库在前方"的就地取给和取之于敌的方针，转变为由国家集中统一供应。志愿军入朝之前，中央就明确指示，以东北行政区作为志愿军的总后方基地，所有一切后方供应事宜以及有关援助朝鲜同志的事务统由东北军区负责。

为了动员和组织大量的人力、物力支援朝鲜战争，在地方上成立了统一的支前机构。1950年7月10日成立了中国人民反对美国侵略台湾、朝鲜委员会。1950年10月志愿军出国作战，抗美援朝运动兴起，1951年2月抗美援朝运动进入高潮，为适应这一新形势，中国人民反对美国侵略台湾、朝鲜委员会改称中国人民保卫世界和平反对美国侵略委员会，简称抗美援朝总会，会长是郭沫若，总会设于北京。与此同时各省市也相继成立了抗美援朝分会。当时东北行政区是大区，故首先建立了东北区抗美援朝总分会。辽宁省地区当时划为辽东、辽西省和沈阳、旅大、鞍山、抚顺、本溪 5 个大区直辖市，归东北人民政府管辖。按照辽宁地区行政区划分，于 1951 年 4 月分别成立了 2 省和 5 个直辖市的抗美援朝分会。

爱国主义与国际主义思想教育

辽宁人民在东北区抗美援朝总分会和各城乡抗美援朝分会的指导下，采取订立爱国公约、控诉美帝暴行大会、五一大示威、文艺宣传等多种形式，普遍深入地进行了爱国主义和国际主义教育。

据 1951 年 12 月份统计，沈阳全市人民群众 85% 以上订立与执行了同当时中心工作相结合的爱国公约。鞍山市在推行爱国公约中，全市人民和全体职工共有 16.2156 万人订立了 1.8275 万份爱国公约。抚顺市 1951 年 6 月统计，全市有 17 多万人订立了爱国公约，占全市人口 60% 以上。本溪市订立爱国公约的人数占全市人口 73%，辽西省安东市到 1951 年末，全市（含 3 个农村区）约有 28 万人订立了爱国公约。辽东省 800 万人民参加订立爱国公约者占总人口数的 70% 以上。

1951 年 4 月东北各地普遍举行了各种形式的控诉美帝暴行大会。

抚顺市在 4 月 5 日举行了各界人民代表 2 万多人参加的"公祭平顶山惨案 3000 多死难同胞，控诉美帝国主义、日寇罪行大会"。在本溪市 1951 年 4 月的控诉大会上，工人孟加奎脱下衣服，指着伤疤，表示爱国决心，慷慨激昂，群情鼎沸。有的工人和职员当场恳切要求参军赴朝。农民的觉悟也大为提高，本溪市郊红脸沟村数百人的控诉会上人们沉痛地倾吐在日伪美蒋压迫下的苦水，声泪俱下。

美机残杀中国同胞的被害者中，安东人民首当其冲，仅 1951 年 4 月 7 日到 12 日，安东市民被炸死 90 余人、炸伤 500 人，炸毁房屋 1700 余间。为了愤怒声讨美帝国主义的滔天罪行，先后召开了大小控诉会 3000 多次，同时还以"东北人民控诉团"名义，由安东市工人林贤亭、学生刘相民等 8 人代表参加了东北地区广播大会，并于 5 月 6 日参加了北京市劳动人民文化宫举行的控诉大会，向全国乃至全世界揭发和控诉了美帝侵华暴行。辽西省控诉日本帝国主义在华暴行的大小控诉会的参加人数达 334.2128 万人，占全省 740 万人口总数的 45% 强。仅据 2 市 5 县的统计，召开大小控诉会 1.3435 万次。

　　1951年五一国际劳动节前后全国各地各界人民广泛举行了声势浩大的抗美援朝、反对武装日本、保卫世界和平的示威游行。沈阳市在争取缔结五大国公约、反对美帝国主义武装日本的签名投票运动中，全市有119.9219万人在宣言上签名和投票，充分表现了全市人民反对战争、热爱和平的坚强意志。旅大市有80余万人在拥护五大国缔结和平公约的宣言上签名，有74万余人在斯德哥尔摩和平呼吁书上签名，将近80万人投票反对美帝国主义武装日本。

　　五一国际劳动节参加游行示威的人数达16万人以上。在拥护五大国缔结和平公约和反对美国武装日本的签名投票运动中，全市有23.4619万人签名和投票，占当时全市30万人口的78%。抚顺市在1951年2月20日灯节晚上举行了1.2万多人参加的"巩固中苏同盟，反对美帝国主义武装日本"的群众示威游行。在3月20日又举行了10万人参加的"拥护世界和平理事会的宣言和决议，反对美帝国主义武装日本"的示威大游行。4月26日举行了"拥护世界和平理事会宣言，五大国缔结和平公约的签名，反对美国武装日本投票"的广播大会，会后参加举手投票的有23.5万余人，占全市人口80%以上，在斯德哥尔摩宣言上签名的有22.2万余人之多。5月1日又举行了声势浩大的"五一劳动节抗美援朝示威大会"，参加示威游行的人数达15万人之多。本溪市拥护世界和平理事会决议和反对美帝国主义武装日本签名、投票的人数，占全市人口80.2%强，在五一国际劳动节参加抗美援朝示威游行的人占全市人口半数以上。辽东省800万人民都热爱和平，用各种行动来争取和平。1951年五一国际劳动节前后，全省有384.1382万人参加了抗美援朝、反对武装日本、保卫世界和平的示威游行。4月到7月，投票反对美国武装日本的人数有524.7893万人，签名要求缔结五大国和平公约的人数为523.1889万人。辽东省安东市全市28万人（含五龙背、九连城、浪头3个农村区），在拥护缔结五大国和平公约、反对美帝国主义武装日本的签名运动中，自愿签名的达22.3608万人，基本上达到了100%。辽西省有740万人口，1951年4月，有540万人参加拥护五大国缔结和平公约、反对美帝国主义武装日本的投票签名运动。1951年5月，全省30余个中小城镇及98%以上的农村，举行了"五一"示威大游行，参加人数达442.2309万人，占全省总人口60%。

　　组织各种报告会、座谈会、讲演会，对人民群众进行爱国主义与国际主义教育。沈阳市，1951 年中国人民志愿军归国代表团和 1952 年第二届赴朝慰问团回国后的报告活动，极大地鼓舞和推动了增产节约运动，提高了人民群众对志愿军的热爱程度。第二届赴朝慰问团回国后在沈阳做了 131 次报告，举行了 3 次全市广播会，直接听众即达 14.7 万余人。旅大市，1951 年旅大市人民组织了赴朝鲜慰问团，携带大批慰问品向战勤人员做了战地慰问。1952 年 10 月，旅大市人民又派自己的代表参加中国人民第二届赴朝慰问团，进行了一个多月的工作。参加慰问团的代表归国以后向全市人民传达了朝鲜战场的胜利形势，中朝人民部队愈战愈强的情况，中朝人民的亲密友谊和他们高度的爱国主义和国际主义精神。1952 年以洪淳哲为首的朝鲜人民访华代表团和以李雪山为首的中国人民志愿军归国代表团来旅大，1953 年 4 月朝鲜人民访华铁道艺术团又来访旅大，进一步加强了中朝人民的战斗友谊和文化交流，密切了前后方的联系。鞍山市，1951 年秋到 1952 年底，志愿军归国代表团及休养员、朝鲜人民访华代表团和回国后的中国人民赴朝慰问团来鞍山做了 100 多场生动的报告，直接见面听到报告的人数为 15 万人，广播大会的收听群众人数更多。抚顺市，1951 年 4 月抗美援朝运动月中，全市共组织了 1100 多名宣传员，深入厂矿街道通过控诉、座谈、广播等形式进行了普遍宣传。1952 年 4 月 11 日中国人民志愿军归国代表团、朝鲜人民访华代表团东北分团辽东组代表 8 人来到抚顺，活动 8 天，先后做了 14 场报告，另有 2 次综合性报告，直接见面的听众计有 6.2951 万人，占全市人口 20% 以上。12 月 26 日中国人民第二届赴朝慰问团东北分团第一小组一行 9 人来抚顺，向抚顺人民做了 4 天的传达报告，计 35 场，录音广播一场，和代表直接见面的听众有 5.8 万多人。此外，2 次铁路职工援朝大队功臣模范归国代表、志愿军公安部战斗英雄和出席世界和平代表大会的中国代表鞍钢特等劳动模范李凤恩等代表，也都向抚顺人民做了极为生动的传达报告。所有这些都鼓舞了抚顺人民的生产热情和抗美援朝斗争的决心。本溪市，1951 年 4 月一个月内，全市 172 名党的报告员，做了 567 次报告，听众达 40.6969 万人，其中市内人口 14 万余人。志愿军归国休养员、中朝人民代表团、赴朝慰问团归国代表在本溪的报告、访问活动，使本溪人民对祖国、对志愿军、对朝鲜人民更加热爱。辽东省在全省范围内先后组织了中国人民志愿军归国代表和朝鲜人民访华代表团，赴苏赴德青年代表——志愿军战斗英雄郭忠田以及中国人民第二届赴朝慰问团归国代表等，共做了 220 余场报告，直接听众达 50 多万人。这些生动具体的报告，有力地提高了全省人民的觉悟，在推动生产及完成各项工作任务中起了一定作用。辽东省安东市，在讲解朝鲜战局、反对美帝重新武装日本、拥护世界和平理事会宣言时，共组织 200 多次报告会，听众达 2 万多人；在反细菌战中举行 87 次报告会，听众达 5 万多人；在反对美帝侵略扩张和平签名运动中召开 60 多次讲演大会，有 1.8667 万人参加，召开座谈会 265 次，有 2.8415 万人参加；在市内金汤、中央、元宝 3 个区召开妇女组长座谈会 43 次，有 570 人参加，召开农村座谈会 145 次，有 1.5849 万人参加。辽西省为了开展抗美援朝运动，省级 28 名报告员做了 38 次报告，听众累计 12 万余人。县级报告员计 5 县 819 名报告员做报告 796 次，听众累计 26 万余人。辽西省锦州市召开各种宣传会议 5000 多次，参加人数累计 79 万余人，全市抗美援朝受教育面人数达 97％，锦州纺织厂 2000 多名职工，抗美援朝受教育面人数达 95％。辽西省北镇腰孤家村抗美援朝受教育面人数达 95％。辽西全省中小城镇、厂矿、部分农村基本上消灭了死角，抗美援朝教育的广度、深度前所未有。

利用各种文艺形式宣传抗美援朝、保家卫国收到了显著效果。沈阳市，东北文工团上演的独幕剧有《侵略者的下场》《别做梦》《讨还血债》《在战斗中》等。这些抗美援朝、保家卫国的故事，传诵在人民的嘴里，鼓舞人民的战斗意志和信心。

当时流行的歌曲有《把强盗消灭在太平洋》《抗美援朝进行曲》《跨过鸭绿江》《加紧生产消灭美帝野心狼》《做军衣》。开展群众性歌咏运动简便易行，通过歌声激起人们对祖国的强烈热爱，鼓舞人民的战斗意志。鞍山市，1952年文献纪录影片《抗美援朝》第一部来鞍山市上演 8 天，观众达 14 余万人，创全市纪录影片观众人数的最高纪录。"抗美援朝前线实物及图片展览会"在鞍山市展览，观众达 3 万多人。自从抗美援朝以来，鞍山市出版的抗美援朝宣传材料，据不完全统计，有 55 种，印发 40 余万份。抚顺市，1952 年 3 月 5 日起举行了为期 5 天的"抗美援朝实物及图片展览"，计观众 3.2 万人。本溪市，文联绘出漫画 2000 余幅，团市委举办了 2 次大规模的爱国讲演会、电影、朝鲜战地照片展览。文工团及业余剧团演出了优秀的戏剧。通过各种形式的宣传活动，真正做到家喻户晓，人人皆知。安东市，在反对美帝侵略扩张宣传运动周中全市出动秧歌队59个，演活报剧、拉洋片143场；在反细菌战中，市防疫大队在各区演出文艺节目73场，观众达1.73万人；曲艺艺人到街头演出12场，观众达7300人；"五反"文工队演出10场，观众达1.33万人；市内各区在两个月内共组织12个文艺组193人参加，演出快板、活报剧等节目76场，观众达5.2万人。各种文艺形式适合群众口味，易收到寓教于乐的效果。辽西省抗美援朝分会和人民团体及宣传机关，为了开展抗美援朝运动，编印歌集、宣传材料等计23万份，其中仅文艺材料就有30余种。

经过各种形式的爱国主义和国际主义思想教育，基本上扫除了亲美、崇美、恐美的思想影响，大大提高了民族自尊心和民族自信心，加强了同仇敌忾打退美国侵略者的决心。

参军热潮

抗美援朝运动中，工人、农民纷纷报名参加志愿军。

抚顺市在1951年一年里，全市志愿参军赴朝的就有1185人，其中包括汽车学校学员在内。本溪市在控诉美帝罪行大会上，有的工人和职员当场恳切地要求参军赴朝。辽东省安东市区与3个郊区及县的广大青年踊跃报名参军，安东市区有1000多名青年参加志愿军。1950年冬，岫岩县在扩兵中组织了2600名宣传员，仅十几天时间，全县就有7800多名青年报名参军，经检查合格被批准者为2043人。1950年11月4日，各民主党派联合宣言发表后，辽西省锦州市各界人民首先发起了"抗美援朝志愿报名运动"，仅在十几天之内，志愿报名参军的人数即达1000余名，以机关干部、青年学生和工人为最多。

1951年6月24日，中央人民政府政务院颁布《关于各种军事干部学校招收学生的决定》，指出人民革命军事委员会所属各种军事干部学校，必须再在全国范围内广泛地招收一次学生，以适应国防建设的需要。随后6月27日中央人民政府教育部也发布了各种军事干部学校招生计划的指示。各民主党派、各人民团体、各级学校均热烈响应青年学生参加军事干部学校的决定。

据不完全统计，沈阳市有 3390 名青年学生、工人光荣地参加了军事干部学校。抚顺市 1951 年一年内，参加后方各种军事干部学校的学生和青年工人有 357 人。辽东省为了保卫祖国建设强大的现代化国防军，响应祖国召唤，全省共有 1.4 万余名青年学生参加各种军事干部学校。

参战热潮

抗美援朝开始后，成千上万的铁路职工、汽车司机和农民组织了运输队、担架队，到朝鲜前线担任战地的各种运输与勤务工作。医务工作者组织了大批医疗队为中朝部队服务。

自抗美援朝运动开始到 1953 年 1 月止，沈阳市有 2795 人赴朝鲜前线服务，其中包括汽车司机、汽车修理工和翻译等。旅大市长海县渔民，为了保家卫国，不但加紧捕鱼，还有 130 名强壮的青年渔民赴朝参战。很多学校和医院组成了抗美援朝输血队。旅大水产公司的船员们，创造了以 30 只木船击毁多艘敌舰的英雄业绩。据志愿军有关部门来信：仅 1952 年以来，旅大赴朝人员中已有 121 名立了功，这些功臣中有许多是曾在旅大工作过的汽车司机。鞍山市在抗美援朝运动中，志愿出发支援前方的战勤人员共计 367 人。抚顺市 1951 年一年内参加赴朝的汽车司机 187 人，医务人员 2 人。

辽东省人民自抗美援朝以来，纷纷报名参加支前工作。许多技工、医生、汽车司机、船夫和车夫，志愿在朝鲜前线或后方担任各种战地勤务工作，涌现了大批模范人物和功臣。

辽东省安东市，地处志愿军总后方基地的最前哨城市。它既担负着全国赴朝作战的兵员、军需物资和伤病员的转运任务，又担负着直接支援前线的战勤任务。全市区近 20 万人民全力以赴从事战勤工作。市设立支前委员会统一领导，下设市战勤、区战勤处理，派出所战勤干事，层层负责，还制定了《战勤动员暂行办法》等文件，对战勤、条件、范围、编组做出了统一规定，同时向市民做好战勤的宣传教育工作。为确保战机安全起降，1951 年冬安东市成立扫雪委员会，由浪头区、振兴区和安东县部分区、村抽调 1600 名民工担负扫雪任务。1952 年 2 月扫雪委员会改称修建委员会，扩大为 5200 人，650 台大车，负责机场的维修工作。民工们发挥了高度的服勤积极性，从未耽误过战机的安全起降。九连城区 200 多名民工，在安东火车站冒着敌机空袭为志愿军装卸军火，迅速敏捷，胜利完成任务。他们还在鸭绿江岸抢卸过即将沉没的一船白面，受到辽东军区后勤部的两次奖励。元宝区担架队一夜渡江 13 次，转运伤员，市政府授予锦旗一面。岫岩县 5000 名民工，经三天三夜急行军，冒着炮火过江，为志愿军抢运军火，并在朝鲜定州车站活捉 1 名美国飞贼，被授予模范支队的光荣称号。在三年抗美援朝运动中，据不完全统计，自 1950 年到 1953 年安东市（含所属安东、凤城、岫岩、宽甸 4 县）共出担架 7347 副，其中市内 4608 副；民工 220947 人，其中市内 95498 人；大车 41814 台，其中市内 22175 台。通过市县奖模大会，岫岩县授予大车 3 个大队（担架、民工、大车）、2 个中队、13 个小队模范队称号，表彰模范人物 500 名；凤城县表彰模范人物 295 名；宽甸县表彰模范人物 120 名。

劳军热潮

从 1950 年 12 月 1 日起，各民主党派及各人民团体掀起了慰劳中国人民志愿军和朝鲜人民军的热潮。1951 年 1 月 14 日，中国人民保卫世界和平反对美国侵略委员会发出通知，决定在全国发起大规模的募集慰劳品、救济品运动，慰劳在冰天雪地中艰苦作战的中国人民志愿军和朝鲜人民军，救济在冬天缺少衣被、粮食、房屋的广大的朝鲜难民。1952 年 12 月 22 日，中国人民抗美援朝总会发布《关于继续加强抗美援朝工作的指示》中，号召切实做好供应和慰问工作，再次掀起劳军热潮。

沈阳市抗美援朝分会，从抗美援朝运动开始到 1953 年春为止，共收到慰问袋 20.6446 万个、书刊 12.4506 万本、慰问信 15 万余封、慰问金达 100 亿元以上。此外还收到了大批的日用品、药品和医疗器材等。大连市人民为了慰问中朝军队，仅 1951 年一次寄到前线的就有 15 万余封慰问信、10 万个慰问袋和大量的慰问品。1953 年春节捐献书刊、画报 9 万多册，慰问信 3 万余封以及文化娱乐等慰问品 3 万余件。鞍山市群众自动捐献慰问中朝人民部队的慰问金达 14.253 亿元，慰问品 1.5551 万件。经鞍山市抗美援朝分会转给志愿军的慰问信有 6.542 万封。抚顺市抗美援朝分会两年来共计收转各界人民送来的慰问金 8842.6712 万元、慰问品 356 大箱、慰问信 26331 封。本溪市两年多来的抗美援朝运动，教育了人民，使群众觉悟不断提高，比如1953年春节，群众捐献的慰问金和物资比1950年春节就多了30倍。

辽东省热烈地开展了慰问人民志愿军的运动，据21个县市的统计，共寄赠了37.5万封慰问信和大批的慰问品、慰问袋。辽西省各界人民于1950年11月末到1952年1月末，开展了"一信一袋运动"，仅仅在两个月内，就收到慰问金8亿元、慰问袋1.8万余个、慰问信4.7万余封。

抗美援朝战争初起，从1950年8月27日到11月10日，美机多批共119架次侵犯中国安东市、宽甸县、安东县领空，集中轰炸朝鲜新义州和鸭绿江大桥，炸死、炸伤、烧死中朝居民多人，新义州朝鲜难胞一齐拥向安东市。市委和市政府立即派出消防车和船只渡江到朝鲜新义州帮助灭火和抢救受伤难胞。市政府设立了朝鲜难民接待站，自1950年11月8日到21日共接待朝鲜难胞4200名之多，接待转送朝鲜难童1.875万名，辽宁地区共接收3万名朝鲜难童，他们都得到了精心照料、及时治疗和妥善安置。

1951年1月22日中国人民保卫世界和平反对美国侵略委员会发出《关于组织中国人民赴朝慰问团的通知》。1951年5月13日公布了中国人民赴朝慰问团负责人，总团长为廖承志，下设直属分团和一至七分团。其中第六分团为东北分团，团长为高崇民，时任东北人民政府副主席，他率团赴洮南、齐齐哈尔、北安、双城、长春等地慰问中国人民志愿军和朝鲜人民的伤病员。

1952年10月10日公布了中国人民第二届赴朝慰问团负责人名单，下设一个总团九个分团。其中第七分团和第九分团是以在沈阳的各方面负责人为主组成的东北分团。

两次赴朝慰问团都为中国人民志愿军、朝鲜人民军和朝鲜人民演出了精彩的文艺节目，分发了慰劳金、慰问品和慰问物资，鼓舞了他们的战斗意志，加强了用鲜血结成的中朝人民的友谊和反对美国侵略军保卫世界和平的信心。

捐献武器运动

中国人民抗美援朝总会于1951年6月1日发出通告，号召全国各界同胞给志愿军捐献更多的飞机、大炮、高射炮、反坦克炮等武器，所以捐献武器运动也叫捐献飞机大炮运动。这一运动普及于全国各个地区和各阶层人民之中。很多工人、农民、干部、学生和医务界、工商界、文艺界的人士在捐献中发扬了高度的爱国主义热情，出现了许多感人的事迹。同时在捐献中采取了捐献武器运动与增加生产、增加收入运动相结合，与爱国公约运动相结合，与爱国主义教育相结合的正确方针，并且实行自觉自愿原则，使运动的发展更加健全有力，收到了很好的效果。

沈阳市到 1952 年 5 月末，全市人民捐献战斗机达 57 架，缴款人民币 856.2 亿元，超过原订计划 38 架的 50%，其中职工（包括机关团体）以增产、献金、献工等方式捐献 230.295 亿元，超过增订计划 8 架战斗机的 91% 强。农民们则以多打粮食和搞好副业等订立了捐献计划。市郊农民虽遭水灾歉收，但仍捐献 56.64 亿元，超过原计划 2 架战斗机 84% 强。工商界原订计划 30 架，在修订中又增加 10 架，全市工商界共捐款 594.18 亿元。街道居民（主要是妇女）把参加生产、做鞋、养猪、养鸡等副业所得收入捐献购买武器订入计划，全市 8 个区共捐献 42.92 亿元。文教界（包括学生）以组织义务劳动和义演等方式进行捐款。如全市中学有 600 余名同学在暑假期间组织了劳动建设队，全体队员以无比的劳动热情，完成了 3724 土方的平土运土工程，共收入 6000 多万元，扣除同学伙食费后，全部捐献购买飞机大炮。全市小学生共义卖书刊 28 万册，搜集废铁 17.78 万余斤，捡碎玻璃 14.47 万余斤卖钱捐献。文艺工作者和教师除每月捐献一天到两天的工资外，还以组织义演和写稿收入进行捐献，全市文教界共捐款 18.1 亿元。在捐献武器运动中，旅大市人民提出增产捐献 22 架战斗机组成"旅大机队"的计划，到 1952 年 5 月末，全市人民增产捐献人民币达 410 余亿元，折合 27 架战斗机，超额完成了任务。工人在捐献运动中，表现了国家主人翁姿态，不仅以增产节约来支援前线，并且以义务劳动超额完成计划。1951 年全年提出合理化建议 478 件，为祖国创造 25 亿元的财富。工商界到 1951 年 10 月 20 日不但完成了 9 架战斗机的捐献计划，还追加 1 架战斗机，超额完成了任务。幼儿园的孩子和学校的学生节省零用钱给志愿军叔叔买武器，机关职员节约办公费、通讯员节约稿费、演员举行义演、商人举行义卖，都来捐款购买武器。鞍山市原计划是捐献 9 架飞机，而最后的捐献总数可以购买 10 架飞机。抚顺市在捐献武器方面，全市工人假日不休息，农民想办法增产粮食、妇女节省日常生活费用、工商业者改善自己的经营，全市人民依靠这种爱国主义热情把增加的收入捐献出来，全市原计划认捐 8 架，结果捐献 11 架战斗机，超额完成 3 架。本溪市人民在高度爱国热情与自觉基础上先是订出个人和团体的捐献计划，共计捐 4 架战斗机，其中国营企业 3 架、工商业界 1 架。为了完成捐献计划，许多工矿、机关、学校师生都规定了 1 个月以 1~2 天为"支援抗美援朝义务劳动日"，将自己所增加的工资收入捐献出来，很多工人把国家奖给超额完成生产计划任务的奖金捐献出来，有的甚至将心爱的订婚或结婚纪念的金玉首饰捐献了，有的将积存多年的银圆捐献了。因此，至 1951 年 10 月 25 日，志愿军出国作战 1 周年纪念之日，捐款数已达 57.14 亿元，提前完成了 3 架战斗机的捐献任务，截至 1952 年 5 月 31 日，捐款数共计 71.78 亿元，超额完成了 5 架战斗机的捐献任务。

辽东省各界人民热烈开展了爱国增产捐献运动，全省原计划认购战斗机 31 架，但是实缴款数截至 1952 年 5 月末竟达 1080 亿元以上，可购买战斗机 72 架，超额完成 232%。辽西省各界人民都以自己的实际行动热烈响应捐献飞机大炮运动。所有的工矿职工都开展了增产节约捐献飞机大炮的爱国生产竞赛运动。工人们把增产捐献计划订入爱国公约中，积极想办法、找窍门、挖潜力，提高生产技术进行捐献。为了纪念志愿军出国作战 1 周年，锦州市在 10 月 25 日当天即完成了"锦州市职工号"的捐献计划。阜新市的矿工，不但超额完成了捐献计划，而且发挥高度的创造精神，由总机厂的工人将过去部队丢下的 1 门不能使用的平射炮修好，作为国庆节献礼捐给了志愿军。广大农村的农民，用精打细算、深耕细作进行爱国生产竞赛，以完成捐献飞机大炮的计划。康平县是一个有 20 多万人口的小县，原计划捐献 1 架战斗机，结果捐献了 2 架之多。锦西三区的农民群众，原计划捐献 1.6 亿元，缴款时实交 3.6 亿元。爱国的工商界，以改善经营增加收入的办法积极参加爱国捐献运动，完成捐献计划。如锦州市福生合经理孙集庭在半年内就从增加收入的 3000 万元中提出 2500 万元捐献，推动了全市工商界的捐献活动。法库县天庆隆油房半年捐献了 1500 万元。青年学生的捐献热情更高，他们所捐献的钱都是放学后或暑假、年假里，自己捡粮食、打柴火、打柳条子积聚起来的。辽西省提前 40 天完成了原订 490 亿元的捐献飞机大炮计划，而最后捐献总数高达 790 亿元以上，折合战斗机 53 架，超额完成了捐献任务。

全国人民包括辽宁人民捐献武器运动胜利开展的结果，显著地改善了志愿军的技术装备，建立起实力强大的空军，从而加强了志愿军的军事威力。

爱国增产节约运动

在抗美援朝运动中，由于将抗美援朝工作与国家建设工作结合起来进行，使抗美援朝工作成了推动国家各项建设工作的重要动力。在工人开展爱国主义劳动竞赛和增产节约运动、在农民掀起爱国丰产竞赛运动时，工商界也提出了"按时纳税"的口号，有力地支援了前线，保证了后勤供应。

沈阳市 1951 年开展了增产节约 250 万吨粮食的竞赛运动，执行结果超额完成了增产节约 360 万吨粮食，1952 年又完成了增产 350 万吨粮食。沈阳市郊旧站区高坎村全体农民计划每亩增产粮食 25 斤，秋收时每亩增产粮食 50 斤。军衣加工工作和絮行工作主要是由街道劳动妇女完成的。旅大市工人提出"工厂就是战场，机器就是武器"的战斗口号。1951 年完成了增产节约 200 万吨粮食，1952 年完成了增产节约 250 万吨粮食。

本溪市钢厂工人提出："多生产一吨钢，就多增强一份抗美援朝力量。"煤矿工人提出："多出一铲煤，就等于多消灭一个美国鬼子。"1951 年原煤铁公司工人超额完成国家生产计划的 119.4%，完成增产节约计划的 105.18%；1952 年超额完成国家生产计划的 115.3%，完成增产节约计划的 171%。辽东省遭受美帝国主义的轰炸扫射，但辽东人民怀着对美帝国主义的仇恨，反而涌现出了许多坚持生产、坚持工作、抢修抢救的爱国英雄模范人物。安东铁路工人有 210 人自愿报名参加抢修队工作，冒着敌机轰炸的危险，在 1951 年年关前后 3 个月中，提前完成了 11 次抢修任务，在某地创造了以 4 个半小时架起了 707 根枕木的奇迹。

抗美援朝运动不仅推动了工农业生产，而且对镇压反革命运动与防奸防特，对三反五反运动都起了积极作用，巩固了志愿军的战略后方。

彻底粉碎敌人细菌战

美国侵略军自 1952 年 1 月 28 日在朝鲜发动了大规模的细菌战之后，复自 2 月 29 日起，截至 3 月 21 日的 22 天中，先后以军用飞机 175 批 955 架次侵入中国东北辽东省领空，向沈阳、抚顺、新民、凤城、宽甸、通化、临江、辑安、长白等地撒布大量携带细菌的昆虫，并对安东、临江、宽甸、长甸河口地区进行轰炸扫射。3 月 8 日外交部部长周恩来发表声明，严重抗议美国政府使用细菌武器屠杀中国人民、侵犯中国领空。中国红十字会总会、中国人民救济总会、中华全国自然科学专门学会联合会、中华全国科学技术普及协会、中华医学会、各民主党派等 10 余个团体，在中国人民保卫世界和平反对美国侵略委员会的发起下，组成了 50 人的"美帝国主义细菌战罪行调查团"赴东北和朝鲜各地进行彻底调查。调查团专家中有细菌学专家、大连医学院细菌系主任教授魏曦，昆虫学家、大连医学院生物系主任教授何琦。调查团于 1952 年 3 月 15 日从北京出发，抵达沈阳后将一部分人员组成一个分团在东北各地进行调查。东北分团于 4 月 1 日完成调查工作，4 月 3 日发表了《美帝国主义细菌战罪行调查团东北分团关于美帝国主义在中国东北地区撒布细菌战罪行报告书》。调查团检验的结果认定，美帝国主义利用飞机、炮弹及其他方法撒布大量有细菌的昆虫及其他毒物，证据已经十分确凿，检验结果已经肯定有鼠疫、霍乱、伤寒、副伤寒、痢疾等致病细菌，在中国东北和朝鲜造成人工性的疾病，大量杀害东北人民和朝鲜人民及中朝部队，并企图大量毒害东北及朝鲜之牲畜和损害农作物。报告书指出，细菌武器和化学武器、原子武器一样，是最残酷最不人道的武器，也是为国际公约所绝对禁止的武器，但美军在我国东北地区却正使用这种武器进行罪恶的侵略。

为了彻底粉碎美国侵略者的细菌战，沈阳、抚顺、辽东、辽西等省市的人民，积极响应毛主席"动员起来，讲究卫生，减少疾病，提高健康水平，粉碎敌人的细菌战争"的号召，开展了群众性的爱国卫生运动。在街上、在田野里，到处都可以看到男女老少群众，成群结队地进行防疫工作，捕灭毒虫。他们的口号是："打死一个毒虫，就等于消灭一个美国鬼子！""家家无鼠，家家无虫！"沈阳市人民在 1952 年共清除垃圾 73.5484 万吨，疏通臭水沟19.736 万平方米，填平污水坑 10.5846 万平方米，疏通下水道 1.04 万平方米，修建污水井 2.62 万个，改善和新建厕所 1.7827 万个，捕杀老鼠 78.94 万只。此外还进行了两次药物杀虫，洒药面积 927.9323 万平方米。爱国卫生运动使

1952 年传染病的发病率比 1951 年减少了 28%，鼠疫、霍乱完全绝迹。抚顺市人民 1952 年消灭了敌人撒布在几万平方米土地上的几百种细菌毒虫，制止了传染病的蔓延；在全市卫生大清扫运动中出现了上千的模范街道、模范居民组和模范个人。1952 年 3 月上旬，辽西省 25 个市县成立了爱国卫生运动委员会，组织动员和训练了卫生医、药人员共 108.8861 万名，在全省范围内开展了大规模的群众性的爱国卫生运动。据锦州、山海关等 20 个市县统计：共清除垃圾 99.3659 万吨，12 个市县填平水坑 148.7775 万立方米，10 个市县疏通沟渠 15.9157 万米，7 个市县除草面积达 166.8863 万平方米，11 个市县消毒土井 5858 个。锦州市清除了"九一八"以前留下来的脏土，填平了较大的沟渠 32 条，面积达 3 万平方米，变成了平坦的马路和广场。山海关市动员群众和解放军 12836 人，将宽 4 米、深 1 米的 5 条臭水沟和河道的臭水导入渤海，用 1300 立方米的土填平了臭水沟，变成了菜园和广场。在"一扑五灭"的口号下，19 个市县捕鼠 1.13 亿只，10 个县市堵鼠洞 115.6 万个，9 个市县捕蚊 5356 斤，四平市消毒面积达 6.6812 万平方米，创造了一个 39 万平方米的无鼠区。

爱国卫生运动不仅彻底粉碎了敌人细菌战的阴谋，而且使人民群众都知道了讲究个人卫生和环境卫生的重要性。

拥军优属工作

1950 年 12 月 22 日中央人民政府内务部、中国人民革命军事委员会发出《新旧年关开展拥政爱民和拥军优属运动的指示》，1951 年 1 月 31 日中国人民保卫世界和平反对美国侵略委员会发出《关于春节慰问中国人民志愿军家属运动的通知》，1952 年 12 月 22 日中国人民抗美援朝总会发布《关于继续加强抗美援朝工作的指示》，号召做好四项工作之一就是认真做好拥军优属工作。辽宁地区各省市县积极响应上级号召，使拥军优属工作取得了很大成绩。

沈阳市市郊广大农村普遍贯彻了土地包耕、助耕政策。全市受土地包耕、助耕的烈军属共有 3794 户，土地面积为 3.8 万亩。全市组织了 16 个生产合作社性质的烈军属生产单位（漂白加工厂、文教用品加工厂、印刷厂及消费合作社等），解决了 2483 名烈军属的职业问题。仅 1952 年由人民政府安置的烈军属、转业军人、荣复军人就有 5000 余人。另据 1952 年 8 月统计，全市享有长年或临时补助的烈军属共有 18484 户，96370 人。每逢年节，市人民政府、各民主党派、各人民团体组成慰问团和文工团，赴市内有关医院，向志愿军和解放军伤病员与休养员进行物质上和精神上的慰问。旅大市 1952 年 8 月，开展了以增产节约为中心的优抚创模运动，全市出现了集体优抚模范单位和小组 71 个，个人模范 259 名。小学生开展了"一件事"运动，柳树村小学生组成了 14 个优抚小队常年帮助烈军属干活。本溪市拥军优属工作进步很快，比如 1953 年春节群众捐献的慰问金和物资比 1950 年春节多 30 倍。西街群众听说志愿军来了，自动倒出 192 铺火炕，有 3 户新婚不足半个月也把房子倒腾出来自己搬到工厂去住，这对住房紧张的本溪人民来讲，确实是不容易的。据辽东省安东市 3 个区统计，有 453 名青年经常参加拥军优属工作，一、二两区有 104 名青年团员参加护理伤病员工作，还有 1900 人参加输血团工作，已有 1800 人共输血 58 万毫升。据安东、辽源 2 市的不完全统计，妇女共做了 3.0745 万床被，1.0516 万件大衣，372 个碗套和许多慰问袋，洗了 4.9429 万件衣服、洗补了 2.242 万双袜子。安东市 4 个区妇女有 520 人参加护理伤病员工作，小学生给志愿军洗衣服达万余件。辽西省 25 市县都成立了优抚工作委员会，负责领导和检查优抚工作。在农村中，全省烈军属的土地有 60% 左右是由互助组代耕的。在城市中贯彻"组织生产、介绍职业为主，物资补助为辅"的优抚方针。据锦州、四平 9 市县统计，1952 年经政府介绍就业的烈军属就有 2240 余人。1952 年春耕和夏锄时，省人民政府拨款 20 亿元作为烈军属生产和生活补助费。新年春节更不忘对烈军属的慰问工作。优抚工作的大力开展，还使烈军属的政治地位大为提高。据锦州、四平、昌北等 9 市县统计，烈军属被选为各级人民政府委员的有 2520 人，被选为各级人民代表的有 4089 人，被评为各种模范的有 1259 人。

严惩暗害志愿军的奸商

　　1951 年 12 月至 1952 年 10 月进行的三反五反运动中发现了奸商暗害解放军的违法犯罪活动。1952 年 2 月 17 日《人民日报》发表社论《严厉惩办暗害志愿军的奸商》，指出：沈阳等地的一些奸商暗害中国人民志愿军的事实，无可置辩地证明了不法奸商不但在疯狂地破坏着我们祖国的经济建设，而且正在实质上配合着美国侵略者向中国人民志愿军猖狂进攻。他们是志愿军的敌人，是祖国的叛徒，是世界和平的破坏者，是美帝国主义的帮凶。

抗美援朝运动开展 3 年以来，安东市的一些汽车修理厂和汽车零件商店，结成了巨大的盗窃集团，大量地盗窃志愿军的汽车、汽车零件、汽油，直接破坏前方的运输工作。1952 年安东市公安机关破获的偷盗军需物资案件达 80 余件，仅陆大汽车修理厂盗窃志愿军的汽车汽油就值 14 亿元。安东市有的私商手里的军用物资，都是从志愿军那里偷盗来的。一些药房的奸商给志愿军做假药，还有一些食品商在给志愿军的食品加工时掺假，也是平常的事。因此必须彻底肃清右倾思想，紧紧依靠工人阶级，坚决击退不法奸商的进攻。

宗教界自立革新的爱国主义运动

1950 年 9 月 22 日宗教界发表了《中国基督教在新中国建设中努力的途径》。1950 年 12 月 29 日中央人民政府政务院公布了《关于处理接受美国津贴的文化教育救济机关及宗教团体的方针的决定》以及相应的报告。1951 年 4 月 21 日发表了《中国基督教各教会各团体代表联合宣言》，在该宣言署名的有 127 人，其中 3 人是沈阳的，他们是中华基督教会东北大会理事长孙鹏翕、中华基督教会东北大会执行干事金玉清、中华基督教会东北大会理事王忱。

在上述文件中提出了中国宗教界自立革新的爱国主义运动。文件中号召中国宗教界要彻底全面地割断与美国教会及其他教会的一切关系，实现中国基督教的自治、自养、自传的"三自"革新运动，基督教徒要直接参加抗美援朝运动，执行爱国公约，使抗美援朝的宣传工作普及每个教徒。接着中国天主教徒也和中国基督教徒一样发表了自立革新运动宣言。

沈阳市宗教界在抗美援朝运动中提高了爱国主义热情，全市 3000 余名天主教徒中，有 2450 余名教徒在宗教革新宣言上签了名。

（辽宁省政协文史办供稿）

湖南各民主党派、工商联积极参加抗美援朝运动

·鲁庆昌·

为了进行抗美援朝、保家卫国的斗争，湖南广泛深入地开展了抗美援朝运动，湖南人民积极投身于抗美援朝、保家卫国运动之中。1950年9月，中共湖南省委发出指示，要求加强反帝爱国主义宣传教育。于是，反帝爱国主义教育在全省有声有色地开展起来。通过公开揭露证据确凿的事实，人们加深了对帝国主义侵略本性的认识，一些长期背负半殖民地精神枷锁及有崇美、恐美，甚至亲美思想的人在思想上获得了解放。11月5日，中共湖南省委和各民主党派湖南省级地方组织联名通电，表示"坚决以实际行动为抗美援朝、保家卫国而奋斗"。湖南抗美援朝运动从11月初开始发动，至平壤解放时达到高潮。

湖南省各民主党派地方组织分别召开会议，在内部发出指示，动员其成员及其所联系的人士积极投入到抗美援朝的伟大斗争中来。当时，湖南省民主党派地方组织：民革、民盟、民建和农工党的负责人分别发表谈话，并决定建立各民主党派定期联合会报制度，这对于帮助各民主党派成员、知识分子、无党派民主人士等，澄清混乱思想，提高认识起了初步作用。

11月6日，中共湖南省委、湖南省人民政府负责人黄克诚、

王首道、萧劲光等召集省会各民主党派、民主人士，省、市政治协商委员会委员，教育界、工商界、宗教界，省人民政府参事、参议和顾问，以及文史馆馆员等 300 余人进行了一整天的时事座谈。首先，使中上层人士获得对抗美援朝的初步认识，通过他们扩大宣传，扩大影响，引起各阶层对抗美援朝时事学习的重视和关心。座谈会后，各民主党派分别或联合举行全体民革党员、民盟盟员、民建会员、农工党党员的时事座谈会。同时，积极发动民主党派成员参加省、市抗美援朝誓师大会。农工党湖南党务特派员朱宜风代表全体农工党党员发表了《拥护抗美援朝的声明》，强烈抗议美帝国主义武装日本、侵略朝鲜。全体与会者进一步认清了美帝国主义的侵略本性，加深了对抗美援朝重要意义的认识，针对少数人的所谓"我们要搞建设，不要惹火烧身""我们必须忍耐，不要鸡蛋碰石头"为具体表现的恐美思想及错误言论作了"针对思想不整人"的批判。

在 11 月 6 日的座谈会上，还成立了中国人民保卫世界和平反对美国侵略委员会湖南分会（简称抗美援朝湖南分会），吸收各阶层代表人物参加。抗美援朝湖南分会以程潜为主席，黄克诚（中共）、谢晋（民革）为副主席，唐生智（民革）、萧敏颂（民盟）、向德（民进）、朱宜风（农工党）以及工商联的曾诚意、陈芸田、凌霞新等数十名各界人士为委员。并在较短的时间内，省会各民主党派组织，利用戏院、学校举行了百次以上有 20 万人听讲的时事讲演会。各种讲演会由中共湖南省委书记黄克诚、湖南省人民政府省长王首道等省、市党政负责同志以及各民主党派湖南组织的负责人担任宣传讲演员。各地所有的公共场所，包括工厂、商店、集市、旅店、车站、码头、公园、庙会都成为时事宣传的阵地。各民主党派负责人及其成员都是演讲员、宣传员。民主党派及其所联系的人士，其中多数是知识分子、文艺工作者和工商界的有识之士，他们运用办墙报，召开故事会，演唱花鼓戏、三棒鼓、莲花闹，以及通俗、小型歌曲、话剧等形式进行抗美援朝宣传，迎头痛击和揭露了与抗美援朝、保家卫国相悖的错误思想和别有用心的政治谣言，初步稳定了长沙市 50 万人民的情绪。许多民主人士，特别是民主党派成员在这次抗美援朝宣传运动中，觉得自己的责任很大，觉得能直接与人民群众见面，向他们进行宣传、鼓动很光荣，更加靠拢了党和人民。这是湖南开展抗美援朝运动的第一阶段，即大宣传大发动阶段。

湖南抗美援朝运动的第二阶段是举行声势浩大的群众集会和游行示威。11月下旬，我志愿军部队和朝鲜人民军一道大举反攻，连续获胜。平壤大捷消息传来，湖南人民情绪高涨。中共湖南省委统战部抓紧召开了有各民主党派成员、爱国民主人士、工商业者和机关干部参加的千余人祝捷大会。尤其在12月15日工商界的祝捷大会上，通过6项爱国公约，会后有22000余名工商业者（老板、股东）冒着寒风冷雨进行游行示威。省党政领导亲临讲话，检阅游行队伍，给全省工商业者和人民群众以极大鼓励。省内各市、县工商联也分别召开工商界人士拥护抗美援朝、保家卫国大会，通过拥护抗美援朝的决定；工商业者个人则订立增产节约、遵守政府法令、合法经营、踊跃纳税和不偷税漏税的"爱国公约"。事后，长沙市人民政府发表了嘉勉这次爱国运动的公开信，使他们深受鼓舞。

在中共湖南省委领导和支持下，湖南人民大规模地举行游行示威，达2500余次，参加人数在400万人以上。与此同时广大工人积极投身于爱国主义生产竞赛，农民努力夺取当年粮食大丰收，广大青年踊跃报名参军参战。民革党员动员11名子女、农工党员动员6名子弟参军参干，保家卫国。

1951年湖南的抗美援朝运动进入第三阶段。为响应中国人民抗美援朝总会关于推行爱国公约、捐献飞机大炮和优待烈军属的号召，中共湖南省委作出了认真执行"三大号召"的有关决定。湖南各民主党派、各人民团体和各界人士在"多多捐献飞机大炮，早早打垮美国强盗""增加收入，多多捐献"的口号中，自愿捐献，全省共捐献人民币1986万余元，可购买战斗机132架，超过了原订计划。民革党员捐献1272元，人均达20元；民盟捐献975元；农工党员捐献463元，人均达16.6元；民建、工商联会员更多有捐献，仅长沙市工商界人士即捐献战斗机9架，折合人民币135万元，由民建会员担任主要负责人的28个行业，都提前完成捐献任务，共68万元。占全市工商界人士捐款总数的50%以上。还有数以百万计的慰问信、慰问金、慰问袋源源寄往朝鲜前线。

1952年冬，民盟湘支临工委会杜迈之、周世钊、谢义伟、罗耀楚，民建长沙分会副主任、长沙市工商联筹委会副主任陈芸田、王世传，委员龙维周、聂季常等人分批参加中国人民赴朝慰问团，深入前线慰问中国人民志愿军和朝鲜人民军。

总之，在抗美援朝运动中，民主党派及工商联湖南地方组织尽到了自己的力量，广大成员受到了深刻、生动的爱国主义和国际主义教育，增强了中华民族自豪感。

（湖南省政协文史办供稿）

・石尚武・
・谭玲・

贵州人民抗美援朝运动概述

　　1950年12月18日，中国人民保卫世界和平反对美国侵略委员会贵州分会成立。就此，贵州各族人民在省委和省政府的领导下，开展了轰轰烈烈的抗美援朝保家卫国运动，把支援前线、巩固后方紧密地联系起来。1951年1月7日、13日，贵阳市大、中学生6000多人和店员、工人2000多人，先后举行抗美爱国示威游行。3月5日，贵阳市基督教、天主教、佛教、伊斯兰教人士万余人在市人民文化馆广场举行"抗美援朝保家卫国，反对美国重新武装日本"示威大会，大会号召，坚持"自治、自传、自养"方针，坚决割断天主教会、基督教会与帝国主义的关系，发扬爱国精神，反对侵略。大会最后通过了《贵阳市宗教界抗美援朝保家卫国联合宣言》及《致中国人民志愿军与朝鲜人民军慰问电》。3月23日，威宁县石门坎基督教会发表《三自革新宣言》，赞同"自治、自传、自养"的方针，并致电中央人民政府主席毛泽东，拥护人民政府，支持抗美援朝。6月24日，天主教贵阳教区成立"三自革新协进会"，同时发表《天主教贵阳教区三自革新宣言》和全体教友爱国公约。

　　根据10月25日中央发出的《关于时局宣传的指示》和中国

人民抗美援朝总会 11 月 23 日发出的《在全国普遍深入开展抗美援朝保家卫国运动的通知》的精神，从 1950 年底到 1951 年初，在全省范围内开展了一场声势浩大的宣传教育运动。各机关、厂矿、学校、街道利用黑板报、图片、幻灯片、收音机等宣传工具，广泛深入宣传抗美援朝与保家卫国的关系。机关干部、学校师生和团体纷纷组织各种宣传队，利用话剧、活报剧、街头演唱等形式，深入城乡，广泛宣传抗美援朝、保家卫国的道理，通过广泛深入的宣传活动，全省城镇 80%、农村 60% 左右的人民群众受到教育，提高了国际主义和爱国主义觉悟，消除了部分知识分子、工商界人士和新干部中存在的亲美、崇美、恐美思想影响，认识到自己的力量，树立了必胜的信心。

1951 年 2 月 2 日，中央发出《关于进一步普遍开展抗美援朝爱国运动的指示》。2 月 18 日，中共中央政治局扩大会议要求："必须在全国范围内继续推行这个运动，已推行者深入之，未推行者普及之，务使全国每处每人都受到这种教育。"随后省委对抗美援朝工作进行了专门的部署。

为了推动这一运动的进一步深入发展，省委除了继续扩大宣传，组织学习时事外，还以机关干部、驻军指战员、学校师生为主，组成大批宣传队，结合正在进行的各项社会民主改革的任务，深入到农村、街道，开展抗美援朝大宣传运动。1951 年 3 月至 4 月，贵阳市举行了 5400 多次控诉美帝罪行会，有 15.9 万余人参加；黔东南等地区还结合宣传教育活动，开展了控诉美军在黄平旧州修飞机场时所犯下的种种罪行。在控诉美军罪行的活动中，还广泛散发美军在朝鲜屠杀朝鲜人民和美国飞机轰炸我国东北安东（今丹东市）等地及炸死炸伤中国居民的罪行材料。五一国际劳动节前后，全省城乡普遍举行了以抗美援朝为中心内容的盛大集会和示威游行，使我省抗美援朝运动基本实现普及，有力地推动了我省各项工作的开展。

我省广大青年工人、农民和学生，以实际行动保卫胜利果实，打击美国侵略者，纷纷踊跃报名参加中国人民志愿军。贵阳各级各类学校青年学生积极响应号召，报名参军或投考军校，人数达 2538 名，占学生总数的 45.7%；黔西南地区仅兴义、兴仁、晴隆三县参加志愿军的各族青年就达 1592 名，到 1951 年 7 月下旬，镇远专区报名参军的各族青年达到 23057 人。到 1952 年，黔东南各县参加中国人民志愿军的各族青年累计达到 18000 多人。各地涌现出许多父母送儿子、妻子送丈夫、姐妹送兄弟、姑娘送情郎、兄弟争相参军和基层干部、民兵带头参军的动人场面。清镇县甘沟乡的太平村有9个青年打着自己缝制的写着"抗美援朝志愿军"的旗帜，骑着自己的马到县上请求上前线杀敌；贵筑县的赵××，3个孩子都送去参军了，生活上遇到不少困难，但她却坚定地说："国家需要孩子们出力，我不能以母子私情来拖他们的后腿。"正是因为有人民群众这种无私的情操，所以全省的招兵任务，每次都得以超额完成。如1953年，全省拟征兵3.6万人，补充国防军和内卫部队，支援抗美援朝斗争，结果到年底全省共征兵3.9万人。

赴朝鲜作战的数万名贵州各族青年，与全军将士一样，心系祖国，苦练本领，在朝鲜前线英勇作战，以无私和赤诚，以坚毅和勇敢创造了人间罕见的历史功绩。全国闻名的苗族青年战斗英雄刘兴文，坚守朴达峰阵地，一个下午与战友赵金平打退敌人10余次冲锋，打死打伤敌人150多名；全军模范共青团员、二级战斗英雄、一等功臣袁孝文，严格履行革命战士的职责，为了保证铁路运输线的畅通无阻，保障战争给养的及时供给，冒着敌人飞机的狂轰滥炸，沿铁路一丝不苟地检查有无被炸毁处和敌人扔下的定时炸弹。在双腿严重受伤不能行走的情况下，仍以顽强的毅力爬行检查车道100余米，当他被战友们发现后，他的第一句话就是嘱咐战友们继续检查铁路安全，保证后勤供给的畅通无阻。袁孝文在生命的最后一刻，心中仍装着祖国、想着人民。他说："不要为我担心，为了祖国和朝鲜人民，牺牲了也是光荣的。"

贵州各族人民积极响应中国人民抗美援朝总会提出的"推行爱国公约、捐献飞机大炮和优待军烈属"的号召，以各种实际行动支持抗美援朝的正义行动。据统计，全省城乡各族人民订立爱国公约，大、中城市达80%以上，中心县达70%以上，边沿县达40%以上。与此同时，广大工人、农民积极开展爱国增产节约运动和增产竞赛活动，提出了"多生产一件成品，就是多消灭一个敌人"的口号，劳动生产率提高1~10倍。修文发电厂的工人，用17个月的时间完成了7年的工程任务；贵阳邮电局运输工人茅显祺，以92小时大修完成引擎一部的速率，创造全国新纪录；贵阳电厂为节省燃料、降低成本尽了很大努力，将过去的每度电耗煤2公斤降到1.16公斤；贵阳汽车保养厂工人家属鼓励丈夫赶修汽车，她们在自己丈夫所修的车辆上写上标语："修得快，修得好，保证汽车不抛锚。"在农村的劳动竞赛中，广大农民多垦多种，多养多喂，努力增产。镇远专区 1951 年开垦耕地 3.44 万亩，多种水稻 2 万亩，当年粮食增产 1.7 万吨，多养牛 15334 头、猪 34655 头。广大农民踊跃缴纳爱国公粮，仅镇远、三穗、岑巩三县，1951 年 5 月一个月内就入库 1200 多万公斤粮食。工商界也积极响应政府号召，按期缴纳税款，贵阳市工商行业 1951 年上半年除完成应缴税款外，还超额完成 32.44%。

1951 年 7 月，贵州抗美援朝分会提出在增产节约的基础上捐献 16 架战斗机的号召后，全省各族人民群众一致热烈响应，踊跃捐钱捐物。工厂工人为多捐献，发起了"抗美援朝增产捐献工作日"。贵阳国营运输公司二桥汽车修理厂工人每月加班一次，贵州烟厂、科达橡胶厂工人每月加班两天，将其所得工资全部捐献。某校学生没有钱捐献，就提出用输血代替捐献，表示他们对志愿军的支援，不少妇女还将自己的金银首饰、戒指、手镯等物都捐献出来。贵阳市一妇女将母亲遗留给她的一枚钻石戒指捐出来，说："我喜欢戒指，但我更爱祖国。"时任抗美援朝募捐协会贵州分会理事长的张涛先生，还将自己多年积蓄的 110 多两黄金和 300 美元献给国家。镇远工商业者舒祥泰，两次捐献人民币 100 万元，大洋 14000 块，共合人民币 14 亿元，可买战斗机 1 架。就连黄平县东门庙的尼姑，也捐献布鞋、鞋垫各 20 双。据不完全统计，全省人民踊跃捐献的钱物可购买近 26 架战斗机，超过我省抗美援朝分会号召捐献战斗机 16 架的 60%。捐献运动不仅超额完成，而且通过捐献运动的政治教育，促进了工农业及其他行业的发展。如贵阳黔元纸厂增产 46%，节省电力 7000 多度，废品率也由 12% 降到了 2.1%；息烽复兴乡小坎村，订立增产计划后，勤耕作、多施肥，共增产 16 多万斤粮食。工商业户由于依靠工人订立和执行了改善经营的捐献计划，既搞好了捐献，也推动了业务的发展。如安顺城据 14 家联营社统计，从订出增产计划后，营业额大大提高。贵州人民的捐献，有力地支援了抗美援朝战争。

我省的医务工作者曾组织贵州省抗美援朝骨科手术队和内科医防队，先后奔赴朝鲜战场。同时，还有 103 人参加了志愿军疗养所的服务工作。以贵阳医学院内科主任为队长的 10 人内科医疗队，在朝鲜前线一年零两个月的工作中，就有 7 人荣立三等功 8 次。

贵州各级党委和政府，十分重视拥军优属。层层建立了优抚委员会，广泛吸收各阶层人士参加，兴仁专区（今黔西南州）即建立了 8 县、34 区、140 乡、1151 村的各级优抚组织。每逢重大节日，如春节、"八一"建军节、国庆节等，全省各级人民政府、机关、团体、学校、厂矿及广大城乡人民群众都纷纷前往慰问军烈属，举行联欢会、座谈会，或向军属赠送光荣匾、请看戏及赠送各种实物礼品等。全省共发慰问军属粮 400 万斤。在城市，政府对困难的烈军属子女在入学、医疗、贷款、参加工作等方面普遍给予优待。在农村，组成了代耕队、代收组等帮助烈军属耕种土地、收割庄稼、修盖房屋、劈柴挑水等，以保证他们的生产和生活。贵筑县白云区赵树华代耕组，1952 年帮助军烈属代耕土地，使粮食产量增长 58%，被评为一等模范代耕组。丹寨县被包耕的军烈属就有 278 户，面积 3490 亩；享受代耕的 278 户，面积 11524 亩。军烈属生产、生活有了保证，纷纷给前线的子女写信，鼓励他们多杀敌人，为国为民多立战功。

1952 年初，美帝国主义不顾国际公约，丧心病狂地在朝鲜和我国东北进行罪恶的细菌战，用飞机投撒和用火炮撒布带菌的生物（苍蝇、鼠、兔之类）以及杂物等，妄图以此挽救其在战场上的失败。贵州人民响应党和政府的号召，开展了一场以消灭苍蝇、臭虫、老鼠等"五害"为主要内容的爱国卫生运动，掀起了除害灭病讲卫生的热潮。贵阳市 1952 年 8 月一个月内，就清除垃圾 1.5 万余吨。同时，医务工作者还组织下乡卫生工作队，宣讲扑灭流行性传染病及治疗方法。这一运动，大大改变了全省的卫生状况，提高了广大人民群众讲卫生、保健康的意识，消灭了细菌的传播媒介，粉碎了美帝国主义的阴谋。

抗美援朝保家卫国运动，不仅推动了我省反封建斗争、镇压反革命等各项工作的开展，而且加强了全省各族各界人民的团结，加快了农村土地改革的进程。

中国人民志愿军在全国各族人民支持下，与朝鲜人民并肩作战，终于迫使美帝国主义者于 1953 年 7 月 27 日在停战协定上签字，中朝人民军队赢得了抗美战争的伟大胜利。抗美援朝运动是一场广泛深入的爱国主义和国际主义的教育运动，极大地增强了民族自尊心和自信心，激发了爱国热情。地处偏僻的贵州各族人民同其他兄弟省市人民一样，在抗美援朝中做出了应有的贡献，在贵州历史上谱写了光辉的篇章。

（贵州省政协文史办供稿）

陕西人民抗美援朝述略

·杨清源·

在三年抗美援朝战争中，陕西人民继承发扬了爱国主义与国际主义的光荣传统，和全国人民一起，开展了轰轰烈烈的抗美援朝、保家卫国运动，为抗美援朝战争的胜利做出了重大贡献。

抗美援朝运动在三秦大地兴起

1950 年 10 月 19 日，中国人民志愿军入朝参战后，抗美援朝、保家卫国运动就在我省展开。至 1951 年 3 月，由省到县成立了各级抗美援朝代表会议；从 4 月中旬开始，在城乡普遍举行了各种形式的群众会、控诉会、座谈会，控诉了美、日、蒋特务和土匪恶霸的罪行，并进行了反对美国武装日本的投票运动。五一国际劳动节那天，全省有 834 万多人参加了游行示威。这是陕西抗美援朝运动的第一个高潮。

在人民群众爱国主义与国际主义觉悟大大提高的基础上，陕西各族各界人民纷纷订立了爱国公约。当时有 7 万多人口的南郑市（今汉中市汉台区），就订立了 1 万多份爱国公约。关中 80%以上的村庄和 60%~70%的家庭与互助组都订立了爱国公约。如长安县王莽村的爱国公约，半年就修订了 4 次，每次都完成了生产、缴粮、帮助烈军属等计划。从而，人民群众抗美援朝、保家卫国的爱国热情更加高涨。

当祖国召唤的时候

1950 年 10 月初，党中央作出了"抗美援朝、保家卫国"的决策，并号召广大青年参加志愿军赴朝作战。12 月 1 日，我省广大青年、工人、农民、学生积极响应号召，踊跃报名参军、参加军干校。关中地区各县农村青年农民掀起了"参加志愿军，打击美国侵略者"的热潮。据宝鸡、咸阳专区统计，上级分配的志愿军名额往往被各县分抢一空。有些县的兵役人员第一批没有分到名额，就住在专区不走，非要等到第二批名额下来不可，不然回去无法向广大青年农民交代。在青年农民参加志愿军的爱国行动中，出现了许多母送子、妻送夫、兄弟争着参军的动人情景。商南县白玉区就有 26 位母亲送子参军，13 位妻子送丈夫参军。礼泉县妇女赵引娣、兴平县妇女来孝梅等都亲自给参军的未婚夫牵马送行。在参干热潮掀起时，不少老人、父母对孙子、儿女参干的爱国行动表示了热情的鼓励和支持。他们说："国家是人民的，孩子也是人民的，把孩子交给国家，培养他们为人民服务的本领，比在我们跟前放心得多！"咸阳中学白孔筱的父亲听说女儿报名参加军干校，高兴地对校长说："我家出了个花木兰！"在青年工农参军的热潮中，有些地区的农村青年妇女也要求参军。仅据 14 个县的统计，每县都有 50 多名青年妇女到政府要求报名参军。政府有关部门说不要女兵，她们问政府："参军保国，人人有份，为啥不要女兵？"在广大青年工农积极参军保家卫国的热潮鼓舞下，许多年过半百的各族农民也要求参军保国。城固县人民代表会议常务委员、回族老人乌展轩，给陕西省政府主席马明方写信，要求参加志愿军。他在信中说："我虽然 65 岁了，但身体非常强壮，一切艰苦都能忍受，除向城固县党政领导提出请求外，特请你能批准我的要求。"在广大青年工农参军的高潮中，正在中国人民解放军陕西军区所属各部队中服役的陕西籍广大指战员，也掀起了报名参加志愿军的热潮。他们纷纷向部队党委和首长写了要求加入志愿军赴朝参战的申请书和决心书，不少人还戳破指头用血写了请战书，表示了钢铁般的决心。群众说："旧社会当兵是硬抓哩，今天是志愿哩；过去是背绳哩，今天是披红哩；过去哭哩，今天笑哩！"

我省各地被批准参加军干校的青年们奉命到西安集中，他们离开家乡时，各地都举行了像过盛大节日一样的欢送会。欢送队伍举着大红旗、标语牌；参干学生个个胸前佩戴大红花、红绸带；留校学生扭着秧歌，唱着歌，呼着口号；行李队的同学给参干同学背着行李；各校的老师也都出来欢送他们的学生。队伍经过的地方，鞭炮声和鼓掌声响成一片，群众夹道热烈欢送爱国青年参军。西安九区六乡张家村全村村民都出来欢送他们村里参加军干校的两位青年，他们认为村里有这两位青年参干是全村的光荣。村民们叫这两位青年骑到披着红绸的马上，队伍前面敲着两人抬的大铜锣，一路上敲敲打打，好不热闹！乾县各界万余人，热烈欢送本县参加军干校的20名学生，吹鼓手刘振泉几天前就向县招干委员会打招呼说，他要亲自吹唢呐欢送参干学生。贫农梁老汉在欢送的人群中，边走边对自己参干的儿子叮咛说："娃呀，如今的世事是咱们的啦，你到军干校要好好学本事，把咱的世事弄成铁打的江山。上有毛主席，下有你们这些娃，我看一定能成！"有的县因交通不便没有汽车，参干的学生就长途跋涉，步行到西安集中。商洛、安康两专区的同学都是冒着风雪来到西安的。安康29名学生（其中有4名女生）翻过积雪皑皑的秦岭，8天走了720里路程，按时到达西安集中。各校学生还没有到达集中地点西北大学门口，就被西大同学架在肩上或是坐在"荣誉椅"上抬了进去。西安各族各界对参加军干校的青年进行了热情慰问，使青年们受到了一次深刻的爱国主义教育。他们上书毛主席说："我们要加强学习，迅速掌握现代化的军事科学技术，把自己锻炼成为祖国的坚强战士，成为祖国国防建设的新的长城。"

英雄业绩彪炳史册

在朝鲜战场上，陕西人民派遣的英雄儿女，没有辜负全省1700万父老乡亲的殷切期望。他们发扬了秦川儿女敢于斗争、不怕牺牲、吃大苦、耐大劳的革命英雄主义气概，战斗在前方和交通运输线上，涌现出了像杨育才、蔡金同、蔡兴海、郭正喜、郝兴文、卢耀文、罗苍海、彭福元、苏世英、杨树华、尤茂钱、兀运杰等一批荣获一等功臣及以上荣誉称号的英雄人物，为祖国赢得了荣誉，为陕西人民增添了光彩。这里仅简述几个代表人物的英雄事迹。

杨育才：陕西勉县九区李家营村人，1949 年 4 月参加中国人民解放军，1950 年 5 月加入中国共产党，1951 年 6 月参加中国人民志愿军，任六十八军六○七团侦察排副排长。1953 年 7 月在我志愿军发起的金城战役中，为全歼李承晚军"白虎团"，杨育才带领 10 位侦察员和 2 名朝鲜人民军的联络员，化装成李承晚军，仅用 55 分钟就深入敌后 20 多里，出其不意地袭击"白虎团"团部，共毙伤机甲团团长以下 97 人，俘敌军事科长、榴炮营副营长等 19 人，击毁汽车多辆，缴获大量军用物资，为我穿插部队胜利进军创造了有利条件。中国人民志愿军领导机关授予他"一级战斗英雄"称号，并给杨育才所领导的全班战士荣记集体特等功一次；朝鲜民主主义人民共和国最高人民会议常任委员会授予杨育才"朝鲜民主主义人民共和国英雄"称号，同时授予其金星奖章和一级国旗勋章各一枚。

蔡金同：陕西眉县人，志愿军某部侦察连战士。他在 1951 年冬季一个严寒的夜晚，奉命和本班战友到铁原以西的一个小村——阿谷里去伏击敌人。战斗打响后，15 个敌人扑向蔡金同 1 人守卫的小山头，在激烈的战斗中，他用冲锋枪和手榴弹消灭了 10 多个敌人，自己的左手腕被打断，额角上也负了伤，昏了过去，醒来时觉得腹部疼痛难忍，挣扎着坐起来一看，肠子流出来一节，右腿也挂了花。但重伤并没有使他丧失战斗的力量，他咬着牙把肠子塞进肚皮，然后拉过断掉的左手腕按在腹部的伤口上，以坚强的意志，爬行、跪行了两里路，终于回到了战友中间。在他被送回祖国治疗期间，志愿军某部首长联名给他写了一封慰问信，信中写道："你在阿谷里伏击战斗中，英勇顽强，孤胆杀敌，身负重伤，按腹奋战，消灭了敌人，爬回阵地的英雄事迹，高度表现了爱国主义、国际主义和革命英雄主义的伟大精神。你是祖国人民的好子弟、毛主席的好战士！……"1952 年，他荣立一等功，获"二级战斗英雄"称号。

尤茂钱：陕西紫阳县人，共青团员。1951 年 8 月 16 日晚，尤茂钱所在的部队在完成了一次战斗任务后，由副营长率领返回驻地时，在德寺里附近公路上，与美国王牌骑兵第一师（华盛顿开国时建立的一支部队）两个连发生了遭遇战。敌人的第一辆坦克开上公路轧我路南部队。尤茂钱向旁边的一位战友要了炸药包，向敌人坦克冲去。他把炸药包往坦克前一放，拔掉发火管，滚到公路旁边隐蔽。只听一声巨响，那辆坦克翻到公路一旁，炮筒插进公路边的水沟里去了。炮塔里的几个敌人叽里咕噜地爬了出来，即被我军消灭。这时，美军第二辆坦克又向我方开来，尤茂钱又拿了一包炸药，在战友们的掩护下迅速爬到了第二辆坦克跟前，把炸药包塞进了坦克的履带，拔掉发火管，只听一声巨响，坦克就不动了。后边的 6 辆坦克看到前边的 2 辆坦克被炸毁，便赶紧关了灯不敢开过来。趁此机会，副营长指挥战士们向敌人展开了勇猛的攻击，美军丢下许多尸体和武器弹药，狼狈逃窜。战后，尤茂钱被授予一等功臣荣誉称号。1952 年 9 月，他被选为归国观礼代表，参加了庆祝中华人民共和国成立 3 周年盛典，见到了毛主席。

兀运杰：陕西蓝田县人，1951 年 2 月入朝，是志愿军某部六〇炮炮手。1951 年 6 月，在第五次战役第二阶段中，他所在的连坚守一个山头阻击敌人，以掩护友军完成歼敌任务。一天，我军战士依托着简易工事，严密注视着敌人的动向。当连长发现山下约一个连的美军正准备向他们连的阵地发起进攻时，立即命令兀运杰用六〇炮向山下的敌人轰击。可是，六〇炮的炮盘因在第五次战役第一阶段战斗中损坏还未配上。这时，兀运杰望见山下敌人已经开始向我阵地移动，便急中生智，把六〇炮顶在山坡上，双手紧握炮筒，叫装填手装填一发炮弹试射，只见炮弹在离敌群不远的地方爆炸，兀运杰异常兴奋，便校正距离，叫装填手快速装填，炮弹一发接一发准确地落在敌群中，刚刚集结并开始向我方发起进攻的美国兵，被这突如其来的炮弹打得四散奔逃；连长当即指挥全连战士冲下山去，把美国兵打得狼狈逃窜，完成了阻击任务，有力地支援了友邻部队。战后，兀运杰被评为一等功臣，出席了师部和军部的英模大会。

在朝鲜战场上，陕西赴朝助勤的工人们，发扬了中国工人阶级的本色，胜利地完成了支援前线的运输任务，创造了突出的功绩，80% 的铁路工人立了功。有一辆机车集体立了大功，另一机车荣获"团结模范机车"的光荣称号，集体立大功一次。司机刘敦高、王学礼两位烈士，在敌机的疯狂轰炸扫射下，因奋不顾身地抢救军用物资而光荣牺牲。电务试验员杜丕模在艰苦的战争环境中，利用旧料制成试验台，并经常不顾危险，抢修线路，保证了铁路电信的畅通，荣获朝鲜民主主义人民共和国战士荣誉勋章。抗美援朝运输线上的功臣、西安铁路运输分局列车段列车长李忠孝，1950 年赴朝担任连接员，他不顾敌机轰炸，完成了艰巨任务，连续立了三次功，并被选为劳动模范，荣获"金日成奖章"一枚。

坚强的后盾

自从朝鲜战争爆发后，陕西人民热烈响应毛主席提出的"增加生产，厉行节约，以支持中国人民志愿军"之伟大号召，掀起了大规模的爱国增产运动。在这一运动中，工人阶级发挥了高度的生产积极性和创造性。蔡家坡西北机器厂的职工喊出了"工厂就是战场，铁锤就是机枪，加紧生产就是消灭美帝"的响亮口号，产量逐日上升。西北被服制革厂的工人则提出："前方需要什么，我们就供给什么""战场上是英雄，生产中是模范"。在爱国主义竞赛中，工人们动脑筋，想办法，出现了不少创造发明、改进技术、提合理化建议和创造新纪录的事例。西安纺织厂各分厂每个锭子的平均产纱量达到 0.9 磅以上，创造了西北空前纪录。新秦纱厂的职工创造的"甲二落纱工作法"，国棉三厂的"孟天禄钢丝机工作法"，对改进产品质量、提高生产效率，作用很大。西安铁路局西安车站 6 个调车组，过去每组每班只能调车 200~250 钩，后逐渐提高到 280 钩，其中马兴中调车组更创出 8 小时内调车 312 钩的全国新纪录。大华纱厂钳工朱兴宽，在竞赛中发明利用压力来冲铁皮，工作效率超过以前 7 倍多。西安铁路分局 1951 年提前 48 天完成了全年运输任务，超额装车 11000 辆，节省货车 6 万辆，机车节煤 1 万多吨，为国家节约 1000 多亿元（注：本文中提到的所有人民币数字均为旧币的数字）。1952 年各主要厂矿完成全年增产节约任务的 185.18%。同官煤矿 1—4 月即为国家增产节约将近 70 亿元。宝鸡新秦公司摇纱车间工人戴云昌听了志愿军归国代表团的报告后，当晚产量由过去每晚摇纱 35 车提高到 42 车。西北被服厂提出"后方多流汗，前方少流血"的口号，工人徐文山在医院动手术后，伤口还没全好，看到抗美援朝的任务紧急，就要坚持上工。工人赵景章、张仁义手被机针扎入，拔出针来继续工作，领导叫他俩去包扎，他们怕耽误时间，坚持不下操作台。工人冯春晓因病已好几天没有好好吃饭，仍然坚持工作，以致晕倒在机器下边，被抬到医务所打了一针，醒过来后就要求回车间干活，医生和组长劝他多休息一会儿，他说："前方战士轻伤都不下火线，难道我这点小病就应该休息吗？"该厂还有27名工人，为了给志愿军赶制冬装，自动推迟了结婚日期。

在农民爱国主义激情高涨的基础上，全省农村掀起了前所未有的、声势浩大的爱国丰产竞赛运动。1951年夏收前，以陕西著名劳动模范张明亮为代表的47个互助组，向全国各地提出夏季生产竞赛后，全国就有8500多个互助组应战。闻名全国的劳动模范杨步浩给关中农民写信说："希望早日胜利完成土地改革工作，发展生产，支援中朝人民军队，早些把美国侵略者赶出亚洲去，保卫咱们的家乡。"户县七区农民代表贾玉龙等给杨步浩回信，表示坚决支援抗美援朝，争取不欠1斤公粮。1951年1月，陕北模范村、毛主席曾经住过的王家坪，带头订立抗美援朝爱国生产计划，并向全省农民挑战。许多地方的农民立即订计划应战，生产情绪普遍高涨，长安县几个区在3月底即将麦子锄完。商洛农民提出"打井挖渠为增产，多收粮食援朝鲜"的口号，共修整了449条沟渠，打了400多眼井，保证了夏季生产。在毛主席住过和劳动过的延安枣园村，广大农民为了增产，采取多锄多施肥的措施，修复了当年毛主席带领群众修建的"幸福渠"，使400多亩川地得到灌溉。由于广大农民群众的辛勤劳动，1952年夏季，全省农业获得丰收，较1951年普遍增产一成以上，并涌现出史安福、蒲忠智、张明亮、弓维国等许多高额丰产户和模范互助组。

陕西农民爱国行动的突出表现，首先想到的是朝鲜前线和国家建设的需要，踊跃缴售爱国粮。他们认为多缴粮、缴好粮就是抗美援朝、保家卫国的实际行动。因此，农民在缴粮前，重质量，普遍经过选、晒、筛，很少有不合格的。永寿县店仪区3天收了40多万斤粮，没有一袋验不上的。岐山县第八区五丈原乡二行政村群众成立了验粮组，所有公粮都先经过验粮组仔细验过才缴。咸阳市三区农民魏忠孝看到自己的麦子不好，就特地到粮店去籴了好麦缴粮。临潼县三区四乡在缴粮时提出"三要"（要干、要净、要快），"三装好"（装好口袋、装好大车、装好小车），"三比赛"（户与户、村与村、乡与乡比赛）的动员口号。南郑市青龙观群众听到平壤光复的消息之后，一个下午就把 42000 多斤公粮全部缴清。他们高兴地说："叫咱志愿军和朝鲜人民军吃饱穿暖，把美国强盗赶出朝鲜！"西乡县堰口区黄河乡一个农民代表夜里打着灯笼去缴粮，他以为他去得最早，谁知早就有人在那里等着了。永寿县的群众，为了不误生产，晚上赶车送粮。闻名全国的丰产模范村——长安县王莽村，夏征粮 200100 斤一次缴清；秋征粮 42000 多斤也是一次缴清，还多缴了 227 斤。他们说："志愿军在前线吃苦，我们快缴粮，缴好粮，使他们吃饱吃好，能够多杀美国鬼子。"咸阳县四区四乡郑家村翻身农民郑志和、郑志敏、郑跃亭、郑志平 4 人，写信给中国人民志愿军，报告他们翻身后的好日子说，为了庆祝胜利，村民已把 65000 多斤公粮送进了仓库。汉阴县余家河农民 530 多人，组成 32 个运粮小组，推的推，挑的挑，在两天之内完成了总任务 175000 斤的 91%。贫农蒋建举一家 4 口全部出动，一趟即缴清了 320 斤公粮。城固县张家营村有 17 个青年缴完自己的公粮后，马上又替没有劳力的人家运粮，他们把这作为抗美援朝的实际行动，并争取加入青年团。各地农民在缴粮时，情绪饱满，洋溢着高昂的爱国热情。三原、大荔等县的各区乡差不多在半年时间里，每天都能看到敲着锣鼓、扭着秧歌的送粮队，在打着"翻身农民抗美援朝缴粮队"的巨幅红布横额后面，跟着大车、小车、牲口等一连串的送粮行列，比赶集会还要热闹。农民手里都举着小旗，上面写着"抗美援朝、保家卫国""支援中国人民志愿军"等口号。车上、口袋上都贴满标语，显示出翻身后的农民反对美国侵略、保卫祖国、支援国家建设的决心和力量。许多地方的农民在送粮时，还编了"桑木扁担竹筐筐，担上公粮喜洋洋，支援朝鲜赶走美国狼"等许多首诗歌。

飞机大炮是这样捐献出来的

1951 年 6 月 1 日，中国人民抗美援朝总会号召全国各界同胞捐献飞机、大炮、坦克、高射炮、反坦克炮等武器，以增强中国人民志愿军的战斗力。陕西人民立即响应号召，展开了捐献武器运动。6 月下旬，陕西抗美援朝分会、省总工会、省妇女联合会、团省委、省青联、省学联、省红十字会等团体，分别向各阶层人民发出通知，层层落实捐献任务。经济比较发达的县、市和大的工矿企业提出了捐献以本县、市和企业命名的战斗机口号；经济基础比较薄弱的县和中等工矿企业则提出捐献一门大炮或高射炮的计划；工人、农民、学生个人则提出为志愿军捐献几粒子弹的口号。捐献金额的来源，有些是工人利用工休和业余时间加班加点创造的利润，有些是农民群众增产增收的果实，有些则是文艺工作者义演的收入。大量的个人捐献则是人民群众的个人积蓄。

在捐献武器运动开展时，适逢中国人民志愿军归国代表团和朝鲜人民访华代表团来西北，陕西各界人民听了代表报告志愿军在前方英勇杀敌的事迹后，纷纷投入到捐献运动的洪流中。全省工人、农民、知识分子、工商业人士和其他各界人民，在捐献中涌现出了许许多多的动人事迹。宝鸡新秦公司2800多名职工用超额完成生产指标的奖金和自己的节余，一次就捐了2.3亿元。农机厂17岁的女学徒孟广珍，一个月内先后改进了4种工作法，其中增产的水车小牙轮，按一个车间40个人一年的时间计算，增产总值就是139亿元，可购置9架战斗机。被服厂工人推行了小分业操作法，每部电动缝纫机日产量就提高了一倍多；该厂裁剪车间工人在"不浪费一寸线、一分布"的口号下，在不到一年的时间里，就节省了12多万匹布。长安县王莽村的农民，为了捐献武器，用外出赶场、上南山割扫帚、砍竹子、采药、卖柴、送面皮等劳动所得，共捐献6578万多元。工商界在捐献运动中也表现出了很高的积极性。渭南工商界决定捐献1架"渭南号"飞机。宝鸡市第二区商民张荣峰捐出21锭纱。西北文学艺术界联合会响应全国文联捐献"鲁迅号"战斗机的号召，展开热烈捐献。诗人柯仲平在一次会上当场就把刚刚收到的《边区自卫军》诗集的稿费930万元全部捐献。戈壁舟等3位作家，自愿将今后所有稿费收入的1/2捐出，一直捐到把美帝赶出朝鲜为止。陕北著名民间盲艺人韩启祥组织了20多位盲人，用说书宣传抗美援朝，捐了126万元。各县剧社每月义演一场戏，将全部收入捐献购置武器。

1951年7月，陕西省参加第一届赴朝慰问团的代表归来，分组到各地作传达报告263次，听众达35万多人。这对捐献武器运动是一个及时的推动。扶风、陇县、蓝田、蒲城、兴平、咸阳、宝鸡、礼泉、泾阳、富平、三原、乾县、岐山等县各捐献战斗机1架，均冠以本县县名，以为纪念；丹凤、户县各捐高射炮1门；邠县、旬邑各捐大炮1门。有的中学生用卖冰棍赚来的钱捐献；户县郿岭区农民杨直光把祖传几代的两个元宝也捐献了；许多妇女捐献了最珍贵的结婚纪念品。耀县机务段职工王文影 70 多岁的母亲王大娘，把戴了几十年的一副结婚时的金镯子捐献了，她说："过去我饿肚子的时候，也没舍得卖它，今天为了保证子子孙孙过好日子，为了保卫毛主席领导下的人民江山，把这镯子捐出来买枪炮去打美国鬼子！"捐献运动深入到各阶层人民，就连户县太平区保宁乡东岳庙和尚玄真和 200 余名佛门弟子也都热烈捐献，捐出小麦 360 余斤，他们说："现在的国家是人民的，我们佛教徒也是人民的一分子，热爱祖国，人人有责，我们也不能例外！"

陕西省的捐献任务从 1951 年 6 月开始，至 1952 年 5 月胜利结束，共捐献 322.21 亿元，可购买战斗机 21 架，尚余 7.2 亿元，比原认捐 19 架的计划超额完成 2.481 架。

秦川儿女的情怀

1951 年 1 月 15 日，中国人民抗美援朝总会决定在全国发起慰劳在冰天雪地里浴血苦战的中国人民志愿军和朝鲜人民军，救济在冬季缺衣被、食粮、房屋的广大朝鲜难民。陕西人民同全国人民一样，时刻关心着在极端艰苦条件下作战的志愿军战士和朝鲜人民军战士，关心着由于美帝国主义的侵略而陷于饥寒交迫的千百万朝鲜人民。因此，陕西各界广大群众立即行动起来，积极捐献，各地群众的慰问信和慰问品不断寄往朝鲜前线，还捐献了很多慰问金和救济金。据不完全统计，全省先后寄往朝鲜的慰问信有 10 万多封，慰问袋、针线包和各种慰问品 300 多万件，慰问金 35 亿元，锦旗 732 面，书刊3.8 万册。

各界人民捐献的各种各样美丽的慰问袋堆得像小山，每个袋子都装得满满的，里面除装有牙刷、毛巾、肥皂、衬衣、袜子等生活用品外，还装有笔记本、铅笔、钢笔、信封、信纸、书籍等学习用具；还有水笔袋、碗套、手榴弹套；还有南糖、干咸菜、牛肉干等。许多精致的慰问袋上，捐献的人用美丽的丝线绣着"为正义而战""奋勇杀敌""凯旋荣归""保家卫国，无上光荣"等字句，以表示陕西人民对中朝人民战士的感激与崇敬以及反对美帝侵略的决心。

陕西人民为前方指战员想得十分周到，一切从战斗需要考虑，因而极大地鼓舞了战士们的战斗意志。陕西某制革厂的工人在绱鞋时不仅用最好的麻绳来纳，同时在绱好以后，还在鞋底上压进两道木钉子，以增强鞋的坚固性。被服厂做棉衣，按照规定，里子只纳直行，但工人们为了把衣服做结实、美观，除按标准制作外，又特别在肩头处横着多纳了两道线，在袖子和肩头连接处加了一道线，这样做出来的上衣既平展又美观，肩头地方的棉花不致因掮枪、扛炮而脱落。由于制革、被服厂的工人的辛勤劳动，当朝鲜还是炎热的夏天时，结实舒适的棉衣、棉皮鞋就已经运到了前线；当志愿军还穿着棉衣、棉皮鞋的时候，质量很好的单衣、单鞋就已经发到他们手里，从而大大地鼓舞了指战员的战斗情绪。志愿军某部战士张梅成给被服厂工人来信说："你们热情的支援，给了我们很大鼓舞，我们保证奋勇作战，粉碎敌人的进攻，使你们在祖国的土地上自由地工作而不受战争的威胁。"某部高射炮战士刘鹏治特地把他的立功计划寄给被服厂工人，以表示对被服厂工人的热情回报。

在抗美援朝中，中国人民曾经组织了 3 次大规模的慰问团，前往朝鲜慰问中朝战士和朝鲜人民。陕西省抗美援朝分会认真组织了这 3 次慰问团的工作，把陕西省各民主党派、各人民团体、驻省人民解放军以及三秦父老兄弟姐妹对中国人民志愿军、朝鲜军民的热爱和大批的慰问金、慰问品、慰问物资，亲自送到亲人的手中，大大鼓舞了中朝人民的战斗意志，增强了中朝人民之间用鲜血凝成的战斗友谊。在 1953 年组织的赴朝慰问文工团中，陕西省数十名戏剧、曲艺演员，为中朝战士和朝鲜人民作了精彩的演出。在演出中，汽灯灭了，就点起蜡烛演；蜡烛灭了，就用手电筒照着演。秦腔剧团（西安易俗社）在演出《游龟山》折子戏后，战士们要求看本戏，但这时演员已分散到各部队演出去了，无法演出本戏。著名演员宋上华为战士们的热情所感动，便找来一本载有《游龟山》本戏的《人民文学》，突击学习，到第 3 天就演出了全本，满足了战士们的要求。演员们在演出中，都以战士们的革命英雄主义精神为榜样，克服困难，坚持演出。易俗社演员王仲华在一次雨天演《夜战马超》里的张飞，不慎把一只胳膊摔坏了，但他强忍疼痛，坚持演完。他说："战士们把腿打断了还继续战斗，我这一点伤算得了什么！"著名爱国艺人常香玉，不怕跋山涉水之苦，除了正式演出之外，还不顾敌炮的轰击，亲自到前沿坑道去为战士们演出。不能演奏时她就清唱。有一次，她正在演《花木兰》时，遇到敌机轰炸，会场的汽灯被震灭了，舞台被震得阵阵抖动，但她仍静静地唱着，一直到剧终。她说："我过了20年的舞台生活，只有这次赴朝为志愿军演出是最光荣的！"慰问团特别关怀志愿军的伤员同志们，他们把首长和战士们送给他们的慰问品，都送给了伤员。易俗社宁秀云、赵桂兰等女演员在演出结束后，不顾疲劳，给伤员洗衣服、缝补衣服，用温暖的语言安慰他们。伤员看戏走不动，演员们就背的背，扶的扶，搀的搀；不能走动的重伤员，他们就到床前去慰问演出，情景十分动人。闻名全省的泾阳县民间艺人谢茂公两次赴朝慰问，他用快板歌颂"最可爱的人"，对战士们鼓舞很大。战斗英雄高阔天领导战士们炸断敌人4道铁丝网，大战白马山，谢茂公专为这事编写了如下一段脍炙人口的快板："大炮照准白马山，炮声不住响连环；三路兵力往上冲，敌人机枪开了声。不怕你子弹像刮风，志愿军英雄往上冲；机枪打得嘣嘣嘣，打得敌人乱了营。敌人二次到跟前，手榴弹嗖嗖扔下山；鬼子窝子冒黑烟，连滚带爬往回钻。死了的鬼子没言传，没死的鬼子愣叫唤；骨碌骨碌滚下山，钢盔帽子撂了一大摊。"慰问团在朝鲜的演出，大大鼓舞了志愿军的战斗意志。志愿军战士吴松坚激动地对常香玉说："你的一针一线都增加了我的战斗勇气，我一定要多消灭敌人来回报你！"后勤部队的英雄司机们表示决心说："仗打到哪里，我们的汽车就把物资送到哪里；只要我们还有一口气、一只手，也要握紧方向盘；只要有一只脚，也要踩油门，保证把物资弹药送到阵地上去！"许多战士都把杀敌立功的保证书交给慰问团的演员，表示自己的决心。在一位烈士的口袋里发现有这样的字条："我争取当英雄，不当英雄当烈士，我要用这样的决心来报答祖国文工团！"

三年抗美援朝战争，陕西人民光荣地履行了自己的爱国主义和国际主义义务，以实际行动维护了世界和平，用鲜血和生命捍卫了祖国的主权和领土完整，为抗美援朝的胜利做出了巨大贡献，在陕西革命史上谱写了光辉篇章。

（陕西省政协文史办供稿）

宁夏的抗美援朝运动

·刘德元·

20世纪50年代初，中国人民进行的抗美援朝、保家卫国运动，是一场具有伟大历史意义的运动。那时，宁夏各族人民和全国人民一起响应党和政府的号召，积极投入了这场运动，在宁夏的史册上谱写了光辉的一页。当时，我先后担任宁夏省抗美援朝分会宣传组副组长、秘书组组长，与宁夏省协商委员会合署办公，亲临抗美援朝运动的具体工作，身感中国共产党领导的统一战线，团结各民主党派、各人民团体及各族各界人士在这场运动中发挥了巨大作用。现将宁夏的抗美援朝运动，记述如下。

首先说明，1958年以前为宁夏省制，当时宁夏省辖银川、吴忠两个市；阿拉善、阿济纳两个旗；贺兰、永宁、平罗、陶乐、金积、灵武、盐池、同心、中卫、中宁、宁朔、惠农、磴口13个县。1958年10月成立宁夏回族自治区，辖区有新的变化。本文记述的是抗美援朝运动当时的宁夏省制的事。

组织机构和代表会议

1950年5月15日，中国人民保卫世界和平大会宁夏分会在银川成立（简称"和大"），并经各方协商组成委员会，选举黄执中为主席（民盟），纳长麒（回族人士）、吴坚（文化界）、梁大钧（中共省委宣传部部长）、马俊杰（银川市协商委员会主席）、吴瑞旺（省工会主席）、雷启霖（民革）为副主席，委员会包括了宁夏各民族各个方面的代表人士，体现了统一战线在中华人民共和国成立初期反对帝国主义侵略和保卫世界和平方面的力量和作用。1950年11月22日，中国人民保卫世界和平反对美国侵略委员会（简称总会）发出《关于当前任务的通告》。该通告规定"中国人民保卫世界和平大会宁夏分会"改名为"中国人民保卫世界和平反对美国侵略委员会宁夏分会"。通告要求各地分会的组成应吸收各民主党派、各人民团体及无党派爱国民主人士的代表人物参加。1952年2月，根据中国人民抗美援朝总会通知，"中国人民保卫世界和平反对美国侵略委员会宁夏分会"改称"宁夏省抗美援朝分会"。它的任务与"和大"一样，"有计划地领导人民进行各项抗美援朝、保家卫国活动"。

在抗美援朝运动中，宁夏共召开了两次抗美援朝代表会议：第一次抗美援朝代表会议和中苏友好协会代表会议于1951年10月10日至15日在银川联合召开，代表共194人。在代表中产生宁夏省抗美援朝委员会委员37人。会议选举黄执中（1951年2月2日民盟在宁夏的第一个组织——民盟宁夏省支部筹备委员会成立，黄执中任主任委员）、梁大钧（省委宣传部部长）、塔旺嘉布（蒙古族，省协商委员会副主席）、强振东（省工会主席）、纳长麒（回族人士）、吴坚（省文联主任）、雷启霖（1951年2月23日民革在宁夏的第一个组织——民革宁夏省分部筹备委员会成立，袁金章为召集人，雷启霖为常务委员）、李子奇（省团委书记）、海涛（省妇联副主任）为副主席，朱衡彬为秘书长。这次会上还选举朱敏（省委书记）为宁夏省中苏友好协会会长，马腾霭（回族人士，省协商委员会副主席）、袁金章（民革宁夏省分部筹委会召集人）等为副会长。

第二次抗美援朝代表会议于1952年12月20日至22日在银川召开。会上，宁夏省抗美援朝分会副主席雷启霖做了关于宁夏一年来抗美援朝运动情况及今后工作任务的报告，宁夏省主席邢肇棠做了"为保卫和平，建设祖国，继续加强抗美援朝而努力"的讲话。会议还听取了第二届赴朝慰问团宁夏代表韩文英的赴朝慰问的传达报告。与会代表热烈讨论了周恩来外长1952年12

月 14 日给联合国大会主席皮尔逊的复电，并一致同意坚决拥护周恩来外长对联合国大会关于朝鲜问题的非法决议的严正驳斥和提出关于我国政府在公平合理基础上和平解决朝鲜问题的正义主张。

和平签名、投票和"五一"大示威

　　1951 年 3 月 10 日，中国人民保卫世界和平反对美国侵略委员会发出《关于响应世界和平理事会决议并在全国普及深入抗美援朝运动的通告》，要求全国城乡举行拥护第一届世界和平理事会所通过的关于缔结和平公约宣言的签名，举行日本问题的投票，并要求全国城乡尽可能在 1951 年 5 月 1 日举行大示威，以抗美援朝、反对武装日本、保卫世界和平为示威的主要内容。同年 3 月 30 日，宁夏省抗美援朝分会举行会议，商定成立了银川市各族各界普及深入抗美援朝工作委员会，负责贯彻总会通告的要求。4 月 14 日宁夏省协商委员会发出通知，号召宁夏各市、县、旗协商（常务）委员会、人民代表、协商委员积极宣传并参加"五一"大示威，普及深入抗美援朝运动。4 月 27 日至 29 日召开的一届二次宁夏省人民政府委员会和宁夏省协商委员会联席会议上，听取并通过了宁夏省抗美援朝分会主席黄执中关于抗美援朝概况和今后方向的报告。在各级党委、政府和有关单位的支持下，宁夏各地立即掀起拥护世界和平理事会关于缔结和平公约的签名和反对美国武装日本的投票。据当时统计，全宁夏有 49.8% 的人参加了和平签名，有 50% 的人参加了反对美国武装日本的投票。在 1951 年 5 月 1 日那天，宁夏有 48.4% 的人参加了城乡举行的"五一"示威游行。阿訇、喇嘛、和尚、道士、尼姑也参加了签名、投票、游行和各种集会。20 世纪 50 年代宁夏刚刚解放，过去从来不出门的回族妇女也出来参加各项活动。当时阿拉善旗、阿济纳旗归宁夏管辖，许多蒙民从几百里外骑着骆驼赶到旗镇上参加游行示威。

捐献飞机大炮

　　1951 年 6 月 1 日，中国人民保卫世界和平反对美国侵略委员会发出《关于推行爱国公约、捐献飞机大炮和优待烈军属的号召》（简称"六一"三大号召）。同年 6 月 11 日，宁夏省抗美援朝分会发出通告，要求宁夏各地区、各单位热烈响应"六一"三大号召。6 月 28 日至 29 日召开的一届三次宁夏省人民政府委员会议上，讨论了抗美援朝工作，民主人士马腾霭（回族，伊斯兰教人士）、何义江（省工商联主任）、马全良（起义将领）带头在会上捐献。6 月 30 日宁夏省协商委员会发出通知，号召市、县、旗协商（常务）委员会、人民代表、协商委员大力宣传贯彻总会的"六一"三大号召。

　　宁夏人民捐献飞机大炮从 1951 年下半年开始，到 1952 年年底基本结束。全宁夏共捐款人民币（旧币，下同）117 亿多元。按总会规定武器价格计算，捐献人民币 15 亿元，即作为战斗机 1 架，50 亿元作为轰炸机 1 架，25 亿元作为坦克 1 辆，9 亿元作为大炮 1 门，8 亿元作为高射炮 1 门。当时捐献热情很高，各市、县、旗奋斗目标不一，后经省抗美援朝分会根据完成的情况研究决定，宁夏捐献战斗机 5 架、大炮 4 门、高射炮 1 门。战斗机 5 架是：银川号 1 架；中宁号 1 架；另外 3 架和高射炮 1 门由永宁、金积、惠农、平罗、宁朔、灵武、盐池、磴口、陶乐、贺兰 10 个县集体购买。大炮 4 门是同心号 1 门、阿旗号 1 门、吴忠号 1 门、中卫号 1 门。最后上报总会，总会统一确定宁夏各族人民共捐献战斗机 8 架。1952 年年底武器捐献工作结束时，宁夏各地抗美援朝委员会成立了清查委员会，用民主方式清查核对捐献款物，逐级公布，对捐献工作中发现贪污挪用捐献款物的人进行了严肃处理。宁夏省抗美援朝分会联合中共宁夏省委宣传部组织工作组重点到宁朔县进行了检查。另外，宁夏省抗美援朝分会对中宁、惠农、中卫、平罗、同心、灵武 6 县捐献不纯金银 4158 两，在人民银行提炼出铜 217.93 两、锡 48.2 两、纯银 3701.25 两、黄金 1.55 两，共折合人民币 1673 万元，作为慰劳金。全省人民还捐献慰问金 7.11681 亿元。在捐献中出现了许多动人事迹。当时只有 9 万多人口的中宁县 40 天内就超额完成捐献中宁号战斗机 1 架的光荣任务。同心县有个老汉陈得满，平时赶集连一个馍都舍不得买，刚解放时土匪用火把在他身上烧烫都没从他手里逼出一文钱，但他听到爱国捐献号召后，自动捐出藏在枯井里的 4 个大元宝，另外还捐了银圆 130 元。该县回民马登华父子把收藏的 1200 斤甘草从 100 多里路外驮到县抗美援朝分会来捐献。马登华说："这点礼物表示我爱毛主席、爱志愿军的心愿。"阿拉善旗有个叫乌拉吉浩特的蒙民只有一只骆驼的家当，他带了 3 块砖茶到本巴格（乡）捐献。

爱国公约

在抗美援朝运动中，宁夏广大人民响应总会"六一"三大号召，全面开展爱国公约活动。各基层、各单位、街道、农村普遍订立爱国公约。公约的内容大体上是：拥护什么、支持什么、反对什么、要做到什么等等。全省90%的居民户订立了爱国公约，清真寺、喇嘛庙也自动订立爱国公约。随着形势的发展和工作需要随时修订。机关、团体、学校、厂矿全都订立爱国公约。通过爱国公约把人民群众的爱国斗争意志和热情灌注到实际工作中，对激发人民群众的爱国主义、国际主义思想觉悟，推动工作，促进生产起了很大作用。当时的银川电厂碾米组为实现爱国公约创造了除稗机，改装了碾米设备，使产量增加37.5%。宁夏师范的学生自订立爱国公约后，学生自觉遵守学习制度。中宁县一区二乡农民订立爱国公约，提前完成夏借粮任务，并使两年尾欠同时交清。磴口县旧地村建立"爱国检查日"，推动了生产和卫生工作。

拥军优抚

在抗美援朝运动中，烈军属普遍受到政治上和物质上的优待。逢年过节，群众自动组织起来给烈军属拜年、贺节、庆功、赠送礼品、挂光荣灯、挂光荣匾、请吃饭、请看电影、请看戏并设光荣座，公私商店减价优待，医院免费治疗。这不但提高了烈军属的政治地位，而且形成了尊敬烈军属的社会风气。在物质优待方面，根据烈军属生产和生活状况，帮助建立家务。据1952年统计，全省给烈军属代耕土地3800多亩。金积县模范军属、志愿军功臣家属马四姐积极生产，带头组织起20多个妇女互助组，5天内挖大小支渠28道，群众称赞："丈夫英雄妻模范，前方立功后方闹生产。"全省城乡妇女做了大批慰问袋、针线包寄往朝鲜前线。仅1953年至1954年上半年省抗美援朝分会转寄给志愿军的慰问信就有39000多封。1953年8月28日，宁夏抗美援朝分会决定，在中国人民志愿军烈士李吉武的家乡中宁县盖湾村举行追悼会，并建立纪念碑。

反对细菌战

侵略朝鲜的美国军队，在中朝军队前线阵地和后方进行违反人道的细菌战。中国人民保卫世界和平反对美国侵略委员会主席郭沫若于 1952 年 2 月 24 日发表声明，号召全国人民动员起来，坚决声讨并制止侵朝美军撒布细菌罪行。同年 3 月 3 日，宁夏省协商委员会举行各界人士座谈会，抗议侵朝美军进行细菌战的罪行。5 月 9 日，宁夏省协商委员会秘书长雷启霖、中国国民党革命委员会宁夏省分部负责人袁金章、中国民主同盟宁夏省支部负责人黄执中联合发表书面谈话，声讨侵朝美军使用细菌武器的罪行。同年 9 月 16 日，中国人民保卫世界和平反对美国侵略委员会发表声明，对国际科学委员会调查核实美国侵略者在朝鲜及中国东北进行细菌战的罪行表示敬佩。宁夏省协商委员会举行各界人士座谈会，拥护国际科学委员会的调查报告。

赴朝慰问

在抗美援朝斗争中，宁夏组织了 3 次赴朝慰问代表参加中国人民赴朝慰问团，前往朝鲜慰问中国人民志愿军。

第一次，组成西北人民赴朝慰问团宁夏慰问组，由宁夏省协商委员会副主席马腾霭任组长，宁夏省协商委员会秘书长雷启霖任副组长，于 1951 年 1 月 1 日由银川动身，参加中国人民赴朝慰问团第一分团，在天津集中与总团（中国人民赴朝慰问团）会合，一同前往朝鲜。同年 7 月 8 日，宁夏省抗美援朝分会成立欢迎赴朝慰问团委员会，负责组织欢迎慰问团和慰问团回宁后的传达活动。7 月 18 日，宁夏省抗美援朝分会和省协商委员会联合举行座谈会，欢迎赴朝慰问团宁夏的代表。

第二次，宁夏代表韩文英等 4 人，参加中国人民第二届赴朝慰问团第二分团，于 1952 年 10 月 7 日到达朝鲜开始慰问活动。同年 12 月初，韩文英等 4 位代表返回宁夏，12 月 17 日在宁夏省抗美援朝分会举行的委员会议上和 12 月 20 日举行的宁夏省抗美援朝第一届第二次代表会议上，分别做了慰问的传达报告。会后，以平罗、盐池、吴忠、同心为重点进行传达报告。

第三次，由马腾霭、黄执中、梁大钧等 21 人组成的中国人民第三届赴朝慰问团宁夏代表团，于 1953 年 9 月 21 日由银川出发，10 月 11 日回国，1954 年 1 月 27 日回到银川。1954 年 1 月 28 日，宁夏省抗美援朝分会举行座谈会，欢迎宁夏代表。

庆祝胜利

1953 年 7 月 26 日，朝鲜停战谈判朝中代表团发布关于朝鲜停战协定达成协议的公报。同年 7 月 27 日朝鲜停战协定在板门店签字。朝鲜停战协定的签字，是朝中人民反抗侵略、保卫和平的胜利，它给全世界人民带来了巨大鼓舞和希望。1953 年 7 月 28 日，宁夏省协商委员会举行各界人士座谈会，拥护朝鲜停战协定，中共宁夏省委书记、省协商委员会主席李景林发表拥护停战协定的书面讲话。7 月 29 日至 8 月 2 日，宁夏省抗美援朝分会在银川隆重举办"朝鲜反美战争"大型图片展览，宣传抗美援朝的伟大胜利。8 月 1 日，宁夏省抗美援朝分会、中共宁夏省委宣传部联合召开银川各界庆祝朝鲜停战协定签字大会，黄罗斌、雷启霖在大会上讲了话。

（宁夏回族自治区政协文史办供稿）

1950 年，我正在长春市工作，担任中共长春市委副书记，书记是刘亚雄同志。长春市抗美援朝分会成立，我被选为主席。市委分工由我主管抗美援朝运动，直到 1952 年 10 月，我调离长春市。

市委对抗美援朝运动很重视，抓得很紧。重要工作，常委都认真研究部署。刘亚雄同志和市委、市政府其他领导同志，都用很大精力抓抗美援朝工作。长春市为抗美援朝战争的胜利，做出了重要贡献。

抗美援朝宣传教育运动

深入开展抗美援朝运动，首要的是宣传群众、教育群众、激发群众的爱国热情。人民群众觉悟提高了，就可以一面积极进行经济恢复和建设工作，一面努力完成支援战争的各项任务，全力支援中国人民志愿军。市委领导全市深入开展了抗美援朝宣传教育运动。1950 年 7 月起，开展了反对美国武装侵略朝鲜和我国领土台湾的广泛宣传。10 月 13 日，市委召开常委会议，刘亚雄同志传达了中共中央东北局书记的报告和省委领导同志的讲话，根据党中央和毛主席关于"抗美援朝、保家卫国"的决策，提出了东北由和平建设转入战争环境，支援战争是压倒一切的任务。据此，市委要求党政机关立即行动起来，各项工作重新安排，服从战争需要。同时，对宣传教育、城市防空、反奸反特、老弱人员和物资疏散、战勤等工作做了部署。这次会议，解决了领导思想和领导工作上转入战争环境的问题，抗美援朝运动从此在全市开展起来。根据市委的部署，全市各个单位采取各种形式，对广大群众进行了抗美援朝必要性教育；提高民族自尊心、自信心教育。1951年3月，市委贯彻中共中央政治局扩大会议决议精神，提出继续普及深入开展抗美援朝的宣传教育，以街道、农村和工商界为重点。各个单位在深入内部教育的同时，组织宣传队，深入街道、农村，逐街逐巷逐村地进行宣传。到4月底，全市基本达到了"每处每人都受到这种教育"的要求，消灭了"空白点"。五一国际劳动节，20万人参加反美爱国大示威活动，表现了长春人民坚决同美帝国主义斗争到底的决心和力量。

同时，利用各种宣传工具，广泛宣传朝鲜战场的胜利和全市人民抗美援朝的生动事迹。1952年的2月和6月，中国人民志愿军归国代表团和朝鲜人民访华代表团来长春访问。我们除组织群众热烈欢迎外，还充分利用这个极好机会，邀请志愿军和朝鲜人民军战斗英雄，给工人、农民、学生、战士、干部宣布朝鲜战场的胜利消息和讲述他们的英雄事迹。共组织报告会44场，9万余人听了报告，还组织了广播报告会，17万余人收听。广大群众受到了最生动实际的爱国主义和国际主义教育。

关于抗美援朝分会

为更好地贯彻执行党中央、抗美援朝总会和市委的指示和决定，进一步团结和动员各阶层人民积极参加抗美援朝运动，全力支援中国人民志愿军，1950年11月14日，由市总工会等人民团体发起，全市各界代表900多人，列席代表400多人，在胜利电影院（今春城剧场）开会，宣告成立了中国人民保卫世界和平反对美国侵略委员会长春市分会（简称长春市抗美援朝分会）。会议选出分会委员71人，通过了分会工作暂行办法，发表了成立宣言。

15日，我向市委常委汇报了会议情况，提出了分会主席、副主席、秘书长人选，常委同意我的意见。16 日，全体委员会议选出常务委员 17 人，推选我为主席，东北师范大学副校长张德馨、东北人民大学教授杜若君、市总工会副主席刘鸣、市工商联合会主任委员胡占波为副主席，市委统战部长翟象坤为秘书长。分会设 4 个部，宣传部长为赵东黎（市委宣传部长），组织部长为张桂云（市学联主席），服务部长为李农，总务部长为刘鸣（兼）、副部长为庄湘波。

1951 年 3 月中旬，市委讨论贯彻中共中央政治局扩大会议决议的时候，我提出召开第一届抗美援朝代表会议，总结前段运动，布置深入开展抗美援朝宣传教育运动的工作，得到市委同意。4 月 6 日至 7 日，代表会议在市文化宫（今军人俱乐部）召开。出席会议代表、列席代表共 867 名。我做了《长春市抗美援朝运动的初步总结和今后工作》的报告，提出了继续深入抗美援朝运动的任务是：普及深入抗美援朝宣传教育运动，开展爱国公约运动，以爱国主义竞赛运动推动"巩固国防，发展经济"任务的完成，支援中国人民志愿军。市委书记刘亚雄同志到会讲话，对如何开展抗美援朝运动提出了希望。会议通过了《关于继续普及深入开展抗美援朝保家卫国运动的决议》和给中国人民志愿军、朝鲜人民军的致敬电。

第二届抗美援朝代表会议，于 1951 年 9 月 10 日至 11 日召开，中心议题是继续深入开展爱国公约运动。出席会议代表 770 名。赵东黎同志做了《关于进一步贯彻执行抗美援朝总会三大号召》的工作报告，总结了前段时间爱国公约运动开展情况，提出了深入开展爱国公约运动的工作和要求。会议奖励了执行爱国公约较好的 30 家单位和个人。调整了抗美援朝分会的领导机构，选出执行委员 59 名。全体委员会议推选我为主席，赵东黎、杜若君、张德馨、胡占波为副主席。两次代表会议开得都很好，很及时，解决了当时运动中存在的主要问题。

支援抗美援朝战争的热潮

党中央决定，以东北地区为志愿军的总后方基地。长春市担负了繁重的支援战争任务。全市人民在市委领导下，以高度的爱国主义精神和国际主义热情，迅速掀起了支援战争热潮。

广大青年学生、工人、农民积极报名参加志愿军和军事干部学校。1950年11月，省委、省政府分配的550名扩兵任务，不到一个月就圆满完成。市属中学有1200余名青年学生参加军事干部学校和到地方工作。1951年7月，青年学生响应政务院关于军事干部学校招生的决定，有1200多人被批准入学。两年来，全市有3000余名青年参军和到军事干部学校学习。这些青年入伍的时候，我们都组织了热烈的欢送会，这对广大青年不仅是鼓舞，也是很实际的爱国教育。

全市动员长期、短期、临时战勤民工和技工8.8万多人，参加修建国防工程和各种战勤工作，其中汽车司机、厨师、大车夫、医务人员和铁路员工等1700多人入朝执行各种战勤任务。各机关、工厂、学校、街道、农村建立了担架队、输血队、救护队、服务队等战勤组织，共组织担架7700多副，市内转送伤员使用担架5800多副；8000多人参加输血队，为伤员输血145.5万多毫升；有5.8万余名街道妇女参加拆洗队，为伤员拆洗被服8.7万多件。那时候，广大群众把出战勤看成一种荣誉，哪里需要就到哪里去，伤员到站，就有担架等在那里；送到医院，就有输血队员等在那里，拆洗队的同志也等在那里。那种场面实在感人。

长春市的军服加工、军粮生产任务很重，时间要求也很紧，困难是很大的。但是，市委决心想尽一切办法，按时完成，绝不含糊。市委决定成立军服生产委员会，由市政府秘书长高诚同志牵头，财政局设军需加工科（后改为军需加工处，设三个科），负责计划领导军需生产。从群众中动员出缝纫机3000多台、技工3000多人、女工5000多人，组建了4个军服厂，动员个体鞋匠组成1个军鞋厂，还动员大量街道妇女参加絮行。从1950年10月到1951年底，共加工棉单军服、棉大衣43万余套（件）。根据东北人民政府的指示，从1952年起，军服生产由国营军工厂负责，地方组织的军服厂转为民用生产。同时，组织全市大小粮油加工企业昼夜突击，完成了1950年11月、12月两月生产军粮1.65万吨的任务。1951年起，按省政府规定长春市每月军粮生产任务，签订了长期合同，本着军民兼顾、先军需后民用的原则，组织生产。

志愿军入朝之初，是最困难时期。由于战事紧张，敌机狂轰滥炸，交通破坏严重，给养很难运往前线，部队生火做饭很困难。东北局和志愿军总部决定动员后方几个大城市炒面。战士把炒面带在身上，不用生火即可食用。1950 年 11 月，长春市接到 50 万斤的炒面任务。市委对此很重视，组织了炒面委员会，动员机关、学校等 10 余个单位的 3000 多名党员、团员和积极分子参加炒面，各级领导干部亲自参加炒面工作，保证质量，安全保密。经半个多月的昼夜突击，炒面 64 万多斤，超额 14 万多斤。1951 年 1 月，又完成炒面 50 万斤、煮肉 20 万斤。

此外，根据上级指示，长春市建立拥有 1000 床位的友军医院一所。市委、市政府决定将条件较好的自强小学、西二道街小学和市文化馆腾出，并进行了维修、购置设备、配备人员，很快接收了朝鲜人民军伤员。1952 年 10 月，接收安置朝鲜儿童 2000 余人，分别在大屯、卡伦建立 3 所朝鲜儿童学院，使这些朝鲜儿童一开始就有了较好的学习和生活条件。朝鲜方面在长春负责人对这两项工作颇为满意，曾向市委、市政府赠送锦旗，表示感谢。

贯彻抗美援朝总会的三大号召

1951 年 6 月 1 日，中共中央发出指示，决定在全国普遍推行爱国公约运动，开展增产捐献武器运动和优待烈属军属残废军人运动。同日，抗美援朝总会就此向全国发出号召（简称三大号召）。长春各界人民热烈响应。

爱国公约运动在长春开展较早。第一个爱国公约是 1950 年 12 月长春市工商界抗美援朝代表会议制定和通过的 "长春市工商界抗美援朝保家卫国爱国公约"。1951 年 3、4 月，市委和第一届抗美援朝代表会议，提出在全市开展爱国公约运动。三大号召发出以后，爱国公约运动进一步发展到各个单位的基层。8 月，对爱国公约的订立和执行情况，进行了检查和修订。9 月，第二届抗美援朝代表会议，对进一步深入开展爱国公约运动提出了新的要求：深入爱国主义思想教育，订立爱国公约的重点在基层；加强对爱国公约运动的领导，使之持久深入地发展。爱国公约运动推动了抗美援朝运动的发展和各项任务的完成。

全市各界人民积极参加增产节约、捐献飞机大炮运动。抗美援朝分会强调搞好捐献运动的宣传教育，群众自觉自愿，捐献运动必须与增产节约、爱国主义竞赛运动相结合，并把捐献计划订入爱国公约，防止"拔了萝卜不填坑"的消极做法。到 1951 年 11 月底，全市捐献缴款达到 131 亿元人民币（旧币，下同），超过原订计划捐献 8 架战斗机，即 120 亿元人民币，超额部分购置 1 门大炮（9 亿元人民币）还有余。

拥军优属运动是长春人民抗美援朝运动中的具体行动。1950 年 12 月，抗美援朝分会号召开展慰劳中国人民志愿军和朝鲜人民军运动，全市人民热烈响应。每天到抗美援朝分会送慰问金、慰问品、慰问信的人来往不断，总务部 3 个人接收登记还忙不过来。到 1951 年 2 月底，共收到慰问金 42.36 亿元东北币，慰问袋 3600 个，慰问品 3 万多件，慰问信 1.6 万多封。新年春节期间，由党政领导同志带队慰问志愿军伤员和烈军属。区、街、村还成立了拥军优属委员会，普遍开展拥军优属教育，检查拥军优属工作，使拥军优属工作得到进一步落实。广大烈军属很感激党和政府对他们的关怀照顾，鼓励亲人在前方杀敌立功。

镇压反革命，巩固后方秩序

美帝国主义发动侵朝战争后，残留在大陆的美蒋特务、土匪、恶霸及其他反革命分子，认为"第三次世界大战就要爆发"，"反攻大陆的时机已到"，就更加疯狂地进行反革命破坏活动，气焰嚣张。市委领导全市人民同暗藏的敌人进行了坚决的斗争。1951 年 2 月，举办了公安展览，历时 40 天，共 6.4 万多人参观并受到教育。4 月，各单位普遍召开控诉会，控诉日美帝国主义侵略中国和国民党匪特残害人民的罪行。5 月 15 日，市政府召开有 5 万人参加的控诉、公审反革命首恶罪犯大会。镇压反革命运动的胜利，有力地打击了敌人，安定了人心，稳定了社会秩序，保证了经济建设和支援抗美援朝战争各项工作的顺利进行。

反细菌战的斗争

1952 年初，美帝国主义在朝鲜和我国东北发动灭绝人性的细菌战，激起了曾经受日本帝国主义制造细菌毒害的长春人民的极大愤慨。为了粉碎敌人的细菌战，市委、市政府决定成立市区防疫委员会和基层防疫指挥机构，要求所有人员紧急行动起来，将扑灭细菌当作紧急的战斗任务。一个以反细菌战为主要内容的爱国卫生运动在全市迅速开展起来。清除垃圾粪便、填平水坑、疏通水沟、改造厕所、改善水井、进行各种免疫疫苗注射。3、4月期间，在9个区先后发现大量可疑昆虫，都及时组织群众扑杀，进行烧埋处理，并取样化验。通过开展爱国卫生运动，全市卫生环境大为改观，群众卫生意识大大增强，各种传染疾病发病率比1951年下降35%，人民健康水平大大提高，保证了生产建设和抗美援朝各项工作的完成。

（长春市政协文史办供稿）

淄博人民在抗美援朝运动中的贡献

·马鸿喜·
·乔同盛·

在中华人民共和国成立初期轰轰烈烈的抗美援朝运动开展时，当时的淄博市（今博山区）16万人民同全国广大人民群众一起，积极投入了支援抗美援朝运动这一伟大行列。1951年3月4日到5日，召开了反对美帝侵略朝鲜、反对美帝武装日本，保卫世界和平各界人民代表会议。出席这次会议的代表共223名，其中，工人代表35名，机关代表5名，公私企业代表16名，工商界代表40名，居民、农民代表38名，宗教代表2名，军警代表6名，妇女代表10名，青年代表10名，学生代表10名，文化教育界代表12名，大会筹备会委员39名。与会代表一致声讨美帝的侵略罪行，通过了"十三条爱国公约"，选举23名委员组成了中国人民保卫世界和平反对美国侵略委员会淄博市分会。由市委书记刘惠之任会长，王退之、竺哲民、程道生等人为委员，下设办公室，张立中为秘书，李继军为干事。会后，还推选出出席淄博专区抗美援朝代表会议的代表39名。5月13日淄博市抗美援朝分会发出了《深入开展抗美援朝运动，反对美帝单独与日本军国主义媾和的爱国主义运动的通知》。在全市范围内掀起了爱国增产节约运动，以实际行动支援抗美援朝的爱国热潮。

4月21日召开了第二次抗美援朝各界代表会议。会议一致通过了《"五一"劳动节组织发动全市人民群众举行游行示威，反对美帝侵略朝鲜和武装日本，保卫世界和平的决议》。

10月22日至24日，召开了第三次抗美援朝分会代表扩大会议，到会各界代表210人。会议传达了省政治协商会议第五次扩大会议精神和山东省推行中国人民抗美援朝总会"三大号召"的情况及今后任务。检查总结了本市执行"三大号召"的情况，研究了下步继续开展抗美援朝的工作意见。

会议还通过了五条决议：（1）整顿扩大抗美援朝的各级组织；（2）继续加强爱国主义和国际主义教育；（3）普遍订立爱国公约；（4）深入开展增产捐献运动；（5）加强和改进优抚工作。这次会议把全市抗美援朝运动推向了一个新的高潮。

淄博市抗美援朝运动在大力宣传教育的基础上，主要开展了如下几方面的工作。

一、12万人签名、投票，6万人上街游行，反对美帝侵略台湾、朝鲜，反对美帝武装日本

当时，淄博市4个区，27个乡（镇），127个街、村，3000家工商业者和机关、学校、厂矿等企事业单位的16万人民群众，在抗美援朝运动中，于1951年3月至5月1日仅两个月的时间，为了反对美帝国主义武装侵略台湾、朝鲜，反对美帝武装日本，积极响应全国抗美援朝总会的号召，村村、户户、人人制订爱国公约。全市有123452人签名、投票，占全市人口总数的80%以上，有63851人上街游行，占全市人口总数的60%。其中，市区参加游行的有39810人；二区（域城）7090人；三区（八陡）8834人；四区（西河）845人。华东、大成、东方、瑞成、恒通五大煤矿的4600名职工，6月至8月3个月的时间就有3182名职工捐款5.1454亿元。为了以实际行动支援朝鲜人民抗击美国侵略者，博山五大煤矿工人1951年1月至9月，每月比1950年同期多产煤炭5568.46吨。华东煤矿制订爱国公约后，月产煤炭由335.37吨猛增到375.3吨，一天多产煤炭60多吨。同时农民也积极缴纳爱国公粮。二区3天时间公粮全部入库，没有一户拖欠。石匣村农民在缴纳公粮时敲锣打鼓，

担子上插着标语，排着队喊着："爬大山，过大岭，缴纳爱国公粮真高兴，打垮美帝有保证！"山头窑业碾泥工人宋建坤制订爱国公约后，多收入40多万元，一次捐献24万元购买"淄博人民号"飞机。工商界为了响应"三大号召"，做到不投机取巧，不偷漏税，九八折优待烈军属。全市迅速掀起拥军优属热潮。城区农村共有烈军属、残废、复员军人1760户，8975人，占全市总户数的5.5%，占全市总人数的6.3%。1226户烈军属的1065亩土地有人代耕，收获好于一般农民。城区304户烈军属，分得粮食1604斤，代金3000万元和其他财物一部。有271户烈军属542人，享受国家补助小米13865斤。烈军属普遍在政治上受到了人们的尊重；在经济上增加了收入；在生活上得到了改善和提高，鼓舞了士气，促进了国防建设。

1951年五一国际劳动节，淄博市16万人民群众响应中国人民抗美援朝总会3月14日通告中所提出的"在五月一日全国城乡人民要普遍举行大示威"的号召。淄博市抗美援朝分会进行认真研究，做了周密计划，组织了6万人，有组织、有纪律地上街游行示威。这次游行示威，群情振奋，热情高昂，激发了广大群众抗美援朝、保家卫国的爱国主义热情；调动了全市人民增产节约，支援抗美援朝的积极性，把全市抗美援朝运动推向了一个新高潮。

为了保证"五一"游行示威有组织、有纪律地进行，造成浩大声势，淄博市抗美援朝分会，对游行的宣传教育、组织领导、注意事项等工作，均做了周密的安排。因此，1951年"五一"大游行是淄博市自1948年解放以来，规模最大的一次群众集会游行活动。参加游行示威的群众，城区39810人，二区7051人，三区8834人，四区845人。这次游行示威，有白发苍苍的老人，也有七八岁的儿童，连长年不出大门的老大闺女也冲破了封建家庭的束缚，走上大街参加了游行队伍。游行队伍以武装民兵、纠察队为前导，游行群众分总队、大队、中队、小队，按序列行进，各级队长均佩戴袖章，游行队伍口号声此起彼伏，声震城乡。

二、16万人民踊跃捐款，购买"淄博市人民号""淄博市工商业号"飞机

在抗美援朝运动中，为了早日把美帝国主义侵略者赶出朝鲜，保卫世界和平，淄博市16万人民群众，踊跃捐款购买抗美援朝"淄博市人民号""淄

博市工商业号"飞机。自 1951 年 6 月开始，全市掀起捐款热潮，截至同年 12 月 28 日，共捐款 38.007166 亿元。比计划捐款数 30.188856 亿元，多捐 7.81831 亿元。

全市工人、农民、工商业者，各行各业都积极捐款。华东、大成等五大煤矿共有职工 4600 人，其中有 3600 多人踊跃捐款 5.4453 亿元。11 月 25 日，全市手工业工人完成捐款任务后，又发起义务劳动捐款，把义务劳动全部所得用于购买飞机。工商业者也积极响应工人兄弟的爱国行动，发起庆祝工商业胜利完成捐献任务纪念日，把当天各商号经营纯利全部捐献出来购买飞机。郊区农民也不甘落后，二区西流泉乡，全乡 750 户人家，3376 口人，捐款 513.33 万元，比计划捐款数多捐 19.18 万元。

全市不仅超额完成了捐款购买"淄博市人民号""淄博市工商业号"飞机的任务。1953 年春节，还捐款 2051.42 万元，慰问赴朝参战的中国人民志愿军指战员和朝鲜难民。

三、派出抗美援朝马车队

为了保证朝鲜战场的物资运输，淄博市有 67 名运输工人，驾驭 14 部马车，参加抗美援朝运输队，奔赴朝鲜战场。

第一批赴朝运输工人 47 人，马车 4 部，骡子 8 头，于 1950 年 11 月奔赴朝鲜战场；第二批赴朝运输工人 20 人，马车 10 部，骡子 20 头，于 1950 年 5 月 20 日由市政府财政科工作人员马鸿喜（本文作者之一）送达张店集结。

为了确保抗美援朝马车队的马车和运输工人赴朝任务的完成，市政府召开专门会议进行研究部署，责成民政、财政等有关部门的负责人，协助市总工会和马车工会共同完成这一任务。把购买马车、骡子，动员驾驭工人当作一项突出的支前任务来完成。市直各有关部门在工作中认真负责，严肃对待。从马车工会和农民养骡户的几百头骡子中挑了又挑，选了又选，挑选了 28 头最好的骡子。马车盘都是用优质木材做成，每套马车一律都是全新的"大胶皮"车轮。67 名赴朝运输工人，人人具有熟练的驾驭技术和较高的政治觉悟，个个年轻力壮。

市政府为赴朝马车工人，临行前举行了隆重的欢送仪式，给每个参战工人的家门上都挂上了"光荣牌"，家属按军属对待。市长刘矫非和市政府有关部门负责人与赴朝马车工人合影留念。

四、做军鞋 17000 双

为了保证供应赴朝参战志愿军 17000 双军鞋的穿用，淄博市政府召开了各有关部门负责人会议，研究部署了军鞋的分配任务，并成立了淄博市军鞋委员会，由市长刘矫非、市联社主任王书楼、市总工会秘书孙志中、工商联筹委会副主任王退芝、民政科长徐爵三、财政科长刘汉贤、建设科长尹洪西及崔建林、牟振智等 11 人组成。公推刘矫非为主任委员，崔建林、王书楼、孙志中、王退芝为副主任委员，统一领导这一工作。4 月 1 日市委、市政府联合发出了关于 5 月底前做好 17000 双军鞋的通知，并做出如下规定：

（一）任务的分配

1. 成鞋的一切材料，由市合作社供给。

2. 制帮绱鞋由工商联筹委会与市总工会负责。

3. 成底（全部做好的鞋底）一区 3000 双、二区 1500 双、三区 2500 双、四区 2000 双。另外一区剪包 7000 双（剪包好交市军鞋委员会转博山县纳底）。

（二）注意事项

1. 各区成立军鞋委员会（吸收党、政、妇联及区公所或乡干部）发动各区妇女完成军鞋的剪包、纳底。区军鞋委员会负责检查，督促军鞋的制作。

2. 完成军鞋任务是抗美援朝、保家卫国的具体工作，必须教育群众认识到这一点，并以高度负责的态度组织群众，在自觉自愿的形式下组成小组。在接受任务之后，用发动挑战赛方式使其迅速完成任务。

3. 工资：每双纳帮 2100 元（0.21 元）；做鞋帮 1000 元；切包鞋底 500 元；纳鞋底 2700 元。

4. 时间要求：接受任务后 10 天内全部完成。剪包纳底工作（一区 7000 双剪包纳底任务应提前交货）。完成后速送军鞋委员会转工商联筹委会开始绱鞋，5 月底全部完成。

5. 为了及时了解各区军鞋制作情况，以便掌握及时调拨，要求各区每天向市军鞋委员会汇报一次，市军鞋委员会抽调了 5 名干部专做检查、指导、督促工作。

（附军鞋制作说明摘要1份）

军鞋制作说明书（摘要）

（一）制底部分

1. 切底壳子，按配备号数要整齐；符合样子，不准大小或欠缺。

2. 每只大底壳子5层，后跟处加两层，垫底心壳子7层，计大底壳子10层，后跟壳子两层，用六分宽布条包边接头压岔三分，其另一层大底布壳子用底面布免岔代替包边，包底需整齐，不得空虚不靠等。

3. 圈底边在距离一分处扎锥，用双针圈，针码每寸六针。

4. 纳底针码横竖要齐整，横竖斜的针码行列要对齐，漏在外面的斜角要一致，不能长一针短一针。密度均匀，不能前底密，后底稀，或两头密中间稀，纳底针码每方寸74针，成底要平。

……号数比例规定如下：一号84，4％双；二号82，16％双；三号80，30％双；四号78，26％双；五号76，20％双；六号74，4％双。

（二）制帮部分

1. 切帮壳要与鞋样相符，要齐整，不过刀口，每只鞋前帮一块，后帮两块，鞋里面布根据壳子裁后帮上口及后跟合缝处留免岔1.5分，不准使用斜料。

2. 粘帮时先用毛刷子把浆糊刷匀面布，再粘上。布丝要正、面要平、免岔打剪口要均匀，免得要牢靠，不准出毛病。

3. 帮面绝对要配色合双，剪后跟卡皮长1寸，宽7分（以中央为准）。

4. 缝帮合后缝暗线在距布壳子边半分处重砸线两趟，砸明线在里面垫一层1寸宽布壳，砸双明线，每趟距中缝一分要直里。

5. 调里子砸线要宽窄一致，不准吐里子，砸后扇压边明线在距帮口边半分处砸一趟，第二趟距第一趟半分。

6. 上大头双明线第一趟距后包头边半分，两趟相距1.2分，两耳回针打结在距第一趟线3分处砸长3分。

7. 针码除调里子及舌头压边，明线每寸12针至13针外，余者无论明暗线，每寸16针至17针，并需直里均匀，不得有跳线拉扣等现象，卡线回针长3分。

8. 每只每耳砸凤眼5个，依据大小号数排列齐整，开花要砸平。

（三）绱鞋部分

1. 绷帮时拉帮吃的要均匀，前头两耳相正，后跟中缝要直，不准歪针。打褶按前、中、后，每只绷帮针16个。

2. 绱鞋距底边一分处扎锥，要与出锥相距3分，绳要拉紧不刺刀牙，针码每寸2.5针。

3. 纤底踏布底心用棉花垫平，针码一律要每寸5针。

4. 排楦要按成鞋号数用楦，不准错用楦头或排得错前错后等。

5. 号数比例：一号84，4％双；二号82，16％双；三号80，30％双；四号78，26％双；五号76，20％双；六号74，4％双……

五、砸石子一万方

1951年8月上旬，随着抗美援朝运动的蓬勃发展，为了保证铁路运输的畅通无阻，淄博市政府接受了为铁路提供10000方石子的支前任务，市政府立即成立了指挥部，由副市长刘仲儒为总指挥，市总工会王有田为副指挥，召开了各区区长会议，研究分配了工作任务：一区3500方；二区2000方；三区2500方；四区2000方。

石子任务部署后，全市人民群众立即行动起来。利用博山丰富的石源，发扬爱国主义精神，积极投入了抗美援朝砸石子的任务中，他们中间有工人、农民、学生、工商业者，他们利用业余时间参加砸石子的活动。仅10天时间，10000方石子的任务就保质保量按时完成了。

（山东省政协文史办供稿）

洛阳搬运工人在抗美援朝运动中

·姜 河·

1950 年 5 月，在市委市政府的领导下，社会上出力谋生的拉架子车的搬运工人组织起来，成立了洛阳市搬运公司。同年 10 月，朝鲜战争爆发，同时也危及了我国的安全。搬运工人在党和政府领导下，踊跃参加了有关抗美援朝活动并做出了自己应有的贡献。

一、全力以赴积极完成战略物资的搬运入库任务

1950 年 10 月，抗美援朝战争开始后，党中央决定将沿海主要大城市的一部分重要物资转移到洛阳储存。为保证这项任务圆满完成，由河南省副省长牛佩琮主持，洛阳地区专员张云生和洛阳市市长王均智具体负责，成立了"洛阳市运输指挥部"。驻洛部队负责人担任指挥长，搬运公司经理任玉庭担任副指挥长，以搬运公司的搬运、装卸力量为主，担负卸火车、运输和入库顶垛等任务。为了及时掌握情况，便于指挥调度，公司机关的领导和业务调度人员都从城内鼎新街迁至东车站自立街临时办公。并集中了 300 多名工人作为骨干力量，在附近的大通街集中住宿，日夜值班，随时准备行动。

我记得第一批到达的物资是橡胶。一块橡胶重200斤左右，方方正正有弹性。装卸车时若手没有抓挂头，从车上往下一掀，落地就又弹起老高，工人称它"海里蹦"。这批橡胶一到达就是一列车，晚上装卸工人把它从火车上卸下来，架子车工人一大早就到西货场那里去搬运。一天到达最多的时候，全公司四个搬运站19个架子车分队，除留下少数在停车处值班以外，要全部都开上去。往往是每早天一亮开始，一直拉到天黑。从1950年冬天到1951年春末夏初集中搬运橡胶这一段时间，正是数九寒天，大雪纷飞，冰天雪地和春雨连绵的季节。搬运工人顶严寒、冒酷暑，不辞劳苦，一刻不停，发扬了工人阶级主人翁的精神。从西北城角外边铁路西货场那几条支线的货位上，装上橡胶往北关邙岭南麓的庞家沟、龙泉沟、驾鸡沟、黄家沟等几条沟的窑洞里搬运。那时的道路不好，晴天尘土飞扬，冬天雪深冰滑，阴雨天泥泞难行。我们开始拉时，一个架子车绝大多数只敢装两块橡胶。二站西大街分队的冯锤体壮力大，车子收拾得也得劲，别人拉两块时，他的车子就装三块，别人拉三块时，他又一车装四块。就这样互相你争我赶，自觉地开展劳动竞赛，生产效率不断提高。为了关心工人，指挥生产，不仅公司的经理、股长等干部每天都到现场解决问题，参加劳动，而且市委书记齐文川、市长王均智等地市领导经常深入现场视察，并动手帮助架子车工人装车和推坡，鼓舞情绪，推动生产。所以，不管是装卸工人还是架子车搬运工人，劳动热情极其高涨，多装快跑，按时完成下达的任务，保证了火车运输大动脉的畅通。

橡胶之后第二批到达的物资，有汽油、白糖、钢铁和粮食等。大批的白砂糖从火车上卸下来后，工人们及时搬运到西工各个营房的仓库里。运来的大批汽油，为了城市安全，列车开到金谷园火车支线，我们及时卸在指定的货位上，集中力量抓紧搬运到七里河涧河老桥东100多米的公路南侧沟内新开的战备窑洞仓库里。钢铁和粮食到达后，及时运到老集和老北门里路西胡同内的天爷庙仓库。这项工作持续近3年之久，圆满完成任务后，上级奖给锦旗一面、人民币500万元（旧币）和一批鞋、衣服。公司评选出9名劳动模范，分别颁发了奖品奖状。

二、满腔热情地投入抗美援朝爱国宣传活动

抗美援朝爱国运动开始时，正值搬运公司成立不久，广大搬运职工爱国热情很高。公司下属的搬运一、二、三、四站和3个装卸队，分别成立了4个业余剧团和两个腰鼓队（东车站和南关各一个）。公司才成立时市政府借给了200万元（旧币）的开业费，经济上是很困难的，广大职工都体谅到这一点，所以各搬运站成立业余剧团和腰鼓队，开始购买乐器和服装等演出用品用具时，都是大家兑钱集资办的，后来工会才给了点补贴。那时候逢年过节或者物资交流大会，只要市里党、政、工会领导有安排，腰鼓队立即就拉出去上街宣传。在组织抗美援朝宣传活动时，各演出单位经常出动，走向大街、公共场所，深入工厂、机关……特别是欢迎志愿军归国代表团的演出，洛阳市搬运公司东车站的腰鼓队被安排在队伍的前列，他们打得整齐有力，打场面和打快八步时，配合着鼓点步伐，还高喊着"抗美援朝、保家卫国，打倒美帝，维护和平"的口号。表演精彩，气氛热烈，受到观众的喝彩和赞扬。

搬运一站文娱队、业余剧团组建后，先后在东车站、东北运动场、毕宅后、市总工会、府城隍庙、东关、西关以及烧沟等处，演出过许多场次。他们演出的《马大娘探子》《朝鲜儿女》《百花园》等现代戏剧目，很受群众欢迎。如《朝鲜儿女》这出戏，大意是说一位朝鲜妇女救了一位志愿军伤员藏起来了，美军军官带了4个美国兵到村里来搜查伤员都没有找到。这位朝鲜妇女还把收集到的敌人的军事情报，按照伤员指示的位置，及时送给了朝鲜人民军和中国人民志愿军的作战指挥部。最后，朝鲜人民军和中国人民志愿军联合打败了美国侵略军，活捉了军官和士兵。这个戏演到最后高潮时，台下的观众也配合台上活捉美帝侵略军的情节，高呼"打倒美帝国主义"的口号，宣传效果很好。又如《百花园》这出戏，大致内容是讲百花盛开的花园里，一群百花仙子正在明媚的春光下嬉戏时，冲进来一个老美（妖怪），霸占了百花园和百花仙子，破坏了和平宁静的幸福生活。这时蜜蜂闻讯赶回来，手持双枪和百花仙子一起，打败了老美，并把它赶出了百花园。另外，还有搬运二站城内三复街的文娱演出队，除了白天宣传演出外，还受市文化馆有线广播站的聘请，在每天下午7点到8点的文娱节目里，演唱现代戏曲片段。

装卸工人杨顺喜的曲子戏唱段，以他那高亢的唱腔，给市区的听众留下了绵长的余味。

三、节衣缩食，用实际行动支援抗美援朝

抗美援朝时期（1950—1953 年）搬运工人的收入和生活水平都很低，但是，工人们政治思想觉悟却很高。只要党和政府一声令下，立即就行动起来。在向中国人民志愿军捐献飞机大炮，支援抗美援朝战争的号召下达后，广大搬运工人不甘落后，积极开展增产节约，人人争光，自愿捐献，很快就完成了捐献飞机大炮的任务。最后统计，全公司职工共捐献 1165 万元（旧币）。捐献最多的武全章、岳银堂等人，还受到市领导的表彰和赞扬。

另外，在参加世界和平理事会关于五大国缔结和平公约宣言签名运动和反对美帝国主义单独对日媾和及武装日本问题的投票中，搬运工人以反对战争、保卫和平的姿态，积极参加。公司以分队为单位，职工在黄色或绿色等不同颜色的布上，都签上了自己的名字，投了神圣的一票。在参军热潮中，搬运工人段均堂和芦祥义，响应党和政府的号召，踊跃报名参军，入朝参战，为洛阳市搬运工人增添了光彩。

（河南省政协文史办供稿）

一、开展宣传活动，反对美帝侵略

为反对美帝武装侵略朝鲜我国领土台湾，暑期武大全体留校师生和学院中学自然科学部学员等，于 7 月 25 日在校水工实验室举行大会，反对美帝侵略台湾、朝鲜。首先由校务委员会副主任查谦教授讲话，他指出：美帝高唱门罗主义，可是反而干涉、侵略起亚洲来，以往死命扶植国民党反动派，现在更直接武装干涉中国和朝鲜的人民，这充分证明了美帝的野蛮无耻。但不管怎么样，美帝非失败不可，因为全世界人民，包括美帝统治下的人民都是希望和平的。接着由校务委员会秘书长徐懋庸讲话，他首先指出朝鲜战争是关系全人类命运的问题，并根据战争爆发一个月的情况，总结出几点经验教训：第一，战争不仅暴露了美帝的侵略面孔，而且暴露了它的外强中干；第二，美帝的走狗毫无力量；第三，美帝无力发动世界战争；第四，战争加深了美帝内在的危机，加速了美国人民的觉悟。最后，他郑重指出：美帝阻止我们解放台湾，但我们一定要而且有力量解放台湾。但也不可因此对美帝存在轻视心理，要努力准备，做好各方面的工作，如加强宣传、稳定后方、积极生产等。相继发言的还有工友会和毕业同学会的代表。会后，全校各部门都分别展开热烈的讨论，反对美帝侵略朝鲜和台湾的怒潮持续高涨。

11月，全校同学以院、系为单位，和教师、职工们一起举行抗美援朝保家卫国座谈会，讨论对美帝武装侵略朝鲜、威胁我国安全应有的认识和在此种情况下应如何行动。大家一致坚决表示，要以努力工作学习、加强宣传、团结互助、警惕匪特的实际行动来回答侵略者，同时准备在祖国需要的时候毫不迟疑地走上战斗的最前线。文学院的同学首先集体签名并做出他们的保证，接着法学院、数学系等同学也签了名，并做出保证。

与此同时，武大教员发表了《抗美援朝保家卫国宣言》，指出：美帝国主义者正走着当年日本帝国主义者的老路，他们不只是要吞并朝鲜，同时还要侵略中国，统治亚洲，征服全世界。尤其指出朝鲜与我国是兄弟邻邦，唇齿相依，朝鲜的安全，密切影响我国的安全，所以积极支援朝鲜人民，不只是为了人类的正义事业，更是为了祖国的安全，保家卫国必须抗美援朝。并宣称，"我们文化教育工作者，一向热爱和平，可是从来不害怕战争，对于美帝国主义者这种疯狂的侵略罪行，我们应予以有效的反击，我们应该有效地支援朝鲜人民"，为此，他们表示决心：随时响应政府的号召，贡献出自己的一切力量，为抗美援朝保家卫国而奋斗；也准备着一面战斗，一面建设，有信心也有决心克服任何困难；肃清亲美的思想和恐美病；更要加紧爱国主义和国际主义的学习，为争取持久和平而斗争。

武大师生员工为了扩大抗美援朝宣传活动的范围，不只是集会和座谈，还进行示威游行。1951年5月1日，武汉大学教工638人、学生1698人，走上街头参加"五一"劳动节示威游行。两支队伍前面都高举着写有"爱国公约"的大旗，队伍庄严雄壮，充分显示出新中国工人阶级和知识分子的力量。针对这次示威游行的感想，校报《新武大》的记者对一些人进行了采访。土木系教授石琢深有感触地说："通过抗美援朝保家卫国运动，我对帝国主义深切痛恨。因此，我以满腔的热忱参加了这次爱国运动的大游行……在过去也有不少爱国的游行，但是参加的只是一部分工人、学生。而现在的游行队伍里有工人、农民、商人、学生、军队和居民各阶层的人，无论男女老少都全面组织起来了，而且每个人又都充满了战斗的意志和胜利的信心。这股无比壮大而坚强的力量，就足以使帝国主义胆战心惊！"

武大图书馆为了响应抗美援朝的号召，于12月30日举办了抗美史料展览会。展览会的内容，就形式而言，有档案、信稿、杂志论文、剪报、照片等；就内容而言，有美帝侵华的年表、地图和条约，美帝侵华的史书和论文，美帝侵华特务机关的记载，关于虐待华工的档案，抗美援朝的论文及关于美国真相的中西文书籍和论文等。史料展览共进行5天，参观者近3000人。其中大部分是武大的教职员工、同学，东湖中学和武大附小的学生及附近的居民。此外，还有中南军政委员会文化部和其他各文化机关的代表、《长江日报》和《大刚报》的记者、四野部队的官兵。

这次展览会的举行，意义非常重大，因为它把图书馆里所能找到的美帝侵华史料按时间先后陈列出来，可以使大家在参观这些史料后，对于美帝侵华的严重性与它的发展过程，有明确的认识，提高了他们的爱国热忱。其次，美帝侵华是多方面的，有军事的、经济的以及文化的，观众参观完这些史料，可以进一步地做专题研究，再把研究的结果，用通俗的文字写出来，更普遍地使大家认识到美帝侵略我国的野心，同时激发他们仇恨美帝的心理。仇恨美帝的心理激发了，爱护祖国的热忱增加了，对内才能加强团结，推进建设工作，对外才能培养无数意志坚强而精壮的战斗员，担负保家卫国的神圣职责。正如一位观众所说的："走进这个展览会的门，我的情绪就立即紧张起来。美帝侵华的这些铁的证据都展示在我的面前，于是我的心也变得和钢铁一样坚硬起来。"

随着美帝对朝鲜和我国军事侵略的加深，作为当时美帝侵略工具之一的"美国之音"，也开始向中国人民发起进攻，并企图麻痹中国人民的思想和瓦解中国人民抗美援朝保家卫国的坚强意志。其实，中国人民早已认识了"美国之音"的造谣。武大教授一致认为应该反对收听"美国之音"。校务委员会主任委员邬保良教授说："我们反对收听'美国之音'，因为它是站在反人民的立场说话，听了它就会受骗，就要吃亏上当。例如'美国之音'说美国军队只打朝鲜，不打中国，而事实上美国已经侵略我国领土台湾，空军不断地轰炸我国东北，大家如果听信它的话，岂不大上其当！"

为了把抗美援朝保家卫国的运动深入到广大群众中去，武大同学通过口头、文字、漫画、街头剧等方式，于 11 月 17 日至 18 日两天分别到武昌城中和邻近的乡村进行宣传。由于同学们有高度的政治认识，工作极为认真。宣传对群众起到了极大的教育作用。法学院的一位同学扮演落后商人的角色，由于演得很逼真，几乎挨观众的打。农学院一位扮演唱凤阳花鼓的老头子的同学，连自己也不自觉地被剧中老头子的遭遇感动得哭了起来。同学们还通过写稿子、写信、开座谈会、小组讨论等方式，向校内外进行宣传。其中，参加宣传队漫画组的一位同学是这样记述他参加宣传工作的感受的："假若有人问我，你做的宣传工作有些什么收获？那么，我一定很肯定地答复：我上了一次政治大课，在群众中受了一次很深刻的教育。"

参加校外宣传、动员工作的不仅有学生，还有教师。电机系马克斯威尔通讯小组是这样记述两位教师的："我们系里的俞宝传先生和张肃文先生，不独是我们的良好导师，而且是我们的同志，是我们的朋友……抗美援朝运动开展后，因为急需的宣传喇叭已坏，大家感到十分焦急，当即把困难告诉了俞先生。虽然坏的地方很多，修理起来很不容易，但是在俞先生的努力下，一天就修好了。俞先生和张先生还答应跟我们一道进城宣传。一天的清晨，我们刚起床，俞先生和张先生就先后来了。两位先生一直坚持到晚上 10 点多钟才和我们一道返校。次日晚上，张先生又跟我们一起放映幻灯片。"

二、踊跃参军参干，投身保家卫国

为了加速我国的国防建设和增强抗美援朝的实力，中央人民政府人民革命军事委员会和政务院于 1950 年 12 月 1 日发布了关于招收青年学生、青年工人参加各种军事干部学校的联合决定，规定：人民革命军事委员会所属的空军学校、海军学校及各种特种兵学校，均于近期同时在全国各地统一招生。凡年龄在 17 岁至 25 岁、思想纯洁、身体健康、具有初中二年级以上文化程度的青年学生及具有高小文化水平的青年工人，均可报名参加。中央人民政府教育部随即指示：各级人民政府教育部门、各学校必须协同有关方面，按规定的条件和名额，胜利完成此项计划。青年团中央和中华全国学生联合会也相继发出号召，希望全国青年行动起来，响应祖国的召唤，踊跃参军参干。

由于解放后一年多来的政治学习和前一时期抗美援朝进行的广泛爱国主

义教育宣传，在全校师生员工中打下了良好的思想基础，广大师生员工的爱国热情普遍高涨，武大的参军参干运动开展得极为迅速和顺利。就在中央军委下达指示后的第三天，即 12 月 3 日，武大校务委员会、校团委、学生会连同各院有关负责单位便紧锣密鼓地行动起来。经过一系列宣传动员活动，到 12 月 15 日，全校同学决心报名参加军事干部学校的人数已达 1250 名之多。

在参军参干运动中，武大坚持把参军参干加强国防建设作为抗美援朝保家卫国的具体内容，并把它作为普遍的爱国主义政治思想教育来进行。

利用每一个机会，揭露美帝国主义的侵略罪行，宣传中朝人民取得的每一个新的胜利，使大家感到这次参军参干意义的重大和光荣。

对于参军参干，有不少同学起初存在各种各样的思想顾虑，舍不得离开亲爱的母亲、温暖的家庭，舍不得离开山清水秀的珞珈山和自己喜爱的专业。

针对这种思想顾虑，强调指出为了人民利益"要有牺牲个人利益和吃苦耐劳的决心"，针对许多人觉得放弃自己专业可惜的思想，指出如果没有祖国的和平与安全，没有强大的现代国防，哪里会有安定的学习环境？哪里会有个人的前途和理想？况且，学军事是国家目前最需要的一种业务，现代化的国防事业需要最先进的技术，军事家也是一种专家，过去许多工农群众，在军队中锻炼了一二十年，现在在经济、文化等各部门都工作得很好，有的还是主要负责人，这就是证明。

细致周到的思想工作，使绝大多数人消除了顾虑，陶颂霖同学就是其中一个典型的例子。1950 年 12 月 26 日的《长江日报》登载了陶颂霖写的《我报名参加人民志愿军是怎样打破思想顾虑的》一文，谈到了自己的三个顾虑："一、大学已读到四年级，只差几个月就可以毕业，一旦中途参军岂不太可惜了吗？二、自己是独生子，为父母所钟爱，现在一旦参军，事出突然，父母一定受不了；三、作战就必须抱定牺牲的决心，万一牺牲了的话，那么眼见就要来到的幸福美满的日子岂不是完了吗？"在学校的宣传教育之下，经过一番激烈的思想斗争，他认识到："没有国家的自由独立哪有个人的一切呢？没有先烈们前仆后继的英勇牺牲又哪有我们今天自由学习的环境呢？"因此毅然报名参加了人民志愿军。

学校要求凡有志参加军事干部学校的同学，一定要事先说服家长，并讲明保卫祖国就是保卫母亲；人民军队是最好的大家庭，子女在军队里面，比在家庭里面，生活得更温暖、更快乐；送子女参军就是主动保全家庭的方法，等到敌人打进来，自己家里死了人，破了产，再叫儿女参军报仇，那就晚了。经过宣传，多数家长都很开明，愉快地支持子女参军参干，不少人还写来了鼓励信，并亲自到学校探望。机械系四年级的李建球同学写下决心书后，其父闻讯赶至武大，说了一番感人至深的话："我不能阻挡你，也不愿阻挡你。因为你们是新中国的青年，完全能够独立自主，家里谁也不应该约束你们。何况你还是一个光荣的共青团员，政治水平和业务水平都比我强，还用得着我来多操心吗？同时，我也明白爱祖国是每个人的责任，今天祖国需要你们，需要你们知识青年来担当国防建设的光荣任务，你响应了这一伟大的号召，这种爱国行动是完全正确的，所以我不阻挡你。"

学生参加军事干部学校，得到了师长的鼓励。化学系教员组成了国防化学研究室；法学院外文系全体教员都庄严地写下了决心书。中文系全体教授在决心书上写道："虽然我们年龄已经超过了25岁，虽然我们没有什么技术，但在今天为了祖国美好幸福的前途，为了抗美援朝保家卫国的伟大工作，我们决心响应政府的一切号召，到祖国最需要我们的地方去！"1950年12月30日的《新武大》以"爱国不分先后"为题，对此发表了如下通讯："帅长们在参加军事干部学校这一伟大运动中，除党团员已申请参加外，文学院中文系李格非、郭安仁、刘绶松、李健章、程会昌、张永安、毕奂午、周大璞、胡国瑞、缪琨等先生的年龄虽然都超过了25岁，但为了抗美援朝保家卫国，一齐写下了决心书，随时准备到祖国最需要的地方去。此外，农化系朱汝璠、土木系周先扬先生也写下了决心书，和同学们一道参加国防建设。历史系朱士嘉教授向校工会申请，要求参加援朝志愿军，担任翻译工作，对被俘美军进行宣传。"在师长们的带动下，学生参军参干的热情进一步高涨。

武大的参军参干运动进展得十分顺利，获得了良好的结果，总体可分为三个阶段。

第一阶段是思想酝酿阶段，从1950年12月3日到8日。在这个阶段中，首先号召全体学生学习中央军委和政务院关于动员青年学生及青年工人参加军事干部学校的决定及其他有关文件，然后在共产党、青年团内进行动员；又开了控诉美帝侵略的大会，并发动首先响应号召的学生、教员和家长，有计划地动员优秀的学生下决心。此时表示决心的学生已达 524 人。

第二阶段是普遍动员阶段，从 1950 年 12 月 9 日到 15 日。在这一阶段中，首先在纪念一二·九运动动员大会上，公开动员，有典型的学生和家长表示决心，方克强之母张芹芬、余彬之母、查其恺之母黄孟似做了感人肺腑的发言："我非常爱我的儿子，我也知道每个母亲都极爱她的儿女，但我最恨战争！我更爱祖国！所以我鼓励我的孩子去参加军事干部学校，去保卫祖国，保卫千千万万母亲，保卫这一代人民的幸福生活！"其次开了学生会代表、班代表以上的干部大会，开了教员座谈会、各院系师生座谈会、小组讨论会，学生纷纷表示决心，教职员工也纷纷写下决心书，并组织学生对家长进行说服工作。此时表示决心的学生已达 1250 人，基本上包括了合乎条件的优秀学生。

第三阶段是巩固思想决定行动阶段，从 1950 年 12 月 16 日到第二年（1951年）的 1 月 13 日。在这个阶段中，总结了前两个阶段的工作成果；召开了关于正式报名的动员大会和对于写决心书的学生的小组评议会；1950 年 12 月 27日下午在图书馆前举行了盛大的报名典礼，全校师生及来宾 3000 余人，光荣家长 70 余人也来到现场送子女报名；对报名学生进行体检；开了发榜前的动员大会，说明由于报名的人多，录取的人少，所以要做好录与不录的两种思想准备，走的要愉快地走，留的要愉快地留，不久举行了发榜典礼，最后召开了隆重的欢送大会，欢送录取学生离校。

1951 年 1 月 10 日，《新武大》以"重要的岗位！光荣的事业！伟大的前途！"为题发了红字"号外"，热烈祝贺本校学生和工友 304 人走上国防建设岗位，300 余人的名字荣登光荣榜。至此，参军参干运动成功地落下了帷幕。

中南军政委员会对武汉大学的参军参干运动给予了高度评价，"武大在中国学生运动史上有着光辉的历史和优良的传统。在 15 年前的一二·九运动中，在'六一'运动中，武大同学都勇敢地走在最前列。目前，正当美帝国主义侵略朝鲜，占我台湾，并不断侵略我领海领空，轰炸我和平居民；全国人民基于义愤，已广泛地掀起了抗美援朝、保家卫国的正义运动，祖国需要迅速加强现代化国防建设的时候，武大师生又及时地携手奋斗，踊跃地响应了祖国的号召，这是中国青年和中国知识分子爱国主义精神最高潮的具体表现。这种爱国主义高潮，给我国国防带来了一股巨大的力量，值得钦佩和发扬"。

三、捐献、慰问及其他爱国行动

为了更好地支援抗美援朝、保家卫国运动，武大全体师生员工及眷属在做好舆论宣传、积极参军参干的同时，在珞珈山进一步掀起了以实际行动支援志愿军的高潮。

（一）增产节约，捐献飞机大炮

武大校办工厂的职工们响应学校"增产节约"的号召，积极抓紧生产，用铁锤回答了美帝的武装挑衅行为。他们纷纷做出保证：要以如期完成中央重工业部委托该厂制造50部水泵的任务的实际行动来打击美帝。全厂职工都加入到生产竞赛热潮中来，除了星期日及夜间自动义务加班外，白天工作都是以超速度来进行；尤其是参加了机械系师生举办的时事讨论会后，更加明确了搞好生产工作就是打击美帝，生产情绪更为高涨。陈长发工友把一星期的活用3天干完，病了，不但不休息，而且还要晚上加班。鲁先淦工友车油杯的效率更是高得惊人，第一天16个，第二天28个，第三天增加到46个。为什么这样拼命地干活呢？他说："这都是由于共产党的领导，小组的团结，大家在行动中表现的抗美援朝、保家卫国的意志。"

1951年五一国际劳动节前夕，志愿军归国代表来武汉的消息传到了武大。全武大的师生员工都感到无比兴奋，都渴望见到这一批祖国最优秀的儿女——站在抗美援朝斗争最前线的保卫祖国的战士，都渴望听他们讲述在朝鲜的英雄事迹。为了欢迎和支援他们，全校掀起了捐献热潮。据不完全统计，当时捐款达1000余万元（旧币，下同），献书达5000余册，还有其他日用品、手表、手电筒、自来水笔、金戒指……在献金运动中，出现了许多感人至深的事迹。矿冶系一年级刘业翔同学一个人就捐了103万元，水利系一年级朱庆端同学把他爱人送给他的金十字架也献出来了，历史系一年级李定华同学把自己还在注射的纯葡萄糖捐给志愿军伤病员同志。到1951年6月中旬为止，武大教职工已捐出现款2800余万元，长期捐款每月100万元左右，此外还有金戒指、金十字架、公债、储蓄券及银圆等，同学捐款总数达1000余万元。

与此同时，武大教职工还捐献"教工号"飞机，截至7月26日计总数为人民币 5500 余万元及工薪 5 万余分，共计人民币 1.7 亿元。工学院留校同学在此次运动中做得相当好，他们普遍要求参加劳动，以劳动收入来捐献飞机大炮。矿冶系二年级留在系里工作的几位同学将报酬全部或一部分捐了出来。

（二）慰劳中朝人民军队

1950 年，当平壤胜利解放的消息传到武汉时，武大全体师生员工及眷属以无比兴奋的心情庆祝平壤解放，纪念一二·九运动，还给中朝人民部队发去了致函电，向他们致以亲切的慰问和崇高的敬礼，决心学习他们的爱国主义、国际主义精神，发扬一二·九运动的光荣传统，以实际行动，为抗美援朝保家卫国而斗争。

1951 年 5 月，武大又接到了志愿军代表将来武汉的消息，大家情绪高涨，纷纷捐献书刊，写慰问信及捐款准备欢迎志愿军代表。农艺系一年级第二小组的同学在考试前的一天晚上争取把信写好，并捐出了 50 多本书刊和 1 支自来水笔；他们还向全班挑战说："以前我们天天喊抗美援朝，现在到时候了，让我们献出我们最心爱的礼品，给在朝鲜英勇打击美帝的志愿军代表吧！"各院、系同学都纷纷献出最珍爱的纪念册、口琴、钢笔、书籍，并向青年出版社流动组争购时事宣传手册，献给志愿军。

仅在学生会号召同学写慰问信、捐献书刊的短短 4 天里，学校就收到书刊 2059 本，人民币 128 万元（其中工学院矿冶系某同学一人就捐出 103 万元），慰问信 315 封，同学们还继续用实际行动支援抗美援朝。

1952 年，正当武大深入开展反贪污斗争的时候，中国人民志愿军的归国代表和亲密的国际战友——朝鲜人民访华代表于 2 月 8 日来到珞珈山。武大全体师生员工及眷属怀着无比崇敬的心情欢迎他们的到来。志愿军归国代表团中南分团团长张烈同志和朝鲜人民代表黄龟汉同志都在欢迎大会上做了讲话。张烈在报告中指出，具有光荣革命传统的武汉大学，和志愿军在为保卫祖国、争取世界和平而进行的战斗中，早已结下了深厚的革命友谊，虽然彼此相隔万里，但感情还是相通的。随后，武大全体师生员工又热情接待了志愿军归国代表团团长李雪三、朝鲜人民访华代表团团长洪淳哲的来访。志愿军和朝鲜人民热爱祖国的精神鼓舞全校掀起了反贪污斗争检举与坦白的高潮。

（三）普遍订立爱国公约

抗美援朝的热潮一浪接着一浪，为了把学习和工作搞得更好，武大全体师生员工普遍订立了爱国公约。

化学系四年级同学继参军参干运动之后，为了进一步支援抗美援朝保家卫国运动，1951 年 3 月，在班上首先订立了爱国公约，成为武大学生新的方向和今后学习的动力。

为了坚决拥护世界和平理事会宣言，反对美帝武装日本，并拥护政府镇压反革命运动，武大学生首先接受化学系四年级同学的建议，发动学生开展订立爱国公约的运动，获得了全校同学的热烈响应。在校学生会的组织下，全校订立了"武汉大学全体同学爱国公约"八条。学校教工会也号召工会小组订立爱国公约，获得普遍的支持。1951 年 5 月 1 日，"武汉大学全体教职工爱国公约"的九条内容正式在《长江日报》上刊登。武汉大学妇工团也随之订立了爱国公约。尽管他们的公约不尽相同，但几乎都包括了以下几条：

第一，拥护毛泽东主席，拥护中国共产党，拥护人民政府，拥护人民解放军，拥护"共同纲领"。

第二，积极支持中国人民志愿军和朝鲜人民军，粉碎美帝侵略阴谋。

第三，拥护世界和平理事会的和平宣言，反对帝国主义武装日本，保卫世界和平。

第四，钻研业务，抓紧学习和工作。

值得注意的是，在华中钢铁公司实习的武大同学在 1951 年 8 月还订立了"实习爱国公约"。它是爱国主义与实习工作相结合的最好形式，是推动学习工作、完成任务、扩大成绩的动力和保证，也是检查实习工作的一个重要根据。

为了做好贯彻执行爱国公约这一工作，学校团支部把检查、修订和贯彻执行爱国公约列为支部的中心工作。在支部的帮助下，系会特别成立了爱国公约检查组，督促各个小组按照一定的检查制度进行检查。由此，学校的政治气氛浓厚了，对整党学习十分重视，半数同志提出要做一个光荣的共产党员，业务学习和工作的劲头也都大起来。部分同学还亲自下乡到纸坊区乌树村，帮助农民订立和检查爱国公约。

武大全体师生员工掀起的爱国公约运动，把抗美援朝运动与自身的具体任务有力地结合了起来，每一项爱国公约的实现，都为抗美援朝运动增加了力量。由于学校各部门对爱国公约的重视和全面贯彻实施，武大全体师生员工都受到了深刻的爱国主义思想教育，在支援抗美援朝运动中都取得了一些成就。如，全体师生员工深入学习了镇压反革命问题；总动员起来，参加了全国两亿人民"五一"示威大游行运动；在教学、学习与生产上都取得了许多新的成就，真正做到了"一切为了抗美援朝"。

（四）积极投入反细菌战的活动

1952 年初，丧心病狂的美国侵略者不顾全世界人民的声讨与抗议，继在朝鲜前后方实行大规模的细菌战后，变本加厉，居然侵入我国领空，在我国东北和青岛，用飞机撒布染有病菌的毒虫，进行野蛮的细菌战争，以图挽回败局。美军的行径违反了 1925 年日内瓦议定书关于禁用细菌武器的规定，也违反了 1950 年第二届世界保卫和平大会关于禁用原子弹、细菌和化学武器的庄严宣告。并且按照第二次世界大战纽伦堡和东京国际法庭判决所确立的原则，它又构成国际法上最严重的"侵略罪"和"违反人道罪"。美帝此种灭绝人性的滔天罪行激起了武大全体师生员工及眷属的同声愤慨。全校一致坚决拥护 3 月 8 日周恩来总理的严正声明，要求全世界爱好和平的人民，对于美国侵略者的滔天大罪提出控诉和声讨，不许它逃脱人民正义的制裁。并表示以直接参加杀虫工作及加强抗美援朝等实际行动支持周总理的声明，给帝国主义以毁灭性的打击。

为了有力地回击美帝灭绝人性的细菌战，武大组织全体师生员工眷属做好防疫工作，成立了细菌战防疫委员会，由校委会聘请的韩德培、高尚荫、杨开道、陈华葵等先生及教工会、学生会、党总支、团委会等单位代表组成。理学院副院长高尚荫报名参加了武汉市细菌战防疫委员会，争取到防疫细菌战的最前线工作。徐懋庸指出：反细菌战应以预防为主，为了避免细菌繁殖之可能，学校应尽快在细菌战防疫委员会领导下进行一次全校范围的群众性清洁大扫除与防疫注射以及其他防疫工作。

1952 年 4 月，武大全体师生员工及眷属在党和防疫委员会的领导下，掀起了反细菌战的高潮。自 4 月 17 日起，举行了全校区的清洁大扫除，群众在"不怕脏、不怕臭、不怕累，坚决消灭细菌战"的口号下，发挥了高度的积极性和主动性，投入了这一实际斗争，许多老教授、老太太、小孩子也都动员了起来。

大扫除工作取得了显著的成就。许多地区的垃圾堆、死水坑等都被完全清除，住宅区和学生宿舍普遍喷洒了滴滴涕，全校各个办公室、实验室、厨房、厕所等公共场所也都进行了彻底的打扫。

4月17日、18日两天，校防疫委员会又先后批准了300位同学参加防疫队和注射队。经过4天的紧张学习，他们基本上掌握了注射技术和防疫常识。他们不仅全力协助卫生组开展本校的防疫注射工作，而且还接受了替武汉市8区12000名市民进行注射的光荣任务。为了搞好这些工作，防疫注射队学习小组都订立了公约，一致保证好好学习，将来服从组织分配，并准备随时响应祖国的号召，投入反细菌战的前线去。

5月，武大防疫委员会接到武汉市第八区防疫委员会关于下乡宣传的通知后，于7日、8日两天调派250位同学组成3个宣传大队分别到武昌楠木、佛林、莲溪3乡进行爱国防疫卫生宣传。宣传队员包括生物、土木、农艺、农化四系中部分同学及90多位防疫队员。随行带有很多的宣传品，计有幻灯片、显微镜、放大镜、宣传画、书报、标语等。宣传方式也是多样的，有大小报告、座谈会、个别访问、图片讲解等。宣传内容是以启发和发动群众注意环境卫生、反对美国侵略者进行细菌战为主。在短短的两天中，3乡听众超过7000人，广大农民经过这次宣传后，对防疫卫生有了初步认识。正如楠木乡农民所说："毛主席真好，他不但使我们分得土地，而且还关心我们的健康。"同学们还进一步鼓励他们加紧生产，坚决勇敢地站到反细菌战的前线去。

（湖北省政协文史办供稿）

广州抗美援朝运动概述

广州于 1949 年 10 月 14 日解放，是全国解放最晚的大城市，又是国民党政权在中国大陆的最后一个巢穴。刚刚从长期战争环境的煎熬中走出来的广州人民，热切盼望有一个和平的环境重建家园。1950 年 6 月 25 日，朝鲜内战爆发，战火在我国边境蔓延，引起了广州人民极大的关注，他们纷纷以群众大会、游艺会、演讲会、座谈会等形式，呼吁和平，反对战争，并于 7 月 7 日开展和平签名周活动。

10 月 10 日，中国外交部发言人发表声明："中国人民对于美国及其帮凶国家侵略朝鲜的这种严重状态和扩大战争的危险趋势，不能置之不理。"广州人民迅速作出响应。11 月 2 日，广州 5 万多群众在越秀山体育场举行"反对美帝侵朝动员大会"，听取叶剑英市长的形势报告。4 日，广州市第三届各界人民代表会议召开，通过了组织人民抗美援朝委员会、举行抗美援朝宣传周等多项决议。5 日，广州市各民主党派联合发表抗美援朝保家卫国宣言。27 日，中国人民保卫世界和平反对美国侵略委员会广州分会（以下简称"广州分会"）成立，李章达任会长，萧桂昌、杜国庠任副会长，陈翔南任秘书长。由此，广州人民的抗美援朝运动在华南地区率先开展，并先后掀起了抗美援朝宣传、参军参战、捐献支前，爱国卫生运动等高潮。

一、声势浩大、深入人心的宣传发动工作

广州人民的抗美援朝运动从大规模的宣传发动工作开始。由于受国民党政权长期的反动宣传的影响，加上广州毗邻港澳的地理环境和新解放区的社会、经济秩序尚未稳定等客观因素，群众中存在民族自卑心理，甚至还有崇美、亲美、恐美思想，对出兵援朝有较大的思想顾虑。为发动广州各界群众投身抗美援朝运动，广州市委、市政府、广州分会采取多种形式，通过各种传播媒体，组织了声势浩大而又深入人心的宣传动员工作。

1950年11月上旬，在广州越秀山体育场接连举行几次万人以上的大型报告会，市长叶剑英作了形势报告，揭露美帝对中国人民政治、经济、文化的侵略，指出抗美援朝是保家卫国，救邻自救，号召人民起来反对美帝侵略，维护世界和平。同时，为响应世界维护和平大会和中国保卫和平大会的号召，发动了反对美帝侵略朝鲜的和平宣言签名运动，广州124万人在和平宣言上签了名。由此，广州抗美援朝运动拉开了帷幕。

11月7日，广州分会决定开展抗美援朝宣传周活动，朱光副市长提出宣传周工作应分三个阶段进行：一是组织各界群众控诉美帝罪行；二是组织宣传队深入群众广泛宣传；三是组织各界举行抗美援朝示威游行。随后，广州分会制定了具体的宣传方针，结合防袭防钻、拥军护政，开展一系列的宣传发动工作，从而掀起了广州抗美援朝运动的第一个高潮。

12月1日，广州抗美援朝宣传周开始，广州各界群众纷纷召开控诉大会、座谈会，控诉美帝侵略者的罪行。一周之内，全市召开大小会议共300多次，参加者10万多人。广大群众纷纷表示拥军、拥政、拥护土改。基督教团体则大力推动教会革新，开展自传、自养、自治的"三自"运动，发动教徒以实际行动参加抗美援朝。

在抗美援朝宣传周工作中，广州开展了广泛深入的宣传活动。全市103所学校的3万多名师生和各文工团连续3天到工厂、街道、郊区进行宣传演出，并深入家访。广州的各大报刊及各种宣传工具也展开了宣传。广州分会

编印发行《美帝暴行》12000册，《抗美援朝》专刊及市文联作品10万份，通过电台广播新歌19首，并组织上演了《杜鲁门睇相》《牛仔裤》等短剧。通过广泛深入的宣传，广州各界群众的爱国主义觉悟大大提高，在抗美援朝的旗帜下达到了空前的团结。

在广泛动员、提高觉悟的基础上，广州各界群众纷纷组织示威游行，把抗美援朝的宣传活动推向一个新的阶段。12月6日，广州市3000余名青年举行庆祝朝鲜战场胜利祝捷游行。12月9日，12万群众举行庆祝平壤解放示威游行。12月12日，广州工商界150多个行业3万多人分成10个大队，举行抗美援朝示威游行。随后，学校、医院、人民团体、文艺界、医药界、妇女界等先后举行了抗美爱国示威游行，至1951年3月中旬，参加游行的各界群众已达45万人。最具规模的是1951年5月1日全市性的抗美援朝示威游行大会，叶剑英、谭政、方方、古大存、李章达、朱光等省市领导人及50万群众参加。大会通过了反对美帝重新武装日本；拥护缔结和平公约等决议，会后举行示威游行。工人、农民、学生、干部、工商界、市民等各界群众高举旗帜、标语，高呼"反对美帝重新武装日本，美帝从朝鲜滚出去"等口号，队伍严整，声势浩大。

广州各界群众举行一次接一次的示威游行，不仅是人民群众支持抗美援朝队伍的检阅，还是广州人民反对侵略、保卫和平坚强意志的宣示，表明党中央抗美援朝、保家卫国的决策得到人民群众的坚决拥护，抗美援朝运动有着坚实的群众基础。

二、参军参战热潮

为了加强国防建设，争取抗美援朝的胜利，中央人民政府革命军事委员会、中央人民政府政务院于1950年12月和1951年6月，两次发出招收青年参加军事干部学校的决定。广州青年群众掀起了响应祖国号召，踊跃报名参加军干学校的热潮。

1950年12月12日，中共广州市委作出《关于动员青年工人、青年学生参加各种军事干部学校的指示》，号召各级党团机关开展宣传，以自愿为原则，动员青年参军，并成立了军事干部学校广州招生委员会，由朱光副市长任主任。12 月 14 日，招生委员会举行了全市大中学校学生参加军事干部学校动员大会。随后，青年团组织、学联多次召开各界青年群众大会，动员青年响应祖国的号召，踊跃报名参加军事干部学校，参加中国人民解放军技术兵种，随时准备开赴前线。广州青年热烈响应党和国家的号召，纷纷写下决心书，组成战斗队，踊跃报名应征。中山大学、广雅中学、法商学院的学生半数以上报了名，其中广雅中学报名者达适龄同学的 90% 以上。从 1950 年底到 1951 年 8 月，在两次招生工作中，广州各界青年先后 5 批共 22000 多人报名参加军干，被批准录取的男女青年共 3338 人，分别输送到陆军、空军等部队。

同时，抗美援朝广州分会组织了多种援朝工作队，奔赴前线，支援中朝军队作战。据统计，参加援朝工作队的有医务工作者 189 人、铁路工人 673 人、汽车工人 41 人、公路工人 23 人。他们在战场上表现英勇，屡立战功。机车长钱陶城与包乘组司机秦应虎等人，在敌机对车站投下几十枚炸弹时，冒着生命危险，跳出掩蔽壕，把机车开离车站，使大批物资安全运抵前线，荣获集体三等功。援朝铁路工人共 82 人立功，10 人在战场上英勇牺牲。援朝工作人员以高度的爱国热情和英勇的献身精神，为志愿军提供救护和后勤运输服务，有力地支援了前线作战。

三、多种形式踊跃捐献支前

1951 年 6 月 1 日，中国人民抗美援朝总会发出推行爱国公约、捐献飞机大炮和优待烈军属的号召，广州各界群众热烈响应。仅 5 天时间，广州人民捐献的飞机已达 10 多架。6 月 5 日，志愿军代表柴川若到达广州，向广州人民报告朝鲜战场的情况，作报告 23 次，到场听众有 40 万人，场外收听广播的有 40 多万人，极大地鼓舞了广州人民的胜利信心，把广州捐献飞机大炮的活动推向新的高潮。至 1952 年 5 月，广州人民捐献飞机大炮款达 1064 亿元，可购战斗机 71 架，是原来认购数 56 架的 1.26 倍。

克服困难，从生活费中省出血汗钱捐献，是广州人民捐献活动初期的普遍方式。人们捐献出省吃俭用积蓄下来以备急用的存款、金器；开展义务劳动，延长工作时间，把劳动所得捐献支前。市干部轮训班的周喜元捐献出准备结婚用的 300 万元，市财政局的侯彩云捐献出结婚金戒指，市房管局的梁惠怡捐献出准备分娩时用的金项链，类似事例不胜枚举。

随着捐献活动的发展，广州人民以志愿军的英雄事迹为榜样，纷纷修订和推行爱国公约，以增产捐献为基本方针，各业人士根据各自的特点，采取了形式多样的长期捐献活动。

广州的工人阶级在增产捐献的活动中起了带头作用。他们提出向马恒昌小组应战，增产节约，支援志愿军的口号，通过订立增产捐献计划，开展劳动竞赛，提高生产效率，将增产所得进行长期捐献。全市88个企业2万多人参加了劳动竞赛。工矿企业生产效率普遍提高。如西村士敏土厂三号砖窑创造了安全运转376天的全国同行最高纪录，增加效益亿元；广州铁路局5个月增产节约15亿元；西村电厂王生保生产小组检修二号汽轮机，使震动率降至1‰毫米，从而使每度电耗煤由原0.89公斤降为0.66公斤，仅此一项，一个月就省煤价值合白米2万多公斤；钢铁一厂张华生产小组原每天生产压滤板1块到2块，开展劳动竞赛后，他们加强了互助学习，提高了技术水平，日产量达5块，效率提高几倍。

郊区农民普遍订出了增产捐献计划。沙河区农民提出"多养一只鸡鸭，多买一架飞机；鸡鸭多生一个蛋，多买一个炮弹"的口号，将增产所得捐献支前。三元区萧岗镇农民将自己开荒的50亩地的全部收获捐献支前。

在捐献活动中，教授、作家们捐出稿费；艺术家、演员上街义演、义画；小贩们进行义卖；学生们捐献课余勤工俭学所得。

工商界捐献的数额最大。他们执行"自愿、自觉、自量"的捐献方针，结合改善经营，通过先进单位、先进个人的带动，掀起了普遍的捐献热潮。银行和进出口行业分别认捐了11亿元和45亿元，带动了全市几十个行业踊跃捐献。大成行经理、爱国商人陈祖沛带动大成行全体员工认捐45亿元。电池业的潘永刚一人认捐2.7亿元。到1951年7月10日，工商界共认捐473亿元。

在捐献热潮中，广州的大街小巷常常见到捐献的人流，有在脚踏车背写着"义踏捐献"大字的三轮车工人；有在擦皮鞋箱上贴着"义擦皮鞋一天，全部捐献"的擦皮鞋儿童……全市充满了万众一心、抗美援朝、保家卫国的气氛。

四、深入持久的爱国卫生运动

1951 年 6 月，志愿军和朝鲜人民军把美国侵略者赶回"三八线"以南，并将战线稳定在"三八线"附近。但美国侵略者还妄想挽回在朝鲜战场的败局，于 1952 年春公然对朝鲜人民和我国东北人民进行灭绝人性的细菌战。广州人民坚决拥护中央人民政府政务院总理兼外交部部长周恩来关于反对美帝细菌战的声明，对美帝的侵略暴行表示了强烈的愤慨。1952 年 6 月 28 日，中国红十字会广州分会传染病专科队 10 人出发赴朝鲜，协助朝鲜人民扑灭美国军队撒下的天花病毒等。同时，广州群众在"彻底粉碎美帝国主义细菌战"的口号下，大搞爱国卫生运动，清除污泥垃圾，疏通渠道，进行灭蚊、灭蝇、捕鼠活动。

1952 年 3 月 1 日，广东省、广州市各人民团体发表联合声明，抗议美国在朝鲜前线和后方进行细菌战。7 月 12 日，广州爱国卫生运动委员会成立。随后，全市先后成立了行政区卫生分会 11 个，行政街卫生支会 159 个，把深入开展灭蚊、灭蝇、灭鼠工作作为长期的任务。1952 年，全市共计清除垃圾 58000 吨、污泥渠泥 95000 吨，清理污水濠涌 16000 多米。同时还修平内街，植树绿化，修筑公园和运动场所，改善和新建公共厕所。

爱国卫生运动起到了提高人民卫生和健康水平，配合粉碎美国侵略者进行细菌战阴谋的作用。

在长达 3 年的抗美援朝运动中，广州人民表现了高度的爱国主义和国际主义精神，运动激发起来的高度的革命热情和劳动热情，成为恢复和发展国民经济、推动各项社会改革的巨大动力。广大群众在党中央"边打、边稳、边建"的方针指引下，用实际行动支援了中朝人民军队击败美帝国主义侵略者，同时也有力地推动了广州的社会改革和经济建设。

（广州市政协文史办供稿）

我当时在兰州市工商业联合会工作，在抗美援朝、保家卫国的运动中曾尽过一点微薄之力。对于兰州市工商界在抗美援朝运动中的爱国行动有所耳闻。现就当时的情况回忆如下。

一、市工商联组织动员全市工商界积极投入抗美援朝运动

1950 年 12 月 19 日，兰州市工商业联合会筹备委员会召集了全市 41 个行业同业公会主任委员、副主任委员、委员和组长 650 多人，举行了抗美援朝示威游行动员大会，与会人员义愤填膺，情绪激昂，一致反对美帝国主义的侵略行径。在动员大会上，兰州市工商业联合会筹委会主任委员王宜之作了动员报告，他指出：此次举行抗美援朝扩大游行示威的目的，在于动员工商界以保证稳定物价，反对囤积居奇、投机倒把，沟通城乡物资交流，繁荣市场的实际行动，支援朝鲜人民军和中国人民志愿军部队。

在动员大会上，号召全市工商界保证如期完成应缴纳的税款，增强国家的经济力量。出席动员大会的各行业同业公会主任委员、副主任委员、委员和组长们互相挑战、应战，"保证完成1950 年的全年税收任务、没有一个滞纳户"。并决定于 12 月 20

日举行全市工商界抗美援朝示威游行。

动员大会最后还通过了向全国各地工商联组织和工商业者以"完成 1950 年全部税收任务，迎接 1951 年的胜利"的挑战书。

1950 年 12 月 20 日，兰州市工商界 7000 多人，举行了抗美援朝的盛大示威游行，当日全市工商业户在商店门口悬挂中华人民共和国国旗，张贴标语，洋溢出对祖国光明前途的无限忠诚与向往。上午 10 点多钟，手执红绿小旗的工商业者拥向兰园广场，他们怀着对美帝侵略行径的愤怒心情，参加这一前所未有的盛大游行。他们知道只有今天，只有在中国共产党领导下，才能体现出民族的自尊，才能够自由自在地举行表现人民意志的示威游行。

在万头攒动、万旗招展中，兰州市工商业联合会筹委会主任委员王宜之宣布大会开始并讲话，他在讲话中用大量事实揭露了美帝国主义的阴谋和险恶目的，号召全市工商业者搞好经营、加紧生产，积极支援中国人民志愿军部队打击侵略者，制订爱国公约，展开爱国主义的生产竞赛，如期完成税收任务。兰州市人民政府市长吴鸿宾亦在大会上讲了话，他指出：工商业的利益是和全国人民的利益分不开的。他要求全市工商界把抗美援朝的热情贯彻到今后的实际行动中去，保证完成生产、税收任务，保证物价稳定。

大会还通过了向毛主席、朝鲜人民军、中国人民志愿军部队的致敬电文。然后开始游行。游行队伍分编为 11 个中队，由兰园北门出发，经中华路（今张掖路东段）、庆安路（今静宁路）、和平路（今庆阳路西段）、中山路、自由路（今永昌路）、中华路（今张掖路）、中央广场、人民路（今酒泉路）至中山林游行队伍解散。

为了壮大人民的声威，兰州女中、兰州师范和兰州工校也出动了秧歌队参加游行。兰州市民主青年联合会、兰州市学生联合会联名致函工商界，对于工商界的爱国行动表示欢迎和支持，并致敬意，希望工商业者以各种实际行动支援抗美援朝。

二、建立支援抗美援朝组织，开展工作

1951 年 6 月 16 日，中国民主建国会兰州市分会筹备委员会、兰州市工商业联合会为了响应中国人民抗美援朝总会 1951 年 6 月 1 日发出的《关于推行

爱国公约、捐献飞机大炮和优待烈军属的号召》，联合召开民建兰州市分会筹委会全体筹委、兰州市工商业联合会常务委员座谈会。在会上，与会人员踊跃发言，谴责美帝侵略朝鲜、袭击轰炸我国东北边境城市和乡村的罪行。会议决定成立"兰州市工商界抗美援朝分会"，推选史鼎新、王宜之、严树棠、张鸿儒、赵承祖、郝玉明、艾买提（维吾尔族）、苏孝先、赵同文、邵得龙、柴仁山、郑立斋、王丕谟、陈茂春、姚浩然、柯玉参、韩巨川、宋健夫、郭立功、杨可显、李纯华、杨景周、祁寿庵、周服之、李屏唐、陈本身、王茂纯、马维信（回族）、宋子安 29 人为委员，史鼎新为主任委员，王宜之、严树棠、张鸿儒为副主任委员。委员会下设宣传检查、捐献两股（宣传股内分宣传、检查、优属 3 组），捐献股分设 7 个组，即日起开始工作。

座谈会最后还作出四项决议：（1）普遍深入地开展宣传教育；（2）发动工商业者积极响应捐献飞机大炮；（3）进行检查爱国公约工作，改善经营管理，增加生产，厉行节约，增加捐献力量；（4）配合当地人民政府推动工商业优待烈军属。

三、开展宣传教育，消除崇美、恐美思想

继动员和示威游行后，兰州市工商界抗美援朝分会和各行业同业公会组织全市工商业者学习、宣传抗美援朝的伟大意义，采取墙报、黑板报、座谈会、学习会等各种形式进行宣传教育。首先组织全市工商业者学习宣传了政务院总理兼外交部部长周恩来代表我国政府发表的严正声明"中国人民热爱和平，但是为了保卫和平，从不也永远不害怕反抗侵略战争。中国人民决不能容忍外国的侵略，也不能听任帝国主义者对自己的邻人肆行侵略而置之不理"的深远意义，使"抗美援朝、保家卫国"的道理家喻户晓，深入人心，消除了一部分人中存在的崇美、恐美思想及生意无法做的顾虑。兰州市工商业联合会在开展宣传教育的过程中，在各行业同业公会普遍建立了学习小组234 个，印发了学习资料，以大会报告、中小型会议座谈的形式，展开了热烈而普遍的学习活动。市工商联召开全体委员时事学习座谈会，会上委员们控诉了美帝国主义迫害民族工商业的种种罪行，使委员们认识到正是它扼杀了民族工商业生产、经营的发展。它是人民的死敌，也是民族工商业的死对头，

从而提高了广大工商业者的爱国主义和国际主义觉悟。

四、制订和修订爱国公约

兰州市工商业联合会于 1950 年 11 月 30 日、1951 年 1 月 22 日、1952 年 9 月 29 日，先后 3 次召开会议制订、检查、修订了爱国公约。第一次是于 1950 年 11 月 30 日召开的全市各行业同业公会负责人时事座谈会。会议通过并制订了六条爱国公约，号召全市工商业者坚决执行，其内容包括：（1）坚决拥护人民政府的各种政策、法令，切实保证贯彻执行；（2）动员全体工商业者切实完成工商业的调整任务；（3）坚持正当经营，反对投机倒把；（4）遵守税法，按期完成纳税任务，反对偷漏做假账等违法行为；（5）协助公安机关肃清潜伏于工商界中的反革命分子；（6）加强学习，努力进步，改进管理制度与经营方法。

一年一度的传统节日——春节即将来临，为了保证春节的物资供应和物价稳定，兰州市工商业联合会经过讨论，于 1951 年 1 月 22 日修订了五条爱国公约：（1）本市工商业户应切实遵守爱国公约，自动保持现在价格决不故意抬高与囤积居奇；（2）希本市工商业户及广大市民互相监督，如有发现抬高及操纵物价情况应随时检举；（3）凡售出之货物如因产地涨价或有特殊情况必须涨价者非报请工商业联合会同意后不得擅自提价；（4）如行商在春节期间来货有故意提高物价或囤积居奇拒绝出售情况时凡我工商业户均应随时检举报告；（5）凡购买日用必需品客户在精简原则下无论在公营或私营商店购买时希尽量少购，不要抢购。各行业依照上述五条原则，结合本行业实际分别提出修订贯彻的措施。当即有面粉业、杂食业、日用杂货业、烟酒饮料业、日用器具业、服装鞋帽业、印刷文具业、肉菜业、纺织业、医药业、主要食品业、合组业的浴池、理发、摄影组、旅馆业、纱布业等同业公会相继发表声明，响应市工商联号召，贯彻修订的爱国公约，保证在春节期间稳定物价，不涨价。

1952 年 9 月 29 日，兰州市工商业联合会在国庆节暨天兰铁路通车前夕，向全市工商界第三次提出六条爱国公约：（1）保证开好物资交流大会，一定做到不抬价压价，有买有卖，多买多卖，为扩大物资交流打下基础；（2）在工人阶级和国营经济领导下，改善经营发展生产，树立新的商业道德，保证不犯"五毒"；（3）认真学习《共同纲领》，彻底进行工商界自我改造；（4）继续开展爱国卫生运动，保证做到普遍深入，长期巩固；（5）全部税款如期如数入库，全市工商界将本年上半年所得税在国庆节前如数入库；（6）保证物资供应无缺，决不涨价，各行业在自觉自愿原则下，酌量减价两周。要求工商业者坚决实行明码标价和爱国公约，切实做好上述各条。

五、以实际行动支援抗美援朝

1950 年 12 月 6 日，中朝军队收复了平壤，全市工商业者无比兴奋，激发了爱国热情。1950 年 12 月 14 日至 31 日，历时 17 天全部完成了向全国各地工商界作了保证的全年税收任务（包括 1950 年秋季营业税的补缴、冬季营业税的预缴及上半年所得税的补缴、下半年所得税的预缴，共计 53.6 万元）。根据 1951 年 1 月 1 日统计，实际入库金额达 54.03 万元，这不仅完成了本年工商业税收，并且带动了本年秋季以前的一部分滞纳户，自动把欠缴的税款缴纳入库，其中在解放时不纳税、解放后一年来仍未纳过一次税的商号，这次在全市工商界爱国热潮冲击下受到了感动，自动地把欠税补缴了。为了按期完成任务，距年底只有 4 天时，全市各行业公会与工商业户展开互助活动，完成任务的行业和工商业户，帮助未完成任务的行业和工商业户缴纳税收，争取早日完成任务。在此期间，市工商联全体委员及各行业公会委员、组长、干部及全市工商业户都以如期完成全部税收任务为目标，积极努力工作，奔走说服、筹措款项，一致为胜利完成税收任务而奋斗。1951 年 1 月 1 日又听到中朝军队取得胜利的消息，更加激发了人们工作的热情，决心进一步清理自解放以来欠税的滞纳户，他们自愿放弃元旦假期休息，继续工作，发动全市欠税的工商业户缴纳入库活动，把这次爱国行动推向更高的阶段，以进一步扩大和巩固胜利。

中国人民抗美援朝总会发出"三大号召"后，民建兰州市分会筹委会、兰州市工商业联合会为了把"三大号召"传达到每个工商业户中去，召集各行业公会负责人经会议研究确定：进一步深入地开展宣传教育；推动工商业户搞好增产节约，把提高生产、勤俭节约和捐献飞机大炮结合起来，避免单纯地掏腰包的观点。兰州市工商界抗美援朝分会亦决定，动员全市工商业户积极捐献，要求各行业公会，工商业户提出捐献计划和完成捐献计划措施。6月13日，兰州市工商业联合会全体委员学习讨论时事时，提出捐献飞机大炮的号召后，委员们个个争先恐后，积极带头提出捐献计划。市工商联常务委员柴仁山当场提出捐献 1.5 万元，当他提出捐献 1.5 万元时，有人喊出"向柴仁山看齐"的口号并鼓掌欢迎；紧接着市工商联委员、安泰堂国药店经理王茂纯提出捐献 1.2 万元；市工商联委员、福生德烟坊经理李尧夫提出捐献 0.6 万元；市工商联委员、义兴隆钱庄经理陈志明提出捐献 0.6 万元；市工商联常务委员、万顺公茶号经理郑立斋，市工商联委员、大丰五金行经理李洁民各提出捐献 0.5 万元；市工商联委员、一林丰烟坊经理阴辉芝，骏川成烟坊经理马鹏程提出各捐献 0.4 万元；市工商联委员、同德协经理吉茂林提出捐献 0.08 万元；市工商联副主任委员、宝庆祥茶号经理提出捐献 0.2 万元；市工商联委员、志成堂经理赵承祖，万全堂经理刘培芳提出各捐献 0.05 万元；市工商联委员、亚西文具店经理赵长茂，振华皮革厂经理苏孝先，集生号经理张惠民，同丰茶庄经理赵国文等 4 人各提出捐献 0.04 万元；市工商联委员、友诚服务社经理马文龙，葆真照相馆经理孙叔明各提出捐献 0.03 万元。此外，原兰州市商会理事长、公私合营兰州文化造纸厂股东贺笑尘提出捐献 1 万元。在这次学习讨论会上，市工商联委员在自愿基础上，仅 20 人就捐献了 6.4 万元。

1951 年 6 月 25 日，民建兰州市分会筹委会、兰州市工商业联合会为了把开展的抗美援朝运动引向深入，推动工商业户踊跃捐献，支援中朝军队彻底消灭美帝国主义侵略者，向西北行政区各省及甘肃省各市、县工商界提出捐献武器的挑战书。挑战书中称："我会常务委员、副秘书长柴仁山，在爱国主义热情鼓舞下，首先把他父亲埋藏在地下几十年的银圆挖出来，折合成人民币捐献出 1.5 万元购买飞机大炮；继有烟酒制造业公会会员福生德烟坊，在原捐献 0.6 万元的基础上，增加捐献至 3 万元，他们的这一爱国行动激发了全市各行业工商业户的捐献热潮，我们保证在短期内完成捐献计划，特向你们挑战，希望你们热烈响应，增加生产、节约开支，并将埋在地下的金银财宝拿出来，踊跃捐献飞机大炮，早日彻底消灭美国侵略者，保卫世界和平。"同年9月 19 日，兰州市工商业联合会召开全市 41 个行业公会负责人座谈会，会上提出"争取在国庆节前完成捐献计划款项半数或超过半数入库任务",接着日用器具业、食品制造业、杂食业、烟酒饮料业等纷纷表示,以国庆节前争取捐献款项半数以上入库的实际行动,来迎接第二个国庆日。会后,各行业公会负责人积极工作,动员工商业户完成半数以上入库任务,汽车运输业公会全体会员积极筹款,争取完成半数以上入库任务。兰州市工商联在动员之前,已将收到的捐献现金 7.213 万元,转交给兰州市人民抗美援朝分会。

在兰州市工商业联合会及各同业公会全体委员、干部做了大量的宣传教育工作,以及全市工商业户的积极努力下,超额完成了捐献 88.9 万余元购买飞机大炮的光荣任务。

六、积极做好拥军优属工作

自中国人民抗美援朝总会发出"优待烈军属"的号召后,兰州市工商界抗美援朝分会对优待烈军属工作,也进行了具体安排,是和制定及修订爱国公约、捐献飞机大炮的活动结合进行的。各行业公会及工商界从本身实际条件出发做好这项工作,特别是听取了中国人民赴朝慰问团代表及中国人民志愿军代表嵇炳前同志回国向全国人民汇报朝鲜人民军与中国人民志愿军并肩作战,打击美帝国主义侵略者,取得的一个个胜利战绩,更增强了抗美援朝的积极性,从而更积极地搞好优待烈军属的工作。

1. 在拥军方面:动员工商业户向中国人民志愿军捐献日用品一批,写慰问信 8500 封,兰州市工商联主任委员王宜之,常务委员柴仁山、苏孝先等代表兰州市工商界分别参加了中国人民赴朝慰问团赴朝鲜慰问中国人民志愿军和朝鲜人民军的活动。

2. 在优待烈军属方面:兰州市汽车运输业公会会员为烈军属提供免费乘车服务,兰州市十里店各业公会给当地军属高树山举行了庆功会。

3. 以开展爱国卫生运动,来反对美帝国主义使用细菌武器,全市工商业户开展了搞好环境卫生运动。在爱国卫生运动中,全市工商业户共捕捉老鼠 1794 只,捕灭苍蝇 130 多万只,清除垃圾 2950 吨,消灭了一般厂、店中的脏乱现象。

总之,兰州市工商界通过抗美援朝运动,国际主义、爱国主义思想觉悟都有很大的提高，除响应党和政府的号召，完成缴纳税收任务、支援抗美援朝、踊跃捐献飞机大炮外，还对当时兰州市的各项中心工作、捐款捐物创办小学教育等都做出了贡献，使企业的生产、经营管理也有进一步的改进和发展。

（甘肃省政协文史办供稿）

第二辑

战勤支前

抢修江桥的四天四夜

　　我于 1949 年 12 月来到安东铁路分局任政治处主任。在抗美援朝的日子里，我经历了保卫军运、修建机场、抢修江桥等紧张而又激烈的战斗，尤其使人难忘的是 1951 年 4 月 7 日，鸭绿江大桥被炸，安东铁路职工抢修江桥的四天四夜。

　　1951 年 4 月 7 日上午 9 时左右，敌机空袭之后，我局指挥所立即接到报告：鸭绿江大桥又一次遭到敌机轰炸……我们当即命令安东工务段派人前去勘察。同时，局长周克、工会主席张发庆和我，还有工务科、电务科的同志也立即赶赴现场，目睹了大桥被炸后的情景：桥枕炸没了，钢轨炸飞了，有个桥墩也给炸扭了（墩柱与基础移位），只剩钢梁悬在空中。我们在桥上没有停留，赶紧回到桥梁工区，用电话向铁道部和"军交指挥所"做了汇报。铁道部当即命令，一定要在 7 天之内修好通车。我们马上在工区召开了紧急干部会议，研究怎样抢修。会议由局长周克主持，首先由夏绍武（工务科长）、戴景阳（安东工务段长）简要汇报了大桥被炸情况。经过讨论，我们决定采取"移山填海"的办法，用石头把江口（搭枕木垛处）填平，再在石堆上垒起装满石渣的草袋子做基础，于上面搭枕木垛，以代替桥墩。方案确定之后，我们做了分工。周克同志负责全面、统一指挥，我协助周克同志搞好组织工作，具体工程由张发庆、夏绍武组织实施。政治处、工会、青年团和行政科室全力以赴，发动群众，组织力量，调拨物资。并且决定，安东地区的铁路职工除手中工作确实重要脱离不开外，其余的都要放下手中工作，积极参加抢修战斗。同时与凤凰城、本溪、灌水地区取得联系，让他们组织力量支援。

会议结束后，各部门分头行动，我立即与凤凰城、本溪、灌水三个地区负责人通了电话，要他们马上组织人力，连夜赶来抢修江桥。各方面行动都很快，当天下午，安东地区的员工、干部都来了，有五六百人，会集在桥头。局长周克作了简短的动员后，抢修战斗就开始了。工务段的同志在戴景阳、周玉珠的带领下上桥清除被破坏的桥枕、钢轨。当同志们来到桥上时，困难就来了，被炸坏的钢梁空荡荡的上不去人，抢修作业无法进行。这时我也来到现场，看到被炸钢梁悬在高空，上面连个物件也没有，不用说作业，就是空手通过也是十分困难的。有人提出："先过去一个人，带着绳子，把绳子两头拴在钢梁上，作为行人的扶手，而后再搭跳板。"我们听了觉得这个办法可行，可是，谁过去呢？这时局团委的年轻党员干部马占斌自告奋勇，要求过去。我们看他身体好，又很机灵，便同意他过去。大家嘱咐了一番，他将绳子的一头捆在腰间，顺着钢梁向前爬去，一步、两步、三步……大家的眼睛直盯着他向前移动的身躯，期待着他的胜利。20多米长的距离，他终于爬了过去，征服了抢修江桥的第一道难关。这时同志们热烈地鼓起掌来，向他表示祝贺。他把绳子系好，抢修工作立即开展起来。

大批工人上桥后，在清除被炸桥枕、钢轨时，共产党员姜成晏，突然发现在钢梁架上有一爆炸物尚未爆炸，威胁着工人们的安全。他临危不惧，抢上前去，抱起就走，一直送到桥下投到江里。4月8日上午，抢修江桥的用料——毛石、枕木陆续运到。本溪、灌水、凤凰城地区前来支援抢修的同志也都赶到，部队、地方前来帮助抢修的人员和帮助运料的小船也来了不少。我们立即组织往江心搬运石头。参加抢修的有职工、家属、学生、解放军战士、干部等，1500多人。大家有的用肩扛，有的用手搬，有的用车推，干得特别起劲，近百只小船穿梭在江面。

为了鼓舞士气，争取早日恢复通车，局宣传科的同志编写了不少动员口号，张贴在路旁和桥上。如"加油干，加油干，争取时间快装船；快装船，快装船，抗美援朝理当然，早把美帝消灭完""片石就是手榴弹，到处都打歼灭战，大家一起加油干，提前通车争模范"等等。由于宣传鼓动工作做得好，职工们的干劲特别高，他们自动开展了运石竞赛。职工顾景春与姜成晏干得特别猛，互相比着干，你扛的石头大，我比你扛的还大，你走得快，我比你走得还快，后来他俩干脆跑了起来。石头搬到江边以后还要装船往江里运。装船的情景更是感人，不少同志站在水里往船上传石头，4 月的江水刺骨的凉，可是没有一个人叫苦。我们就是这样，用肩扛，用手搬，用车推，硬是把 50 多火车皮的毛石，一块一块地运到江里，仅用两天时间，就垒起了搭枕木垛的基础。

4 月 9 日晚，我们冒着小雨，正不停地往江心运石渣，突然响起了空袭紧急警报，敌机来了。我们立即组织职工躲避。可是在伸手不见五指的雨夜里，往哪儿躲呢？有的跳进了防空壕，有的躲到墙脚下，不少同志索性不躲了，仍在江里划船运石渣。敌机在桥上投下了照明弹，我军的高射炮打响了，严密地封锁了江桥的上空，炮弹在空中像礼花似的爆炸，敌机慌了手脚，胡乱地扔下了几颗炸弹就跑了。

敌机这次轰炸没有炸到主要目标，可是扔下的燃烧弹把旧桥的桥面烧着了，火势不断向两侧蔓延。为了避免暴露目标，防止敌机再来轰炸，我们立即组织人上去灭火。电务科长梁立坤同志带来了 14 名电务段的工友，划小船到江心搭起梯子爬上桥墩，又爬过 50 多米长的钢梁，经过奋战，很快扑灭了烈火。

敌机轰炸时，共产党员高成信，正在江上划船运石渣，他没有躲避，也没让船夫弃船或将石渣扔到江里离去。他说服了船夫，并保护了船夫，最后将石渣运到目的地。空袭警报解除后，他们正划船返回，突然发现停在江边的一只小船顺流而下，他急了，奋不顾身地跳进江里，顺水追去，费了很大力气才把船抓住，划了回来。

4 月 10 日，搭枕木垛开始了，工务段的职工发挥了重大作用。桥上桥下都是建桥工人，有的搭垛，有的运枕木。安东工务段有个工长姓郑，因他力大如牛，大家都叫他"郑大牛"，干起活来一个顶俩，别人扛枕木一次扛一根，他一次扛两根，别人走两趟，他能走三趟，在他的带动下，不少青年工人也跟着扛两根。

庞大的枕木垛越垛越高，11日拂晓就搭成了。早上我与周克、张发庆等一起来到桥上看他们扣钢轨（因有段钢梁受损需要扣上钢轨才能铺枕木和钢轨），可是，在钢梁上扣钢轨特别困难，钢对钢太滑，扣不住，扣上就翻了，他们反复扣了多次，还是没有扣上。最后，只好把钢轨顺着摆上，用螺丝把住，再在钢轨上面铺桥枕，钉上钢轨。

在组织职工上桥枕、铺钢轨的时候，安东工务段监工员兼支部书记周玉珠不怕苦、不怕累，既当指挥员，又当战斗员，率领职工进行突击，不到两个小时，就把钢轨全部铺完。

当天中午进行试运行，我们几个领导干部都在现场，当时的心情都很紧张，主要是心中没有底，那么高的铁桥，那么大的钢梁，用枕木垛来支撑能行吗？为了防止意外，我们决定用机车推着空车进行试行（不让机车上桥）。当机车把一列空车推过江桥后，大桥变化不大，继而又推着重车试行，当机车推着10余节重车慢慢通过刚刚修好的桥墩以后，大家的心情特别激动，都情不自禁地喊了起来，"成功了！""机车过去了！"

江桥被炸之后，虽然采取了绕道过江的办法，从宽甸上河口通道运过江部分急需物资，可是由于运力有限，在安东地区仍然积压了10余列援朝军火和物资。为了把这些急需物资及时运过去，我们决定这边用机车推着送，那边（朝方）用机车牵引接，先把这批物资送过去。当天下午在戴景阳、李树有两位段长的监护下，一列一列地推着送过江去，保证了前方的急需。接着工务段的同志，连夜进行检修加固，终于提前两天半时间恢复了通车，为抗美援朝做出了应有的贡献。

在这次抢修江桥的战斗中，辽东省委、省政府，安东市委、市政府和安东驻军以及港务局领导机关和兄弟单位，都给予了大力支援。他们不仅派出了干部、战士帮助我们抢修江桥，而且还动员了近百条拖船、舢板，支援我们往江心运石头和枕木。在他们的大力支援下，安东铁路分局的干部和工人，发扬了爱国主义与国际主义精神，以最大的革命干劲，最快的速度，发扬连续作战的作风，苦战了四天四夜，克服了种种困难，终于奇迹般地在江心搭起了高达 10 余米的大型枕木垛，及时修复了大桥，保证了军运。

（吕志远　整理）

（辽宁省政协文史办供稿）

轰不垮、炸不断的运输线

· 刘宝山 ·

　　美帝侵朝后，实施狂轰滥炸，使朝鲜北部的城乡几乎成为废墟，志愿军所需，哪怕是针线也是从国内运去。朝鲜地处山区，公路狭窄又多弯曲，铁路沿线的车站，都被敌机炸得弹坑累累。而不可一世的美帝国主义靠着他一时的空中优势，在我们尚无空军出国作战，没有一定的制空手段的情况下，以批量的机群，封锁交通运输线，妄图切断我抗美援朝的运输大动脉。这给我方后勤补给带来了极大的困难。志愿军司令员彭德怀当时说，打仗，我看一半是打后勤。但我志愿军出国作战时，后勤补给的运输手段极端落后，既无空运又无海运，仅有的铁路还不能正常运行，公路运输汽车又很少，更多的只能靠马车，还有一部分要靠人力。当时战斗在后勤战线上的勇士们，就是以打败美帝野心狼的钢铁意志，筑起了一条轰不垮、炸不断的运输线，保证了抗美援朝战争的需要。

　　我当时担任本溪县战勤马车队的教导员，先在后勤部第八大站（灌水），后又调到志愿军后勤部五分部运输处（朝鲜三登）执行战勤运输任务。

　　抗美援朝期间，辽东通往朝鲜的运输主干线主要有 3 条，即安东至朝鲜新义州；上河口至朝鲜水丰；集安至朝鲜满浦。志愿军从这3处渡口赴朝，军用物资也从此运往前线。

军区后勤部首先在宽甸县灌水镇建立了第八大站。在灌水至朝鲜边境火车站水丰的沿线设立了宽甸、坦甸、永甸、长甸等分站。这时凤（城）上（河口）线的铁路只通到灌水，灌水至上河口段铁路尚未修复，因此须由火车运输的大量军用物资完全集中在灌水，靠公路运往朝鲜的边境火车站水丰站，然后转运至前线。而公路运输汽车很少，主要运力是胶轮马车，还有少量木制的铁瓦花轱辘马车。这时在灌水执行运输任务的，有清原、新宾、本溪、凤城、庄河、岫岩等县的辽东支前车队，共有马车近千台。除花轱辘车和一些车差畜弱的胶轮马车在灌水倒短外，其余的车辆都组织起来进行长途运输。从灌水装货，途经宽甸、坦甸、永甸、长甸，由上河口晚间过江到朝鲜的水丰火车站卸货，往返一次要4天，返回时有时也转运从前线下来的伤员。这期间，从灌水至上河口的公路线上，数以万计的人流拥向渡江大桥，井然有序地依次而过。上河口这个边境小镇一时竟成了不夜之城。美帝国主义的飞机为此不断飞来骚扰。

记得是1950年11月上旬的一天下午，我们县的马车队满载着大米、罐头赶到长甸，正在张罗做饭和喂牲口，准备黄昏后渡江去水丰卸货，突然30多架敌军轰炸机出现在上河口上空，轮番向上河口渡江大桥投弹轰炸。江面不断掀起冲天水柱。但轰炸一过，我们英勇的工程兵立即就赶到现场，抬着钢筋，扛着枕木，飞快地在大桥上进行抢修作业……黄昏时就可以临时通车了。我们的车队就是在这不平的桥面上将物资赶运到朝鲜前线的。

但敌人是要不惜代价来封锁这座渡江大桥，妄图卡断我之运输线的。我江防工程兵领导机关果断放弃了大桥修复工作，而选择在江桥的上游、拉古哨发电站的下游建起一座浮桥。这座浮桥，是用52只大船组成的，每只船上用大方木铺平固定。拂晓前，单只大船由舟桥部队分别撤到江边四处隐蔽起来，以防敌机空袭；黄昏时，舟桥部队又从四面八方将这些船只集中到渡口。虽然桥面不宽，车辆只能单行，但我们江防部队的组织工作搞得井然有序，完全满足了当时运输流量的需要。

灌（水）上（河口）铁路，由铁路工人和铁道工程兵昼夜不停地抢修。

虽然这段铁路存有断断续续的路基路面，但工程量依然很大，特别是区间需开通长岭隧道。从灌水的龙爪沟上岭，长达 60 余里，下岭即是宽甸城，岭长隧道自然也长。在这样长长的隧道里作业，困难重重。我们英勇的铁道工程兵和铁路工人，采取全线施工，用苦干加巧干，战胜了一次次塌方和各种困难，终于修复了隧道，全线很快通车，经拉古哨铁路大桥直通朝鲜水丰，进入朝鲜境内，这样就大大地减轻了公路运输的压力。

抗美援朝期间，铁路通车难，正常运行更难。三大战役后，美帝国主义的空军仍然每天不断出动，妄图封锁铁路、公路运输线。除轰炸扫射外，还大量投掷燃烧弹、凝固汽油弹。很多地方被烧成一片焦土；沿线大小火车站，弹坑累累；有的铁轨被炸烧得扭曲成麻花股。为了保证铁路运输大动脉不被卡断，我们的铁道工程兵和铁路工人，在朝鲜广大妇女（当时朝鲜的男子均上前线了）的支援下，冒着随时可能牺牲的危险，常常在轰炸声中进行紧急抢修。一般情况下是白天炸坏，晚间必须修复，铁路桥墩被炸坏，即用枕木堆砌，弹坑靠人工及时填平。每至夜间，被轰炸的现场就是抢修铁路、公路的战场。在这里，随时都可听到抢修战士的劳动号子声和顽强的朝鲜妇女的坚定乐观而又悦耳的歌声，有时还伴有极不协调的敌机呼啸声……天空时而有敌机投下照明弹，地上也间有暗藏的特务与敌机相呼应的信号出现……这里既是朝鲜战场的后方，也是前线；这里只有夜深，没有人静。

1951 年 1 月，辽东支前指挥部决定由本溪县支前马车队抽调 100 台精干的马车组成先遣队，到朝鲜中国人民志愿军后勤部五分部运输处执行任务。任务一下达，我们 100 台马车即满载汽油经朝鲜朔州、龟城、价川往中坪进发，昼伏夜行。当时我们这个车队没找到翻译，而我们车队的食、住、行都少不了同朝鲜人民打交道。语言不通，只好现学一点工作和生活常用语。当行到龟城附近的偃武洞时，我们遭遇一次大空袭，幸好我们的车辆马匹均隐蔽在群山的沟沟岔岔里，才没有遭到大的损失。之后我们又在中坪火车站搞了 20 多天的短途运输。大年三十的晚上，由于任务急，车老板们都没吃上晚饭，只嚼了几块压缩饼干就去执行任务了。大年初一，我们隐蔽在山沟里，找到了几处未被炸毁的住家，准备包顿饺子，也算吃顿年饭。可是只有面粉、猪肉，既无蔬菜，又无调料。工具嘛，找了块光滑的圆棒做擀面杖，擀出的面皮厚薄不匀，大家又不太会包，饺子一下锅，皮馅分家，大家笑称这是"包不住的肉丸子！"

随着战争形势的进展，我志愿军已把战场推进至"三八线"以南。后勤机关也随之前移。我们马车队随五分部运输处经顺川、成川到达三登执行运输任务。三登火车站再往前又不通车了，因此，三登成了五分部一个大的物资集结点。国内运来的物资由这里卸车疏散隐蔽，前线的军需由这里运出。三登附近的山沟沟里，凡是有树林的平地都堆放着经过伪装的军用物资。经过巧妙伪装，敌机不易发现。但是，随着季节的变化，冰雪消融，防止物资潮湿霉烂又成了新的难题。民工们硬是趁着黑夜进行艰苦的倒垛，调顺水沟，下面垫好防止水泡的垛底，上面搞好防雨苫盖和伪装等，保护着运来不易的粮食和弹药。

由三登往铁原方面的运输任务就只能靠公路运输了。这时的敌机对公路封锁更厉害了，不断地飞来飞去，有时还低空飞行，寻找轰炸目标。因此，汽车夜行不能开长明车灯，只能开一下照一段路，跑几十米，用车灯的一明一灭，同敌机捉迷藏。

从铁原再往前线运送物资，汽车、马车都上不去了，主要是靠人力手推车。3人一台车，拉个四五百斤，敌机来了就卧倒，敌机过去就前进。遇到弹坑就绕着走，实在通不过去的弹坑区，就将物资扛过去，将手推车抬过去，再继续前进。这都是他种车辆所不具备的优越条件。至于前沿阵地运输，那就只好完全靠人来背扛了。

我们的后勤补给运输线，就是靠难以正常进行的铁路，弯曲不宽的公路，少量汽车、马车、手推车，更多的是人力筑成的。这条运输线是轰不垮、炸不断的，为抗美援朝战争的胜利，立下了卓越功勋。

（辽宁省政协文史办供稿）

1950 年 8 月，我从东北大学被抽调到东北人民政府教育部工作，这时朝鲜战争已经打了两个月。

10 月 14 日，周六晚上，人事处一位女同志让我到段秘书长那里去一下。当我走进教育部秘书长段洛夫的办公室时，里面已坐了四五个人。过一会儿，共来了 10 人。段秘书长说："为支援朝鲜抗美战争，抽调你们去参加兵站工作，要求尽量轻装。"当晚我们就收拾行装，一夜未眠。第二天，汽车把我们 10 人送到中共中央东北局，听了张秀山副书记的动员报告，明确了参加志愿军到朝鲜去打美帝的任务。然后，我们乘火车到达鸭绿江北岸的辑安。

在辑安住了 10 天，组建了志愿军后勤一分部，我被分配在政治部给主任当秘书，在 10 月 27 日夜乘卡车通过浮桥越过鸭绿江进入朝鲜，随着部队不断向前推进。直到 1952 年 12 月，战局已经比较稳定，停战谈判正在进行，加之国内即将开始第一个五年计划建设，迫切需要干部，上级决定将地方参战的干部大批调回国内。我同后勤系统 1000 余名地方参战干部一同被调回国内充实到经济战线工作。这样，我们在抗美援朝战争的后勤战线上战斗了两年零两个月的生活，至此结束了。

建设打不烂、炸不断的钢铁运输线

老志愿军后勤部下设 6 个分部，负责整个后勤供应任务。一分部担负着志愿军中线部队的供给任务。

后勤分部的任务是保证部队的供给和伤病员的医治，即把国内供给部队的军械弹药、主副食品、服装、医药用品等作战物资沿供应补给线储存保管，根据作战的需要及时运送到前线，保证部队的供应；把伤病员及时运到兵站医院和送回国内治疗。为了完成这些任务，分部司令部设立了参谋处、供给处、运输处、医疗管理处等职能部门。沿后勤供应线设兵站（大站和分站）和医院，并有许多后勤部队。一分部共有 5 个大站、3 个汽车团、3 个运输团、3 个辎重团、2 个工兵团、2 个警卫团、1 个公路工段大队、2 个高射炮营、10 个兵站医院，共四五万人（前后有些调整）。

志愿军领导同志在总结第一、二、三次战役时说过这样的话："现在战争在一定意义上是打后勤，这个战役打赢了，后勤有一半的功劳。"由于我志愿军英勇善战，只要送上粮食弹药，没有不打胜仗的。当时流行这样一句话：送上粮食弹药就是胜利。

正由于后勤在现代战争中的极端重要性，所以敌人绞尽脑汁，利用一切现代化技术手段破坏我们的后勤运输线，妄图切断我军的供应。他们向铁路的险要地段和桥梁附近投掷大量定时炸弹，往我公路上撒"四角钉"，扎坏我汽车轮胎。后来敌机又往公路上撒炸雷。敌人破坏我后勤补给的最主要的办法还是派大量飞机昼夜不停地对我后勤运输进行野蛮的扫射轰炸。特别是第五次战役胜利结束，共毙伤俘敌 8.2 万余人，把敌人赶回"三八线"附近。美帝在遭到惨败之后，从 1951 年 8 月起，凭借所谓"空中优势"，发动了目的在于摧毁我军后方和运输补给线的所谓"绞杀战"，敌人以成百上千架飞机、成千上万吨炸弹，昼夜不停地对我军后方一切设施、铁路、公路、桥梁以及朝鲜北方所有城镇、电站、厂矿等进行更加频繁的狂轰滥炸。由于敌机太多，白天汽车不能开，一般都是夜间行驶。夜间敌机也很多，开车灯极易被敌机发现，遭到扫射和轰炸。不开车灯，摸黑前进，速度很慢。当时汽车本来就不多，在敌机疯狂袭击下又时常被打坏，因此汽车运输能力远不能适应大规模战争的需要。为了解决运输困难，请求国内派去了一些民工队，用人拉肩扛的办法往前线运送物资。这样，不但十分劳苦，而且时常遭到敌机扫射轰炸。

针对敌人对我后勤运输线的疯狂袭击，1951 年，上级提出了"建设打不烂、炸不断的钢铁运输线"的口号和要求。在实践中发现，在二三里之内鸣枪，司机在行驶的汽车驾驶室中能够听到，于是在千里后勤运输线上，5 里一哨，每哨一班，昼夜站岗放哨。哨兵除了有步枪而外，还持口哨一个，红、绿小旗各一面，夜间司机可开大灯放心地驾车疾驶，敌机来了，哨兵就鸣枪，司机听见枪声就闭灯，待敌机过去后再开灯前进。汽车路过每一岗哨时，如有命令或事项向司机传达，哨兵就吹短促的口哨音，并摆动手中的小红旗拦截汽车，示意司机停车；如果没有什么事情，又无敌机，哨兵就将口哨吹一长音，并将手中的绿旗指向前方，有的还说一两句鼓舞士气的话："同志，没有飞机，开大灯快跑！"

炸断桥梁也是敌人经常采用的破坏我运输线的办法。开始是炸坏了就派工兵去修好，有时正在修着就被炸坏。为了争取尽早通车，团、营、连干部带领战士冒着敌机轰炸继续抢修。后来想出办法：在被炸坏的桥梁附近，另修一座桥面略低于水面的桥，大家叫它"水下桥"或"隐形桥"，这样，敌机就看不见了。

同时，修建永久、半永久性的仓库（大部分都在小洞内），使保管待运的物资免遭敌机轰炸。

这样，就建成了"打不烂、炸不断的钢铁运输线"。在这条运输线上，夜间几十台、上百台汽车开着大灯疾驶前进，活像一条火龙，蔚为壮观，如果敌机来了，哨兵枪声一响，灯光立即全部熄灭，地面上漆黑一片，敌机马上成了瞎子，有时它就盲目地狂轰滥炸，把炸弹都扔到了大山上或河沟里，我们的汽车却安然无恙。

1952 年，美帝国主义违背国际公法，悍然进行灭绝人性的细菌战，向中朝境内大量撒布带细菌的苍蝇、跳蚤、蜘蛛、甲虫、鼠兔等，企图对人畜和农作物进行严重摧残，从根本上削弱我军的战斗力。在我们的分部驻地山坡上就发现当地从未有过的一种甲虫，黑色硬壳，六七十岁的老百姓都说当地从未有过这种虫子。还发现过一种用来撒布细菌的容器，一米来长，下半截是圆锥形，上半截是长方形，有一面可以开合，能把带细菌的昆虫撒出来。这是美帝进行细菌战铁的罪证，干部、战士对美帝的滔天罪行义愤填膺，我们分部和国内同样开展了轰轰烈烈的爱国卫生运动，粉碎了敌人的细菌战争，没有发生疫情。

魔高一尺，道高一丈。敌人破坏我后勤运输线的一切阴险狡猾的伎俩均被我方战胜，中朝军民以无比的英勇和机智胜利地粉碎了敌人的"绞杀战"，使后勤运输线保持畅通，保证了前线的供应和战争的胜利。

艰苦卓绝 英勇无畏

入朝头两个月，为了全力保证前方作战部队的供给，后勤部门自己的生活是十分艰苦的，几乎每顿饭都是高粱米饭就咸菜，有时连咸菜也没有。

当时战斗部队前进的速度很快，分部首脑机关也不断前进，因此还不能建设固定的基地，夜间就住在老百姓家。由于敌机白天经常狂轰滥炸，每天早晨天不亮就吃完饭到山坡上小树林中工作，开会、讨论问题、准备晚间的工作等等，直到天完全黑了才下山吃第二顿饭。饭后机关干部都到现场和运输团战士一道卸火车、装汽车等。在朝鲜两年多的时间里，对这样艰苦的生活，没有人叫过苦和累。

尽管敌机这样疯狂，但是并未能阻止我们及时完成各项任务，我们经常往返于敌机的狂轰滥炸之中。一次，我同秘书科两位同志去一个大站了解情况。当我们在公路上步行至一个右侧是小山坡、左侧是小河的开阔地的时候，两架敌机发现了我们，向我们俯冲扫射，我们就伏在山根乱石丛中。俯冲扫射一次，飞过去绕个圈子又飞回来，再向这个山坡俯冲扫射，子弹就打在我们前后左右。两架敌机反复扫射有七八次之多，当时我们都认为可能有人要中弹受伤，所以都把急救包拿在手中准备给负伤的同志包扎伤口，但是当敌机飞走之后，我们3个人庆幸谁也没受一点伤。

当然我们要尽量避免或减少损失，因此采取了各种有效的防空措施。诸如挂阻光窗帘、挖防空洞、要害部门住山洞。在我们政治部驻地就有一个很大的自然山洞，分部首长和一些机要人员就住在这里，由于长期住潮湿的山洞，不少同志都得了关节炎，我的双膝也得了较重的风湿性关节炎。冬天每人发一块白布，行路时披在身上，敌机来了往路旁雪地里一躲，敌机就很难发现了。后来又积极开展了对空射击运动，分部给每位司机都发一支步枪，因为在运输线上基本上都是单独行动，需要有武器自卫。汽车五团司机赵宝印往前线运送物资，车行一夜，天刚亮时，正在一棵大树下用树枝隐蔽汽车，被敌机发现，多次疯狂扫射，赵宝印面对残暴的敌机，用美制自动步枪射出了几颗仇恨的子弹，击中要害，敌机坠毁。分部领导电报志愿军领导机关，为赵宝印请功，并建议积极开展对空射击运动，改变不轻易打敌机的做法。志愿军领导机关通报全军为赵宝印立特等功，号召全军积极开展对空射击运动。自此以后，只要敌机来了，有步枪的用步枪打，有机关枪的用机关枪打，有高射炮的用高射炮打，敌机再也不敢低飞肆虐了。我们几个青年秘书也从警卫连借来一支美制自动步枪，学习打敌机的知识，敌机来了就在住的山洞口倒地仰面对空射击。

　　不久，我军的战斗机也在朝鲜上空出现，我们在驻地多次看到我们自己的飞机在高空与敌机激烈战斗的壮观场面，大家站在地上，眼看我机在高空痛打敌机，都情不自禁地热烈鼓掌欢呼。过去被敌机欺压躲在黑暗潮湿的防空洞和山洞里，真有抬不起头、喘不过气的感觉，现在大家在光天化日下站出来看热闹，心情真是痛快极了。

　　一次，被我机击落的一架敌机的驾驶员跳伞，被我们分部活捉，关押在政治部。我和他谈过一次话，问他为什么侵略朝鲜，他说"是军人就要服从命令"，我历数美机狂轰滥炸对朝鲜人民犯下的滔天罪行，他不得不表示"认罪"，要求"宽大处理"。

　　我们亲眼看到，我军在战斗中发展壮大了，天空中有了我们的飞机，我们有了部分制空权，加上地面积极开展对空射击运动，再不像过去那样受敌机气了，大家更增添了战斗的激情、胜利的信心。

　　分部政治部适时召开政治工作会议或发出政治工作指示。在那样恶劣的环境中，在两年多一点的时间里，还召开过两次政治工作会议，分部所属二十几个团级单位的政治委员和政治处主任参加。由分部政委李承锟作政治报告，阐明国际国内形势、抗美援朝战争形势以及后勤战线的形势和任务。

面对汽车运输流动分散的情况，如何开展思想政治工作，曾经是一个难题，有些汽车兵比较散漫，容易出现一些问题。经过各级工作干部探索，政治部总结推广了汽车五团"动静结合、点线结合"的政治思想工作方法，就是沿运输线在各兵站设立汽车团的政治工作点，对路过的司机做思想政治工作，并派政工干部跟随汽车做思想政治工作，把思想政治工作做到汽车上去。这样就保证了在分散流动情况下，思想政治工作不出现空白点。

开展立功竞赛运动，表彰先进、树立典型，是当时思想政治工作的一个重要方面。在分部所属部队里广泛开展了立功竞赛运动，政治部制定了立功竞赛条件和评比记功办法，在组织科配备了一名专职立功干事。在这一运动中涌现了大批先进模范人物，分部政治部和各团级单位政治处都及时批准给这些同志立功并予以通报表扬，在全分部大大弘扬了英勇无畏、艰苦奋斗、舍己救人、团结互助等可贵精神。比如入朝不久，兵站医院女护士、共产党员刘玉珍在敌机轰炸时毫不畏惧、奋不顾身，抢救出 7 名伤员。政治部得知此事后，通报全分部，号召大家向刘玉珍同志学习，发扬英勇无畏、忠于职守、奋不顾身、舍己救人的精神，为抗美援朝、保家卫国的伟大而光荣的事业做出自己的贡献。在那样残酷斗争的环境中，我们分部政治部还办了一个小报和一个交流经验的刊物，起到了表彰先进、交流经验、教育和动员部队的作用。

入朝初期，在残酷的战争环境中，后勤部队基本上没有什么文娱活动，生活是紧张、枯燥的。1951 年春，王中蕃亲自给东北局副书记张秀山写信，要求派些文艺工作者来，成立一个宣传队，活跃部队文娱生活，有益于激励士气。不久，就派来了 20 多名能歌善舞的男女青年，成立了宣传队，赶排了许多革命歌曲、曲艺（快板书、大鼓书、相声等）、舞蹈节目，深入分部所属各部队演出，尤其是不畏艰险、不辞劳苦去给那些边远、分散、流动的部队演出，受到战士们的热烈欢迎。特别是自编的一些宣扬我分部真人真事的节目，引人入胜，鼓舞士气。

当时政治工作的一个重要内容是教育部队爱护朝鲜的一山一水、一草一木，和朝鲜军民亲密团结，这是毛主席亲自提出的要求。各国人民都有自己的风俗习惯，应该互相尊重，除了经常性的思想教育，还认真贯彻执行群众纪律，民运科经常检查各单位执行群众纪律的情况，因此和朝鲜老百姓的关系是处得很友好、很亲密的。每当过年过节（朝鲜人民也过农历年和端午节、中秋节，这一点也和中国一样），他们吃狗肉和打糕，都要送给我们一点，特别是一些"阿妈妮"（老大娘），真情实意，我们简直无法谢绝。我们也送他们些白面、罐头之类他们很少见的东西。当时朝鲜青壮年男人都到前线参军去了，后方都是些老年人和妇孺，农活都由这些人承担。我们机关和部队就常用早晚时间帮助驻地的老百姓干活。朝鲜老大爷看我们也会扶犁赶牛，高兴地伸出大拇指："中国好！"夏天的傍晚，我们有时和一些老百姓自发地聚集到场院里，一边乘凉，一边唱歌跳舞，真是鱼水情谊，亲密无间。

就是在这样艰苦、紧张的环境中，不少同志还尽可能读点书。我过江时只带了两本书，都是列宁的《帝国主义是资本主义的最高阶段》，一本是中文版，一本是俄文版。

祖国人民的关怀和支援，对远离祖国、在极端艰险环境中奋斗的儿女们是极大的鼓舞。郭沫若率领的中国人民赴朝鲜慰问团到朝鲜慰问志愿军，有个分团到了我们分团，在朝鲜前线见到祖国亲人倍感亲切，慰问品并不多，每人一绣花慰问袋，内装少量生活用品，一个搪瓷口杯，上面印着"献给'最可爱的人'"。大家都说："这是祖国和人民对我们的最高奖赏，我们一定不辜负这个崇高的光荣称号！"

（辽宁省政协文史办供稿）

援建朝鲜顺安、泰川两个飞机场

·李志远·

一

1951年3月，我接到通知，有紧急任务，即日去北京公路总局报到。总局董文兴处长对我说，奉交通部的通知，正在组织一批人员和施工机械去朝鲜参加抗美援朝。徐冰如总局长向我介绍了组织中国人民志愿军空军后勤第十工程大队的详细经过，并说这是保家卫国的大事，筹备人员已进入朝鲜，要我立刻赶赴安东（今丹东市）。我没顾上安排好家属，次日便从北京起程了。

一到安东车站就见总局的曹承宗副总局长和七八名汽车司机到火车站接我。原来曹副总局长早就驻在安东负责接送入朝人员。运机械的列车和押运人员已于前一天过江入朝了，留下的人员住在一个小学校里。这时安东铁路大桥已被美国飞机炸毁，敌机每天数次临空侦察，市面气氛紧张。曹副总局长向我介绍了情况，美国妄想打到沈阳过圣诞节，被中国人民志愿军打退了。美国飞机很猖狂，贴着树梢飞，见了牛也扫射。我们的任务是修建朝鲜飞机场，供苏联支援的空军使用。

曹副总局长是抗日战争和解放战争时期冀中地区著名的游击

武装领导人，我对他十分敬佩。从他的介绍中我才知道志愿军空军后勤第十工程大队的组织概况。大队长是曹承宗（师级），政委是徐林（师级），副大队长是刘宏和王端峰（团级）。大队下辖四个工程队（都是营级）。我是机械队（第四工程队）的。队长是董凤（建宝天铁路时第四工程队队长），我和胡茂陵任副队长。

机械队共80多人，先到安东的一半人已随运机械列车过江，后到的另一半人正准备过江。

二

过江那天，我仔细检查了留下来的5台美制万国牌汽车，这种车有自救绞盘。5名司机和3名修理工都是我在机械筑路工程总队时的伙伴，他们都是技术拔尖的能手。曹承宗又叮嘱了一番，黄昏时候我们出发了，路途约280公里。

本来安东和朝鲜的新义州隔江相望，我们却要绕道。顺着沿江公路车行约一小时才到过江便桥桥头。这里是一处安全过江口，公路的一边紧靠一座高山，另一边临江。过了木便桥是一大片沙滩，有稀稀疏疏的小树林。车队又弯弯曲曲地走了一段高低不平的土路后，才到达通往平壤的正规公路上。这时天色已黑，开始夜行车了。趁着夜幕，车速很快，并在一密林处加了伪装，一路顺利没碰上险情。半夜2时左右就到了朝鲜清川江大桥头。这里是美国飞机轮番轰炸扫射、严密封锁的地方。我坐在第一辆汽车的司机旁，用手电筒向后车打出约定高速前进的信号，顺利通过了大桥，幸运地钻了美国强盗飞机封锁的空子。

过桥不久就听得几声尖锐的步枪声。这是沿路监视哨发出的飞机临空信号。我们赶忙把汽车停在路旁。只见漆黑的天空出现5颗照明弹，照得地面亮如白昼。车上的人员纷纷上山奔入树林。敌机绕了一圈就飞走了，在远处打了一阵机枪。大地又平静下来，可天已蒙蒙亮了，同志们都从树林里钻出来，面带笑容好像什么都没发生似的。距公路不远处的小山沟里有一座茅屋，屋里有一位中年朝鲜妇女正在烧水，还有三位志愿军悠闲地在屋里吃饼干。他们是向前方运送物品的，三辆嘎斯牌汽车也停在路旁。我们拿出从安东带来的大饼和鸡蛋，吃了个饱，就三五一堆地同这三位同志闲聊起来。原来这位朝鲜妇女是在这里专为过路志愿军烧水做饭的，我们都对她肃然起敬。

这三位经常跑车的志愿军运输汽车司机，向我们介绍了他们的丰富经验。其中最有趣的是汽车跟飞机赛跑。白天行车危险大，容易被敌机打中，夜间较安全。夜间开车须开着汽车大灯走，又容易暴露目标，引来敌机。为了完成任务，只管开着大灯走，一听监视哨枪响就立刻关灯停车，车不动飞机不容易找着，当飞机往下投照明弹时，车就趁机高速前进，而飞机必须绕个大圈子才能回过头来，这时车早已跑远了，飞机扑了个空。这就是国内广泛传颂着的公路运输线上的英勇故事。然而，若不是亲临实境，谁也体会不到这是无私的胆识、高超的驾驶技术和热忱的国际主义精神三者结合的行动。

我们吃完饭，有人嘻嘻哈哈地说着俏皮话："原来强盗飞机就这点本领呀！"我高喊："都自己找合适的地方睡觉，不要走远。"我们美美地睡了一觉，醒来已是黄昏。早醒的人在汽车上重新用鲜树枝加强伪装，吃过晚饭我们又上路了，没有人掉队。

车队又跑了一夜，中途又碰上两次飞机临空，我们都照前面的办法安全躲过。只是因车上都坐着人，而没敢跟飞机赛跑。黎明时候，车队到达了目的地——顺安火车站。董凤队长在车站迎接我们，旋即带领车队到了工程大队的驻地。这里是一个有几十户人家的小村庄，徐林政委和刘宏副政委站在路边欢迎，同每个人一一握手问候，热情洋溢。董凤同志和管生活的同志忙着安排每个人的住处。大部分朝鲜老乡都已搬走，地下和炕上都铺着厚厚的稻草，睡在上面很舒服，经过两昼夜的颠簸，大家确实都疲劳了。

第三天早晨，董凤同志领我和机械队政委翟振民同志去见王端峰副大队长和总工程师肖巽华，并查看了机场周围环境。施工机械日前已到达，都隐蔽在树林里待命。

机场坐落在一条小河和一带状土丘之间，远处有高低不等的山丘和黑黝黝的高山。看地形似乎是已干涸千百年的旧河道。土丘上驻有高射炮团，保护机场。负责施工的是一个步兵师。第十工程大队仅有160多名职工负责配合部队做技术指导。这时测量人员正在测量，还没开工，场地上一片平静。

三

这里距平壤很近，时常可以望见强盗飞机出现在平壤上空，高炮声、扫射声、爆炸声响成一片。夜间敌机投下一串一串的照明弹挂在天空，有时一串七八个，有时一串十几个，照得满天通明，20多分钟才熄灭。照得我们这里亮得都能从地上找着偶然失手的小螺母。

测量设计完毕，即把机场分成三个施工区。大队的三个工程队的队长和技术人员，分别到15公里以外的志愿军施工部队交代任务。一切准备就绪，便破土动工了。

机械队的任务是配合三个工区施工，我把压路机和推土机都调到机场旁边。这天东方天色微明，部队战士们就从四面八方唱着《中国人民志愿军战歌》拥进施工现场，机场上顿时热闹起来。战士们有的用锹铲土，有的用土筐挑土，推土机开到几个土岗上推土。一天的工夫便在飞机场主跑道上出现了一块块平地。战士们精神激扬，一天平安无事。

第二天下午，忽然听见监视哨的报警枪响，战士们按预先指定的路线刚疏散完毕，一架强盗侦察机便临空了，我方高炮和高射机枪齐射，敌机也从机场的一头扫射到另一头，接着飞走了。不久，机场上又恢复了原来的忙碌气氛。半夜时分，正下着蒙蒙细雨，又有一架敌机在机场上低空飞过，我高炮照样还击了一阵子。

从这天起敌机好像已经发现了这块地方不同寻常，每天都来侦察，不管白天黑夜，风雨无阻，但机场上的施工进度反而加快了。战士们同敌机周旋了不到10天，机场的主跑道已显露出来了。这时，敌机更加疯狂地投弹，但敌人炸出的土坑当天就被战士们重新填好了。次日敌机又来炸，战士们就又填坑，形成了一道特殊的施工程序。

临空的敌机越来越频繁，架次也增多了，大队值班人员曾做过统计，一昼夜竟达92架次。机场上白天已不能正常工作，铺沙石层全靠夜间。10台压路机齐上阵，铺一块，碾压一块。有月光时借月光找平，没月光时借敌机投照明弹的光找平，没有光时就由副手在前摸着指示司机碾轧。就这样，一条白色跑道很快完成了。下一步将要打混凝土跑道面层。因为临空的敌机往来频繁，我们都能从飞机的声音判断出飞来的是侦察机、战斗机还是轰炸机以及它们的型号。

一天，敌人的两架所谓空中堡垒重型轰炸机 B-29，在高高的天空中四平八稳地飞来，周围有十几架战斗机护航，我高射炮弹在它周围爆炸，出现一个个白团，敌机还没临空就投弹。机场跑道上轰隆轰隆的爆炸声响了一阵，敌机就扬长而去了。事后施工人员到机场检查，发现跑道上有数百个小圆坑，而跑道并无炸坏的痕迹。小圆坑无疑是定时炸弹的入土点，但不知如何排除，大队只好通知任何人不得入场，任它自己爆炸。

过了五天，恰巧有一队 100 多名的前线俘虏沿机场旁公路经过。志愿军施工部队政工干部同押解战俘的领导人联系，向俘虏们询问定时炸弹的性能。从美籍俘虏的诉说中得知，可把炸弹挖出来销毁。一名美国兵和一名印度兵在大队两条"大生产"牌香烟和两大包饼干的奖赏下出列，拿起铁锹，对着机场边缘的一个小圆坑迅速地挖着，挖到两米深时就更清晰地听到地下的嗒嗒响声。美国兵胆怯了，两腿发抖从坑里跳出来，印度兵继续挖着。当挖到约三米深时，坑底露出带五片翅膀的弹尾，于是拴上绳子把它拉出来，就坑用炸药销毁。排除定时炸弹的办法就这样产生了。志愿空军后勤部还将这个办法传到其他正在施工的机场。

四

刚把这批定时炸弹弹坑填完的当夜，又飞来一架敌机扔了两颗炸弹。黎明我到机场一看，跑道中有两个直径 30 多米、深约 5 米的大弹坑。我派两台推土机去填坑，费了三天两夜才填完。又过了五天，又飞来两架 B-29 型轰炸机，扔了一批炸弹，约有 1200 枚。其中约四分之一的炸弹离地二三十米时即炸了，其余的全部钻入了地下，两天内这些炸弹爆炸的有四分之三；剩下的能延长到 20 多天才爆炸。我们戏称这些炸弹为"鬼蛋"。

强盗飞机好像有"时间表"和"任务单"，临空的时间很准。侦察机来了漫无目标地扫射一阵就飞走；小轰炸机来了扔两枚炸弹也飞去；B-29 大型轰炸机每半个月来一次。摸透了这些规律之后，战士们利用空隙进入机场排除"鬼蛋"和填充弹坑，始终维护着平坦完整的飞机跑道；同时做着打混凝土道面的一切准备。

我高炮部队也在摸索强盗飞机的准确来去方向和飞行速度，做好迎击准备。他们射中过两架 B-29 敌机，当敌机中弹后拖着一条长长的黑烟尾巴栽入远方时，天空出现七八个白点。不久白点变成降落伞，跳伞强盗自然也就当了我们的俘虏。一次，一架傲慢的强盗侦察飞机，被我高炮部队高射机枪射中，一头栽在机场的近旁，轰然一声起火爆炸。

这里也是战场。战地上的生活不光是紧张，只要头脑清醒，即使偶遇险情也能化险为夷，而且还有许多乐趣。我和董凤同志曾到敌侦察机坠落处看热闹，只见人机已被炸碎，只剩一堆烂肉和机枪子弹。在回来的路上，我俩一前一后地走着，忽然一个"鬼蛋"在我俩中间爆炸，一股气流夹着沙石土块冲天而起，我俩各自顺手抓起一个土筐，顶在头顶蹲在地上，一会儿沙石土块如雨点般落下，但我们都没有受伤，安全返回。这个故事传开以后，大家对定时炸弹的惧怕心理大大减弱。

战士们在机场上先打好几块混凝土道面，再逐渐扩大成片。志愿军空后（空军后勤中）通知要求把国内运来的 18 个容量为 30 吨的大油罐埋在指定地点。大队派第三工程队政委张俊峰同志到顺安火车站担任联络员，派我带领一台推土机担任运送油罐任务。施工部队派一个连担任卸车和掩埋工作。过了两天，火车果然运来 5 个油罐。油罐直径 2 米、长 9.5 米，是个庞然大物。运送路线须通过 1.5 公里的公路和 500 米的土路。运送办法是从山上砍来两根大头为 40 多厘米的松木，做成托架将油罐滚到架上，拴上钢丝绳再用推土机拖走，用这办法顺利运走 3 个。

这天日将西沉，正是准备运油罐的时候，按强盗飞机空袭机场的规律这时应当有一架飞机临空，但出乎预料地没有来。我和张俊峰还有两名司机迎着红艳艳的太阳说笑闲聊。有的说今天强盗迟到了；有的说应当记过开除。话刚说完，就见两架敌机向车站飞来，我们急速向防空洞跑去，但还没进洞四枚炸弹已爆炸。距推土机约 3 米的一间草房被炸燃烧起来，大火照得车站通亮。我和司机汤存瑞、白宏璞急忙转身去抢救推土机。我在推土机前面双手摇晃着引路，才把推土机开到公路上。然后我们 3 人快步散去。那两架回头的强盗飞机还在对着机场扫射。这次共投下四枚炸弹，都落在车站附近。

五

战争是瞬息万变的。一天清晨，我遥望平壤天空，一群接着一群的强盗飞机正轮番轰炸着，高炮射击声和炸弹爆炸声已混成一片。后来听说，敌人500架飞机轮流持续轰炸了三天两夜，已把平壤夷为平地。同时，强盗飞机对我们这里的侵袭也一再升级。

雨季来临了，我们迁到15公里以外的另一村庄驻下。这里树林较密，我和政委翟振民住在一个防空洞里。外面连续下了三天暴雨，我们只好比赛睡觉混日子。第四天放晴，我俩到机场察看，只见跑道被炸得千疮百孔，筑成的几个飞机窝也被炸得面目全非，到处是一片一片的积水，回来路过原驻村庄，已被炸成瓦砾堆，没一间房屋幸存，只有几处稻草堆正冒着黑烟。下午全体司机出动，把施工机械开离机场，并加了伪装。

这年朝鲜暴雨成灾，国内供应的生活补给物品运输困难，我们不得不每天煮黄豆充饥。过了七八天，空后送来了肉罐头和饼干，解除了困境。

一天黄昏时候，我奉命跟随王端峰副大队长等4人，乘吉普车出发。夜半过价川、清川江渡口，黎明时分到达泰川。泰川郡早就为我们安排了住处。没几天施工部队也赶到了，施工机械也从铁路运到龟城车站。泰川距龟城约40公里，距安东约120公里。

我接到施工机械到达龟城的消息之后，王端峰给我派了一辆嘎斯汽车，疾速开往龟城。这条公路较平坦，半路上我从驾驶室里忽然看见前方路上迸发出红色和蓝色的一串火花，原来汽车已被强盗飞机发现，那一串串火花是敌机扫射的子弹打在碎石路面上发出的。我和司机急忙下车，飞机已飞远。我查看汽车时，发现车厢和前轮挡泥板各中一弹，要害部位没受伤，我们就继续前进。到达龟城车站时，胡茂陵副队长已指挥司机把机械卸完，我装上一车维修零件和工具就返回。

泰川机场一边靠着长条山丘，一边临河，规划的飞机场的跑道上遍种着高粱。负责施工的是北平解放时的起义部队的一个整编师和军部的直属机关。按照顺安机场的施工经验，也分三个施工区，我被分派到三工区任副主任，主任是军部军械处的上校处长。三工区的任务是修建机场四周的20个飞机窝、三个氧气站、掩蔽部的一座瞭望台，投入的战士 1000 多人。

测量时为了便于隐蔽，只把高粱砍出 5 条两公里多长的窄胡同，测量人员在高粱地里穿来穿去，但强盗飞机还是尾随而来，低空飞行扫射。施工部队里还有一大批志愿援朝的青年学生，工程全面铺开后现场非常活跃，有的跳舞唱歌，有的说快板，有的打莲花落等。当空袭警报发出时，大家都按指定方向和位置疏散，等强盗飞机走了又都跑步回到原地。

机窝是一个马蹄形开口的飞机掩体，用草袋子装土堆积而成，位置在跑道周围。瞭望台建在山顶上，由工兵开挖石方成洞穴形状。每天我都绕场一周去做放线、调动劳力和检查工作。绕场一周须走约 20 公里的路程，但也顾不得疲劳，因为稍有疏忽就有失误。

在强盗飞机不断临空投弹扫射的艰苦条件下，经过大家的努力机场跑道已呈现雏形，机窝也有了半成品。敌 B-29 型轰炸机投下一批"鬼蛋"，躲过爆炸较密的两天之后，指导施工的技术人员先进场，将尚未爆炸的"鬼蛋"位置标在图纸上，然后将图纸交给部队，部队早就组织好 500 人的挖弹队，两人为一组合挖一个"鬼蛋"，拴上绳子拉到河边销毁。这是激动人心的场面，不到一天就把全部"鬼蛋"排除干净了。

强盗飞机把跑道视为眼中钉，疯狂地滥炸扫射，从未削减。我们的飞机也频繁地迎击，天天有空战。场地上的战士们也不顾天上出现什么险情，坚定地维护着跑道。三工区负责开挖瞭望台石方，两个洞口已基本打通。我站在洞口远望，整个机场尽收眼底，一排机窝巍然而立，我的疲劳顿时云消雾散，胜利的喜悦涌上心头。

1951 年 12 月，公路总局又为援朝立功人员召开表彰大会。我被评为三等工作模范。总局局长徐冰如和副总局长曹承宗参加了大会。

（天津市政协文史办供稿）

忆天津抗美援朝医疗队

·蔡公琪·

1950 年，天津市军民及各界人士，在中共天津市委领导下，掀起了抗美援朝，支援我志愿军的热潮。天津医药卫生界也组织了全国力量最强，集各科著名医学专家为一体的抗美援朝志愿医疗队，赴朝鲜前线救治伤员，为抗美援朝做出了贡献。

当时我是市卫生局党组书记、副局长。1950 年 11 月初，我代表天津市卫生局到中央卫生部听取党中央的指示："因志愿军作战前线有若干伤员，前方卫生部门医务人员和医疗技术力量不足，要发动与组织京津医务技术人员赴朝鲜前线救护伤员。"回津后，我立即向市委书记兼市长黄敬同志做了汇报，他当即召集市委秘书长吴砚农、宣传部部长黄松龄几位常委研究，决定：（1）大力开展抗美援朝宣传教育，要求各宣传机构，《天津日报》、天津人民广播电台进一步宣传抗美援朝的伟大意义，掀起抗美援朝新高潮；（2）组织起天津市抗美援朝医疗前方救护委员会，组织开赴抗美援朝前方救护队，开赴前方救护伤员，动员天津市高级医疗技术专家参加前方救护工作；（3）保证医疗队物资需要，要有精良的装备，充足的医药，队员们的防寒服装等统一由市财政局拨专项开支；（4）做好医疗队家属的工作，解决家属存在的实际困难。

天津市卫生局党委遵照中央及市委指示精神，首先在卫生系统广泛深入地进行了抗美援朝的宣传教育，有针对性地讨论并批判了当时在部分医务工作者中存在的崇美、亲美、恐美思想。当时有的医务工作者认为，美国是在朝鲜作战，我国建国伊始，应卧薪尝胆，何必引火烧身？有的认为美帝物质丰富，武器精良，与美作战恐难取胜；有的认为与其出兵作战莫如隔岸观火，坐山观虎斗等，尤其是当时天津的医务界英、美留学生较多，学术思想唯协和派马首是瞻。这些思想是组织抗美援朝志愿医疗队的主要思想障碍。为克服这些思想障碍，黄敬市长、黄松龄部长多次召集医务界知名人士开座谈会，鼓励高级医疗技术人员带头参加医疗队，还在中国大戏院召开了千名医务工作者参加的大会，并亲自作抗美援朝报告，揭露美帝侵朝、侵华的罪恶和阴谋，并号召学习白求恩的国际主义精神。

在宣传教育不断深入的情况下，天津市医药卫生界几次组织共有6000多名医务人员参加的抗美援朝示威大游行的集会，黄敬市长和各界代表都讲了话，赞扬医药界的爱国行动，认为医药界的这种爱国行动在天津市是起了带头作用的。

在抗美援朝宣传教育活动蓬勃发展的形势下，天津市组织了抗美援朝救护委员会。朱宪彝为主任，万福恩和我为副主任，并请方先之、赵以成、虞颂庭、吴廷春等各科专家为委员，同时担任抗美援朝医疗救护队技术顾问。11月上旬，各医疗单位医务人员即提出组织医疗队上前方，17日全市医务界知名人士举行座谈，认为抗美援朝义不容辞，为志愿军伤员服务是我们医务工作者的责任，保家卫国是我们热爱祖国的表现。全市医药卫生工作者普遍发动起来了。从20日开始报名，仅3天时间，报名参加抗美援朝医疗队的就达600多人。全市医务人员以能参加抗美援朝救护队为荣，争先恐后参加。23日组成了第一大队，外科专家万福恩为大队长，参加过长征的医务干部李盛礼任副队长，全队81人，都是经过挑选的内科、外科、五官科等各科专家和技术人员，全队医护药技配备整齐，主任医师住院医师组成的各专业组26日即出发。出发前，天津市医务工作者抗美援朝救护委员会上书毛主席，豪迈地保证："志愿军战士打到哪里，我们医疗队就跟到哪里。"同时致书全国医务界，相约在抗美援朝前线相见，致书全市各界同胞，感谢和欢迎各界对医疗队的支援。在出发时的欢送大会上，军委卫生部姜齐贤部长专程来津，代表志愿军热烈欢迎天津医疗队和各专家奔赴抗美援朝前方救治伤员。黄敬市长在欢送会上说："医疗队的出征是伟大的义举。"各界代表李烛尘等说："医疗队上前方是医务界的光荣，也是全市的光荣。"《天津日报》盛赞医疗队是"援朝先锋、卫国英雄"。黄敬市长亲到车站送行。

市委命我和卫生局的几个干部陪送医疗队到前方。我们 27 日到达沈阳，受到军区首长及卫生部戴正华部长的欢迎。当时我们医疗队是准备过江的，但戴部长通知我和万福恩，说："大部伤员转来黑龙江洮南一带，您队先转洮南救治伤员。"第二天（28 日）我们便出发到洮南，为 1000 多名伤员展开了抢救治疗工作。

在乡村物质条件、医疗条件十分困难的情况下，队员们总是千方百计地克服着一个又一个困难，开颅、开胸，从颅内、胸内取出弹头片，接骨、接神经、整形、植皮、接下颚的手术他们都做了，不知抢救了多少危重的伤员！万福恩大队长亲自查房，指导医疗。他们就地取材，自制简便医疗器械，放射科人员自制仪器，在 X 光下测定弹片位置，保证了手术顺利进行。在血源困难的情况下，为抢救伤员，医疗队队员都为伤员献出过自己的鲜血，有的还献血多次，与伤员结下了深厚的友谊。在艰苦的环境中，我们医疗队取得了光辉的成果。

随着抗美援朝运动的发展，尤其是在我志愿军节节胜利的鼓舞下，报名参加医疗队的人越来越多，到 1951 年 5 月已达到 4000 多人。天津市抗美援朝救护委员会继而组织了第二、第三直至第十五医疗防疫大队轮番开赴前方。许多医学专家和医务界知名人士如方先之、张纪正、虞颂庭等专家都曾带队赴前方。各大队除继承发扬第一大队的优良传统外，更在爱护伤员、保护伤员方面做了大量工作，医师护士们废寝忘食，夜以继日为伤员服务。还为伤员洗衣缝被，洗澡喂饭，教伤员学文化，为伤员编演文艺节目。据不完全统计，只二大队部分队员，就为伤员献血 12620 毫升。还有部分队员奉命到前线，参加了国际医防队（因美帝国主义为了挽救在朝鲜战场的节节败退，公然违背国际公法，对朝鲜和我国进行了细菌战。在毛主席的指示下和天津市委领导下，天津医务界积极与细菌战进行斗争，各医疗队除救治伤员外，在前、后方都增加了防疫任务；还派人参加联合国派出的对细菌战的调查团，并将 10 个医疗队改组为国际医防队）。

国际医防队十五队队员刘振芳同志，在高烧中仍冒雨爬山为伤员检查、治疗，不幸牺牲。该队队长张化新同志，一次正在进行手术时遇敌机来袭，敌机在附近扔下了炸弹。他镇静地对伤员说："同志，你放心，我绝不离开你。"他坚持做完了手术，带伤员一起转移。这个队在朝鲜前线立了集体三等功，不少队员个人也立了功，队长张天惠、张化新、刘熙融回国后都被评为市级劳动模范。

医疗队员高度的政治热情、熟练高超的技术、辛勤的劳动，受到了伤员们的高度赞扬。他们亲手做彩花，有的用自己的津贴做锦旗送给医护队员，有的上书毛主席报告天津医疗队的情况，说："天津医疗队领导正确，组织健全，技术优良，服务态度好，工作认真热情，热心、细心、耐心。"有的伤员归队后，表示要多打死几个美国鬼子来感谢医疗队对他的精心治疗。独胆英雄吕松山伤愈归队前，特地来天津看望抢救过他的医疗队员。

在医疗队出征期间，天津市党政领导和各界人士给予了医疗队无微不至的关怀和支持。在第一、二大队出征时，各界人民捐献 80000 余元的药品器械。第三、四大队出发时，市制药、新药商业，中药业公会捐献了大量药品与器械。天津市个体开业医务人员还组织了志愿医疗服务队，到国家医疗机构、工厂保健站服务，表示在后方也要为抗美援朝做贡献。他们先后共组织了三个服务大队，有 326 位医师参加。在医药卫生界抗美援朝分会号召捐献白求恩号飞机时，第二结核病院炊事员同志捐献了保存十多年的七块银圆，工人医院王华玲医师当场捐献出自己的结婚戒指，其热烈情景感人肺腑。

当第一大队出发后，以市妇联主任罗云同志为组长的医疗队员家属工作组，到出征队员家中嘘寒问暖，帮助解决队员出征后家中的困难，家属们都很受感动。京剧表演艺术家梅兰芳三次为志愿军伤员、医疗队员义演。天津人民艺术剧院和曲艺团，还专门编演了医疗队节目。

市长黄敬同志不但在每次医疗队出发时都到车站送行，而且还派人带着他的亲笔信和慰问品到前方慰问，许多队员被感动得热泪盈眶，表示不好好为伤员服务，就对不起天津人民，对不起党。

更使人难以忘怀的是周总理、聂荣臻同志，他们自前方来津，在局级干部会议上表彰了天津抗美援朝医疗队，周总理对我市医疗队的评价可概括为三好：一是医疗技术好，二是医患关系好，三是内外团结好，称得上是全国模范医疗队。医疗队员们和天津医务界都受到莫大鼓舞。廖承志同志到前方时，也亲自到医疗队看望，并来天津参加欢送第三大队。中国红十字总会会长，志愿军卫生行政领导姜齐贤、苏井观部长也曾来天津参加欢送医疗队的大会。

首长的表扬，人民的支援，尤其是我志愿军在前线作战的节节胜利更激励了医疗队员。全国的医务工作者对天津医疗队也十分关心，上海、南京、成都、广州等地都派人来津，探询组织医疗队的经验。当时我们只讲了三点：（1）党的领导是根本；（2）思想政治教育是保障；（3）细致的群众工作，步步落实是方法。

今天回顾抗美援朝医疗队的组建前后，仍然感到天津的广大医务人员是经得起严峻考验的一队可爱可信赖的白衣战士。在战火燃烧到鸭绿江边的紧急时刻，他们的思想发生了质的飞跃，保家卫国反美帝国主义是主导。在国家紧急、国家需要时，听从党的调遣，不怕牺牲，义无反顾，这也是天津医务界高级技术知识分子的特点。每当队员们回国后做报告时，后方的人民一致认为，他们是为"最可爱的人"——中国人民志愿军救死扶伤的人，同样也是最值得尊敬的人。

（天津市政协文史办供稿）

·黄仙华·
·王雪蕉·
·王一之·
·徐道安·

入朝第一仗

1951 年 7 月 10 日,杭州市抗美援朝志愿手术队 16 人,跨过鸭绿江,到了朝鲜阳德附近的志愿军后勤司令部卫生部基地医院,受到部队首长和战士们的热烈欢迎。时值第五次战役的尾声,当我们得知附近还滞留着数以万计的志愿军伤病员亟待抢救时,大家不顾连日数百里征途颠簸的疲劳和困顿,连器械箱也来不及全部打开,立刻投入了紧张又不熟练的战伤救治工作。

情况十分严峻,从前线下来的伤病员,由于客观条件限制,有的一天仅能吃到一顿或两顿炒面或压缩饼干,加上天气炎热,伤员躺在担架上日晒雨淋,本该是鲜艳的黄军装却成了污黑的灰军装,有的伤员伤口来不及处理,化脓溃烂,甚至长满了蛆。队员们看着伤病员禁不住流下了热泪。救治工作开始了,第一名伤员是枪弹穿透伤,弹片擦破锁骨附近的动脉,流血过多,生命垂危,经过紧张的手术,虽取出弹片,但出血不止。这时,美军飞机又来狂轰滥炸,结果引起汽油灯燃着了手术室帐篷。在这危急时刻,队员们沉着冷静,一部分坚持手术,一部分紧急灭火,经过紧张的战斗，终于顺利完成手术，伤员得救了。

当时我们的手术室设在一间朝鲜老乡的平房里，这种房子构造奇特，室内整个地面下有烟道，与伙房的炉灶相通，老乡称为"地炕"，是冬季取暖用的，而我们每天要利用它烧水做饭，手术前又必须用炉灶消毒器械，这一烧就使室内的温度骤升，室内的四壁和顶部都蒙上了防空的白布，窗和门还挂有不透光防空帘布。时值夏季，整个手术室闷热得如同蒸笼一般，照明用的汽油灯在头顶"嘶嘶"作响，伴随着刺眼白光而来的是阵阵热浪，每做一次手术，大家都汗流浃背，口干舌燥，时间稍长便会出现头晕和呕吐，由于伤员多，医疗手术队每天要工作十几个小时，有人热得受不了，只能出来喘口气，喝一口盐水，继续干。几天下来，一个个累得精疲力竭，浑身发软，站着两腿发抖。然而，抢救工作不容有片刻的停顿，大家仍顽强地走进手术室，任务没完成，谁也不愿吱一声，终于有人晕倒在手术台前，但马上就有其他同志接替上去，保证手术继续进行。王一之医生就有过这样一段经历：那次已值严冬，是附近阳德车站的部队挨了炸弹，伤员有30多名，手术室顿时忙碌起来。手术医生王一之全神贯注地拨动着刀与剪，从黄昏到深夜，又持续到黎明，紧张、劳累、饥肠辘辘，夹杂着从保暖箱里弥散出来的浓烈柴油味，一瞬间，天旋地转，身体不由自主地倒了下去。为了保证手术的正常进行，大家也顾不上照看他，只是七手八脚地将他抬到手术室外的雪地里，使他能呼吸到新鲜的空气。那是滴水成冰的季节，在严寒的刺激下，王一之慢慢清醒过来，他见自己躺在空旷的雪地上，四周寂静无声，纷纷扬扬的大雪盖了一身，手脚冻得麻木，一时忍不住委屈得落下了眼泪。但他理解他的队友们，时间就是生命，为了抢救志愿军伤员，自己受点苦又算得了什么？记得第一次投入抢救工作，连续干了整整25个夜晚，手术队胜利完成任务，取得了入朝第一仗的全胜。据统计，入朝第一个工作月（30天），手术人数达199名，手术次数达297次。这是医疗队在朝鲜10个月中救治手术人数和次数较多的一个月。

帐篷、热炕

入朝之初，我们住了两晚首长让出来的防空洞之后，便在山坳里搭起了一个帐篷。开始时觉得很新鲜，反正手术都在夜间进行，深夜回来，钻进去，睡在垫有厚厚的树叶，软绵绵的地铺上，晨曦初露，透过篷顶的伪装，还可看到蓝蓝的天，多有诗意，只是太挤了一点，男男女女，以器械箱子为界，总有不便。后来增加一个帐篷，男女有别，就宽敞得多。从此帐篷就成了我们的家，还发挥多功能作用，既是憩息的场所，又是学习室，器械贮藏室，术前用品纱布、棉球、敷料准备室。只是好景不长，半个月后，朝鲜进入了雨季，大雨小雨，绵绵不断，天上下大雨，帐篷里下小雨，几把破雨伞却派上了用场，东撑西张，地铺渗水了，湿衣、湿被、湿敷料无处可晒，只好串挂起来在帐篷里晾干，像洗衣店一样，但是我们却乐在其中。遇到刮风，帐篷有倒塌危险，就通力在四周加固，扎紧绳索。最困难的是饮水，山洪到来，沟渠浊水横流。怨天无用，四出寻找"清泉"，偶然发现一处较清的水洼，视为珍宝，沉淀后分配使用，一律平等。

朝鲜的10月气温就冷得入骨，帐篷已不能御寒。此时部队开始整编，我们编入了第二基地重伤病队，还为我们修建了三个漂亮的防空洞，男女队员各一，另一个较小的作为队部。新建防空洞有火道、炕头，我们自制了坐凳、饭桌，并纷纷上山打柴，囤积燃料，准备过冬。南方人都没有烧炕经验，女队员虽自诩为烧炕好手，开始时也搞得乌烟瘴气，不是烧不旺就是火头倒灌。有的队员还想方设法美化环境，铺路、挖茅坑、筑起小花园，搞得十分幽雅。上级发下来毛皮靴、老羊皮大衣、防风防冻帽子、棉手套，加强了御寒装备，为了能吃到热饭，用上热水，就用废汽油桶改制了炉灶，煎大饼，烫热牛肉罐头，烘压缩饼干，吃得津津有味。下雪了，皑皑白雪，便是取之不尽的水源，烧热水洗脸、擦澡，消灭了"革命虫"（虱子），度过了一个严冬。

山沟里亮了电灯

1951年第五次战役之后，战争进入相持阶段。基地医院地上防空伪装手术室就在这个时候建成，我们可以日夜为抢救伤病员进行各式手术。我军防空武器也加强了，敌机除高空定点轰炸外，再不敢在山沟横冲直撞。手术室照明有了电灯，这是我队杨春法技术员的功劳。他出身贫寒，当过学徒，卖过大饼油条，做过搬运工、勤杂工，入队之前是放射科技术助理员，由于努力摸索、钻研，已能够修理很多电器用品，曾获第一届省工人劳动模范、市医工劳模光荣称号。入朝后队里虽配有一架轻型军用 X 线机，苦无电源，他日思夜想，四处奔波，搞来一台破旧的小型发电机，经修理、改装，不但可供手术室自制的三盏"无影灯"照明，而且还能给首长防空洞供电，后来干脆当起电工、架线员，翻山越岭，爬坡攀树，扩大了供电线路，连队、病区、"礼堂"，全部都安装了电灯，山沟大放光明。

护士队入朝

1952 年 2 月，正是严寒冰冻季节，杭州市抗美援朝志愿护士队 16 人来到战地，与手术队会师。江南姑娘们，虽然身上冷得发抖，手僵，两颊冻得发紫，但个个精神抖擞。一夜兴奋得没有熟睡，次日清晨便穿起军装，下到连队、病区忙碌起来。这个队的到来，不但加强了手术队的力量，做了大量术前和术后的护理工作，而且是一支活跃在山沟里出色的鼓动队、宣传队和文艺演出队。在病区里她们与部队卫生员混合编组，除忙于换药、输液和其他医疗处理外，还协助病区建立和健全工作制度，大搞病区整洁卫生，灭虱、驱蚊，给伤病员翻身、更衣、洗澡、洗脚、修剪指甲、烧炕取暖，没有一件不干，个个都是现代的南丁格尔（护士工作创始人）。营养护士楼念云，亲自下伙房，千方百计配制可口的饮食，一口一口喂给重危伤病员吃，使伤员们颇为感动。后送伤病员，是较艰难而危险的任务。伤病员经过中期治疗或急救处理后，就向后方遣送。由于这里是伤病员交接、转运点，是敌机重点轰炸区，每逢后送伤病员任务下达，医师忙于检伤、换药、开"伤票"，护士忙于伪装、护送，一般都在夜间进行，在"人衔枚，马勒口"的机密、神速中，三个月就安全后送了 2000 余人次，没喊一声苦。

这支队伍，对待伤病员做到了"伤病员需要什么就给什么"，献血争先恐后，节衣缩食，把鞋袜、衬衣、手套、手帕、苹果、糖、烟，统统赠给伤病员，还经常挨洞挨室，给伤病员读慰问信，朗诵诗歌，讲故事，说笑话，王雪蕉的清唱，赵彩凤的"雄鸡啼晓"（口技），在精神上都给伤病员以很大安慰和鼓励。每逢节日，还联合手术队和部队文工队，搞山头演出，表演盘子舞、俄罗斯舞、朝鲜歌曲等，轻松愉快，不断地获得掌声。

清洗女工

对医疗手术队来说，伤员多，手术多，每天换下的手术单、纱布、绷带和外科敷料就更多。前线物资紧缺，连外科敷料都要回收利用，清洗工作就成为手术队的一项艰巨而重要的任务。在前线，队里不可能配备专职的清洗工人，于是，女护士们就主动承担起洗涤任务。每天，天蒙蒙亮便要起床，捋上换下来的手术单、纱布、绷带和外科敷料到驻地附近的溪边去洗涤。夏天是朝鲜的雨季，溪水暴涨，洗涤必须十分小心。有一次在雨中洗涤敷料时，不慎被溪水冲走一块，护士黄仙华奋不顾身跳入水中，将敷料抢捞回来；冬季的朝鲜是冰雪世界，气温常在零下三四十摄氏度，溪水也结上厚厚的一层冰，"清洗女工"还是冒着严寒，敲开冰层，在刺骨的冰水中清洗敷料。有的同志手上的冻疮都溃烂了，一碰冰水钻心的痛，那手上的疮口随时有被敷料上污秽病菌感染的危险，她们也全然不顾，一个劲儿地洗啊洗……

如果说，自然条件的恶劣，给我们的清洗工作带来很大的困难，那么，美军飞机的轰炸，就更使清洗工作带有很大的危险性。有一天，天气晴朗，大家高兴地来到溪水边洗涤手术单和衣被，当时没有烘干机，洗净的衣物全靠老天帮忙，为争取尽早晒干，就在溪滩上晾晒开来。按习惯，我们坐着等空袭警报，果然敌机来了，听到对空监视哨的报警枪声，我们立即抢收摊晒着的衣被，可那天东西实在太多了，几个人手忙脚乱地没等收完，敌机已发现目标，怪叫着向我们头顶俯冲下来，机枪子弹"突突"地尖叫着从身边擦过，扬起阵阵尘土；"轰隆"一声，溪对岸升起一股浓烟，一座破烂的小庙被炸飞了。幸好我们已有多次躲避空袭的经验，隐蔽得快，没有一人受伤。警报解除，我们怀着幸存的喜悦，继续抢时间把东西晾晒干送去消毒，因为晚上还有手术等待着我们。

荣誉、勋章

入朝一年多来，全体队员屡次以口头、书面、集体的方式向上级请求继续留在朝鲜为志愿军伤病员服务。但除了4名护士队队员获准在前线参军、入党外，其余队员在胜利完成任务后都如期返回祖国。我们不是为荣誉、勋章而去的，但荣誉、勋章的获得却真是来之不易。献鲜血、扶轻伤、背重伤，空袭时用躯体掩护伤员，是那么坚定、勇敢；伤病员不幸牺牲了，医护人员像失去自己的亲人一样难过，有的同志眼泪直淌。有一次前沿阵地换防，目标暴露，受到敌机空袭，师政委、师长都受重伤，我们星夜乘坐吉普车，以最快速度冲过封锁线，夜色朦胧中通过一座刚被炸断的桥梁时，好在手疾眼快，驾驶员一个急刹车，避免了坠入深渊的灾难。回程时车队遭到敌机追袭，便弃车滚下山沟。有一次乘车，当驶过一个开阔地时，敌机不是挂天灯，而是连连掼下闪光弹，几乎是同步扫射的机枪嗒嗒响，这时我们的车灯突然失灵，灯光直射，在这紧急时刻，护士长黄宝凤、护士徐道安，不知哪里"借"来的胆量，跳下车来，解开皮大衣纽扣把车灯包住，志愿军防空哨用密集的炮火反击，才使我们脱离险境。"兵救民、民爱兵"，我们是骨肉相连的。1954年12月，朝鲜民主主义人民共和国给15名队员颁发了勋章、军功章，这是全队的光荣，是用鲜血换来的。30余年过去了，我们的大队长陈敏书、护士队队长孙赴瑶因病于1985年先后逝世，对于这两位曾在朝鲜战场上同生死共患难的亲密战友、同志，我们寄以无尽的哀思。

（浙江省政协文史办供稿）

报　名

我家住在辽宁阜新蒙古族自治县伊吗图镇自然屯村。1947年冬，八路军共产党来了以后，我被群众选为村长。1948年加入共产党，1949年任村武装队队长。一个几辈子受穷的人，一下子翻身解放，又分了房子分了地，那个高兴劲啊就甭提了！可是好日子刚开头，美帝国主义竟然把战火烧到了鸭绿江边，企图把侵略的魔爪伸向中国领土，这可把我给气坏了。

1950年11月，区上召开抗美援朝动员大会。会上我当场报了名，当兵不够条件，就当个担架队员吧。散会后，我一边往家走，一边琢磨怎样向妈妈说。

我家当时是老少三辈4口人。我爱人早年去世，扔下两个孩子由我妈妈照顾。我要走，妈妈能同意吗？可到家还没等我开口，妈妈就首先问我："今天区上开的啥会？""动员群众过江抗美援朝。"我抱过孩子说。当妈的是最了解儿子的心的，自打解放后，我就当了干部，入了党，事事都带头，妈妈她老人家从来没拖过后腿，美帝国主义把战火烧到了鸭绿江边，老百姓人人都知道，这几天区上一开会，我妈心里就有了数。

"儒贤，你报名过江打美国鬼子去，不用瞒着妈，你就放心地去吧。这两个孩子，妈妈一定给你带好。"短短的几句话，像给我吃了定心丸，浑身顿时增添了无穷的力量。我暗下决心，到了战场，一定不辜负妈妈的希望，不辜负祖国和人民的希望。

全县的担架队经过整训，留下了170人。我被编到二野三兵团十二军三十一师二团三营十二连三排十二班，担任班长。

整编后，我们换上了军装，乘车到了绥中沙后所集训。辽西省省长杨易辰到驻地做了报告，说明了过江后头顶上是敌人的飞机，脚下是敌人埋的地雷，饿了只能吃饼干，渴了抓把雪……讲完后问我们大家怕不怕？我们大家齐声说："不怕，为了保卫祖国，保卫和平，就是死，也要死到前线上，决不当逃兵。"

出　国

我们是在1951年3月底，在宽甸县河东村的浮桥上过的江。到了朝鲜，就到了战火纷飞的战场。为了躲避敌人的空袭，不管刮风下雨，都是夜行军、急行军。每天晚上都要走100多里路，到了白天，就在树林、山沟躲起来。敌机来了就往路上、村庄扔炸弹，到处是硝烟、到处是火光，惊天动地的爆炸声接连不断，对我们这些刚出国的担架队员来说，心里真有点胆怯。可一到晚上，大家就又来了干劲，扛起担架就往前线跑，啥也不怕了，一心想快点赶到火线上抢救伤员。

深　情

我们是随军的担架队，过了江就换上了军装，可以说拿起枪就是战士。我是担架队的一个班长，带三副担架13个人。经过13天的急行军，终于到了前沿阵地。还没等我们喘口气，就从阵地上抬下来几个伤员，我们二话没说，摸黑抬了3个伤员就是一溜小跑。顺着坑洼不平的公路向后方跑。一气儿跑了十来里路，才放下担架喘口气。这时，有的伤员要小便，有的伤员要喝水，唯有我抬的伤员一声不吭。我的心里有点划魂儿："怕是不行了吧？"于是，我把手伸到雨布底下，放到伤员的嘴上一试：没事，还呼呼地喘气呢。我心里有了底。天亮后，我们把伤员抬到一个沟岔里休息，开始检查3位伤员的情况，其他几位同志烧水做饭。

头一副担架上是位司号员，脚上受了伤。第二副担架上是位战士，头部受了伤，动不了，有时疼得喊几声。就是我抬的这位伤员老实，不哼也不哈，躺在担架上一动也不动。我有点纳闷，上前揭开雨布一看，吓了我一跳，原来是位长头发的女同志，左腿血糊糊的，脸色蜡黄蜡黄的，两眼紧闭一声不哼。我明白啦，她一路不吃不喝，不大小便，是不好意思。于是，我蹲在担架旁边，小声劝她说："同志，你不要想得太多，身体要紧啊，你身上都有味了，赶快下来洗洗吧！"她还是一声不哼。

我非常着急，于是我郑重地站在她的面前说："同志，咱们离开祖国到朝鲜打美国鬼子，大家可都是亲兄弟呀！你受这么重的伤，为什么还怕羞呢？"女伤员听了我的话，睁开了眼睛，舌头不住地舔着干裂的嘴唇，有气无力地说："我不是怕羞，我是怕脏了你们哪。""哎呀，同志！"我真有点急了，"这是什么时候，你还想这么多，今天你负了伤，流了血，为的是谁呀，难道我们还嫌你脏？"说到这里，我又告诉她，"你低估我了。我是共产党员。"女伤员听到这，哭了，于是我帮她翻了身，把担架布上的尿水、血水洗净擦干，又把脏衣服换下来，用温水洗了一遍，晒在一边。

女伤员看到我们给她收拾得干干净净，非常高兴，于是她又吃了些东西，并告诉我说："我是四川人，叫黄起荣，今年 19 岁，是在学校参加志愿军来到朝鲜的。随部队前进时踩到地雷上炸坏了一条腿。"我听了以后，打心眼儿里敬佩，一个 19 岁的姑娘，离家来到朝鲜，真不简单。

到了铁原兵站，黄起荣上了汽车后，握着我的手说："我还要回来，咱们战场上见。"我听了非常受教育，暗下决心，一定要向这位女同志学习，在战场上立功。

拼　搏

前沿部队的担架队，就是从火线上抢救伤员，然后以最快的速度送到兵站，转到后方。这样，我们就不顾劳累，奔跑在前线和后方之间。

一次我们从火线上抢下来 3 个伤员，然后爬大山，绕小路送往兵站。那天夜里下着雨，真是伸手不见五指，走起路来步步是稀泥。我们既要抓紧时间赶路，又要小心滑倒，以免摔了伤员，敌人的炮弹不断地落在我们的身前身后。见此情景，伤员们说："你们不要管我们了，放下担架赶快走吧！"我想，在这生死关头，怎能扔下伤员不管呢！就对伤员说："我的好同志，你们不要为我们担心，再危险我们也要把你们送到兵站。"

炮击后的路面，处处是弹坑，这给我们抬担架的带来了很大困难。每过一个弹坑，绕过一个坑沿，担架颤动得都很厉害，大家虽然十分小心，可有时还要摔倒。伤员也知道路不好走，就咬着牙说："同志们太累了，慢慢走吧。"我听了十分感动。心想，多么好的战士啊！他们伤势那么重也不吭一声，反而关心我们，我心想，就是上刀山、下火海，也要把英雄送到兵站。

过了敌人的封锁线，还要爬过一座山。那山又高又陡，抬着往上走，一头高一头低，伤员就有掉下来的危险。于是我就把担架挎到脖子上，两手扒地跪着往山上爬，后面的同志站着走，担架就平稳了。其他同志也这么爬着上山下山，膝盖都磨出了血，也没有一人说一声疼。至今，我的腿上还留着几块伤疤。

强　渡

第五次战役第二阶段，部队在加里山阻击敌人的时候，我们担架队奉命在江边的树林中休息。走了一夜路的年轻人又困又累，放下担架就睡了。我拎两个行军壶到江边去打水，准备做饭。可刚出树林，就看见有几个人影晃晃悠悠好像要过江。走近一看原来是伤员。江面不太宽，哪块深哪块浅我也知道，可天一亮敌机一来就糟了。这时，又一批伤员也来到了江边。这下我可慌了，赶紧跑回树林找来了指导员，然后下令把各班的队员都招呼出来，背伤员过江，这时，天已大亮了。我背最后一个伤员的时候，来了4架敌机，领头的1架看到江边有人，就嗡的一声冲了下来，那3架也绕着圈在头顶上转。我一看不好就紧蹬几步，把伤员背到露出江面的一块礁石上，然后我趴在他的身上保护他。我想就是扔下炸弹，也不能碰了伤员，这是我们担架队员义不容辞的责任。

炸弹在江水中爆炸，激起了一丈多高的水柱。伤员说："同志你快跑吧，不要管我。"我说："你不要怕，我牺牲了，家里还有两个孩子，将来长大了，还要和他们拼。"

敌机又飞回来了，扔下几颗汽油弹。霎时，江面上一片浓烟。我一看，正好借着这股烟作掩护，进行强渡，背起伤员一口气跑到了江对岸。

立 功

志愿军过江后连续打了几个胜仗，前沿部队迅猛前进，一举攻到了汉城附近。前面部队穿插得快，后面的部队没有跟上，敌人乘机从海上登陆堵截，我军只好后撤，伤亡很大。堵截后路的敌军，打过来的炮弹落在路边身后，爆炸后飞起的碎石、泥土、树枝在奔跑的战士中横冲直撞。我们的战士、担架队员为了保卫伟大的祖国，献出了自己的生命。

在硝烟炮火中，连队跑散了，只有我们班还抬着一个伤员继续在炮火中奔跑。"宁队长，咱们怎么办？"有的队员想撂下伤员不管，我一听，就火了："咋的，害怕了？来的时候咱是咋说的，有咱们在就有伤员在，决不能扔下伤员去逃命。"

"走！"我抬起担架继续顶着炮火走。队员佟占国、刘静先、依加卜、刘景贤、刘纯富等12名同志二话没说跟着前进。

这次，我们连续抬了七天七夜，最后看到了拉着大炮的反攻部队，才坐在路边欢呼："反攻了！反攻了！"待我们把3名伤员送到集训兵站时，才看到了团首长和连队的战友。

第五次战役结束后，我被评为支前英雄，荣立一等功，发给一张写有"积极、勇敢、顽强"的立功奖状。1951年9月师部召开了庆功大会，我又被选为"志愿军归国观礼代表团"的代表，在北京见到了毛主席、刘副主席和周总理、朱总司令。观礼后，我又回到了朝鲜，向志愿军战士汇报了国庆观礼的感受和各族人民抗美援朝的决心。

1952年4月，我和阜新的战友，胜利地完成了支前任务回到了祖国。到达锦州后，省长杨易辰把辽西省抗美援朝分会奖状授给了我，上面写着"在紧急情况下，不怕牺牲，克服一切困难完成了转送伤员的任务。足资楷模，特发一等奖状，用以嘉奖"。

（王哲 整理）

（辽宁省政协文史办供稿）

难忘的抗美援朝担架队

·王德润·

这篇回忆录是根据我参加抗美援朝担架队时写下的日记整理而成。以纪念那战火纷飞的艰苦岁月，并缅怀那些在抗美援朝战争中献出宝贵生命的战友。

决心报名应征去朝鲜

1950年10月，正当美帝国主义的铁蹄践踏着朝鲜大地，蹂躏着与我们唇齿相依的朝鲜人民时，中共中央发出了"抗美援朝、保家卫国"的号召。中共辽中县委响应这一号召，在政府礼堂召开了以"帝国主义发动侵朝战争，我们应该怎么办"为主题的机关干部讨论会。县委宣传部部长吕品在总结讲话中强调了抗美援朝的重要意义。讨论会后，我们战勤科每个同志都写了决心书，一致表示坚决响应祖国号召，志愿参加抗美援朝。

11月16日，战勤科科长高成源找我谈话说："组织上已经同意你参加抗美援朝了，你的任务是随担架队入朝。"他问我有什么意见，我坚定地回答说："没意见，完全同意组织的决定！"当时根据原辽西省的通知，辽中县出300名民工和十几名干部与台安、盘山三县组成基干担架大队，大队长是台安县的区长赵延吉，政委是辽中县七区（老大房）区委副书记刘廷辉。辽中县的民工组成一个中队，中队长是一区副区长孙秀文，教导员是区宣传委员吕杰，我在中队担任会计，中队文书是杜守儒，另外中队还配有事务长、医生、翻译、通信员、炊事员等。

11 月 21 日，我和教导员吕杰到台安县桑林区六间房村安置了队员食宿等事项。各区的担架队都到了驻地，并开始了学习训练。在学习和训练中我们对为什么要抗美援朝和担架队的主要任务等问题认识得更加深刻了。训练中我们学习了如何在战场上救伤员，如何防空袭等知识，进行了担架救护的实地演习。当时领导交代说，基干担架队随军走，从战场上抢救伤员，朝鲜战争结束后回国。同时每人发了一件大衣、一顶皮帽子、一双乌拉鞋和一张狍皮。

12 月 21 日，各小队队员以异常兴奋的心情进行了出发前的准备工作，烙了很多饼，准备路上吃，每人带了 30 斤炒面。

12 月 23 日早 8 点，队员们在大虎山上了火车，一路上互相拉着歌子，兴致勃勃地唱着雄壮的抗美援朝革命歌曲。26 日早，到了辽东省的辑安县（今吉林省集安市）。辑安县是鸭绿江岸边的一个县城，和朝鲜只隔一条江。我们之所以到辑安，是因为如果只从安东（今丹东市）一条路线过鸭绿江，军队和民工一起走太拥挤，所以上级决定我们大队在辑安过江。晚上，我们在辑安住了一宿。因为战争，辑安县街上的商店、机关、居民都被疏散到了山沟里。第二天我们到了县城附近的太平沟待命过江。

热心护理病员入医院

1951 年 1 月 4 日，渡江的号角终于吹响了。这天晚上，大队陆续渡江，队员们踏上了朝鲜的土地。整个大队用了两个夜晚渡江，4 日晚过了一半队员，另一半是在 5 日晚过江的。离江边 15 公里有个小镇——满浦，据说此地是火车站，虽然小镇的上空悬着明月，但在满浦小镇上却看不到任何建筑物和房屋，只见到处是一堆堆的破瓦石块，整个小镇已被美国飞机轰炸成了废墟。这天晚上，我们又行进了 25 公里，路上我们看到的尽是被美国飞机和炮火炸毁了的村庄和纷纷逃难的人群。路两边地里的谷子、豆子都没收割，成熟的棉花在棵秆上挂着也没人捡，一片凄凉景象。当晚我们在山沟里的一个小村子（安期里）宿营，住在朝鲜农民的家里，朝鲜老乡热情地接待了我们，端来了火盆，给我们取暖，还用木柴给我们烧了热乎乎的炕，早晨又帮助我们烧水做饭。中朝人民真是心连心哪！

1月18日晚，我们从公路上下来，拐进一个小山沟，在朴老大娘家住下了。中队翻译和老大娘唠嗑，老大娘悲痛地讲述了她们一家的遭遇。美帝发动侵略战争，朴老大娘的儿子为了保卫家乡参加了人民军。美国侵略军打过来了，在村里奸、掠、烧、杀，把她的儿媳妇糟蹋死了，小孙子也被美国兵用刺刀挑死了。朴老大娘被迫逃到山沟里，半路上捡了一个孤儿，就是现在的小孙子，孩子的爹娘被美国飞机炸死了。朴老大娘边讲边哭，我们也都哭了。刘宝福等队员悲愤地说："我们一定要给朝鲜人民报仇，不打败美国鬼子决不回国。"

1月29日，我们驻在朝鲜球场附近的龙门里，由于前线向前推进，供应线延长，后勤人员不足，上级决定我们大队留下一半队员到后勤四分部十三大站三十八分站做装卸粮食弹药工作，不到前方抬担架了。当时大家有些想不通，都愿意到战场上去。领导耐心做大家的思想工作，教育大家说，在后方装卸粮食弹药也一样重要，没有粮食弹药前方战士就没法消灭敌人，大家要把装卸工作当作火线，保证前方供应。

4月5日，中队到龙池里执行任务，由于有20多名队员患病较重不能前去，所以中队长叫我留下照看病号。我每天和一些轻病号负责给重病号做饭、喂药，并给他们领粮取药，有时搬家，我就和轻病号用车推着重病号。直到4月11日，我把没好的病号送到阳德附近的十六分院（后来这些病号在医院转回国了），然后，我就和刘宝福（50来岁，也是病号，不愿入院，后来，在一次推军车时遭美国飞机轰炸壮烈牺牲了）一起坐上前方运送汽油的汽车追赶队伍。5月15日，经过一个多月的艰难跋涉，我终于在"三八线"南的阳口撵上了中队。

历经艰难险阻赶队伍

5月19日，我们渡过了一条一里多宽、三尺多深的江水，到了"三八线"

以南的一个山沟里，此地是敌人飞机的封锁线，这里房屋被炸得破烂不堪。我们到山沟后，不顾行军的疲劳，急忙到山里锯一些树木，修筑防空洞。筑完后，炊事员埋锅做饭，此时，天已大亮了，刚吃完饭，敌人的飞机就来了，连轰炸带扫射，队员们笑着说，敌人又用"十响一咕咚"来欢迎我们。

5月24日，驻在距"三八线"以南100公里的月云里。我由于前一天把秋衣、秋裤都洗了，晚上只好穿上单衣和队员们拽着车去领粮。由于山路难行，拽车很费劲，出了一身汗，歇下来又很凉，回到队部就感冒了，一天没吃饭。

5月25日，早晨9点多钟，接到通知要中队长到大队开会。这时敌人几十架飞机在附近扫射轰炸，敌人的坦克也开过来了。11点多钟，中队长开会回来告诉大家，大队决定立即撤退。此时，敌人坦克已从公路上开过去了，敌人的飞机仍在我们头顶上飞，炮弹不时地在队伍中爆炸，有的同志被土块埋上了，有的同志枪把子被炸坏了。走了不远，大队下令靠山根隐蔽休息待命，日落后，继续撤退。中队长考虑我患病跟不上队伍，让翻译老金和我一起走，照顾我。我走得很慢，走十步八步就需要休息一会儿，一直走到天亮才走出10来公里，还没走出敌人的包围圈。

5月26日早，吃过饭休息一会儿，我们又继续前行，艰苦的行程每前进一步都要付出很大的代价。天黑了，我们再也走不动了，这时恰好遇见了撤退的部队，我们就和部队在山坡上睡了一夜。

5月27日早，一觉醒来，我觉得浑身轻松多了，心里暗暗高兴，于是就在山沟里的小溪中洗了一把脸，并喝了几口水，然后就觉得浑身发冷打哆嗦。这时翻译老金扶着我到附近朝鲜老乡家休息，又给我找来了当地的土草药吃了，可是仍不见好转。于是我便叫老金把中队供给的菜金带上找队伍去，老金不愿走，说："中队长叫我照顾你，我怎能自己走呢？"我说："我们还在敌人的包围圈内，敌人来了，我们两人都得死，这里还有中队的钱，你带上，我一个人豁出去了。"经过劝说，老金给朝鲜老乡留下一些钱，嘱咐他们照顾我，然后走了。就这样，我在朝鲜老乡家炕上躺到午后觉得好一点，朝鲜老乡给我做了一碗荞面汤吃，吃后觉得有点精神了，于是我向老乡表示了谢意，告别了朝鲜老乡顺着山沟部队撤退时留下的记号追赶队伍去了。一路上，敌人的飞机和炮火轰炸得很厉害，炮弹经常在附近爆炸。

6月1日早晨，我终于走出山沟上了公路。这时看到路旁留下的标记上写着此地离末辉里35公里，离杨口60公里。于是我奔末辉里走去，在太阳快要落山的时候，到了末辉里的街上。我在被敌机炸毁的房屋的破墙上看到了写有辽西赵大队驻内金刚离此10公里的字样。当时我就别提有多高兴了，可算知道队伍的下落了。正在这时，我身后传来了熟悉的声音："你是老王吗？"我回头一看，原来五区小队队员老沙和五六个人站在我的身后，我高兴得紧紧地握住了他们的手。他们都高兴地流着眼泪说："你可回来了！老金撑上我们说你患病走不了，我们以为你一定被敌人抓去或者死了，全队的人都为你悲伤，我们埋怨中队长为啥不叫我们抬着你往回走。这几天中队长也为你上火病倒了。"大家边唠嗑边走回内金刚。当我到了中队部，大家都惊喜万分，炊事员老张头和三小队的老亓头都流着泪说："小王你可回来了！"中队长更是紧紧地握着我的手。我向大家叙说了一路的经过，大家也向我介绍了中队撤退时的情况。大家都说："我们这些人在敌人的狂轰滥炸中，能安全撤出来，真是不容易呀！"

6月22日，部队转移。我因为患病和一帮病号（20多人）走在后边。路上挤满了朝鲜难民，这些难民来自"三八线"附近，由于敌人经常轰炸、烧杀奸掠，被迫离开了家乡。大多数是妇女、儿童和老年人，有些妇女头上顶着包裹，背上背着小孩，大家看到这情景，都愤怒地说："不打败侵略者，决不罢休！"

保证粮食弹药运往前线

8月8日，中队领导找我谈话，说是经上级研究，鉴于我患病，身体虚弱，准备动员我回国，病治好后在国内工作。我说："我不能回去，因为目前任务繁重，我虽然身体弱点，可还能坚持工作，前方同志轻伤不下火线，我是一名共青团员，我一定和大家一起完成任务再回国。"就这样我留了下来。白天，我除了做一些中队的供给工作，领取和发放供给物品外，还经常在晚间参加装卸任务。后来由于中队长患病，教导员回国办事，我就经常替中队长带队完成装卸任务。

9月13日夜间，我们中队40来人装了65台弹药车，在装卸时每人都使出了全身力气，装一车只用三五分钟。就连50多岁的老侯头（五区三台子人）也从山上往下背弹药箱装车，每回都背三四箱，没有一人叫苦。因为大家都是翻身农民，都曾受过日本侵略者的奴役，现在大家都有一个愿望那就是打败美国侵略者，使朝鲜人民和家乡父老兄弟姊妹不再遭受帝国主义的欺压。

9月22日晚，这天卸车大家干劲很足，因为白天中队传达了大站张主任的报告，动员和号召大家积极努力，做好装卸工作，为六次战役做好准备，队员都写了立功计划，争取在火线上经受考验，加入中国共产党。这天共出勤民工60人，中队干部3人，共卸了35车粮，有的小组3分钟就卸完一车，我当天卸车扛了36袋。车刚卸完，敌人的飞机来了好几架，盲目地扫射轰炸一阵就走了，我们在装卸粮食弹药时，经常遇到敌人飞机来轰炸扫射，每当此时，队员们就立即隐蔽起来，以防暴露目标造成粮食弹药的损失，敌机走了就继续干。

完成支前任务回祖国

11月22日，中队长传达了上级指示，明天我们就回国了。中队长说："抗美援朝开始后，东北人民担负起了繁重的支前任务，一年来在艰苦的环境中做出了重要贡献，但由于民工中部分人年龄较大，身体较弱，所以上级决定全部复员，任务由关内来的年轻民工接替。"会上，大站党委宣布，批准我成为中国共产党党员。

11月23日，我们踏上了归国的旅程。经过元山附近时，我们攀登了一座35公里的大山。山南温暖如春，坡上的雪都化了。可是走到山北坡，却冰天雪地、寒气袭人，我们把全部衣裤都穿到身上，甚至把雨衣都穿上了，就这样还有一部分同志把脚冻坏了。

12月中旬的一天，我们回到了祖国的辑安县。分别一年来的辑安县城已经不像去朝鲜经过时那样凄凉了，街上满是欢迎抗美援朝归国的军队和民工的人们，他们敲着锣鼓，扭着秧歌，还有几处搭着台子，唱戏欢迎我们归来。回到辽中时我们也受到了隆重的欢迎。汽车刚到辽中县城东门，乡亲们敲锣打鼓扭着秧歌，欢迎我们的县领导热情地接待并宴请了我们，还召开了欢迎会、庆功会。我在朝鲜立了一大功、两小功，在庆功会上给我发了抗美援朝纪念章和奖章。

（辽宁省政协文史办供稿）

第三辑

赴朝慰问

在和『最可爱的人』相处的日子里

一

来到遍地都是战争创伤、遍地都是英雄事迹的朝鲜，看见那样英雄的朝鲜人民和人民军，那样可爱的中国人民志愿军同志们，那些亲切的语言、亲切的握手和拥抱，那些在从前只是听说而今天才亲身经历到的感人的事物，随时随地都在教育着我，使我不自主地常常流下感动的眼泪。

用什么字眼能形容在朝鲜看到我们祖国"最可爱的人"——中国人民志愿军时的感动呢？在 60 年的生活经验里，我几乎找不到一个相同的例子。在寒冷的朝鲜初冬的季节里，这些年轻的健壮的面孔红红的可爱的战士们，背着枪守卫在英雄的朝鲜土地上，警惕地保卫着和平。看到他们便不由得教人想起我们人民这几年来幸福的美好的生活，想起祖国规模宏大的经济建设，想到我自己今后更该以多大的努力为祖国工作才能报答我们"最可爱的人"——这些 3 年来战斗在朝鲜战场上的英雄战士。

志愿军同志们以最高的热情来欢迎和招待祖国的亲人——慰问团同志们。他们穿着整齐的军服，胸前挂满了勋章、奖章、军功章、纪念章，排成一条夹道，将每一束鲜花送到我们手里。我们和他们拥抱着，紧紧握着手，满脸笑容，彼此互道辛苦。接着，战士们把我们簇拥到欢迎会的广场，我们愉快地参加了欢迎大会。

战士们为我们准备了温暖的卧具和丰富的饮食，并且在短期内为我们新建了宿舍，有的房子里面还贴着"高高山上盖礼堂，迎接亲人进新房"的春联。春联中间还有一块写着"战地宿舍"4个大字的横额。

我有一次走进宿舍，第一眼就看到在我床边白纸糊的墙壁上，粘贴着我和斯坦尼斯拉夫斯基的合影，还有我在抗日战争时期照的留着胡须的照片，再往四面望去，墙壁上贴满了《醉酒》《奇双会》等彩色剧照。这是志愿军同志为了迎接我们从《人民画报》上剪裁下来的。当我将要离开这间屋子，离开我们"最可爱的人"，我隔夜就睡不着了，在送别下山的时候，战士们露出依依不舍的神情，我的眼眶湿润了，我一步一回头，在热烈的掌声里，登上了北行的火车。

二

我这次能够亲身到捍卫远东和平的前哨——英雄的朝鲜进行慰问，把我们的民族艺术贡献给"最可爱的人"，我感到光荣，感到幸福。

在不少次的慰问演出当中，我接触到广大的朝鲜人民、人民军和中国人民志愿军。他们的爱国主义、国际主义精神，深深地教育了我，在我的艺术生活上增加了新的力量。我现在闭上眼就会想起在赴朝慰问期间许多令人感动的热烈场面，尤其使我感动的是那一晚广场的演出。

有一天晚上，我们在广场招待志愿军。我到了后台化装室，那是一间文娱活动的屋子，里面有书报、棋类、球类，等等。当中一张长桌子，是腾出来给我们化装用的。我从化装室走出，来到广场的后台，这个舞台是志愿军用木板木柱花了一夜时间搭建起来的。舞台上面没有顶，只挂着几道幕布，一阵紧一阵的西北风向幕布扑上来，发出呼啸的声音。高高矮矮的电灯架矗立在舞台前面，2万多支烛光的灯光，集中地照着舞台的中心，志愿军的首长正站在扩音器前面向战士们讲话，说明这次慰问演出的意义。我从侧幕的空隙往外面看，只见广场上人山人海，一直挤到戏台的前沿，演员和观众打成一片，几乎没有了距离。有的人坐在小板凳上，有的席地而坐，旁边一座平台上也挤满了人。再往远处望，房顶上也有人蹲在那里看。主持晚会的同志告诉我，参加今天晚会的可以统计的人数是 12000 人左右。后来各地部队得到消息，陆续赶来参加，加上附近的居民，看上去有 2 万人以上，真是一个盛大的晚会！

这天的节目有《收关胜》《女起解》《金钱豹》，最后是我和马连良先生的《打渔杀家》。当第一个节目——华东京剧团主演的《收关胜》演出的时候，风刮得更大了。红脸扎靠的关胜出场以后，我看见风吹卷了他的靠旗，吹乱了他的髯口，动作也受了限制。但是风越大，他越抖擞精神，挥舞着大刀，和同场的对手紧凑地开打起来。有些专演文戏的演员们，兴奋地担任了跑龙套的工作。一位演小生的同志，因为对武戏中的快步圆场不习惯，几乎摔倒在台上，但是他们都以最高的情绪，坚持下来了。他们感觉到为"最可爱的人"演出是无上的光荣，是最大的安慰。

《收关胜》演到一半，天下起雨来，先是淅淅沥沥，后来是越下越大，幕布和台毯都打湿了，但是武行同志们仍然是一丝不苟地轮流翻着打着。这时，我的衣服也溅湿了，就退回化装室里。十分钟后，外面锣鼓声突然停止，演出组的负责同志告诉我："《收关胜》演完了，现在休息。技工组同志们正在舞台的左面支架一座帐篷，好让音乐组的同志们在里面工作（因为乐器受了潮是无法工作下去的）。"我回过头去，看见我的儿子葆玖已经扮好了《女起解》里的苏三，红色的罪衣罪裙，穿得齐齐整整地站在镜子面前发愣。我就对他说："你赶快出去，站在幕后，等候出场。虽然雨下得这么大，但是不能让 2 万多位志愿军同志坐在雨里等你一个人。"葆玖听我这样讲，就往门外走，正巧两位志愿军的负责干部走进来，把葆玖拦住，教他不要出去，然后对我说："现在已经 9 点半，雨下得还是这么大，我们考虑到你们还有许多慰问演出工作，如果把行头淋坏了，影响以后的演出，我们主张今天的戏就不演下去了。刚才向看戏的同志们说明了这个原因，请他们归队，但是全场同志们都不肯走，他们一致要求和梅先生见一面，对他们讲几句话。"我说："只是讲几句话，太对不住志愿军同志们。况且他们有从二三百里路赶来的。这样吧，我和马连良先生每人清唱一段，以表示我们的诚意。"马先生很同意我的意见，我们两个人就从化装室出来，走到台口。我站在扩音器面前对志愿军同志们说："亲爱的同志们，今天我们慰问团的京剧团全体同志抱着十分诚意向诸位作慰问演出，可是不凑巧得很，碰上天下雨，因此不能化装演出，非常抱歉。现在我和马连良先生每人清唱一段。马先生唱他最拿手的《借东风》，我唱《凤还巢》，表示我们对'最可爱的人'的敬意。最后，我向诸位保证，我们在别处慰问完成后，还要回到此地来再向诸位表演，以补足这一次的遗憾。"讲到这里，台下响起如雷的掌声和欢呼声，这片巨大的声音盖过了雨声，响彻了整个山谷。两三分钟后，掌声和欢呼声才平息下去，清唱就开始了。马连良先生唱完了《借东风》之后，接着我唱《凤还巢》。我看到地上积满了水，志愿军同志们的衣服都湿透了，但是他们却端坐在急风暴雨中聚精会神地望着我，听我唱。从他们兴奋无比的面部表情上，从他们每当我唱完一句、在过门当中热烈鼓掌的动作上，可以看出他们是多么热爱民族艺术，多么热爱来自祖国的亲人。我不禁感动得流下泪来。雨水从我的帽檐上往下流，和泪水融汇在一起。如果说，在通常的演出场合，观众与演员之间还存在着界限的话，那，这里是没有界限的，也没有观众和演员之分，台上台下都忘掉了寒冷，忘掉了风雨，彼此的心情真正达到了水乳交融的地步。

这一次的雨中清唱，在我数十年的舞台生涯中，是没有前例的；也是我在赴朝慰问演出当中最难忘的一件事。

三

有一次，在朝鲜中部香枫山进行慰问，演出的场所是一个在半山中开辟出来的广场，舞台的前面摆着几排木凳子，坐的是首长、战斗英雄和女同志，后面的战士就拿石块当座席，最后排的观众因为距离太远，只能站在石头上看，两边还停着许多辆卡车，车上也站满了人。台的左面是一排高高的山峰，山腰里横着一个巨大的木架，上面缀满了松枝，白色的木板上画着和平鸽，而保卫和平的战士，有的站着，有的坐着，有的倚在树边，形成了一座天然的大包厢。

在舞台的左后方用芦席隔成了一间露天化装室，我就在这里扮戏。周信芳先生演完《徐策跑城》，下场就对我说："今天台上的风太大，抖袖、甩髯、跑圆场的种种身段都受了限制。"我听他说完，自己就盘算着，今天台下上万的观众，都是我们最可爱的人；可是风刮得那么大，太阳照在脸上也影响了眼神和面部肌肉的运用，我该如何把这出戏演好，让大家听着和看着都满意呢？这恐怕是很难做好的吧？果然，我演《醉酒》，一出场就感到身段表演的确受了限制。在"海岛冰轮……"的大段唱念当中，我才逐渐找到了在大风中表演的规律：做身段要看风向，水袖的翻动，身子的回转，必须分外留心，顺着风势来做；不然，就要刮乱衣裙，破坏了舞台上形象的美。因此，醉后的闻花、衔杯以及与高、裴二力士所做的几个身段，就须多加几分力量，才能在表演中控制风中的动作。唱的时候也是如此，迎着风唱，会把嗓子吹哑了。可是，还要想尽方法靠近扩音器，使歌声能送到最远的一排和高高的山上去。当我听到台下的掌声，看到他们的笑脸时，就什么困难都忘记了，只感觉到这些最可爱的观众全神贯注地望着我，给了我无限的温暖，使我不自觉地深入到戏里去。

演完戏，我正在卸装，10多个战斗英雄和志愿军文工团的女同志到化装室里来，有的还拿出纪念册要我签名。我走出了后台，大家一起拥上来跟我握手。等我上了吉普车，他们又抢着把手伸进车厢里来，车已缓缓开动，我来不及跟他们一一握别了，只能用双手左右抚摸着这些亲切的手，他们眼圈红红地望着我，露出了依依不舍的神情，我也感动得流下泪来。就这样，在一阵热烈的掌声中我和大家告别了。

我们在朝鲜的时候，除了在舞台上作慰问演出以外，还用各种不同的方式，在可能的条件下，向我们最可爱的人进行慰问。

志愿军负责招待工作的同志对我们生活上的照顾是无微不至的，饮食寒暖刻刻留心，整天不离开我们的宿舍。因此，我们表演的时候，他们往往没有时间去看戏，使我们感到不安。

有一天晚饭后，老舍和周信芳两位先生在散步的时候，听到一间屋里有胡琴的声音，就来告诉我说："我们今晚组织一个清唱晚会来慰问他们一下吧！"我说："您这主意很对，最好再找几个人来参加，显得热闹些。"就约了马连良先生一同走到那间屋子里去，山东快书说唱家高元钧先生也披着衣服赶了来。志愿军同志看见了我们，都站起来招呼。老舍先生说："这几天大家都辛苦了，整天忙我们的事，也没有机会痛痛快快听一回戏，今天我们特地来跟大家凑一个临时清唱晚会。"接着就向他们介绍我们的名字，大家鼓掌欢迎。有人提议找我们的琴师，我说："不必找他们，刚才听见胡琴响，就请那两位拉胡琴的同志给拉一下，更有意思。"一位同志介绍说："这两位是我们的炊事员牟绍东、王占元同志，他们都会拉。"牟绍东、王占元两位同志谦逊地说："怕我们托不好你们的腔。"我说："不要紧，我们会配合你的。"我们的清唱晚会开始了，马连良首先唱了《马鞍山》和《三娘教子》，周信芳唱了《四进士》。老舍说："我来给你们换换胃口，来一段《钓金龟》吧！"这之后，我接着唱了《玉堂春》。最后，高元钧从长衫口袋里掏出两块铜片，说了几段轻松有趣的小段子，大家都笑得前仰后合。我们烦他再来一个《武松打虎》，高同志就在两张床当中很窄的地方，眉飞色舞、拳打脚踢地演唱了武二哥在景阳岗打虎的那段拿手杰作。我们的清唱晚会刚一开始，消息就很快地传了开去，大家都来听，门外空地上黑压压站满了志愿军同志，他们聚精会神地细细欣赏着来自祖国的歌声。有的人用手拍着板，有的还轻轻地跟着我们的调子哼腔，同志们说："像这样的清唱晚会，比看舞台上的表演还要难得啊！"这一次临时集合起来的晚会，给我们留下了深刻的印象。我们和志愿军战士们挤在一间小屋子里靠得这么近，使我们可以感受到他们火热的心情。第二天，老炊事员牟绍东同志拿着一本纪念册对我说："昨天晚上的事，我永远忘不了，请你给我写几句话在上面，做纪念吧。"我是这样写的："《玉堂春》我有十几年没有在舞台上表演了，你这次替我拉这个戏，真是值得我纪念的一件事。"

在赴朝慰问演出的工作当中，京剧团的每一个工作者都尽了最大的努力来完成许多突击性的任务。我们剧团的机构是以华东京剧团的团员为基干，加上周信芳、程砚秋、马连良3位先生和我自己等少数人员组合而成的。有一个时期，我们因为要分别进行慰问，把剧团的工作人员分为两队。我们是第二队，这一个特殊的小小的演出单位，一共只有18个演员和几位音乐伴奏人员，以及服装、道具、化装的一部分技术工作人员。

有一次，在开城的满月台广场的慰问大会当中，我们18个演员的剧团居然演出了5出戏:《狮子楼》《三击掌》《追韩信》《借东风》《醉酒》。因为演员人数不够，有些一向不登台的后台工作者，也都扮上了龙套。和程砚秋先生合演《三击掌》时饰王允的沈金波同志，一下场就改扮旦角来演《醉酒》里面掌扇的宫女。另外，还有中央歌舞团跳荷花灯舞的几位女同志，临时学了一些必要的身段，也立刻化装为宫女，很高兴地上了台。这几个戏从前台来看，虽然还算整齐，可是，我们这一小队的全体工作人员，在后台却是十分紧张。许多已经穿好行头的演员，还忙着兼搞一些配合演出的舞台工作。有的拉幕，有的检场，有的在幕后对着扩音器报幕。衣箱前面不住有人脱下这件，换上那件。只见场面上的工作同志放下鼓楗子就打小锣，挂起胡琴就拍铙钹。专司化装、衣箱的"技工队"的各位同志的工作更加繁重，他们几乎连吃饭的时间都没有。

这样的演出情况，对于任何一个演员说来，都是从来没有过的经验，但是人人都感到特别高兴，每个人只是专心于如何把歌声送到最远的后排，如何把动作表演到最适度最优美的境地。看到台下最可爱的观众的笑脸和听到像潮水一样的掌声时，那就是我们最大的安慰和鼓励了。

总之，为朝鲜人民、人民军和中国人民志愿军演出，不管在雨里走、风里演，登高山、涉河水，从露天剧场到坑道剧场，大家都是心甘情愿，并引为无上光荣的。

（选自《梅兰芳文集》）

（天津市政协文史办供稿）

在逝去的岁月中，我经历过许多事，有的早已忘却，有的印象模糊，但义演捐献"香玉剧社号"战斗机那半年的经历和在朝鲜前线慰问中国人民志愿军的 150 多个日日夜夜，那一幕幕丰富多彩、令人激动的情景，却深深地镌刻在我的心中。

"香玉剧社号"战斗机的诞生

20 世纪 50 年代的第一个夏季，全国掀起了为支援抗美援朝战争捐献飞机的热潮。我作为新中国一名艺术工作者，再也按捺不住激动的心情，决心以实际行动为抗美援朝活动尽一份心，出一份力。那时，我在西安领导着一个民营的戏曲艺术表演团体——香玉剧社。我是这个剧社的社长，也是领衔主演；我的丈夫陈宪章任副社长，主管行政和编导工作。那年我 28 岁，也谈不上有多么高的觉悟，只是觉得中国共产党好，新中国好，新社会使我们艺人挺直了腰杆，有了政治地位，这样的党和政府要热爱、要拥护。美国发动侵略朝鲜战争，企图扼杀新中国，我们是决不答应的。我和宪章商议，用义演的办法为中国人民志愿军捐献 1 架飞机。随后，我就去找当时的中共西安市委书记赵伯平、西安市市长方仲如，向他们汇报了我们的想法。书记、市长对我的爱国热情表示鼓励和支持。赵书记说："就用'香玉剧社号'战斗机的名义进行捐献演出吧。"不久，中共中央西北局书记习仲勋、宣传部部长张稼夫知道了这件事，也给予肯定和支持，并委派马运昌、毛云霄、荆桦协助剧社从事捐献演出工作。西北文联主席、诗人柯仲平来到剧社，找我谈话，给全体演职员做思想动员工作。

党和政府的支持，使我信心倍增。我和宪章卖掉了自己的一部卡车，拿出多年的积蓄，作为捐献义演的基金；我有3个孩子，大的不足7岁，小的刚刚3岁，为了不影响外出演戏，全送进了托儿所。我还向大家宣布，在捐献演出期间，我和宪章不拿工资，但要保证全体演职员的正常收入。1951年8月7日，我们从西安出发，那天，西北大区抗美援朝分会在西安车站举行了隆重的欢送仪式，西北抗美援朝分会会长、西北大学校长李敷仁先生致了热情洋溢的欢送词。柯仲平即兴赋诗，高声朗诵，使欢送气氛更加热烈感人。我在欢送会上致答词，表示了我和剧社全体同志的决心。我带的这支"队伍"，总共59人，其中最大的学员17岁，最小的9岁，有的晚上还会尿床，生活上缺乏自理能力。这真是：位卑未敢忘忧国，爱国岂能分老幼。

我们捐献义演的第一个城市是当时的河南省省会开封。1951年8月8日，我们剧社到达开封，古城为之轰动，捐献义演的消息，成为街谈巷议的话题。"香玉回来啦，她是咱们河南人，是20世纪30年代在开封唱红的！"说这话的人，露出某种自豪。一些年纪大的人说："香玉仗义，把钱看得很轻，解放前她便用义演的收入为家乡人民救灾、修堤……"

剧社到达开封的次日，河南省人民政府主席吴芝圃和省里其他几位负责同志，热情会见并宴请了剧社的代表。省政府决定，把500元奖金发给剧社，以此鼓励全体演职员的爱国热忱。

为了节省开支，增加收入，早日完成捐献任务，剧社演职员过着相当艰苦的生活。当时的演出地点是在开封市自由路的一座未经修缮的老剧院"人民会场"，全社同志住在仅有栏杆、没有遮挡的三楼观众厅，大家打着地铺，洗脸、解手都要踏着摇摇晃晃的木楼梯上上下下。同志们吃的是大锅饭，常吃的菜是绿豆芽、凉拌黄瓜，每星期有一两次肉类不多的荤菜来改善生活。

因为目标明确，上下齐心，大家都没有怨言。

我的演出是十分认真的，气氛是非常热烈的，效果也是非常显著的。大幕拉开后，台下常常响起一阵热烈的掌声，到我出场时，掌声更是此起彼伏。这不只是对表演艺术的欣赏，更重要的是对我们剧社爱国热情的鼓励。剧终后，观众久久不散，有的在后台出口处等候，想和我见面，有的拿着本子请我签名。出了大门，前呼后拥，掌声自发而起，犹如欢迎凯旋的英雄。回想起十多年前，也是在开封演出，国民党伤兵不时往剧场里扔手榴弹，有权势者还逼我喝煤油，看看今天的情景，真是天壤之别啊！

1951 年 8 月下旬，剧社在郑州演出时，用的是北下街那座木椽草顶十分破旧的戏园子。剧场虽然简陋，但观众却格外踊跃，座无虚席。有一天，剧团管化装的同志说有人来找我，我赶快出来，只见院里站着一位六旬开外的老大娘。她挎着一个竹篮，里面放满了鸡蛋。我迎上前去说："大娘，我就是常香玉，您老人家好吧？"老人说："俺家是北乡的，离这儿 30 多里，听说你要捐献飞机，俺老远地来了，想看看戏，也想见见你。"我把老人让到后台坐下，剧团的同志给她端来一杯热茶。老人紧紧握住我的双手，眼含热泪："闺女，你要捐献 1 架飞机，这得多少钱呀！能行吗？"我说："大娘，不是我一个人捐，是我和剧社的全体同志捐，有党和政府的领导，有千千万万观众的支持，我想，是能完成的。"老人仔细地端详了一阵，说："闺女，我看你的身子骨还中，可也不能大意，你天天熬到三更半夜，那也怪累的，你可要操心调养啊！"我答道："不碍事，大娘，俺都习惯啦。"老人问："孩子呢，多大啦？"我说："大的 7 岁，老二 5 岁，小的 3 岁，都留在西安，由托儿所的阿姨照看。"老人不禁一怔："咦！孩子这么一点儿，就把他们放在一边，你就恁放心，不想吗？"我说："咋能不想呢？刚出来那阵儿，几夜都没有睡好。离开西安以前，我和他爸商量，剧社跑这么远的路，带着孩子不方便，也影响工作，还是放在托儿所里好。"这时，老人掀起了竹篮上半盖的毛巾，指着白花花的鸡蛋说："这是大娘攒的鸡蛋，新鲜着哩，你调配着吃，对身体好。"我说："大娘，您老人家走了几十里路，给我带来这么多鸡蛋，我应该感谢您，可是您得收钱。"老人头一扭，显出生气的样子："闺女，我不是来这儿卖鸡蛋哩！要是卖鸡蛋，也不会跑这么远，这是我的心意，你得收下，你爱国，就不兴大娘关心关心你？"老人的一片赤诚，使我深受感动，我让人收起了鸡蛋，交代了大娘吃饭、住宿和看戏的事，就回宿舍休息了。

10月间，剧社来到了中共中央中南局所在地——武汉市。到达的次日，湖北省和武汉市文艺界举行了热情、隆重的欢迎茶会。相互致辞以后，进行联欢清唱。我演唱了《拷红·佳期》中的一段。陈伯华演唱了她的拿手戏《二度梅·重台别》中的一段。沈云陔是楚剧的奠基人之一，他以旦角应功，清唱了《断桥》中白素贞的一段。言慧珠演唱了京剧《天女散花》中的一段。兄弟剧种的名流们支持捐献义演，使我和剧社的同志们深受鼓舞。

在武汉义演即将结束的时候，中共中央中南局书记邓子恢在一所简朴的会客室里约见了我。他身穿一套整洁的灰布制服，布袜布鞋，面容清癯，双目有神。他和我握手后说道："对不起，前些天我去北京开会，没有来得及欢迎你。"我说："邓老很忙，我们不应该打扰您。"邓老说："你们决心捐献1架飞机，这种精神了不起，我们要号召大家向你学习，学习你这种爱国精神。"接着又问："有什么困难没有？"我说："文化部门安排得很周到，没有什么困难。"邓老说："要让抗美援朝分会和文化部门跟你配合起来，扩大宣传，这对人民群众也是一种生动的爱国主义教育。"我说："谢谢邓老的关怀。"邓老爽朗地笑了："不要客气嘛，有什么问题需要解决，还可以来找我。"我拿出一个精制的硬皮本子，说："现在就要找您，请邓老给我们题个字。""好的！"邓老高兴地答应了。他拿出钢笔，稍加思索，在本子上写下了一行非常流利的行书："发扬爱国主义精神！"

中共中央华南分局统战部的负责人罗理实，是一位思想敏锐、政治热情很高、富有组织才能的领导干部。剧社在武汉义演期间，他正在中南局参加统战工作会议。一天剧终后，他到后台找我和宪章商议："我想邀请你们剧团到广州演出，这对广东人民和港澳同胞将是一个很大的鼓舞。"我说："我们的艺术水平不高，怕难以满足南方观众的要求。"他说："我看可以，你们的戏，有浓郁的地方色彩，比某些华而不实的艺术要好。"我说："语言差别很大，观众听得懂吗？"罗理实说："没关系，在广州工作的北方同志很多，再说，还可以用剧情说明和字幕弥补。"就这样，达成了协议，剧团派一名干部随同罗理实先行前往广州。

罗理实真是一位热心的社会活动家，他为剧社找好了剧场和住宿地点，接着，又以中共华南分局统战部的名义召开了有工、青、妇领导同志和民主党派代表参加的座谈会。会上，罗理实发表了激动人心的讲话，他讲了捐献义演的意义，讲了香玉剧社演职员们的决心，介绍了我的情况和豫剧特色。与会的各方代表表示，各个系统至少包看一场，剧社"先行官"心中的一块石头落了地。

剧社全体同志第一次到达广州市，生疏而又亲切。语言虽难懂，但人们的态度是友善的。有的剧场为我们降低场租费，有的不要场租费。一次换台时，有 10 位搬运工人用大板车为剧社搬运戏箱，从午夜干到黎明，给他们工钱，他们谢绝了。他们说："要是收捐献义演的钱，那就太没有觉悟了。"并且表示，下次换台，还由他们承担搬运任务。

在支持捐献义演的活动中，广东省妇联一马当先，她们发动妇女，以3000 元的高价包看一场。这天晚上演出的剧目是《花木兰》，能容纳 2000 人的平安大剧院座无虚席。演出开始前，省妇联主任致辞，掌声刚刚停，一位30 多岁的妇女走上舞台，大会主持人还未弄清是怎么回事儿，她对着麦克风说话了："我叫梁惠珍，是印尼华侨，常香玉女士的爱国行为使我深为感动，作为一个中国人，我爱自己的祖国。为了表示一点心意，今天我把这块手表捐赠给香玉剧社，作为捐机费用。"随即，她把一块精致的坤表交给了省妇联主任。这位主任显然也有些激动，她说："我们应该向梁惠珍女士学习，她的行动表达了许多爱国侨胞的愿望。"这块手表当场进行义卖，收入列为捐献款项。民主党派包场，采取了别开生面的办法，他们特地印制了捐献义演入场券，票分 4 种，荣誉券每张 10 元，和平券每张 4 元，胜利券每张 2 元，解放券每张 1 元，一场戏便可收入 4000 元左右。露布贴出，购者如潮，3 场戏票不仅很快售完，而且荣誉券最先售出。

在广州演出期间，中共中央华南分局书记、广东省主席叶剑英特地会见了我和剧社其他负责人。他详细询问了捐献义演的情况及遇到的困难。当他得知剧社演职员没有带蚊帐时，立即通知省政府有关部门给剧社送来了 60 条洁白的新蚊帐。我请叶剑英题词，他欣然写下了"爱国艺人——书赠常香玉同志，叶剑英题"几个遒劲有力的大字。

经过在开封、郑州、新乡、武汉、广州、长沙 6 个城市长达半年的义演，在当地党、政府和广大人民群众的支持下，香玉剧社净捐献金额达 152000 余元（折合新币），超额完成了捐献 1 架战斗机的任务。

1952 年 2 月，我和全社演职员胜利返回西安。当时负责西北局工作的习仲勋同志让西北局宣传部文艺处处长苏一萍把我接去，慰勉有加，称赞我是"爱国主义的典范"。西北军政委员会文化部、西北文联在群众堂举行了授奖大会，给我颁发了荣誉奖状，对剧社其他人员也进行了奖励，还拍摄了新闻纪录片。

当"香玉剧社号"战斗机在朝鲜上空穿云破雾同美军搏击的时候，我和我们的剧社，又踏上了新的征程。"香玉剧社号"战斗机现存中国军事博物馆。

在朝鲜前线的日日夜夜

1953 年 3 月，遵照上级的安排，我和香玉剧社 40 多位演职员，参加了中国人民赴朝慰问团文工团第五团，到朝鲜前线为中国人民志愿军进行为时半年的慰问演出。第五团团长是西北艺术学院教务长钟纪明，我和西安易俗社社长杨公愚、新疆歌舞团的巴吐尔等人担任副团长。由香玉剧社组成的豫剧队，陈宪章任队长，赵义庭、荆桦任副队长。此外，第五团还有秦腔队、曲艺队、新疆歌舞队、木偶队，共 150 多人。全团先在边境城市安东（今辽宁省丹东市）作了短期学习、排练；4 月 1 日，轻装登车向朝鲜进发了。

平壤一夜

为了适应战争环境，慰问团的几位负责同志乘坐美式吉普车，其他同志每 20 人坐一辆敞篷卡车。我们的车队浩浩荡荡穿过安东大街。街上，人群熙熙攘攘，车辆川流不息，大多是为支援前线而奔忙。当行至鸭绿江大桥的时候，那钢架雄伟的气势，汹涌奔腾的江水，使我的心头顿时产生一种庄严神圣的感觉。"雄赳赳，气昂昂，跨过鸭绿江……"的歌曲旋律，在我的耳畔回响。大桥西头站有全副武装的中国人民解放军战士，东头是精神抖擞的朝鲜人民军官兵。我们经过的时候，值勤官兵都行礼致敬。

不久，我们便来到朝鲜边境城市新义州。这座城市和安东市虽只一江之隔，却已是残垣断壁。在公路两旁，许多朝鲜妇女在修路，她们目送车队，向我们频频招手。

傍晚，到达朝鲜民主主义人民共和国的首都平壤。展现在眼前的景象，使我的心情格外沉重。全城看不到一幢完整的房屋，到处都是碎砖烂瓦和烧黑的梁柱及残破的家具。为了车辆通行，街道是清理出来了，但路面上有数不清的用黄土填平的弹坑。平壤，平壤，经过侵略者的摧残，真正成了夷平的土壤！

当夜，我们分散住在平壤市郊外的农户家里。我住的那家，是一位 60 多岁的阿妈妮，她身边只有一个小孙女。老大娘姓金，灰白的头发，白衣白裙，慈祥的面孔隐隐露出忧伤。她家的 3 间房被炸毁了一半，院里挖有防空掩体。我和金大娘住在一起。当我把被褥铺好，准备就寝的时候，金大娘打开了她的小木柜，取出一盘散发着芳香的苹果摆在我面前，说道："吃吧，孩子，你们这么老远的到朝鲜来，够辛苦的啦！"我说："阿妈妮，谢谢，谢谢。"金大娘一口熟练的中国话使我惊奇。经过询问，才知道她年轻的时候，丈夫在我国东北做过生意，她随丈夫在中国住过几年。金大娘说，她家原有 6 口人，还有老伴、儿子、儿媳、女儿、孙女。儿子和儿媳都是学校教师，女儿是医生，家庭和睦、幸福、温暖。美军飞机轰炸平壤时，老伴、儿媳、女儿先后被炸死，儿子参加了人民军，只有她和孙女留在家里。老人向我诉说她的不幸遭遇时，没有眼泪，没有悲伤，坚毅的神态中显示出深沉的仇恨。我想，可能她的眼泪早就流干了。我找不出恰当的语言来安慰金大娘，这位坚强的老人此时需要的不是安慰，她需要的是用各种力量狠狠打击侵略者，直到把侵略者赶出朝鲜国土。此情此景，使我进一步领悟到《中国人民志愿军战歌》中"保和平，卫祖国，就是保家乡"的深刻含义。

一军的狂欢

我们在志愿军后勤部三分部演出几场以后，接着到一军慰问。因为接近前线，为了防止空袭，我们都是晚上行军。4 月上旬的一天晚上 9 点多钟，汽车在一座傍山建立的礼堂前停了下来。伴着手电的亮光，陪同的政治部主任介绍，在车旁迎接我们的是军长、政委。一军的两名女文工团员献给我一束用松树枝叶烘托的纸花。礼堂门外，热烈的锣鼓声伴随着此起彼伏的口号声："热烈欢迎来自祖国的亲人！""向来朝鲜慰问的文艺工作者学习！""向爱国艺人常香玉同志学习！"我正在和指战员们握手，忽然被一群女战士抬了起来。这些女文工团员是那样的热情、有力，一直把我抬到舞台正中才放了下来。

礼堂里是另一番景象：门口挂着几盏雪亮的汽灯，主席台上摆着一列长桌，桌上铺着崭新的军毯，摆着一排印着"赠给最可爱的人"字样的洁白的搪瓷茶缸，两个用炮弹壳制成的花瓶里，插满做工精细的纸花。台下，坐满了服装整齐的志愿军战士，许多战士胸前戴着光芒耀眼的勋章和军功章。

掌声持续了很久才停息下来。先由军首长致欢迎词，接着由钟纪明团长致慰问词。这时，有许多战士递条子，要求我讲话。我已化好了装，尚未穿演出服装。为了回答志愿军的热情，便带妆讲话。我说："志愿军英雄们，亲爱的同志们，你们辛苦了！"话音未落，就被掌声淹没了。待掌声停下来，我接着说："同志们受祖国人民的委托，跨越万水千山，踏雪卧冰，浴血奋战，英勇顽强，抗击强敌，终于挫败了美国侵略者的疯狂气焰。你们用鲜血援助了朝鲜人民，用生命保卫了祖国安全，为中国人民和全世界爱好和平的人民长了志气，使侵略强盗望而生畏，你们是祖国人民衷心崇敬的最可爱的人。祖国人民感谢你们，我们要向英雄的人民志愿军学习！"又是一阵暴风雨般的掌声。

欢迎仪式结束，慰问演出开始。先是由一军文工团表演几个曲艺节目，其中还有一个欢迎祖国人民慰问团的诗朗诵。接着，由我们慰问文工团中年龄最小的12岁女学员用豫剧板式演唱《志愿军叔叔打胜仗》。这个12岁的小学员，个子不高，红扑扑的脸颊衬托着一双十分有神的眼睛。她梳着长长的双辫，头顶是粉红色的蝴蝶结，身穿浅蓝色的连衣裙，胸前飘着鲜艳的红领巾。她唱道：

> 志愿军叔叔们打胜仗，我们慰问到前方。
> 千山万水虽然远，祖国的人民心意长……

几乎是一句一阵掌声，唱到最后，小演员被抱下台去，传来传去，整整在礼堂里传了几个来回。在战火纷飞的朝鲜战场上，战士们见到了祖国的亲人，见到了未成年的孩子竟然也来前方慰问，他们能不激动吗？最后，由我主演大型古装豫剧《花木兰》。观众情绪的高涨，反应的热烈，在我们剧团的演出史上是空前的。这天的联欢演出，持续到午夜以后，战士们才秩序井然地整队离去。

在志愿军中生活，仿佛沉浸在温暖的海洋里。我们每时每刻都能感受到那种无微不至的友爱与关怀。在这里，有一件细小的事使我至今难忘。

朝鲜的春天是很冷的，因为经常夜行军，加上连续演出，到达六十三军的时候，我因感冒引发高烧，那曾经动过手术的肋部，这时也在阵阵发疼。为了不给志愿军找麻烦，我服用了随团医生给的一般药物，当天晚上就提前休息了。次日一早，军长、政委特地到驻地来看望我。军长是中等身材，黑红的脸膛，年龄有40多岁。政委面色白净，衣着整洁，潇洒、文雅。他们后面跟着一位戴黑色宽边眼镜的军医和一位活泼可爱的女护士。军长进房后大声说道："哎呀，对不起，对不起，把我们的香玉同志累病了！我和政委刚刚知道，要是出了问题，怎么向祖国人民交代！"我边让座边说："不要紧，一点小感冒，很快就会好的。首长这么忙，还来看我，实在叫人过意不去。"军长说："你来到这里，我们就要对你负责。艺术家是国家的财富，不能让你发生任何差错。"说到这里，军长面向军医："赵教授，请您给香玉同志仔细诊断诊断。"噢！是医学教授，他也到前方来了。我用尊敬的目光注视着他。教授量了量我的体温，用听诊器听了听心脏，看了看舌苔，问我有哪些不适的感觉，说要打一针。小护士十分熟练地消毒，安针头，吸药水，极其轻柔地进行了注射。赵教授留下几包药，写明了服量和次数。这时，文雅的政委说话了："感冒是歌唱家的大忌，它容易使咽喉发炎，引起声带充血、嘶哑，弄不好，十天半月恢复不了，要是出现这种状况，你演不成戏，我们也看不成戏，那该多急人啊！"没想到，政委在这方面还是个内行。我说："今天晚上我就演出，不能让首长和战士们空等。"政委温和地说："香玉同志，不要着急，今天晚上是绝对不能演的。明天晚上能不能演，还要看您身体恢复的情况。等到病治好了，您尽情地演，我们尽情地看，一下子唱它三天三夜，让战士们看足看够，岂不皆大欢喜！"他的话，把大家都逗笑了。这时，政委从怀里掏出一个白布包，然后小心翼翼地打开。我一看，是两个又大又圆的鸡蛋。政委指着鸡蛋说："在前方，搞到鲜蛋很不容易。这两个鸡蛋，还是刚才从朝鲜老乡那里买来的，也可以说是才从鸡窝里掏出来的。用它冲成鸡蛋穗，加上白糖，清嗓子败火。"说到这里，他把鸡蛋递了过来："你摸摸，还热着哩！"我捧着微温的鸡蛋，热泪不禁夺眶而出。在场的人，也都格外激动。志愿军的情谊，深深地感动着慰问团的每一个同志。

在开城

我们到达六十五军的时候，已是 5 月下旬。按照慰问团的安排，我们休整 3 天。说是休整，并不是蒙头大睡，仍有许多活动。第一项议程就是听志愿军英雄事迹报告。恰巧，志愿军某部的孤胆英雄刘光子正在六十五军，应慰问团的邀请，他给我们作了一次报告。

入朝前，我就听说过刘光子一人俘虏 63 个英军士兵的事迹，当时，就深深地被他的大无畏精神所感动。今天能和他见面，的确是件很荣幸的事。刘光子四方脸膛，身材魁梧，年龄 35 岁左右，朴实、腼腆，像个地道的农民。他简单地述说了俘虏 63 个英军士兵的经过。他的唯一震慑敌胆的武器，是手中那颗手雷。当敌人包围上来的时候，他拽着手雷的引线，心想，纵然同敌人同归于尽，也不能给中国人丢脸。就在手雷拉响之前，怕死的英国兵乖乖地举手投降了。他命令缴械的敌人集合站队，一查，63 个。当一个人心里装着祖国，为了人民的利益，敢于牺牲一切的时候，什么奇迹创造不出来呢？

休整过后，迎来了"六一"国际儿童节，朝鲜青年同盟开城分部邀请我们慰问团的 20 名少年队员参加他们的庆祝活动。

开城是中立区，没有受到战火的摧残，各种建筑保存得比较完好。我们乘坐两辆中型吉普车，在开城小学门前停下。朝鲜儿童们穿着色彩鲜艳的民族服装，手中摇着花环，在校门外夹道欢迎。入朝两个月来，我还没有见过这么多的朝鲜儿童聚集在一起。只见一个个苹果似的小脸泛着红晕，齐声用汉语喊着："欢迎，欢迎，热烈欢迎！"

朝鲜青年同盟开城分部的负责同志告诉我们，这些学生大多数是孤儿，是按照金日成首相的指示安排他们在这里学习的，全部费用由国家负担。另有一大批儿童在中国境内学习。保育他们，就是保护朝鲜的未来啊！

联欢会上，150 名朝鲜儿童组成的合唱队，演唱了《中国人民志愿军战歌》和《金日成将军之歌》。这本是极熟的歌曲，但在节日里由儿童们演唱，却是那样的令人激动，那样的震撼人心，使每个人都感到心潮澎湃，热血沸腾。联欢会上，我们喝了用高丽参泡成的茶水，吃了学校自制的饼干和学生们采集的野果。

当天下午，全团同志应邀参观开城名胜来凤庄。来凤庄属于园林式建筑，亭台楼阁和中国古典建筑一模一样，每座建筑上的匾额和木刻对联，写的全是汉字，有的遒劲有力，有的潇洒飘逸，有的凝重浑厚，有的清秀端庄。我想，中朝两国的文化传统是多么相似啊！它雄辩地说明了中朝两国悠久的交往历史和唇齿相依的关系。

彭总看我们演出

到了夏季，我们踏上朝鲜国土已经 5 个月。那段日子，是少有的充实和富有意义，我们几乎是每天行军，每天演出，每天接触着许多心灵美、行为美的人，志愿军中数不清的英雄模范事迹，使我们振奋、激动；朝鲜国土上虽然残破却又十分美丽的山山水水，萦系着我们的情肠。但是，什么时候能见到彭德怀司令员，让彭老总看看我们的演出，实现全团同志这一梦寐以求的愿望呢？

就在朝鲜停战协定签字后的第二天上午，我们突然接到志愿军司令部的通知，说彭总要会见我们慰问团的全体同志。钟纪明团长最先知道这个消息，当他向我们宣布这个喜讯时，脸上的胡子早就刮光了，他那多褶的脸，看上去好像年轻了 10 岁。我也特地换了一身不常穿的衣服，把头发分开扎了起来。两个 12 岁的小演员担负着给彭总献花的任务，她们提前化了装，辫梢飘动着蝴蝶似的绸带，脖子上围着鲜艳夺目的红领巾。早饭以后，全团同志和十九兵团司令部的干部们整齐地坐在礼堂里，大家露出喜悦的神色，兴奋而安静地等着。上午 9 点半，兵团司令员韩先楚和兵团政委、政治部主任陪同我和钟纪明向山下走去，两个"红领巾"跟在后面，我们要去山下的大路边迎候彭总。10 点整，从公路南端飞快驶来两辆美式吉普车，把翻卷的烟尘抛在车后，在我们面前戛然停了下来。接着，第一辆车车门打开，彭德怀司令员敏捷地下了车，向我们健步走来。两个"红领巾"跑得最快，她们站在彭总面前，行了少先队礼，说声："彭伯伯好！"双手把鲜花捧上。彭总接过花束，满面笑容，慈祥地看着两个孩子，用手摸着她们的头发，说道："好哇，红领巾也到前方来啦，怕不怕呀？"两个小朋友齐声回答："不怕！"彭总说："你们很勇敢，好样的！"兵团首长们给彭总敬礼说："彭总辛苦啦！"彭总说："我不辛苦，辛苦的是你们。"韩司令员向彭总介绍了我。彭总握着我的手，高兴地说道："咱们是老相识啰，我在西安看过你的戏。你和你的剧团给志愿军捐献了1架飞机，这种爱国精神是了不起的，我们志愿军感谢你！"我忙说："不，不，我们做得很不够，比志愿军差得远，志愿军流血牺牲，保卫了祖国的安全，应该感谢志愿军。"彭总说："你很谦虚，这很好。抗美援朝、保家卫国，我们都有责任。这叫互相支持，互相鼓舞，对不对呀？""对，对。"我激动地回答。上山时，警卫员请彭总上车，彭总说："山不高，路不远，一块儿走走。"

彭总走进礼堂，场里立即响起热烈的掌声。他几次摆手，掌声才停息下来。彭总坐定后，我仔细端详，他中等身材，面色黑中透红，额上有几道皱纹，目光坚毅、严肃，炯炯有神，粗硬的头发中已夹有根根银丝，一身洁净的半旧军服，面貌倒像一个农民。我心想，这就是我们的彭老总，他功勋卓著，举世闻名，朋友敬仰，敌人害怕，却又是这样的质朴、平易近人。

韩先楚简短致辞后，接着请彭总讲话，礼堂里又是一阵雷鸣般的掌声。彭总缓缓站立起来，他腰板笔直，神态庄重，声音洪亮有力地讲道："同志们代表祖国人民，来朝鲜慰问，大家辛苦了，我代表志愿军向来自祖国的文艺工作者表示慰问！我昨天在板门店签了字，这场战争终于打到底了。毛主席说过：'凡是反动的东西，你不打，他就不倒。'对于美国侵略者，更是这样，只有狠狠地打他们，把他们打疼了，他才会老实。要不是打疼了，美国佬决不会坐下来和我们谈判。战争开始的时候，一个美国将军说过，朝鲜战争是无边、无底的，中国人必将陷入无底的深渊。这是吓唬人。海洋那么大，也是有边、有底的嘛！打了3年，不就见底了吗？他美国离朝鲜几万里，朝鲜人民并没有去请他，谁叫他们来咬人？既然找上门来，中朝人民就不客气，就要狠狠地揍他，小米加步枪就是要打败他们的飞机、大炮。"讲到这里，彭总看了看坐在一边的兵团首长，接着说道："打了胜仗，有人就可能骄傲，尤其你们这些将军们，要特别注意。骄傲意味着什么呢？它意味着摔跤、失败！骄傲不得啊，没有祖国人民的支援，没有朝鲜人民的支援，我们能胜利吗？我提醒你们，美国侵略者现在是无可奈何，但他并不甘心，疯狗总是要咬人的，他什么时候要打，我们一定奉陪到底……"

大家出神地听着，彭总一口水也没有喝，一气讲了 45 分钟。他那深刻、精辟、充满信心、饱含鼓舞力量的讲话，紧紧地吸引着我们，打动着我们，使我们忘记了时间，忘记了疲劳。

下午，得知彭总尚未离去，晚上还要看我们的演出，演员们都提前去后台化装，几个平时好说好笑的青年，此时也是缄口不语，他们在保护嗓子，积蓄精力，要尽力把戏演好。

夜幕降临的时候，指战员们精神饱满、井然有序地坐在礼堂里面，前面空有一排座位，那是给彭总留的。礼堂内的长桌和条凳全是用朝鲜红松做成，没有上漆，散发着新鲜木头的清香。礼堂不大，仅能容纳五六百人，是志愿军自己动手修建的。礼堂侧面，矗立着一座葱郁苍翠的山峰，做礼堂不易被敌机发现。前天，我们在里面演出时，为了防备空袭，窗子上蒙着厚厚的两层防雨布，场内十分闷热。现在已经停战，防雨布全都取掉了，舞台上 4 只 500 瓦的大灯泡，照得全场通明，灯光透出窗洞，礼堂外面也是明晃晃的，这个突然的变化，使大家将信将疑，真的停战了吗？不怕敌机发现目标吗？晚 7 点半钟，就像急雨骤起，台下响起了热烈的掌声。彭总从侧门走进礼堂，他亲切地向指战员们频频招手，然后缓缓落座。演出开始后，先由西北艺术学院音乐系的王霞独唱陕北民歌《宝塔山》：

> 宝塔山那个宝塔喽，顶顶儿连着那天，
> 哎咱毛主席他跟咱们喽，心呀心相连……

彭总随着音乐节奏，右手轻轻拍着左手，嘴唇在轻轻嚅动。显然，他对陕北民歌是熟悉的，对他战斗过的地方具有特殊的感情。接着是新疆歌舞团维吾尔族姑娘瓦霞独唱《新疆好》。她明眸皓齿，粉腮丹唇，满头蓬松油亮的黑发，苗条丰满的身姿，长得十分美丽，尤其是有一副运用自如的好嗓子。她唱道：

> 我们新疆好地方啊，天山南北好牧场；
> 戈壁沙滩变良田，积雪融化灌农庄。
> 来来来，来来来……
> 我们美丽的田园，我们可爱的家乡。

她用维吾尔语、汉语各唱一遍，那一串"来来来"的花音拖腔，犹如行云流水，响彻九霄。听着她那悦耳迷人的歌声，使人自然而然地联想到一幅十分美好壮丽的图景。热爱祖国、热爱家乡的感情，油然而生。彭总听得很入神，很动情。他戎马倥偬，驰骋疆场，食不甘味，夜不安枕，不就是为了让亿万人民过上这种幸福安适的生活吗？在雷鸣般的掌声中，瓦霞谢幕 3 次，又演唱了一首《各族人民心向党》，才算满足了大家的要求。彭总满面笑容，站起来给她鼓掌。这不只是对瓦霞歌唱艺术的赞赏，也是对兄弟民族文艺使者爱国主义精神的鼓励。

歌舞节目演完，我们豫剧队出演的《花木兰》开始了。随着一阵响亮急促的打击乐声，那饱含中原泥土气息的豫剧弦乐拉起了前奏，激越、柔婉、缠绵、深沉、荡气回肠，沁人肺腑。等演到第三场《征途相遇》，当刘忠对出征不满、发出怨言时，花木兰对他晓之以理，喻之以义，耐心劝道：

> 尊壮士再莫要这样盘算，你怎知村庄里家家团圆？
> 边关的兵和将千千万万，谁无有老和少田产庄园，
> 若都是恋家乡不肯出战，那战火早烧到咱的门前！

唱到这里，彭总现出会心的微笑，带头鼓起掌来。

剧终时，有节奏的掌声此起彼伏。彭总由十九兵团首长陪同，上台和演员一一握手，并把一束鲜花献给了我。彭总大声说："同志们的演出很精彩，

我们都爱看，向大家表示感谢，祝贺你们演出成功！"他接着对我说："你唱得好，表演好，每个字每句话我都听得清，这很难得。《花木兰》这出戏有教育意义，可以给战士们多演。封建社会的女子能这么勇敢，女扮男装，血战沙场 12 年，这种英雄行为是了不起的。花木兰的爱国精神应该发扬。"彭总精力旺盛，容光焕发，谈得兴致勃勃，好像把多日的疲劳全忘掉了。在兵团首长的提醒下，他才在热烈的掌声中离开舞台。

回到驻地，演职员们仍然沉浸在兴奋欢乐的气氛之中，时近午夜，同志们毫无睡意，有的在写日记，有的在给家人写信，述说这永远难忘的一天。

进入 8 月下旬，我们入朝慰问已经近 5 个月了。在这几个月里，我们到过炮火连天的前沿阵地，钻过幽深莫测的山中坑道，住过原木搭成的简陋小屋，参观过秩序井然的志愿军总部，领略过美国鬼怪式战斗机刺耳的呼啸声，踩踏过 B-29 轰炸机轰炸后留下的巨大的弹坑，观看过一颗颗雪亮雪亮的悬在半空中的照明弹，尤其是那一片片荒无人烟的废墟，一家家妻离子散的惨象，使我对侵略者的暴行更加痛恨。然而，最难忘的是千千万万个英雄的中国人民志愿军战士，是那些平凡、质朴却又创造了震惊世界的伟大业绩的最可爱的人。朝鲜人民那种勇敢、坚毅、吃苦、耐劳、永不屈服的民族精神，使我感动和敬佩。

按照上级指示，慰问工作结束了，我们就要返回日夜思念、哺育我们的祖国了。当我们的车队驶到平壤附近的大同江桥的时候，钟纪明团长吩咐停车。我们走到桥心，靠栏杆站下，只见宽阔浩渺的大同江在我们面前铺开，江水滔滔，碧绿晶莹，像一匹巨大的绿色锦缎在不住地抖动。"逝者如斯夫，不舍昼夜。"江水，歌唱着朝鲜人民光辉的斗争历史；江水，赞颂着中朝两国人民用鲜血凝成的友谊。

（荆桦　执笔整理）

（河南省政协文史办供稿）

我参加赴朝慰问团

·马三立·

1951年春，常宝堃参加第一届中国人民赴朝慰问团，在归国前夕不幸遭敌机轰炸而牺牲，天津市为他举行了极为隆重的送葬仪式，银车黑幛，佩戴黑纱的人群绵延几个街区，其中有不少是共产党的干部。在肃穆而催人泪下的哀乐声中，我深深感到新旧社会两重天，旧社会穷艺人饥饿而死谁来管？新社会对艺人如此尊重，实在叫人心服。我要跟党走！我想到常宝堃走了，张寿臣老了，我应该接班干下去，自打解放后我们艺人生活有保障，过年家里也有了鸡鸭鱼肉，不像国民党那阵子年根底下全家还围着炉子啃凉窝窝头。我们的地位也变了，由穷卖艺的变成受人尊重的人，这在政治上确是翻了身！

我找到市文艺工会主席，表示要接续宝堃赴朝慰问。主席是一位进城干部，当即热情欢迎，握着我的手说："好，天津有你去太好了！……"

1952年8月，第二届赴朝慰问团华北分团文工队在国民饭店集中，队长是刘鹏，副队长竟然由我和北京的曹宝禄担任，成员由京津两地的曲艺、杂技、歌舞、话剧演员组成。9月出发到沈阳集训，学习文件、排练节目和进行防空训练，待命出发。我这是平生第一次当了"官",除了自己无法回答这在旧社会连想也不敢想的梦为什么竟然能够实现以外,心中百般新鲜滋味难以形容,大有"天将降大任于斯人"之慨。既然当了"官",就不能像过去那样随意开玩笑,要维持一些"官"体,还要找点"官"务来干。但一切早已安排得井井有条,而许多具体工作都有人分工承担。后来潜心揣摩,才算有点明白,原来领导出于我在同行中的名气和影响,凡事已经都有人干,而且都比我会干。想到这里,心里总算明白了几分,事实上我哪里是块当官的材料。

列车在夜色笼罩下隆隆驶过鸭绿江大桥。那时战场形势已大有改观,过江 300 公里的制空权掌握在中国人民志愿军和朝鲜人民军手中,但为确保团员安全,防范措施仍很严密,而且多是昼宿夜行,车上有伪装,还派来战士随车保护。文工团分成两个小队下去演出,所到之处都受到了热烈欢迎,首长亲自接待,炊事员连夜为演员们磨豆浆、炸馃子,准备可口的早点。我们小队主要是曲艺和杂技演员,夜间赶到团部或师部,演出场地有时是能容纳二三百人的大山洞,有时是密林覆盖的山坡,简易舞台点着雪亮的汽灯,周围坐满黑压压的战士,笑声和掌声像是大海里的涨潮声。我说了一段又一段,有时一口气说了五段,台下还不依不饶地"再来一个",喊声此起彼伏。虽然疲劳,但我感到无上光荣,给我莫大欣慰。回想起来,尽管我在旧社会说相声也有人喊"好",但新社会给我和艺人们的关心和殊荣,这在旧社会哪儿能实现?我彻底明白了,只有在中国共产党的领导下,艺人们才能得到尊重和信任。当然,在朝鲜的日日夜夜里,更多的是自己的思想受到教育和改造,志愿军官兵们出生入死,临危不惧,与朝鲜人民军并肩战斗,保家卫国,把美帝国主义打得节节败退,靠的是我们是为正义而战,而正义的事业是无往而不胜的。我们在朝鲜随时都可以听到、看到许许多多抗击敌人的志愿军战士英勇牺牲的事迹,这使我深受教育。有一件事使我至今难忘,有一次我们去某军部参加大会,须经过一条几百米长的小路,临行时要求每人必须做好防空伪装。军令如山,沿途哨兵林立,这主要是着眼于保护演员们的安全,志愿军把祖国亲人前来慰问看得比他们自己的生命还重要。于是有的用树叶做帽子戴在头上,有的折了一枝树枝用以遮身,而我在忙乱中却忘了"武装"自己,待到检查时一位志愿军同志对我怒目以视,意在批评我怎么这样粗心大意。可他一细看是我，就转怒为笑，因为他看出我是说相声的马三立，曾经不止一次地在演出中逗他笑过。见此情景，我既羞愧又尴尬，竟伸手从衣袋里摸出一个银圆大小的树叶来，活像一个受长辈责备的孩子为了补过做出的下意识的举动，事实上当时我内心里已溢满自责，无言以对。事后这件小事却传到军长那里，这位军长身高只及我的耳际，而干瘦却比我有过之而无不及，有几位虎背熊腰、气概不凡的师长拥随身后。军长两手叉腰对我哈哈大笑，用高亢、嘹亮的南方口音说："你用一片小小的叶子藐视敌人的飞机，倒有点气派哟！……"人生难得的是理解，一位军级首长对我的差错竟然如此宽谅，使我至今仍感亲切。而反过来说，旧社会对艺人的无情践踏，对比之下，使我终生难以忘怀啊！

（天津市政协文史办供稿）

抗美援朝中我的思想变化

·骆玉笙·

　　1951 年 4 月 23 日常宝堃（小蘑菇）、程树棠二位在朝鲜慰问演出中遭到敌机轰炸，英勇捐躯。天津市曲艺界群情激愤，京、津文艺团体为死难烈士公祭 3 天。《人民日报》发表了陆定一、茅盾、胡乔木、周扬、老舍等人的悼词，《天津日报》发表了专题社论。中国人民赴朝慰问团团长廖承志亲到灵前主祭。在15000 人的送葬队伍中，天津市市长黄敬亲自扶灵。各民主党派、各机关团体、各界市民组成了 3 个纵队，送葬行列由第一公墓出发，经马场道、河北路、滨江道，直奔和平路，进行了声势浩大的悼念和反帝誓师大游行，它标志着天津曲艺艺人在翻身解放以后阶级觉悟迅速提高，政治热情空前高涨，他们不再是受人歧视、逆来顺受的"下九流"，而是站在反帝前哨忧国忧民的英勇战士。死了的不能复生，难道活着的看到这一切还能无动于衷吗？

　　在这种爱国热情的冲击下，我不能再沉默了。在一次座谈会上，我竟慷慨陈词表示：要为常、程二位革命烈士报仇，要参加赴朝慰问团，到朝鲜接受战争的考验！话是说出去了，也受到了干部的表扬。有人说："小彩舞进步了！"可我的心里正在犯嘀咕，要真让我去怎么办？

　　我那时一脑袋名利思想，处处为个人打算。就在这年的 5 月

23 日，为庆祝毛主席《在延安文艺座谈会上的讲话》发表 10 周年，文艺界又敲锣打鼓地走向街头，扭起了大秧歌。我人虽然参加了，但别人是兴高采烈地扭秧歌，我却是低着头在队伍里走。特别是在和平路上，街道两旁站满了指指点点的人群，我怎么也放不下来所谓"角儿"的架子，只好别别扭扭地跟着走。就这样，领导还一再表扬我，说我有进步。我心里是既高兴又惭愧！

这年夏天，我被评上了劳动模范，文艺工会小王通知我到北戴河去疗养。其实，是让我去受教育的。在北戴河短短的十几天中，却使我对共产党有了初步的认识。

一次，黄敬市长到北戴河去看我们。吃饭时，大家恭敬地让市长坐到正座上，黄市长却谦恭地把一位三轮车车夫请到了上座。这事儿要不是我亲眼得见，我是不会相信的。事后一打听，敢情这位三轮车车夫也是一位劳模，而且他的事迹还很突出呢！人家是智擒匪徒帮助政府破获了反革命集团的英雄。这事对我的思想震动太大了。接着，又在劳模座谈会上听到了来自各条战线的模范事迹，有的在生产中创造了新纪录，有的在劳动中推出了新产品，个个都做出了突出的成绩。看看人家，再想想自己，我真是无地自容了，恨不能有个地缝让自己钻进去。最后我硬着头皮说："我没什么可说的，一定把大家的事迹带回去，编成节目，唱给天津观众听。"大家还给我鼓掌，那些掌声使我惭愧地低下了头。

1951 年 12 月，为纪念常宝堃、程树棠二位烈士，实现他们生前的夙愿，经文化局批准，成立了天津市曲艺工作团（天津市曲艺团的前身）。我参加了天津市曲艺工作团，有了固定的工资，当时是以小米为标准，我的工资是每月2000 斤小米，是全团最高的。这时我想起了牺牲的烈士和北戴河那些做出了巨大成绩的普通工人，我自动提出只要 1500 斤，我没有什么贡献，不能享受那么高的待遇。我这一举动又受到了党和政府的表扬，当然也有说风凉话的。

不久，我演出了解放后第一个由张鹤琴创作的新编历史段子《林冲发配》，描述了林冲与其夫人在长亭生离死别的一场戏。我过去看过李少春演的林冲，看过很多描写林冲的京戏和评弹，对故事和人物都有很深的印象，又在唱腔上借鉴了《失岱州》的曲调加以融合，演出后反映还不错。接着，我又演唱了丁元同志创作的歌颂志愿军战斗英雄的新节目《独胆英雄吕松山》。

但完全是旧瓶子装新酒，换汤不换药的做法，唱腔、表演、感情都是旧的，扔手榴弹也不拉弦，人家说我塑造的英雄人物吕松山，手里拿的不是冲锋枪，而是张飞手里的那杆丈八蛇矛。我唱的新节目观众不欢迎，我心里更别扭。

1952 年在北京举行了全国戏曲会演，天津市曲艺工作团的曲艺剧《新事新办》要进京演出。这个戏的主要演员是石慧儒、常宝霆、苏文茂、小映霞。领导让我演一个妇女主任，等我一上场，戏就该散了。我思想上怎么也搞不通：我是名演员，是"挑大梁"的，可不是"跑龙套"的；我是唱京韵大鼓的，演这么个小角色不是丢人现眼吗？文化局的干部丁元和赵魁英苦口婆心地给我做工作："您得演，因为这个曲剧算戏曲，您参加演出才能去北京观摩，才能看到全国各地的戏曲。这次很多大演员、名演员都演了配角，不信，您可以亲自看看去，这是个千载难逢的学习机会，您可千万别错过！"听这么一说，才知道领导是重视我才让我演的配角，那就去吧！

真是不看不知道，一看吓一跳。100 多个剧目，20 多个剧种，会演充分体现了党的"百花齐放、推陈出新"的方针。这确实是个学习的好机会，不但开了眼界，对党的文艺方针政策也有了进一步的了解。会上，不少剧目和演员都得了奖，而且特别为梅兰芳、周信芳、程砚秋、袁雪芬、常香玉、王瑶卿、盖叫天等爱国艺人发了荣誉奖。而我却什么奖也没有，也许人们早已把我和我唱的京韵大鼓都遗忘了吧！

会演回来，别人都兴高采烈，而我却情绪低落。这时，第三批赴朝慰问团开始报名了。我想，常宝堃、程树棠二位烈士死后还那么光荣，我就是死了也值得。就这样，我毅然报了名！那阵儿，朝鲜战场打得正激烈呢！我们刚一过江，就赶上了敌机轰炸，当炸弹落地发出了一连串"轰隆""轰隆"的爆炸声时，我心想：这回算完了，死就死吧！护送我们的志愿军叫我们赶快下车隐蔽。不一会儿，不知从哪儿钻出来无数志愿军战士，跑步奔向了大桥。原来大桥给炸毁了，战士冒着生命危险，一个个奋不顾身地投入了抢修工作。有的下水，有的扛木头，来来往往，桥上桥下秩序井然，我们这些人都看傻了。我心想，难道他们就不怕死吗？

在朝鲜战场上，不怕死的英雄成千上万，我们采访了黄继光的连队，又听了邱少云为了完成潜伏任务在烈火中牺牲的英雄事迹。这一桩桩、一件件闻所未闻、见所未见的事实，使我的心潮久久不能平静。4个月的经历，使我看到了世界上还有另外一种人，他们不为名，不为利，时时想着人民，想着祖国，想着党，却从来没有想到过自己。……我开始有点觉得自己不对劲了，对一些事情的看法开始在变，我的变化还是从演出开始的。

刚一到朝鲜，志愿军就派了一个十几岁的文工团团员跟我学京韵大鼓，还有北京人艺的一些演员也经常听我的演唱，时间一长，彼此都熟了，我就征求他们的意见。有人说："您出场时的表情太冷了，总是板个面孔，不像是来慰问的。"开始，我接受不了，我想：我唱了半辈子京韵大鼓了，到台上只要不忘词，把腔唱美了就行，观众不就是听唱吗？这有什么错？有人说："您太严肃了，得笑着点。"笑还不会吗？好，下次上台我就尽量让脸上堆满了笑容，下来以后我问："这回行了吧？"他们说："还不行，您得有潜台词。"我说："什么叫潜台词呀？""就是您心里想的。比如，您一上场，台下就欢迎您，您怎么想呢？您应该想到下面坐着的是最可爱的人，他们远离祖国，出生入死，不顾个人安危，是为了什么？我们今天到朝鲜来慰问他们，是为他们服务的，只要他们愿意听，我们就应该唱好！"经他们这样掰开揉碎地一讲，我才茅塞顿开。原来，社会变了，我们的演唱目的不同了，具体的服务对象也不一样了，但我的思想还没有变，还停留在旧社会的雇佣关系上，多少年来，我上台从不看观众，一直是绷着脸，只要唱好就行，从没想过别的。

4个月的赴朝慰问，不仅使我开阔了眼界，增长了知识，最主要的是思想感情的变化和立足点的转移。在朝鲜，我第一次感到了自己的渺小，面对着最可爱的人，我再也板不起面孔了，我从心中生起要为他们演出、要为他们歌唱、把他们的英雄事迹唱出去的强烈愿望。从此，再登台演出，就带着发自内心的微笑，演唱时满腔热情，诚心诚意，一心想着要为战士们唱好。我这一微小的变化，受到了同志们的表扬和鼓励，从此"为人民服务"这几个字在我心中再不是抽象的了！

从朝鲜回来，先到北京怀仁堂汇报演出。我又见到了毛主席、周总理等党和国家领导人，我第一次感到做一个新中国的文艺工作者是光荣和幸福的。

（天津市政协文史办供稿）

越剧在朝鲜战场

1952 年春,上海的玉兰剧团参军,成立了总政越剧团,不久即开赴前线,整个的 1953 年是在朝鲜度过的。本篇是我当时所写随军报道的一部分。

前 方

我们向前开去。在黄昏,第一辆车出发的时候,遭遇了一次 8 架敌机低飞的场面,首长便不准许其余的人再走,都留下来搬进洞里,举行了临时舞会,我们跳了一生从未跳过的那样多的舞。

第二天,我们在小雨中出发,山中的野丁香已经开过了,公路两旁充满了槐树花香。天黑后,敌机又时常在头上做浪费汽油的盘旋,我们不去理它。车子穿过了一个山谷又一个山谷,在山深不知处的地方停下来。有几位首长和警卫连同志一起熬了一夜,迎接了我们的第一辆车,今天是第二夜,又冒了雨在山脚下迎候其余的人。首长告诉我们,领导机关的首长深夜里已经来过 3 次电话,问我们是否已经平安到达。警卫连同志又硬叫我们的同志休息,他们把我们的"西湖山水"扛至半山腰的剧场。

这个剧场,是他们不久前为了迎接祖国赴朝慰问文工团——

以常香玉为首的第五分团的到来，用 10 天工夫突击出来的。四壁纱窗，下面完全是地板，上头是漂白布的顶、铮亮的大电灯、红布大灯罩，一看真叫人感到灯火辉煌，富丽堂皇。我们 4 天之内就在这"抗美堂"演出了五场半。之所以是五场半，是因为最后一晚，有的观众远道来迟，于是张生和莺莺长亭分别后又翻到前面去"惊艳"了。我们老觉得观众的热情无以报答，他们在深夜里，翻山越岭，穿过敌机封锁，冒着生命危险，来感受从越剧艺术里所带来的祖国土地的气息。

我们一处还没演完，接着就有许多处在等着我们去。首长们又流露出哪里都不放心叫我们去的样子。不过我们终于满足了越来越想向前去的心愿。在前沿与敌人对峙的某军军部已经派了男女同志来接我们，我们就又向前去了。

……

最可爱的人为了迎接我们的到来，用一星期时间突击了一座礼堂。他们告诉我们，担任修建礼堂的是一个通信部队，从前方完成任务刚回来。为了"欢迎最亲的人"，有的同志还没来得及换洗衣服，马上就接受修建礼堂的任务。他们挖了 1000 方土，抬土都是跑步来回，出土的距离约 70 米，平均每分钟抬土一次，一天假如以 6 小时计，每个人每天要抬着土跑步 30 里，肩膀压出了血也不休息……就这样他们在我们到达的前一天，盖好了这座礼堂。我们走进来的时候墙上的洋灰还没干，涂黑了的柱子，有的地方又发了绿芽。他们还向我们抱歉地说：没修好，这里物资条件有限，要是在祖国就好了。他们又说：工兵同志们执行任务不能回来，他们是通信部队，对建筑大的土木工程缺乏经验……我们对剧场满意到不能再满意：舞台的深度、高度与设施是那样科学。他们修完了礼堂，又觉得外面的路太滑，一定要铺上石头，这样"祖国的同志们来了就不会滑倒了"。为了我们的安全，部队还调来了高射炮团。

指战员们纷纷来信告诉我们：为了看我们的演出，他们是怎么"像战斗打响前一样紧张，生怕自己参加不上"；他们是怎样"换上了新衣裳"；怎样看了戏后兴奋得竟会向手电筒去点烟。很多战士写下了类似这样的话："去年学文化时，我认字才提高到 2120 个，我写了 5 次，才写成这个样，可是非写信给你们不可……

"亲爱的祖国越剧团全体同志们、梁山伯、祝英台：我以最高兴、最快乐的心情对你们这样称呼。初次见到你们，你们都很健康，我很高兴。你们演得太好了，我说不上来了，我是大老粗，怕你们笑，我想了好久才写，才敢写的……我第一次看你们演出，我流泪了。在旧社会我是一个苦孩子，我恨旧社会，毛主席救了我，听说你们是毛主席派来的，听说你们是奉军委总政命令来的，我很想你们……我写不出来了，我只有搞好工作，哪怕炮弹再多，我也要完成任务，就是牺牲了，也是光荣的。为了祖国人民，我一定好好学习文化，掌握科学武器，打败美帝狼，来报答你们，感谢你们……"

他又加了一句："希望你们不走，和我们在一起。"署名是：战友、二排一班战士小金刚。

我们接到了多少封像小金刚那样的充满了纯朴、深厚感情的信。

首长和同志们川流不息地来看我们，我们在这里只待了短短的 7 天，除了欢迎、欢送的宴会以外，军首长为了检查伙食是否符合他们的要求，和我们一起吃过 3 次饭。他们派来了管理员、护士驻在我队，甚至派同志给我们洗衣服，被我们坚决谢绝。军文工团的协理员成了我们的协理员。他从我们的仓促入朝着眼，极力侦察我们内部物资情况。偶然看见一个同志穿了一次棉鞋，便为我们全体同志搞来胶鞋；偶然看见一个同志肥皂用光了，就给我们搞来了肥皂、牙膏、手巾，以至于奶粉、水果罐头……到最后，他们甚至给我们送来了上面印着奖给抗美援朝功臣的衬衣，这我们怎么敢穿，我们推来推去推不回去……有的同志感到这情景像是闺女带了女婿回娘家，娘恨不得把什么好东西都给我们拿上，在我们临走跨上轿的时候，还给我们塞上几包。我们真是满载而归，满载着最可爱的人的最高贵的感情。我们在朝鲜到处跑来跑去都跟"回娘家"一样，他们把祖国人民给他们的一切好东西，又拿给来自祖国的亲人，他们热爱被他们保护的亲人。

我们的心不能平静……

我队领导指出，假使我们停留在感动，停留在难过上，或是看不见自己的进步，哪怕是一点一滴的进步，这都是片面的看法。

人们是怎样一点一滴地在进步呢？譬如我们的一个演员吧，清早起来，把藏在身边怕被人家洗去的衣服拿出来，到溪边去洗。她看看水里自己的影子，忽然抬起头来，无限深思地说："人是奇怪的，在人家影响下，想法做法都不同了……回去我母亲不认识我了……我母亲看见我洗衣服，一定很喜欢……"她是从来没洗过衣服的，一向都是交给她的"徒弟"或是什么人替她洗。在过去商业性质的演出中，一天两场，上台必须精神振奋，下台经常萎靡不振，只信赖要钱最多的医生，打针、吃补药也打不掉她满脸倦容……这些日子来，在她身上出现一种她从未有过的愉快，再看不到她下台后那种萎靡的样子了。她再不在人家笑的时候，冷言一句："啥事体介开心！"因为大家都是"介开心"。在行动中，今天深夜到，明天就演出，有时还一天两场。首长们对我们说："我们对你们只有一个意见，就是不会休息，日夜两场还这样抓紧工作、学习，不许你们再演两场。"可是我们的同志还在问："为什么不演两场？还有什么人没看过？高射炮团的同志看过吗？管发电机的同志看过吗？"为亲人服务，是没有讨价还价的，应该是有求必应，生怕人家不求。从未听见我们的名演员再喊疲劳，就是偶然地偷偷捶几下自己的背，也是在夜晚不惹人注目的时候。她过去听见一声防空炮响都有些不习惯，现在却已经习惯在舞台上接受高射炮的伴奏，并且从那炮声中获得自豪的力量。当穿过敌机封锁的时候，她像一个老兵一样，在汽车上谈笑自若，因为她已经认清了什么是信号弹、照明弹、炸弹、高射炮弹……她也不再有过鸭绿江时那一股子以为自己相当了不起的情绪，她现在想"我个人算什么"。

过去人家不大好碰她，一点小事触犯了她，就会弄得不知怎样好了。她有时候又自卑地觉得自己简直什么都不行，做一个普通演员的信心都没有了，漫说人民演员。她现在想，只要我"加油干"，我能做一些事，我能做很多事。她从未像现在这样感到需要用笔用纸，她自己动手订本子，写下了自己每天的思想，自己的计划。她练功的时候腿踢得更高，嗓子喊得更响。她看到比她年轻的同志一听起床哨就跳起来，刻苦地寻找科学发音，琢磨舞台上的一招一式，她想：以我的一点经验怎么能使这一切更科学、更美丽，帮助比我年轻的同志，为我们的艺术创造更光辉的前途。她按照行业的习俗，很年轻，她就有了不少"徒弟"以至于"徒孙"了。现在，当她感到自己是被培养着的时候，开始认识到培养"下一代"意味着什么。在她身上所发生的这些细小的、几乎微不足道的变化，却是属于根本性质上的变化。她是用了一个简单的办法获得的，就是比一比，想一想。

她看着很多比她年轻的同志伏在洞里，伏在炕上，伏在化妆台旁，用心地写申请入团的自传。她想："我入团已经过了时，入党还早，我不能停留在参加部队工作上，我现在的奋斗目标就是争取成为一个正式的革命军人。参军条件是什么呢？我是一个年轻的中国人……"她开始意识到这"条件"首先在于对自己的要求。回顾过去，她又好笑又惭愧，她对"带枪的人"有过什么样可笑的想法，她参加部队后曾经"心猿意马""心乱如麻""骑虎难下"……她想过："不穿黄衣裳，回家算了。"她原本是什么样的人？是劳动人民的女儿。可是她怎么被蒙蔽，被灌进诸如此类的错误想法："共产党打仗，我做啥……"她现在时常说说就要掉眼泪："共产党不来，我这个人还不晓得是什么样子呢……我现在才晓得做一个人是要这样的，他们英雄可以这样，我也可以……过去我只晓得挣钞票才对得起我爷娘，现在我认识了跟共产党走，才对得起我爷娘……"

这里的"她"不是某一个人，而是她们每一个人，是徐玉兰、王文娟、徐慧琴、陈兰芳、周宝奎、筱桂芳……是一些拥有不少观众的演员，也是那些幕后的舞台工作者。他们经常彻夜连续工作，争取用最短的时间装台拆台；他们的舞台纪律受到"到底是总政来的文工团"的赞美；他们克服物资困难，把久经风霜的景片化旧为新；他们研究"雨季须知"，保管、爱护好国家资产；他们创造了三卡车的舞台装备两车装的经验，节约了不少汽油。钉了十几年钉子的舞台工人，今天开始学绘画，想创造过去由他动手而不由他动脑的艺术；做了十几年的电灯匠，开始变成一个爱好美丽云彩的诗人。过去常常相互吵嘴想回家的乐队的同志们把房东阿妈妮的水井龙头修好，水打出来，大家很高兴。可是园子里地上都是水，大家又从河边挑来黄沙铺上，满上水缸，种好菜园。那儿女在前方的阿妈妮抱着他们揩眼泪。我们最年轻的合唱队的女孩子们更是精神百倍地从今天开始，准备把明天创造得无限美丽。

我们就是这样一支队伍，这样一些平凡的人。但是，英雄部队是把平凡的人塑造成英雄的地方。我们在部队中成长，我队领导指出，我们这支队伍像部队中的其他队伍一样是打出来的。11 个月前，我们从一个私营剧团参加部队工作开始，还没时间进行整训，没经过长期的政治学习。我们在行动中，在英雄部队所创造的人与人的关系影响下，在战争环境的锻炼下，我们成长了，实践了我们向党发出的誓言：到人民最需要我们的地方去。我们没有充分的思想准备和业务准备，来到前线，由 3 天的计划变成 1 个月、2 个月……变成按照客观需要而发展的计划。坚决服从客观需要已经成为我队的优良作风。祖国和我们的亲人志愿军越来越需要我们，只有满足这种需要，才能创造我们自己的荣誉。领导上指出我们已经具备了"为人民立功"的思想基础和工作基础，在队里展开了初步的"立功运动"，我队出现了新的面貌。当队里的一个同志奉命回国买东西，离开两星期后回到队里，就担心自己"跟不上"了。

在前线的时候，最可爱的人就是这样用血、用汗、用思想、用情感哺育了我们，使我们终生难忘。离开的时候，军首长率领机关干部和战士在几里路外列队欢送我们，军乐声中庄严的仪仗队执冲锋枪向我们敬礼。他们用部队最隆重的仪式迎送我们这些在旧社会被称作"戏子"的人。车上车下高呼口号，高呼一切听不清、说不尽的话。和我们在一起生活过的同志，跟着我们的车跑出一两里路，我们在车上流着眼泪喊："回去吧，回去吧！"车子开出山谷很远，同志们还在擦眼泪："他们怎么那么好，那么好！"

故 乡

我们到了朝鲜第一次演出的地方。西海某部的一位首长米前方视察工作，我们常常碰在一起，他说："我们那里的同志总是问：'我们的越剧队到哪里去了？'"同志们打心里愿意听这样的话，愿意人家把我们当成自己的力量。他又说："大家都说你们一定得回去，你们一到朝鲜就到了我们那里，所以那里就是你们在朝鲜的故乡。"

我们继续往前走，我们在朝鲜就有了很多个故乡了。这个时代的人们常常有很多故乡，他们爱着自己生活过的地方，也爱着别人生活着的地方，于是一切地方都好像变成故乡了。我们今后会永远怀念朝鲜的一山一水、一草一木……这使我们明白，无论在什么地方，当人们听到舞台上演员说"在下祝英台，上虞祝家村人氏。兄台仙乡何处？""家居会稽胡桥镇"时，为什么观众会不由自主地笑出声来。在舞台上听到祖国任何一个地名，人们都说不出为什么会欢乐地笑起来。观众里有一位湖南战士，悠然自得地坐在台下，问他听得懂不？他很不以为然地说："怎么听不懂？我们南方戏嘛！"由于他这种"我们南方"式的自信，我们相信他的确听懂了。

我们还遇见一位同乡人和我们这样讲："你们来的时候，我不大起劲，差不多是例行公事地欢迎你们。绍兴戏我小时候在家乡看过，忸忸怩怩，粗俗得很，有什么好看……在毛泽东的时代它变了，祖国的一切在飞跃……"我们谈起家乡戏的发展。越剧在广泛地接触部队，接触来自四面八方、代表着祖国人民优秀子弟的部队，新的观众给了它很大的鼓励，也对它提出了新的要求：他们多么希望它更好地歌起来，舞起来，更好地继承民族艺术的优良传统；他们多么希望通过语言更好地了解我们。我们适当地、渐渐地改变语言，在不伤害音乐的地方色彩的原则下，让更多的人听懂它。观众的要求向我们提出了新的任务，我们提供给祖国全体改革"家乡戏"的同志做参考。

我们又和同乡人谈到我们至今还没有一出像样的、表现现代生活的剧目。提起表现现代生活，同乡人似乎不以为然地笑了一下说："文工团来的时候，常常带来这样一种戏：祖国一个老大爷或是老大娘，在丰产的田野旁边……他一定是军属，一定是劳模。他的儿子一定在前线立功，一定把喜报寄来，一定相互提出竞赛，一定是秧歌队抬来了光荣匾……"他的话倒勾起我们另一段心事：在我们的家乡，是有这样的老大爷、老大娘，或者是他们年轻的姑娘，忠诚坚韧，历尽千辛万苦，充满了胜利的信心等待着前方的人。这的确是我们所要寻找的最迫切的主题之一，它有血有肉有人物，要求我们反映它，然而决不允许"概念化"。表现现代，丰满、深刻、生动地表现乡土生活，应该是我们每一个地方剧种的迫切任务。一位志愿军同志对我们未来的创作这样预言着："我们的思想永远是在一起的。我们将怀念你们，谈论你们，因为你们给了我们无限的感情力量，使我们脑海中充满了无尽的向往和希望。我们深愿你们在创作中把它表现出来，即使你们不能立刻把这种向往和希望变成形象演出，但我确信，我们和你们这一次在朝鲜的相聚，迟早会在你们的创作中留下印记的……"

在一次相聚中，我们的演员即兴歌唱："英雄出在四明山，山歌唱遍东海滩，鲁迅故乡是家乡，古代越国在江南。共产党把吾呢来解放，绍兴女儿出了关，出关出国到前线，亲人恩情说不完……"

会　师

我们在汽车上瞭望着难见首尾、向前飞驰的火龙。我们想，是英雄的战斗员开向前方。这时有一列车从我们的车旁超过，我们的驾驶助手忽然伸出头来，高兴地狂喊："是他们！是他们！""谁？""是常香玉他们！"驾驶员加足马力撵上了他们。大家的车并行的刹那间，双方狂呼："同志们，你们好呀！辛苦啦！咱们会师啦！"他们是以常香玉等同志为首的祖国人民赴朝慰问文工团第五团。当时大家不容分说，只来得及狂呼一阵。我们的驾驶员借着这股子情绪，超越其他车辆直冲向前开到老远老远的地方停下来，好以迎接的姿态等着后面的车。驾驶员跳下车向我们说："他们乘的也是我们连的车，到这一线来的祖国慰问团，上级都是派我们来接的。"他自豪地笑着。

助手拍了拍车身高声笑着说："送他们回去，送你们回去，一定还是我们的任务……往后咱们专接祖国文工团都接不完……"驾驶员也下意识地摸了摸车说道："前年，常宝堃烈士的灵柩就是坐这个车回祖国的。今年他的弟弟也来了……"我们肃然起敬，想到今年许多许多人都来了。

这时候，从公路旁的山岗上，非常清楚地传来无线电广播的歌声，是北京的新凤霞一字一字在我们耳边歌唱她的"巧儿我"，好像要用她的歌声钻到人心里去。这时一辆小吉普车停在我们车旁，几个人走下来，常香玉纯朴爽朗地笑着伸出她有力的臂膀，和徐玉兰、王文娟，一一拥抱。她带着豫剧的味道，抑扬顿挫地说："你们知道吗？咱们站的这块土就是'三八线'，咱们在'三八线'上会师了！"几天以后，我们和他们同在废墟中一座完整的现代化剧场里，日夜轮换演出。我们相互献了花，献上了心头话："亲爱的战友，我们祖国多么辽阔广大，你们来自黄河畔，我们来自大江南。去年10月我们在全世界人民向往的北京会演，今年5月我们在全世界人民瞩目的开城会师……"

爱国艺人常香玉出场了。她带给人们花木兰、白娘子、红娘等祖国历代妇女善良勇敢的典型形象。她的歌声比以前更响，她的眼睛比以前更亮……她真是我们民族的歌手。我们从她身上可以体会到政治热情的燃烧，会怎样使一个演员在事业上显出无比的生气勃勃。我们爱上了一个演员。爱上了一个演员是打心里感到幸福的，因为她是属于祖国的。

常香玉深入坑道，为战士缝补衣裳。除了豫剧以外，她还学习了别种歌舞，为战士们演唱。听说前几天他们在离前沿不到 20 里的团里演出，每天跋山涉水到达演出地点，连续演出几小时以上。有一天早晨，演出的台被敌机炸了，他们估计是偶然的，并不是被敌机发现目标，下午他们在原来的地方，填平了弹坑，继续演出，受轻伤的同志继续工作。

我们要在各方面向他们学习。他们深入连队，在舞台、树林、山沟、医院、坑道、前沿阵地演出。我们越来越感到我们这次工作上无法弥补的缺点：我们的"大家伙"、我们的"装备"不够战斗化，限制了我们深入下去为更多的最可爱的人服务。我们欠了一身债，让我们用今后的努力来偿还吧。另一方面，我们的工作证明了，朝鲜战场的剧场和志愿军所创造的其他一切一样，可以称作世界奇迹之一。志愿军一共有多少个这样的剧场，这自然也是军事秘密，不过真不少啊！足够任何文工团不计日期地演下去……

我们还和好几个志愿军文工团队会了师，他们使我们更爱上"兵"，也爱上"兵"的文艺工作者。我们常常是噙着泪与笑，感受着他们所描绘的英雄，所描绘的对"祖国，我的妈妈"的向往。一天晚上，志愿军六十三军文工团的一位女同志——朝鲜孤儿朴零子，演唱了一段越剧《梁祝》。中国人民志愿军部队里，朝鲜孤儿朴零子的江南歌声，描绘了我们之间难以说清的复杂感情。

在朝鲜的每一个角落里，多少个各种形式的舞台上，活跃着来自祖国各地的文艺队伍。我们想起了我们的老战友张云溪，不知正在哪一个洞里，哪一个台上，聚精会神地在打他的"老虎"……我们又想起我们在上海辛勤工作的以袁雪芬等同志为首的战友们，他们一定也会为他们所派到前线来的一支队伍的一切活动感到无限高兴。我们想起了那从神山上降临下来的乌兰诺娃，她使看过的人终生不忘人间有最美最美的东西；我们想起了崔承喜，在金日成元帅的身旁，培养亚洲舞蹈的种子；我们想起了美国黑人和平战士保罗·罗伯逊，早在抗日战争时代，他就唱起"起来，不愿做奴隶的人们……"

和平的意义是：全世界土地上百花齐放，全世界人民唱起亲人之歌。

（北京市政协文史办供稿）

参加第一届赴朝慰问团纪实

1951 年 3 月 12 日，我作为华北局的代表参加了第一届中国人民赴朝慰问团。现将我亲身经历的主要事件分述如下。

组团

第一届赴朝慰问团是 1951 年 3 月 12 日在北京组建的，设一个总团部，下设直属分团和 7 个分团。总团长是中共中央委员、宣传部副部长廖承志同志。副总团长是中国文联主席田汉同志和军委文化部部长陈沂同志。团员有共产党、解放军、工人、妇女、青年各团体代表，有文教界、民主党派、宗教界、工商界的代表，并带有文工团、曲艺团和杂技队，共 500 多人。

为了对口慰问华北地区中线的华北兵团，组织了第五分团。由 50 名代表组成。共产党代表 2 人（北京市委张明河、华北局王进仁），解放军代表 2 人，工人代表 6 人，青年代表 5 人，妇女代表 2 人，文教界 8 人（内有天津方纪、北京风子），民主党派 6 人，宗教界 1 人，农工民主党北京市委员会 2 人（李健生、邱克辉），工商界 3 人（天津仁利毛纺厂总经理朱继圣、北京仁立公司经理凌其峻等），医务 1 人（天津迟维先）。并带有北京曲艺队的魏喜奎、魏长林（乐亭大鼓），杂技队的范立俭、王文剑等。

分团成立了党支部，负责全团人员政治思想工作。支部书记张明河，副书记王进仁、廖亨禄，支委方纪、马新、陈庚、王昱、孙继力、秋蒲。

五分团团部组成人员：团长张明河（北京），副团长方纪（天津）、吴组缃（北大教授）、朱继圣（天津），秘书长张占义（河北）。团委：孙继力（绥远）、王炳炎（山西）、廖亨禄（平原军区）、李健生（女，农工民主党北京市委员会）。

得知陈赓兵团（西南）要紧急开赴朝鲜前线打第五次战役，为了对口慰问，又临时组成第七分团。由各分团抽调人员组成。西南区的负责人为团长王文彬（西南《大公报》负责人），副团长黄中（东北青联秘书长）、凌其峻，秘书长王进仁，团委李健生、邱克辉、王士钊、武和轩（华东）、贾子毅（西北军区）、格尔勒图（内蒙古）、寿满荣（女，上海纺织工人）、朱艳珠（女、中南保育工作），并把北京曲艺队、杂技队、西南文工团、上海青年文工团调到七分团。

在健全组织的同时，中央领导同志亲自给慰问团做报告。3月16日开欢送大会，郭沫若、李济深、彭真、刘澜涛等同志讲话，指出志愿军是中国人民的优秀儿女，四次战役的胜利打击了美帝国主义的嚣张气焰，增加了战胜美帝国主义的信心。但指示不能速胜，要做长期战争的准备。要把国内的大好形势带给志愿军。讲了土地改革、剿匪反霸、经济建设各方面取得的伟大成就，以及国内各族人民支援志愿军的热情，以进一步鼓舞志愿军的战斗士气。

慰问团共带了450亿元（旧币）慰问金，150亿元的物资，还有1200多面锦旗、2000箱慰问品以及抗美援朝纪念章、金笔、手表和各种画册。于3月22日到达沈阳。东北人民政府举行了欢迎慰问团大会。还用3天时间到沈阳中心医院等后方医院慰问了从前方回国治疗的志愿军伤病员。26日，志愿军后勤一分部政委张明远同志讲述了他在朝鲜前线的所见所闻。讲了美帝的残暴，志愿军的英勇作战，也讲了现代立体战争的残酷性。要求慰问团团员要有自我牺牲的精神准备。通过学习，我们不但没有被困难吓倒，反而义无反顾地奔赴朝鲜前线。

过江赴朝

4月6日到安东（今丹东市）即进入战斗状态。7日上午廖承志总团长召开秘书长会议，部署入朝具体计划。一声防空警报，未及疏散，美帝飞机扔了几颗炸弹掉头而去，炸毁了六孔江桥，炸伤了十几名市民。我们白天到镇江山上防空。经两天抢修，我们全体慰问团团员于4月9日下午6时出发，雄赳赳气昂昂跨过鸭绿江，进入朝鲜境内。我们七分团沿着朝鲜的三级公路（山地公路）经新义州、介川、成川、顺川，于4月12日到达第一目的地——后勤一分部所在地三登石门里。

我们都是夜里行军。每天近黄昏出发，冒着敌机的扫射，在嗒嗒的机枪声中行进。时而关大灯、开小灯，时而熄灯停止行进。待飞机飞走后再前进。每天拂晓前必须把车辆隐蔽好，吃了饭上山防空。几天行军，总算安全地到达目的地。

路上参观了第二次战役现场。根据向导提供的情况，得知在介川附近的三所里、金玉里公路段有美帝惨败留下的现场。出于好奇，我们分工用"正"字记录美帝破损坦克、汽车的数量。走进山沟，破损车辆堆积如山，根本无法数清。据介绍，第二次战役时敌近10万人被包围在三所里、金玉里30多公里的地段上。我突击队穿插进去，打了敌人一个措手不及，狼狈逃窜。为了活命，坦克轧汽车，大坦克轧小坦克，连人带车都轧碎了，死尸成堆，敌人空前惨败。

战地慰问

到三登石门里后，七分团一部分人到"三八线"附近慰问刚投入第五次战役的陈赓兵团。绝大部分团员及文工团等在我这个秘书长与后勤一分部的组织下，对一分部的基层单位开展了慰问活动。通过听取汇报，现场参观慰问，我们感到现代化战争中后勤工作太重要了。没有最低限度的物资保证，战胜敌人是不可能的。敌人也深知这一点。敌空军对公路运输线不分昼夜轮番扫射轰炸，甚至使用第二次世界大战中未曾用过的凝固汽油弹。我军在刚刚入朝一无飞机、二缺高射武器、三无防空经验的情况下，吃过不少亏。甚至付出很高的代价。如第二次战役中，在西线原计划用两个军、两个师的兵力担任迂回任务。因为所需粮食运不上去，被迫减少了两个师参战，结果导致未能取得更大的战果。东线部队更加困难，由于入朝仓促，准备不足，部队战士吃不饱，几天内很少吃到饱饭，有时一把炒面一把雪，无力进行反冲锋，只有在战壕里迎击敌人。子弹打光了，用手榴弹，手榴弹没有了用枪托、铁锹和敌人拼。尤其是战士穿的冬装太薄，九兵团从华东仓促入朝，未及换厚棉衣，不少战士脚穿回力胶鞋，头戴单帽，棉衣只能御寒–15℃。厚棉衣一时送不上去，而东线作战时，天下大雪，温度降到–30℃。战士因太冷夜里不能入睡，双脚互相插在裆里取暖。急行军后要就地休息。一旦吹集合号，战士不能动弹，成连、成排战士冻伤，不得不进行高位截肢，造成非战斗减员。

在此严峻的形势下，志愿军总部提出要建立"打不断、炸不烂的钢铁运输线"，保证前方战士枪要打上弹，人要吃饱饭，伤病员及时运转。整个后勤部队包括汽车团、兵站、野战医院……都投入紧张、残酷和殊死的战斗中。

英勇机智的汽车兵

在建立"打不断、炸不烂的钢铁运输线"的战斗中，汽车兵立了大功。

敌人为破坏我军交通运输线，采取了"挂灯""撒钉""挖坑"等手段。在我军刚刚入朝毫无制空权的情况下，敌机肆意低飞，发现汽车、物资堆放地，即轮番扫射轰炸。汽车兵在没有经验的情况下，吃了不少亏。有的汽车团损失汽车40％。汽车司机也有牢骚："中国萨拉米（中国人），来到朝鲜地，喝的是大凉水，受的是飞机气。"但他们并不气馁，而是从战争中学习战斗，从教训中总结经验，创造了对付敌机、安全运输的许多办法。汽车团曾有过这样的保证书：

（一）不怕牺牲、不怕流血；

（二）完成任务保证把物资运到目的地；

（三）保护车辆，不损失国家财产；

（四）服从命令，听从指挥；

（五）不消灭美国鬼子不回家。

汽车司机打飞机是他们的首创。

有一次汽车团二连二班的汽车司机赵宝印把车停在铁原附近的一个村庄，伪装后到半山腰的山洞防空，眼看数架敌机发现了目标，低飞扫射、投弹，村庄、汽车很快要变成废墟。赵宝印不顾副手曹新仁的提醒（曾因暴露火力点遭敌机扫射，志愿军总部曾规定不准个人打飞机，否则关禁闭），用美式冲锋枪对敌机猛烈射击。只见 1 架敌机歪歪斜斜栽到对面山坡下，其他敌机见状慌忙遁去。至此总部总结了经验，认为打飞机，一来直接保护汽车、物资，二来敌机不敢低飞，大大减少了敌机扫射、轰炸的准确性。从此提倡人人可以打飞机，把朝鲜变成千万个火力点，使敌机无法辨认准确的目标。

我们慰问了赵宝印，给他戴上一枚抗美援朝纪念章，奖给他一支金笔，还给他戴上光荣花。

汽车三团的徐安国机智勇敢，多次出色地完成任务。一次他接受任务，一路上唱着自编的歌："照明弹呀像灯笼一样，挂在天上把路照亮，说声'借光'开足马力过山岗，给前方运送弹药和干粮。"隐蔽的汽车被敌机发现，扔下 20 多个定时炸弹把汽车包围起来。他赶紧下车查看，见有一个空隙能开出去，他毅然搬石填坑，冒着炸弹随时爆炸的危险，把车开出了包围圈。随后炸弹连续爆炸，弹片、碎石打到他身上，他硬是把车开出了危险区。有一次运粮回来捎带伤员，当行进到一个山岭上时，敌机扔下照明弹，盘旋一周后开始扫射。有的伤员要跳车，被他阻止，说跳车危险，有我在就有你们在。他冒着弹雨冲出了照明区，伤员激动地说："要不是你，我们就完了。"

三连司机赵永年开的汽车上的一个汽油桶被敌机打着了。他意识到一旦油桶爆炸会危及整个车队的安全，毅然开着燃烧的汽车冲出车队，才停车灭火，扑灭火焰，避免了危险。当我们表扬他的自我牺牲精神时，他说，从祖国运来的物资要千方百计地送到前线去，才能对得起祖国人民。

汽车司机抢救物资、抢救伤员的英勇例子不胜枚举，一首歌谣在汽车兵中传唱：

中国萨拉米，来到朝鲜地。
抗美又援朝，司机出了力。
敌机瞎哼哼，司机不服气。

夜晚打灯干，飞机瞎放屁。

防空警报哨，司机心有底。

闭灯一出溜，炸弹打在地。

一点事没有，扬扬又得意。

开灯加速跑，一跑三百米。

马达嗒嗒响，眼睛盯着地。

翻过大高山，来到目的地。

汽车指挥所，检查啥东西。

一样也不少，货单交上去。

拂晓伪装好，敌机没法知。

研究伪装法，提高运输力。

虽是单行车，非常守纪律。

返回带伤员，上级给奖励。

这是对汽车兵的真实写照，也是志愿军汽车兵的战歌。

摧不垮的兵站基地

把大量的物资和弹药储存在兵站，供应所在区域的作战军队，是后勤工作的一条成功经验。这样，作战部队本身就不必携带那么多的物资，走到哪里都能比较迅速地得到供应。兵站是钢铁运输线上的重要环节。

兵站由东北各县派出干部组成，并配备数十名民兵。兵站的具体工作叫"三防一抢救"。"三防"是防空、防雨、防霉。"一抢救"是在战火下抢救物资。

昌北县派出的兵站民工六大队抢救汽油桶 117 桶。1951 年 2 月 9 日，敌机在兵站投定时炸弹 100 多枚，有两枚炸弹距汽油桶 10 米左右，一旦爆炸所有汽油就要被毁。他们知道，把汽油桶推离炸弹 30 米以外，就不会有危险，也得知炸弹爆炸前两分钟冒烟。大队长刘玉林带一个小组监视着炸弹，教导员刘德善带 1 个小组推汽油桶，硬是把靠近炸弹的汽油桶推出危险区，避免了一场灾难。

4 月 20 日，我们慰问了盘石县派出的兵站。一次，敌机把两节满载汽油桶的车皮打着了，中队副队长崔振铎带领80多名民兵冲入火海，把汽油桶抢救出来。该站民兵小队长赵春喜天亮前要背伤员上山防空，在敌机低飞下他一连背了9个伤员，最后一次实在背不动了，他不忍心把伤员放在雪地里，就叫伤员趴在他身上，伤员不肯，他硬是不放下伤员，竟累得吐了血。当我们表扬他时，他表示"志愿军打美国鬼子流了血，我吃点苦没什么"。

救死扶伤的白衣战士

抗美援朝战争中伤员的抢救、治疗、转运都是大问题。医院的大体分工是：前方医院基本上是收容、接受初步治疗。中线医院负责治疗处理和转运。转运任务很重，几乎占了一半。在朝鲜无后方医院，真正的后方医院在国内东北。我们慰问访问的都是中线医院。

4月18日，后勤一分部的干部于屹同志带我们5人到二连六分院慰问。黄昏出发，在山沟里走了1个多小时，到达了上午已侦察好的地方。不料房屋被炸了，医院转移了，又带我们走了1个多小时，在山沟里找到了医院。这个医院有连长、指导员、医生、护士、护理员、通信员、炊事员、司务长等50余人。现有伤员700多人，最多时1200人。3个月累计共收容、转运6000余人。

连长说首要的困难是住房和转运。白天做饭，敌人发现炊烟即轰炸扫射，民房被毁，不得不转移。转移一次可难了。轻伤员自己走、自己爬，重伤员则须医护人员背。有一次有20多辆汽车载着伤员从前线开来，隔河三四里不能接近医院。同样，轻伤员自己走、自己爬，重伤员由医护人员背。有时上级派十几个民工背重伤员。

为了伤病员的安全，都是夜里治疗、处理，天亮前伤员都上山防空。同样是轻伤员自己走、自己爬上山，重伤员则由医护人员背。

二是吃饭困难。有时朝鲜就地供应一点大米。平常一天吃两顿饭。最困难时吃不到粮食，靠炒面充饥。

三是药品少、缺。常用的盘尼西林、破伤风药很缺。

四是医疗器械少。一个连只有一台X光机，前方不能动手术，而在这里动手术连起码的一套手术器械（如镊子）都配不全。纱布缺，护士就把自己的被单拆开，消毒后代用。没有大小便器，护士就把捡来的罐头盒当小便器。木头上挖个洞当大便器。

我们慰问了高位截肢的刘船兰、李子玉。他们是二次战役时在东线被冻伤的。他们从华东仓促入朝，未换厚棉衣。一次急行军后就地休息，几乎全连战士都冻伤了。他俩截肢才保住了性命。因运输困难，辗转至今已有两三个月了，还不能回国。当我们把抗美援朝纪念章挂在他们胸前时，他们没有眼泪，没有怨言，只表示"感谢祖国人民的关怀，为了打败美帝，自己流血没什么"。多么可爱可敬的战士呀！

连长带我们看望了一个朝鲜护士班。她们是当地朝鲜人民委员会派来的中学生，到医院做护理工作（几乎每个连都派）。这个班由班长金贞子带领。她们除做一般的护理工作外还打柴、烧水，背重伤员上山下山防空。为了表扬她们的国际主义精神，我们把抗美援朝纪念章佩戴在她们胸前。金贞子代表全班战士说："我们救护志愿军伤员是为了消灭共同的敌人——美帝国主义。让朝鲜劳动党、中国共产党携手前进吧！"应我的要求她们用刚学的汉字在我的笔记本上签名，她们是：金贞子、黄永子、文承玉、吴基男、金荣子、金玉子、崔淳淳、李小子、严贞淑、李允玉。我现在仍珍藏着这个中朝人民友谊的笔记本。

我们还慰问了几个医院的白衣战士。

一连护士长黄彦桥（共产党员）。3月26日在新溪附近，一辆载着15个伤员的汽车坏了，在盘旋的敌机下，她迅速带领护士邵淑清、罗克贤、龚亮把伤员背到半山腰防空。待敌机走后，把伤员从山上背到车上，才把伤员安全地送到医院。3月11日，3架敌机在别元里扫射，把两间空房打着了。为了隔壁伤员的安全，她们一面灭火，一面把重伤员背到了山洞，立了两小功。

一连六班护士马淑华（团员）。伤员喝水困难，她用胶管喂。她护理一个患破伤风的伤病员，一连守了几夜，直到伤员得救为止。一次，一个重伤员在手术室急需输血，她毅然献血120毫升，还不休息继续工作。2月10日，两辆汽车载着30多名伤员，正当天亮，敌机在空中盘旋，她自己背了5位重伤员到安全地带，立了大功。

三连护士王颖（团员），19岁，武汉人。病房遭敌机轰炸，她抢救重伤员到安全地带。一连背了 8 人。当她背最后一个伤员时，累得昏了过去。当我亲自给她戴上抗美援朝纪念章，表扬她大无畏的精神时，她表示"我不能再叫伤员受二次伤"。

三连某院的党团员为重伤员输血是常有的事。80％的医护人员共献血2400 毫升，救了不少重伤员。

二连五分院的护士班长刘秀珍在满浦时，敌人机枪子弹把她的腿打伤了。她忍着疼痛一连背了两个伤员脱险。在三登时，有一天来了 30 多辆汽车，她自己背了 49 名重伤员到病房。

一连二所的伊树珍、张秀英、赵书荣、冯贵珍、张健、王素琴等护士，都是全心全意为伤病员服务，爱护伤病员，是立过功的功臣。

回国汇报

慰问团在战地慰问了 1 个多月以后，七分团于 5 月 15 日越过鸭绿江，通过凯旋门，回到祖国。5 月 17 日到到天津，各分团进行材料汇总和总结。6 月 3 日回到北京。总团开总结大会，廖承志总团长作总结报告。他说第一届赴朝慰问团是中国最大的一个出国工作团。在志愿军、朝鲜人民军的帮助下完成了任务。毛主席对我们的工作满意。志愿军对我们的工作满意。

之后，原第五分团的全体成员在华北局的统一组织下，分别到 13 个城市、3 个矿区和少数农村老根据地汇报。13 个城市是保定、石家庄、唐山、秦皇岛、郑州、安阳、新乡、太原、张家口、大同、宣化、包头、归绥，3 个矿区是峰峰、焦作、阳泉。汇报时间 20 天左右。

追悼烈士

慰问团在天津时，5 月 18 日开追悼大会，追悼在朝鲜前线牺牲的廖亨禄、常宝堃烈士。廖亨禄同志是平原省 ① 军区保卫部部长，参加过长征，任第五分团支部副书记。他是在朝鲜金刚山与朝鲜人民军联欢时，被敌机发现，中弹受伤的。机枪子弹打在他大腿大动脉上，经朝鲜人民军现场输血抢救后，

---

① 平原省，在河南省黄河以北、山东省西部与河北省南部毗连地区。1949 年建省。省会新乡。以地处华北平原南部而得名。1952 年底撤销，分别划归山东、河南两省。

决定送回国内治疗。在汽车上，因失血过多，在距鸭绿江不远的地方停止了呼吸。

常宝堃，艺名小蘑菇，是天津有名的相声演员。他编在五分团。他从山洞里出来到一个小村庄为慰问团烧开水。敌机发现炊烟，对房屋轰炸扫射，他中弹身亡。

5月18日上午，追悼会在天津举行。会场布置得庄严肃穆。中间摆着烈士的肖像，两旁布满了各界的挽联。大街上行进着送殡的队伍。慰问团总团长廖承志、天津市市长黄敬同志扶灵车在前，慰问团全体成员列队在后，再后是天津市各界的代表。街道两旁站满了送殡的人群。他们个个佩戴黑纱，胸挂白花，深切悼念在抗美援朝前线牺牲的烈士，尤其是天津人民怀念他们心爱的小蘑菇。"为死者复仇""抗美援朝保家卫国""打败美帝国主义""争取抗美援朝的全面胜利"，是天津人民，也是全国人民的心声。

（北京市政协文史办供稿）

我两次率西南慰问团赴朝鲜慰问

·王文彬·

抗美援朝运动是新中国成立初期的重要运动。在这一运动中，我有幸两次率西南慰问团赴朝鲜慰问，现在我虽已90岁，但回忆起当年的情景来，心情依旧不平静。

我没有参过军，也没有受过军事训练，多年从事新闻工作。不承想，在1951年1月中旬的一大，我遇见彭友今，他问我，市里要组织中国人民慰问团赴朝鲜慰问，你愿意参加吗？我说愿意。后来，重庆市人民政府秘书长林蒙，又打电话通知我参加赴朝慰问团，并说：明天到西南军区报到集中，先学习一个星期，然后出发去北京。

经过学习，我们参加学习的同志便组成了中国人民赴朝慰问团西南分团。我被组织上指定为分团团长，陈播（西南军区文工团团长）为副团长，王一知（女，云南省华侨联谊会代表，原东北抗联名将周保忠的夫人，与金日成是战友）为秘书长。代表有纪希辰、刘文权、陈临彬、许庭星、刘盛亚、李义芳、文路、沈底天、欧松波、崔宗复、杨文远、唐超汉、丁乙、辉野、孟贵彬等以及文工队的同志。

1951年2月26日，我们慰问团带着6万余封慰问信、14000

个慰问袋、170 面锦旗，以及毛巾、鞋、袜等大批日用品，带着西南各族人民的嘱托和祝福，离开了重庆。那天，我们慰问团的全体成员，都穿上军装，背起背包，先在解放碑举行了简短的仪式，然后整队出发。

彭真为慰问团作动员报告

我们在 3 月 6 日到达北京。当时中国人民赴朝慰问团各大行政区的慰问分团到北京后，要集中学习、开会，并向中央分别汇报各分团组成情况。我们西南分团被编为总团之下的第二分团，我是团长，汇报工作自然由我来完成。记得当时主持听取汇报的中央领导同志是彭真。当我汇报时，本来照例应该先问各分团负责人的情况，但他却说，关于我的情况，张友渔最了解（当时彭真任北京市市长，张友渔系常务副市长），他就不再问了。

中国人民赴朝慰问总团的团长是廖承志，副团长是陈沂、田汉等，秘书长是李颉伯。在北京，我们慰问团还参观了不少地方。我们曾赴某空军基地，看到了我们人民空军部队。许多空军战士驾机起飞，表演了各种飞行技术。飞得特别快，机声非常小。有的飞机飞过去了我们才听到声音。在空军欢迎会上，主任讲话："我们人民空军还很年轻，但已逐渐成长起来，人民对我们的希望很大。我们全体指战员要学好本领，学好技术，将来要在实际战斗行动中，回答祖国人民对我们的希望。"廖承志总团长、陈沂副总团长都对空军战士讲了很多鼓励的话。战士李文庆说："在全国人民的支持下，在毛主席的英明领导下，我们有信心作战，我们随时准备着作战，保卫我们的领空！我们保证：我们将以胜利回答全国人民，回答毛主席及一切关心我们的人们！"

廖承志团长对人非常和蔼，当我们分团到北京后，他曾以他母亲何香凝先生的名义，约请各分团负责人到他家里聚会小餐。我们到他家时，何香凝先生正在全神贯注地画梅花，我们都围拢在她的桌前，看她作画。不一会儿，梅花就画好了，她对我们说，她要用这幅梅花作为礼物，慰问抗美援朝的志愿军将士。当她放下画笔后，我们都聚拢在画前，纷纷称赞她精湛的技艺。廖承志的家并不大，大家小餐时分成了几处，我参加的那一桌，就摆在他的卧室，椅子不够，有的人就坐在床边，有说有笑，其乐融融。

我们慰问团要从北京出发的前夜，也就是 3 月 17 日，在西长安街的长安大戏院召开慰问团全体人员大会，全国"和大"（保卫世界和平大会）主席郭沫若致欢送词，彭真对慰问团全体代表和文工团队及工作人员作了报告。他是当时的"活马列"，没有讲稿，也没有提纲，讲起话来口若悬河，滔滔不绝。他说：美帝国主义真是个纸老虎。它虽企图重新武装西德和日本，但因各方面反对，不一定能实现。朝鲜战争已使帝国主义发动新的世界大战的可能性减少了。斯大林元帅谈过，只要扩大保卫世界和平运动，不断地揭穿战争贩子的阴谋，就可能避免新的世界大战的发生。他对朝鲜战场的形势做了较为细致的分析和精辟的判断。接着，慰问总团团长廖承志作动员报告。他的讲话激动人心，他讲：我们是伟大中华人民共和国的慰问团，是代表毛主席和祖国人民去慰问的，我们决不玷辱中国人民给予我们的光荣使命，我们要以最大的决心和努力，只准成功，不准失败。慰问团党组又传达了对党团员的要求，通过学习讨论，纷纷订立坚决完成任务的保证条件，给全团同志极大的教育和鼓舞。大家边听边做记录，生怕记漏了一个字。

　　一切调整和准备工作就绪后，我们中国人民赴朝慰问总团和各分团，于3月18日离开北京，经过天津，稍事休整后又向沈阳前行。我第一次去朝鲜时，正是第五次战役第一阶段胜利结束，第二阶段准备积极开始的时候。那是打的运动战，部队正在大踏步地前进，情况比较紧张一些。

从东北赴朝鲜

　　我平日不写日记，这次到朝鲜去慰问，对朝鲜的语言、文字、人情、风俗、历史、地理等情况，都是十分生疏的。因此，决定天天记，并从沈阳开始记。

　　记得，1931年九一八事变后，我同津京记者10余人即于9月19日由北京去东北。因日本侵略军阻碍，过了大虎山车站，即改乘铁路局的小押车继续前进。行抵万家窝铺，即不能通过了。后来因为采访新闻，还去过东北两次，一次到沟帮子，一次只到了锦州。东北共去过3次，均未到达沈阳。回想起来，总是一件憾事。

　　这次到沈阳后，我在公共集会和从人的漫谈中听到很多的英雄故事。这些故事，都来自朝鲜，发生在前线。深感今日朝鲜真是"英雄世界"。当时，东北各方面工作，都在东北人民政府"巩固国防，发展经济"的总目标下努力进行着。

记得，沈阳工人赵官福的老婆顺口唱过一支歌："起床做饭都得早，保证不让他迟到。把生产搞得好又好，咱们生活就会更提高。孩子们个个上学校，咱们也在学文化。想起从前比眼前，共产党的恩情永远忘不了。"那时，中国人民志愿军在朝鲜前线的伟大胜利和英勇行为，大大地鼓舞了东北人民，提高了各阶层人民的政治积极性。

在毛主席领导下，人人都有"各得其所""各显神通""各尽其才"的机会。艺人在旧社会中经过多少年苦心锻炼，才练成种种惊人的技艺。而过去在各种社会活动中，反受到很多的压迫、剥削和侮辱。现在解放了，他们真正翻身了，都愿意对国家和人民贡献出最大的力量。所以，为了加强抗美援朝、保家卫国运动，北京大批艺人首先参加了我们赴朝慰问团。天津艺人不甘落后，也参加了慰问团。京津艺人共达百余人。北京著名艺术家魏喜奎和天津著名相声艺术家常宝堃都在我们这个慰问团里。

4月4日，我们慰问团出发日期临近了，总团特召集全体团员大会，再做一次动员报告。廖承志总团长在会上两次讲话，大意说：我团准备工作已告结束，就要出发了。希望大家做好思想准备，牺牲个人愿望，有始有终地克服一切困难。到前方后，要自觉地遵守纪律，服从指挥；要紧张起来，实行军事化；更要注意保密工作，一切为了胜利，为了胜利这一最高利益，有助胜利的则做，否则不要做。朝鲜战争再一次证明了世界和平民主阵营的力量，已超过了帝国主义的侵略力量。更证明帝国主义侵略军是可以打败的，一切侵略阴谋都可以粉碎。

陈沂副总团长讲话说，这次慰问团去前方，有人说等于派了100架飞机去。我们就要发挥这100架飞机的作用。我们是从各方面来的，我们对战士们讲话，应就各人的岗位作重点，多谈些后方支援志愿军的情况。自己是什么身份，就讲什么话。越生动越好。多多启发，多多鼓励。慰问品要做适当分配。特等英雄模范，应多多奖励。

田汉副总团长讲话，明确指出：我们对战士们讲话，当然是人民的立场，是宣传鼓动的立场，决不是好像首长施政训话的立场。我们对中朝军队的胜利，应做正确的估计。

李颉伯秘书长最后提醒大家注意说：我们在行军途中，大家要注意依靠汽车司机，提高司机工作的积极性与机动性。因为司机们往返战地，行军经验最多。

我们第二分团的全体团员对于赴朝慰问的任务，经过长时间讨论以后，我们特向总团部提出我们的决心书："我们第二分团的全体团员，以无限愉快兴奋的心情，热烈地讨论了总团所给予我团的任务。在会上，大家纷纷表示决心，誓以最大努力来完成祖国人民所给予我们的光荣使命！在这里，我们愿再向毛主席、向党中央、向祖国人民保证：一、我们决不犹豫，决不动摇！勇敢地走向前线，认真地做好慰问工作。二、我们绝对服从领导，听从指挥，遵守纪律。三、我们坚决遵守本团关于防空、行军、生活制度、防特保密等规定。四、我们决定发扬友爱团结互助精神，踊跃参加服务工作，决不逃避责任！五、我们坚决克服任何困难，不怕危险，不惜牺牲，坚决完成任务！"

在我们出国之前，也就是 4 月 5 日，为适应前线军事的需要，也为各个分团明了各方面战地情况，各个分团都派人参加其他分团。总团曾根据朝鲜战场情况，将各慰问分团的组织与分工做了部分调整，把西南分团代表和文工团队的一部分与北京市的部分代表和文工团队合并，成立第七分团，任命我为团长，黄中（共青团中央体育部部长）为副团长。第二分团由陈播任团长。从朝鲜归来后，我又被调回第二分团任团长。慰问工作我是初次做，一切慰问品都是临时分配，临时补充。我当时感觉到头绪繁多，责任重大，为服从总团领导方面的决定和同志们的互助合作，我毅然接受任务，决心克服一切困难去完成。

我们全团是 4 月 5 日离开沈阳的。我和全团同志一样，背了全部行李，只走了极短的一段路程，就出了汗，感到些疲劳。在车站席地候车的时候，在不知不觉中受了风寒，上车后嗓子变哑了。这个弱身体，要达到军事化目的，还得好好地锻炼。

我在人声嘈杂的火车上，睡得很安稳。由于一夜中几次熄灯的情况，每个旅客都感到渐渐接近国防线了。第二天起身时，经过鸡冠山、凤凰城等好几个车站，就到了安东（今丹东市）。

　　原定于 4 月 7 日过江赴朝鲜，但因为准备工作尚未完成，所以延期了一天。慰问团各分团正好再做进一步的准备工作。我们七分团在郊游时开了一次宣传会议，主要的决定：一是对朝鲜人民军的讲词，应先起草好稿子，临时请人翻译；二是对我们志愿军讲话，要准备较详细的提纲，要突出重点；三是对各单位部队讲话，要结合过去战史及战士们目前的思想情况。在我们志愿军某部队分配车辆的时候，我很清楚地听到：车辆分配的标准，炮弹第一，慰问团第二……我想，我们这次赴前线慰问，能否发挥仅次于大炮的作用，还要看将来的事实。

渡过鸭绿江

　　在渡江前夕，我们慰问团总团召开过一次会议，检查了各分团的准备工作，并宣布了工作所在区和出发办法。我们分团也召开全体大会，讨论了生活互助和防空技术等问题。

　　耸立在江边给人以深刻印象的，是一座搭成不久的凯旋门。许多抗美援朝的钢铁战士和保家卫国的人民英雄，都很迅速地愉快地通过凯旋门，英勇地坚决地走向前线。我们慰问团也从凯旋门紧跟着志愿军战士们出发了。

　　鸭绿江上的桥梁，早已成了敌人飞机轰炸的目标。凡是炸中了的桥，我们都尽快修复。工人、工程师及技术人员，都像身临前线似的极紧张地工作着。救护人员也在准备着救护。大家都发扬了战斗精神，不怕危险、不避困难，保证了江上的运输畅通。敌机的轰炸扫射，是不可能阻断中朝人民的血肉联系的。

　　我们初到战地，一切都感到新鲜。尤其是夜行军，一路上浩浩荡荡地前进着，许多城市和乡村都在表面上沉浸在黑暗里。实际上无数的隐蔽地方，仍有各种工作者继续为胜利而斗争着。有时敌机低飞，我们战士们就展开对空射击，驱逐了敌机。志愿军领导机关特别派汽车来接我们，一切都布置得很周到。

　　我们在乘车前进中，首先了解到司机同志们的英勇、辛劳和机智。他们在战地驶车，差不多脑力、眼力、手足力都在时刻绞动着。就是司机的助手，任务也很繁重，工作同样辛劳。有时在敌机骚扰中汽车摸索前进，既需要迅速，又必须安全。加上山路崎岖、河道纵横、语言不通等，都使司机们感到特别困难。可是，这些又算得了什么，都被他们一一克服了。

我们第一夜住在泰川郡的一个小村庄，一个风景优美的地方。四面有山环抱，有水有桥。朝鲜战争进行了9个多月，这个村庄并未遭受敌机的骚扰。北犯的陆上敌人也未蹂躏到此处。因此，这里人民的生活方式，大体上还保持常态。农民照常进行春耕。由于高级中学的学生几乎全部参军，初级中学的学生也大部分参军了，剩余的一部分初中学生，组成若干学习班，每班20人，分在家庭学习，由教员巡回教导。课程方面，仍为国语、露语（俄语）、历史、地理、物理、化学等科目。全郡的小学，也因防空等关系已经全部停办了。

赴朝途中，山路比较险峻。天气晴朗，又无敌机骚扰，汽车行驶既快又平稳。过宁边境内时，敌机活动渐多。汽车灯光忽明忽暗，行车速度降低了一些，对敌机的小战斗也开始了。这里白天曾发生过空战，敌机曾被朝鲜人民军空军击落一架。当我们过价川时，敌机正狂炸火车站和附近的公路。在敌机轰炸扫射中，我们亲眼看到铁路工人不顾自身的危险，仍然大鸣汽笛，很沉着地驾驶机车，拖着长长的车身，坚持铁路运输工作。汽车司机们也在敌机轰炸车站时，机智而勇敢地通过铁路桥，直奔自己的目的地。

我乘的一辆汽车，司机谨慎机警，首先发现公路上一个炸弹坑，赶快巧妙地避开，并尽可能地通知了后面的车子，防止将车子陷下去，并转告工程队及时修复。

敌人企图破坏我们的运输线，把火车和汽车当作最主要的轰炸目标，因此，我们每天宿营时的第一件事，就是好好地隐蔽车辆。在这方面，汽车司机们尽了最大的努力，发挥了自己的聪明智慧。同时，应该特别提出的是，朝鲜人民对志愿军的爱护和帮助，在隐蔽车辆时也表现了忘我的牺牲精神。

4月11日赴顺川，给我们的印象最深刻。那天天气晴朗，风和日暖，我们很清楚地看到了现代战场。敌人的美式装备：各式各样的坦克、炮车、卡车、救护车、吉普车，都是横七竖八地横陈在公路两边，或是孤零零斜卧在山坡上。还有零乱不堪的电线，一堆一堆的破烂武器分布在山边路旁。所有能修易修的车辆，我们中朝人民部队都修好并加以利用。仅就这一线的主要战利品看来，至少我们有数千件之多。敌人机械化部队狼狈惨败的情景，在这里暴露无遗。北朝鲜公路，有的比较宽阔，有的很狭窄。敌人的坦克过后，路面已经被破坏了。照路面的宽度，坦克只能前进，后退就很难了。好多地方连转弯的可能都很少。所以，我们中朝军队插入敌后，实行包围歼灭的时候，狂妄的美国侵略军和帮凶军只有放下武器慌忙逃命这一条路。同时，想到我们志愿军和朝鲜人民军的英勇善战，能以劣势装备战胜优势装备的敌人，实在令人敬佩极了。

慰问团在朝鲜

我们慰问团自从进入朝鲜，因战争需要一律换上与志愿军一样的军装，都有一个临时的番号，只是没有正式做领章。白天要作战，我们的慰问工作经常在夜间进行。有时，因为在夜间寻找自己所要慰问的部队不易，我们不得不与部队暂时分离，接着饮食、住宿都成问题。于是有时我们还不得不分散为小组，暂时借住在朝鲜老百姓家中，大家挤在一起睡。有一次，为躲避敌机空袭，我们就宿在一片坟地，可竟没有人"怕鬼"。

那时的慰问非常辛苦。一次夜间慰问，我们走过一条小溪，正遇上敌机轰炸，溪边附近是一片树林，敌人的炸弹屡屡在树林爆炸，我们不能前行，分团成员便利用这个机会稍事休息。谁知大家裹着雨衣，戴着雨帽，竟在溪边睡着了，就连水从耳边流过也都不知道。大家是太疲劳了。

在月亮高照的夜里，我们慰问团第二分团2人，第三分团1人，第七分团7人联合，于4月16日在某政委领导下，曾赴某交通运输机关慰问。月亮当空，车速行驶甚快。我们每到一处都给我们以深刻印象：每个干部和战士，都是那样紧张、严肃、认真、负责、忙碌地在工作。

我们先到机关的联合办公处，那是一所新开辟的地下室，还有10余个工人正在继续挖土，加强工程。这里布置极简单，实际上同前线的战壕差不多。表面看，只有几支蜡烛，一部电话机而已。联合办公处上空，敌机曾不断来骚扰。在附近曾落过一枚特大的炸弹，形成一个大土坑。但电话机总也停不下来，不断有人说话。前来接谈公务的人络绎不绝。他们那种忘我的工作精神，深深地教育了我们慰问团的每一位团员。

敌机日日夜夜来扰的某火车站，我们也特地去看过。这是一片破瓦颓垣的车站，每日每夜均有成千上万的交通运输人员在工作。这里灯火辉煌，人声嘈杂，运输工作非常繁忙。若有敌机来袭，就立刻变成了黑暗。站长及干部人员仍在地下室坚持工作，并指挥各对空射击小组坚强打击敌机。若敌机炸中了我们的车辆或物资，即刻集合群众，进行紧急抢救，发扬革命的英雄主义精神，力求把损失减到最低限度。

车站附近的房屋，被敌机多次破坏，有的被炸倒，有的经过扫射，几乎没有一个完整的房子。完全被炸毁烧光的更不知有多少。许多民工为了迅速地抢运物资，从很遥远的住处跑步来到车站，不论卸车、装车、转运伤员、分散物资，都很快捷而谨慎，处处表现了高度的认真负责的战斗精神。我们到车站时，有两位民工正在争论。一人主张汽车多装一些物资，另一人为保护车辆，主张少装些。两人都是为胜利、为国家、为人民利益着想，并没有任何私人打算。凡是转运破了的袋子，有人正在忙于修补，以减少国家物资的损耗。除火车、汽车等交通工具外，我们还有其他某种现代化的设备，努力加强运输。也有各种落后的交通工具协助运输。最令人兴奋的，是朝鲜男女老少成群结队地来担任运输工作。据说某一时期曾动员几万人参加，现在春耕农忙，还大大地减少了。

由于我们猛烈对空射击，敌机已不敢低飞。它们仓皇飞来，胡乱投弹即飞去。我们去车站的那天，可算是敌机活动频繁的一天。那一天中敌机曾来袭十余次之多。因我们的高射炮射击火力非常猛烈，敌机在高空投下很多凝固汽油弹和燃烧弹，所幸均落在荒山，引起一片大火，彻夜都在燃烧着。但我们并无死伤，物资也无损失。

从4月17日起，我们第二分团的同志们开始收听和抄录北京中央电台广播，并在躲避空袭处公布，围观者、抄录者甚多，证明大家急切需要精神食粮。于是，联合团委会又决定了两日工作程序。首先，特别为战士们做一次祖国情况报告，由王若望报告抗美援朝与优抚条例，李建生报告民主党派情况，李启新报告爱国主义的生产竞赛，凌其峻报告工商界的抗美援朝运动，陈播报告西藏情况。其次，决定由第二、第三、第七分团合派25人分五路出发，进行慰问。又决定组织文艺工作、医务工作、青年工作3个座谈会。并请各部队轮流来看电影。

千千万万的中朝战士们，经过中国共产党和朝鲜劳动党的长期教育，成为一支不可战胜的部队。每一次战斗，都涌现出许多战斗英雄和模范工作者。上甘岭地区战役中，固守597.9高地的一个班，由于副班长蔡新海的优越指挥和战士们的英勇善战，打退敌人7次攻击，杀伤敌人近400名，我军只有3人负伤。正如慰问团的一位代表所说："这回看到的英雄，可不是一个两个，十个八个，我们先到了1个团，大多数都立了功，又到了1个连，全连立了特等功，再到1个排，全排也立了功。"由于千千万万的英雄人物掌握了现代化的武器，就成了更加强大的力量。

前线环境特殊，一切都有困难。但我们部队各单位领导仍在极困难条件下，推动各项工作，不断教导干部，提高大家政治思想业务文化水平。我们看到某部卫生部为加强医院工作，提高伤员治愈出院率，特在3月间举行医院工作会议，某副部长指出：过去以伤员平均治愈率大于60%归队，为完成任务的目标，还是不够；应该继续努力，再提高一步，最后提出医院工作计划；某部政治部政训大队经一个半月的学习，某政委在结业时讲话，特别指出：要认识当前是一个战斗环境，大家要不避艰苦，不怕困难，全心全意将工作做好。全体学员在毛主席像前宣誓：不怕吃苦，努力完成任务，为朝鲜人民的胜利而奋斗到底；某部军械部自3月起酝酿立功运动，决定每3个月评一次功。每单位设一记功员，每周进行民主记功一次，每月总结一次。至4月份，无论机关、连队、仓库，均展开了革命英雄主义的竞赛热潮。军械学校经两个月教育，学员都非常努力，在结业时的考试成绩，每人总平均分数均达到97分以上。有30余名学员加入了新民主主义青年团。学员大部分要求分配到斗争最激烈、生活最艰苦的地方去工作。

某部特等模范林会友同志提出挑战，保证在保管、装卸、包装、检查等工作上起带头、骨干、桥梁作用，按时完成任务，提高警惕性，做好警卫及五防（防空、防火、防险、防潮、防特）工作，决不骄傲自满。要团结广大群众，发扬友爱精神，互相帮助，虚心向群众学习，争取功上加功。加强各方面的学习（政治、时事、业务、文化），保证不违反学习制度。

4月24日，是我们志愿军和朝鲜人民军的反击战开始后的第3天，某团第二营接受了突破"三八线"，渡过临津江的任务。在第三次战役中，我们中朝部队全面突破"三八线"，是在 4 个钟头以内完成的，最快的地方只花了 7 分钟。在第四次战役中，敌人在"三八线"上秘密布置了地雷与强烈的火力网。可是，这一次由于我们的部队事前有准备，充分地了解敌情，在上级交代下任务时，仍旧是很顺利地完成了突破"三八线"的任务。某团第二营就是在一刻钟内，通过"三八线"15 里宽阔的地区，并在两小时内渡过临津江的。由于这艰巨任务的迅速完成，某团第二营立下了一次集体战功。

第二次到朝鲜

中国人民第二届赴朝慰问团在朝鲜工作期间，我是参加第三分团的慰问工作，在朝鲜往返共 40 多天。我们第三分团即西南慰问分团，团长是我，副团长是朱丹南和尹超凡，团员有朱已训、邓后炎、刘文权、陆柱国、杨嘉华、龚企扬、易登瀛、张莉蓉、王淑珍、李万贵以及贵州苗族、瑶族和云南白族等代表。

我们西南慰问团是在 1952 年 9 月离开西南的，10 月到朝鲜慰问，11 月才回到重庆。我们带了很多慰问品，有旗子、香烟、糖果、笔记本、丝质手帕、烟斗、茶缸、信纸信封等。我们还带有四川银耳、贵州茅台酒、云南火腿等土特产，送给金日成将军和彭德怀司令员等人。另外，还有 1200 万封慰问信，分装在 1500 辆大汽车上送往朝鲜。我们去的时候，受到志愿军、人民军和朝鲜人民的热烈欢迎。他们排着队伍，打着锣鼓，奏着军乐。有的深更半夜等候我们，有的冒着大风大雨迎接我们。他们说："祖国人民的代表来了""毛主席的代表来了""我们的亲人来了"。他们抢着背我们的行李，伸出双手紧握我们的手，同我们拥抱在一起。

我第二次赴朝时，正是上甘岭地区战役打得最激烈、我军接连胜利的时候。这是打的阵地战。敌人来多少，我军就打败他们多少，阵地越来越巩固。志愿军各级首长随时提醒我说："你是 1951 年来过的，看看今年 1952 年的情况怎么样？"从我的耳闻目睹，深深地感到：我们中朝军队的发展与进步，实在是伟大的、光辉的，战场形势的变化是惊人的。

1952 年 10 月 15 日是敌人开始攻击金化北面上甘岭地区的第二天，一昼夜之中，敌人打了 25 万发炮弹。到 10 月 31 日，敌人又一次疯狂攻击上甘岭地区时，又在一昼夜之中，打了 30 多万发炮弹。敌人进攻的地区，实际上非常狭小，就只是上甘岭地区 537.7 和 597.9 两个高地，合起来只有 4 平方公里。而我们志愿军的火力已加强了许多，往往我军炮火齐发时，立刻就压制住了敌人的炮火与枪火，有时敌人半小时都打不出枪炮来。由于我军炮兵打得准、打得猛，打乱了敌人的阵容，摧毁了敌人的炮兵。就在这个时间，我军步兵还要发挥它的威力，歼灭从炮火中逃掉的敌人。譬如 10 月 19 日一夜之间，我军就歼敌 2500 余人。我们英雄的人民部队，就在这样猛烈的炮火中坚决地守住了英雄的阵地。敌人使用了美军第七师、李承晚伪军第二师和第九师 1 个团、埃塞俄比亚营、哥伦比亚营等两个多师的兵力，争夺那两个高地，43 天之久，结果连我军一个班的阵地也得不到，想前进一步也不可能，反被我军杀伤 2.5 万多人。美军第七师被我军打得七零八落，艾森豪威尔到朝鲜看到"联合国军"的惨败局面，他很泄气地说："我们没有能够解决问题的万灵药和诀窍。"

上甘岭战役时，我们西南分团曾两次慰问了秦基伟将军。那时他是第十五军军长。我和副团长朱丹南看望秦基伟时，正值上甘岭阵地争夺战最激烈时期，美军白天刚夺去了一个山头，秦基伟又在当天夜里指挥他的将士们，将它夺了回来。秦基伟将军正为此而高兴。他见我和朱丹南前来，急忙从床下拿出我们慰问团送去的贵州茅台招待。我们向秦基伟表达了慰问团全体同志对他们的祝贺和敬意。

敌人飞机的威风已被我军的高射炮火压制了。在上甘岭地区战役的 43 天中，我军打落打伤敌机 200 多架。在 11 月 21 日到 25 日，我军高射火器打落打伤敌机 70 架。现在敌机已不敢低飞，在高空投弹，目标既看不清，命中就很难。敌人吹嘘的"空中优势"，已经破产了。

我军打坦克的武器大大增多了，战士们打坦克的经验更丰富了。我军不仅有对付敌人坦克的办法，更重要的是我军反坦克的武器非常多，敌人坦克群配合作战的作用大大减低了。我军炮兵打坦克的事迹是很多的。在 1952 年 1 月到 9 月，我炮兵部队打毁敌人坦克 684 辆，各种炮 463 门，毙伤敌人 3.4 万余名。

建立打不断、炸不烂的钢铁运输线，是经过各式各样的斗争的。我们的后勤机关经过长期的钻研、实验，已创造出许多保存我们物资、消耗敌人弹药的办法。

最显著的，是我们中朝军队高射炮火的大大增强，敌机到了目的地上空，只看见天空中一片火海，高高低低，密布了多少层火网，想投弹找不到清楚的目标，逼得他们慌慌忙忙丢下炸弹，只图轻轻快快地逃走。所以，敌机破坏我们运输线的效果已经大大减低。

一年来，敌机的活动，也经过好多次的变化：最初是用机枪扫射，或用小型炸弹轰炸；一度散布了十几万四角钉子，专门破坏汽车轮胎；又一度改用凝固汽油弹轰炸燃烧，或用火箭炮俯冲射击，或丢下大批定时炸弹，妨害我军运输；后来企图把夜间变为白昼，凡是交通运输要道，都是先用照明弹，一个接连一个，照得如同白昼，然后再行射击或轰炸；再后来因为我军高射炮多了，敌机根本不敢低飞俯冲，乃用空中爆炸弹，企图杀伤面扩大些。以上各种办法都是徒劳的。现在，敌人选择了所谓"集中轰炸"办法，无论什么目标，一律使用重磅炸弹，企图一下子把朝鲜毁灭干净。但结果只是田野中多些弹坑，山沟中损坏了些草木而已。因为重磅炸弹体积大、价值高，飞机不可能多带，破坏的范围有限。今年冬季，前线需要那么多的冬季服装，我们后勤机关只花了很短时间就把棉衣运到前线，没有一套冬季服装受到损失。这次我们慰问团的慰问品，装了一长列的卡车，也在10月25日志愿军出国作战两周年以前，全部安全地运到了前线。一年多来，依靠四通八达的运输线，我军运输效率提高了很多。同时，我们运输战线上的损失，也大大地降低了。譬如1952年9月份，只有一部汽车被敌机炸毁。

由于交通运输战线上的大胜利，大大地改变了战场的形势。所有部队需要的弹药、粮食、汽油、罐头、饼干、肉类、青菜等，都能大量运送到前线。无论前线有任何需要，都能源源不断地供应上。

同时，我们人民一面作战，一面生产。许多战斗上和生活上的迫切问题，都是努力自行解决，并不是完全依赖后方的供应。他们一年几次盖房子，大规模地种菜，成群地养鸡，许多单位还养了猪。这样努力的结果，指战员们的生活，已经大大地改善了。

再看看 1952 年 6 月以后的 5 个月来歼灭敌人的数量：6 月份歼敌 2 万余人，7 月份歼敌 1.95 万余人，8 月份歼敌 2.41 万余人，9 月份歼敌 3.09 万余人，10 月份歼敌 6.38 万余人。这些数字更具体地说明了我军越战越强、越战越勇、越战战果越大。

从朝鲜归来之后

从朝鲜归来之后，前线的情景总是一幕一幕地出现在我的眼前，也是由于长期从事新闻工作，不自觉地就产生了把前线情况写出来的欲念。两次访朝，两次归国，我先后在重庆《大公报》《重庆日报》、重庆《新华日报》、《重庆民讯》、上海《大公报》、天津《进步日报》、《天津日报》、贵阳《新黔日报》（《贵阳日报》前身）、《贵州农民》报等报刊上报道朝鲜战场情况，报道志愿军英勇作战的感人事迹。

1951 年 5 月，《天津日报》特派记者访问我们赴朝慰问团成员，并在 23 日《天津日报》上以"从朝鲜胜利归来的赴朝慰问团代表发表感想"为题，发表了慰问团成员的文章。记得当时第一分团团长李敷仁撰有《前线后方充满胜利信心》、第四分团团长郑绍文撰有《用全部力量支援朝鲜战争》、第五分团团长张明河撰有《敌人不投降就消灭它》，我也撰有《我志愿军的钢铁意志》的文章。此外，报上还登载了民盟代表周鲸文、广东省无党派人士李洁之、北京大学教授向达、民建代表凌其峻、农工代表李健生、科学工作者代表王书庄、东北文艺界代表草明、北京文协代表凤子、中国红十字会代表冯子明、北京基督教女青年会代表萧静、慰问团曲艺大队副队长侯宝林等人的文章。

从朝鲜回来，大家都有很深的感受。记得曲艺工作者侯宝林（著名相声表演艺术家）见到志愿军艰苦情形，认为自己的生活过得好了，决定再把生活水平降低一些。他说：一定要这样心才能安。曲艺工作者李少华（女同志，演唱河南坠子）见到战场上共产党员和共青团员的忘我精神，决心加强学习，努力搞好自己的工作，准备在一年内争取做一个光荣的共青团员。

我两次赴朝前线，都受到极深刻的教育。我们民建同志和工商界参加中国人民第二届赴朝慰问团的共有 20 多人，都在短短的战地生活中受到极深刻的教育。上海胡厥文同志（总团副团长）说："我们必须以更大的力量来继续深入抗美援朝，检查我们的爱国公约，以更大的力量来支持我们的志愿军和朝鲜的军民。同时，我们还必须更好地坚守自己的岗位，努力生产，加紧进行祖国的建设。今天的事实已经证明：我们是越战越强，敌人是越战越弱。如果敌人胆敢继续打下去，他们是注定要失败的。"北京吴觉农同志（第一分团团长）慰问高射炮部队时，正碰到敌机来袭，他看到了战士们立刻打下了1架敌机。他特别兴奋能看到朝鲜农业生产恢复和发展的迅速。天津谭志清同志（第六分团副团长，天津工商联代表）说："我从入朝鲜到回国，见闻所及，无不深受感动。准备从实践中改造自己，以百倍的努力，发挥经营积极性，更好地做好抗美援朝工作，支援我们英勇的志愿军，争取最后的彻底的胜利。"汉口孙耀华同志（第五分团副团长）说："这次慰问，更加强了我们胜利的信心。我们在朝鲜每天都被很多英雄事迹所感动。我们今后要用实际行动支持中国人民志愿军。"一般说来，我们慰问团都受了志愿军爱国主义和国际主义精神的感召。我个人两次参加赴朝慰问工作，感触甚多。我深深感到朝鲜战场的巨大变化与发展，已经完全肯定胜利永远是我们的。我决心搞好传达工作以后，回到个人岗位上加倍努力。

参加慰问团的工商界代表，见到敌人滥炸朝鲜的工厂，一致认识到了美帝国主义是工商业者的死敌。大家也体会到了：如果我们再有多一些的飞机大炮，最后胜利一定来得更快些。上海工商界代表陈巳生在朝鲜对新华社记者谈话，就提出了回国发动捐献飞机的想法。天津仁立实业公司总经理朱继圣、副总经理凌其峻回国后，在中国人民抗美援朝总会号召捐献的前3天，就代表仁立公司宣布捐献喷气式战斗机第一号。

我第二次从朝鲜回来，于1952年12月11日在天津《进步日报》，也就是原《大公报》的要闻版发表了《看到我们最可爱的人》的文章，报道了朝鲜前线的英雄人物和事迹，以及我在朝鲜战场上的所见所闻。因原文较长，《进步日报》连载了两版。

除撰写报道外，我还根据组织的安排，传达朝鲜时事，宣讲志愿军的英勇事迹。我先后在北京、天津、上海、武汉、重庆、贵阳及贵州遵义地区各县作过许多场传达报告。记得第一次归国后我在各地传达了8个月，第二次归国后又在各地传达了6个月之久。1953年1月，我应邀前往贵州赤水县传达，因交通困难，我由重庆乘船到合江后转道赤水，县委专门派人带马到合江接我。可是我一个文弱书生，又怎么会骑马呢？只好又连累一个同志帮我牵马前行。到赤水县后正值征兵季节，我一个挨一个地到新兵营去传达，大大激发了新战士的爱国热情。县委宣传部还将我的传达稿油印成小册子，书名为《朝鲜战场上的伟大胜利》。至今我依旧珍藏着这本小册子。

（王建西　加工整理）

（重庆市政协文史资料委员会供稿）

参加第二届赴朝慰问团片段回忆

一、筹组情况

1952 年 8 月 29 日，西南军政委员会办公厅召开会议，根据中央指示，筹组第二届中国人民赴朝慰问团西南分团，分团代表 40 人，其中军队代表 13 人，其他由三省（云南、贵州、西康）、一市（重庆）、四区（川东、川西、川南、川北）有代表性的工人、农民、民主人士和机关干部组成。另有文工队 20 人，电影放映队 3 人。经过酝酿协商，于 9 月 3 日组成以王文彬（工商联干部、民建成员）、朱丹南（机关干部、中共党员）和尹超凡（军队代表、中共党员）为正副团长，由工人、农民、军队、民主人士、妇女、青年和机关干部 40 人参加的西南分团。由李根源任队长，有著名曲艺艺人、杂技演员李德才、邹忠新、周连春、刘翠英参加的文工队，由戴昌弟任队长的电影放映队，集中起来，住进重庆市交际处招待所。

经过几天学习和准备，于 9 月 10 日晚上船，11 日早晨开船，14 日到武汉，当天转乘火车北上，16 日抵天津，与总团会合。到 19 日，除东北外，其余各分团俱已到齐。总团召集汇报会，听了各分团汇报后，总团长刘景范、副总团长陈沂、秘书长李颉伯都讲了话。22 日举行第二届中国人民赴朝慰问团成立大会，宣告这一届慰问团正式成立。23 日，请解放军总政治部萧华副主任向全团作报告，讲了祖国各方面建设的情况、朝鲜战场的战况，以及慰问团的任务和注意事项。讲得很生动，大家听了很受鼓舞。正像刘景范总团长在报告中说的："既给我们以宣传武器，又给我们打了预防针。"

9 月 24 日离津，25 日抵达沈阳。当天，总团召集各分团团长开会，会上介绍志愿军甘泗淇副政委与大家见面。甘副政委对慰问团到前线慰问表示欢迎，也简要地介绍了前方作战的情况。第二天，志愿军后勤罗副参谋长向慰问团全体人员做报告，所讲战争情况更加详细和具体，也谈了注意事项。在沈阳期间，正赶上中华人民共和国成立 3 周年的国庆节，慰问团全体代表参加了观礼。在国庆节前后，慰问团的准备工作进入了更加具体和紧张的阶段，还进行过行军和防空的演习。10 月 6 日离开沈阳，7 日到达安东（今丹东市）。

二、慰问过程

10 月 8 日凌晨 3 点半钟，从安东出发，跨过鸭绿江大桥，到了朝鲜地界。出发前，总团打过招呼，一过江，一切行动听来接的志愿军同志指挥。具体地说，不管乘大车还是小车，都要听司机同志的指挥。车行 4 个小时，到一个小地方，天亮了，司机同志可能考虑到我们刚离开祖国，怕我们到朝鲜人家里不习惯，就把我们安排在一位叫李茂昌的山东侨民的家里休息。李茂昌在这里开了个小饭馆，他说战前生意还不错，打起仗来就冷清了。他们家一切布置都保持着家乡习惯，让我们在国外仍像在国内一样。在这里休息了半天，司机同志考虑到这里离前线较远和天气情况，估计敌机可能不多，决定下午 2 时出发，10 时就到一个叫温泉的地方住下了。以后的两天，总是下午 5 时出发，半夜前后到一个地方休息。如 9 日下午 5 时出发，晚上 10 点 45 分到达一个叫武陵里的地方休息。10 日下午 5 时出发，原打算 9 点可以到我们的目的地——第三兵团驻地。但是一路上不是汽车抛锚，就是桥梁被敌机炸坏，进行抢修，于 12 时才到达。兵团的首长和干部、战士、文工团团员 300 多人，还有朝鲜人民军和地方的代表在雨中等了 3 个小时。但是雨并没有把人们的热情浇下去，又是握手，又是拥抱，我们被接到"高干招待所"。虽是在山上打的坑道，但安了电灯，周围墙壁镶上了木板，让人感到明净、舒适。

从13日起，慰问团的代表向兵团直属机关官兵做祖国建设情况的报告，兵团也安排了战斗英雄张像山、牟元礼、黄家富等讲他们英勇杀敌的故事以及工作业绩。兵团文工团和慰问团文工队也在一起座谈，交流经验。在兵团活动了5天，遵照兵团安排意见分两路出发，到各军继续慰问。

一路由副团长尹超凡率领先到十二军，再到三十八军，工作完毕，由三十八军负责送回国。另一路由团长王文彬和我率领，先到十五军，再到四十军，工作完毕回兵团，由兵团送回国。文工队不分，先到十二军，再到十五军，然后三十八军，最后六十军。代表们在每个军活动两周左右，文工队每军一周左右，文工队每到一军基本上可与代表会合，最后和在六十军的代表一起回兵团。根据这样的安排，10月17日晚，在兵团为我们举行的欢送宴会结束后，分头出发。

十五军是我曾工作和战斗过的部队，我在这里的文工团先是担任团长，后是政委、随营学校的政治主任、敌军工作部的副部长等职。我和这里不少同志在太行山上一起打过游击，又一起渡过黄河，一起参加淮海、渡江两大战役。从1949年我被调离这个军，后来又转业到地方，算来已有3年没和这些同志见面了。

我们到达十五军驻地虽然已是18日的凌晨2点，但是秦基伟军长、车主任和军直机关干部、战士的代表排着整齐的队形，夹道欢迎。大家欢呼、跳跃、互相拥抱，热烈的情景，无法用笔墨形容。秦军长不用说了，是我的老首长，就连车主任虽然是初次见面，也问寒问暖，十分亲切。队里不少老战友，如高树基、赵理湖、李舒琴、王龙池等，更是一番久别重逢的亲热。大家还围拢过来问："刚才听到西浦里方向有敌机轰炸，受惊了吧？"我说："敌人飞机虽然疯狂，撂下的炸弹，只溅到身上一些泥土，算不了什么。"我又笑着说："我们是来慰问你们的，倒先接受起你们的慰问来了。"随后向首长和同志们把王团长和代表逐一做了介绍。

根据军部安排，慰问团分4个组进行工作，军直包括炮七师一个组，其他3个组分赴后勤、四十四师、二十九师，四十五师只派随团部队作家陆柱国和工人代表、劳动模范牛汝森去。为了准备参加将于 25 日举行的中国人民志愿军出国作战两周年纪念大会，把王团长和我都留在军直这个组，这样的大会十五军是个重点，届时将有朝鲜人民军和地方的代表来参加。

在十五军的慰问工作是从 20 日开始的，其中既有我们向指战员报告祖国经济、文化各方面建设的情况，也听这里的战斗英雄们向我们讲述战斗生活和英勇杀敌的事迹。25 日纪念大会上，除了朝鲜人民军和朝鲜地方代表，以及我们王团长的贺词外，还听了秦军长的报告。他将战争一开始如何把美帝及李承晚军从鸭绿江赶到"三八线"，如何打艰苦的五次战役，如何粉碎敌人秋季攻势，如何改变敌强我弱为敌弱我强的形势，以及在战争中取得的胜利，目前敌我的态势和我必胜、敌必败的趋势，讲得既生动且具体，博得阵阵掌声。晚上，看了朝鲜人民军三军团战士娱乐队和江原道文工团的演出。战士娱乐队演出的节目都是自己创作的，用的乐器也是自己亲手制造的。江原道文工团除了演唱朝鲜歌曲和表演舞蹈外，还演唱了不少中国歌曲如《东方红》《中国人民志愿军战歌》等，跳了中国舞蹈如扭秧歌等，倍感亲切。不知道他们听谁说我是搞文艺工作的，第二天还专门找我合影留念。

我在这里被战友们称作"回娘家"，我也确实有回到家里的感觉。白天各自忙自己的工作，晚间一有空闲，不是这个请去吃小吃，就是那个找去聊天，真有说不完的离情，道不尽的别绪！组织部的张纯青部长不仅请我吃水饺，聊战争，说家常，还要留我住宿，他说是："既要促膝而谈，更要抵足而眠。"更使人不能忘怀的是秦军长于指挥战斗的百忙之中曾两次把我喊去，其中有一次是要我陪他共进晚餐。喝着志愿军自己采摘野葡萄酿造的葡萄酒，看他一边谈话，一边用电话机指挥作战，不由得肃然起敬。看他那指挥若定的神情，我心想，他常说自己是放牛娃出身，但战争把他锻炼成了具有大将风度的将军。这一晚上，关于战争方面他谈得不少，现在只能略述其大概。五圣山前沿阵地，从作战地图上看，标有 537.7 和 597.9 两个点，地名叫上甘岭。我们依靠坑道工事，进可以攻，退可以守，减轻了敌人飞机大炮对我军的威胁，使敌人夸耀的空中优势、大炮优势的作用减弱到尽可能小的程度。他正说着，前沿传来胜利消息，打退敌人 23 次反扑，歼敌 2500 名。他举起酒杯同我干杯，我向他祝贺胜利。接着他在电话机上听了一阵，神情有些沉闷，不断地说着："多好一个同志呀！"同时回过头来告诉我，"有一个年轻战士，四川娃，名叫黄继光，光荣牺牲了。他的牺牲是取得这次胜利的关键。"他和我一齐起立脱帽，向牺牲的烈士默哀。然后讲述了黄继光牺牲的经过。黄继光是四十五师一三五团二营通信员，慰问团来到部队的消息使他非常兴奋，收到慰问品更是喜爱得不忍释手。正在这时，黄继光看到营参谋长愁眉不展。他举目一看，在我军前进的道路上有一个敌人的地堡，喷着红红的火舌，阻碍着我军的前进。他毅然地说："营长，让我去把它端掉吧。"营参谋长说了一声："要注意保护自己。"他说："放心吧，让祖国人民听胜利消息就是了。"于是向地堡爬去。在接近地堡时，他已负伤 7 处，最后仍爬到地堡，以自己的胸膛堵住敌人的枪眼，同时甩进一颗手雷，与敌人同归于尽。秦军长在讲完黄继光的事迹后，意味深长地说："胜利往往伴随着牺牲。"接着他说起坑道，坑道起的作用是不小的，但是也遇到过困难。就在 597.9 高地，有一次被敌人火力封锁七天七夜，吃不上饭，连水也喝不上，想喝尿，哪里尿得出来？只有舔坑道墙壁有些湿润的石头来解渴。你说困难不困难？就在这样的情况下，我们的战士坚守阵地不动摇，终于取得胜利。你说我们的战士顽强不顽强？

我还到曾工作过的文工团和敌工部去探望了一下老战友。文工团多数同志有的到前沿阵地参加战斗，有的去听慰问团的报告，只少数同志在家。敌工部原来的科长赵理湖同志现在已是副部长，他还带领我去参观了不对外开放的俘虏营。

在十五军的慰问工作到 31 日才告结束，那天晚上又举行了欢送宴会。11 月 1 日我们借休息的机会，召集各组汇报并作了这个阶段工作的小结。晚 9 时离开十五军，2 日凌晨 2 时到达六十军驻地。

六十军对我们的迎接，又是一番情景，以袁子钦政委为首的军首长及干部战士代表 200 人于 1 里以外列队夹道欢迎。等我们的人走到他们队伍里时，每两个人用手交叉组成座位把一个代表抬起来，还专由女战士抬女代表，一直抬到驻地。当天的欢迎晚会上，有一曲合唱是专门为欢迎慰问团谱写的，这些都使人感到亲切、隆重。

在六十军的慰问工作是从 11 月 3 日开始的。根据和军首长商议的结果，慰问团分 4 个组进行工作，即军直留一个组，其他 3 组分赴一七九、一八〇、一八一 3 个师。考虑到在十五军没有深入下边的部队，不管什么原因，总觉得是个遗憾。所以这次便主动提出要下去。我和一个小组 4 人到了一八一师。我们是 11 月 3 日晚上到的，在我们到达之前，这个师的五四二团打了个歼敌 200 余人的胜仗。我们首先向师首长表示祝贺，提出先到这个团慰问，并借此机会也向他们表示祝贺。师首长完全同意，并且钟发生师长亲自陪我们到了五四二团。钟师长路上还告诉我们，在他们师的防区内，今天一天敌人出动飞机 30 架次来扰乱，投弹 29 枚，花的本钱可谓不小，取得什么结果呢？炸烂了我们一个连队的两口锅，也算他们取得的胜利吧。

我们在五四二团与团首长及指战员代表 60 余人见面，祝贺他们的胜利，也向他们介绍了祖国建设的情况。在以后的几天里，按照师直属机关、炮团、五四一团的顺序进行慰问和报告，于 11 月 9 日回到军部。

到军部以后，听说三十八军发来电报，说慰问团的文工队因过度疲劳，病倒两个主要演员，不能到六十军来了。并说已请示兵团，兵团将派一个较大型的文工团到六十军来。虽然有大型文工团要来，但也代替不了慰问团小文工队，我们还是向六十军的首长表示了歉意。袁子钦政委表示理解，并风趣地说："有你这个戈尔洛夫来，还不顶一台戏嘛。"（他这里所说的戈尔洛夫是苏联话剧《前线》里的一个角色，1944 年到 1945 年太行区演出这个戏时，我扮演过这个角色，在一段时间里，成了我的绰号。）

又听说还有卫生三所、运输科和二、三兵站、担架营还没有去慰问。去一八一师的小组重新沿着去一八一师的路往回返了 30 公里，到达兵站驻地。派两个人到离此地不远的卫生三所，主要任务是逐个病房向伤病员作细致的慰问。我和其他同志向运输科，二、三兵站，担架营 200 余人集中进行慰问和报告。事后，卫生三所所长向我们反映，六十八军的一个卫生所，与他们邻近，因工作相同，平时有接触。他们属华北分团慰问范围，但不知什么原因，华北分团没有人来，有些情绪。我们当即前去慰问，受到特别热烈的欢迎和热情的款待。这也表明了他们对祖国亲人的企盼和爱心。

结束了六十军的工作，我们这个分队于 11 月 11 日回到三兵团，在这里进行了六十军工作的小结，又请兵团杜副政委把五圣山前沿战斗的情况全面而详细地讲了一次，回国后好向广大人民群众宣传。

驻兵团搞联络工作的朝鲜江原道人民委员会文化宣传部指导员优华同志来到我们驻地，嘘寒问暖，十分热情。对我们的慰问工作连连称赞和感谢。还掏出小本，要我题字留念。我写了："中朝人民用鲜血凝成的战斗友谊万岁！中国人民赴朝慰问团西南分团朱丹南 1952 年 11 月 11 日"字样。他也在我的小本上留下了宝贵的题词，其译文如此："高度评价慰问团的同志们为朝鲜所做的贡献和功绩，谨祝同志们身体健康！江原道人民委员会文化宣传部指导员优华 1952.11.11。"

我们这个分队一行 18 人，于 11 月 15 日依依不舍地同兵团首长、朝鲜同志告别，登上回归祖国的路程。

回国路上虽然也曾遇到敌人飞机轰炸，由于防空哨组织得好，我们走了 3 个晚上，安然到达安东。11 月 21 日到天津，总团和其他各分团也陆续到达。在天津除了总结赴朝慰问这阶段的工作外，更主要的是布置下一阶段的宣传任务。总团要求，各分团回去以后，至少要用 1 个月的时间深入工厂、农村，把志愿军英勇杀敌的情况和取得的胜利告诉群众，也要把志愿军在战场上生活艰苦的一面适当地讲一讲，让广大群众既有必胜的信心，也知道胜利来之不易，必须鼓足干劲，加紧生产，支援战争。总团于 11 月 30 日召开总结大会，结束了总团的工作。西南分团则于 12 月 4 日离津赴京，乘车到武汉，转乘船，于当月 24 日回到重庆。

三、回忆片段

武陵里所见

一过鸭绿江，就进入了朝鲜国界，也就是到了战场，汽车基本都是昼伏夜出。我们是凌晨 3 点从安东出发，7 点到达馆西，司机停车休息。可能考虑我们乍一出国，生活上不习惯，把我们安排在这里开饭馆的山东侨民李茂昌家。其实我们倒是很想接触朝鲜老百姓。第二天，我们到了一个叫武陵里的小镇子。一听这个地名，就想起了陶渊明的《桃花源记》。看周围风景虽经战争摧残，仍不失其秀丽。这里属黄海道谷山郡桃花面，面政府驻在这里，还有一所郡立中学。道相当我们的省，郡相当县，面相当区，里相当乡。联系到面的名称，引起了我的兴趣，于是放弃睡眠时间，访问中学。据他们说，这一带原来地名就叫桃花源，所以称桃花面，相传陶渊明到过这里，所写《桃花源记》里的风景和这里一模一样。桃花源本来就是陶渊明的乌托邦，只要有些类似的地方都可以附会。至于陶潜是否来过此地，就不去管他了。不过从这件事可以看出中朝文化交流之深之广了。他们听到我这个看法后，带我到镇外看一座古墓，墓前石碑上的文字完全是"之乎者也"的古汉文。他们说，只有八九十岁的老先生才看得懂了，我们只能认识一些字。

我问他们：刚才看见学生们除了书包外还每人拿一把镰刀或锄头是干什么的？他们说，上课时专心上课，课余就割草积肥。有时遇敌机骚扰，也分散开做农活。他们拍着肚子说："吃饭要紧呀。"及至见到面政府的干部，也如此。

和中学师生照了不少照片，可惜保留至今的只剩一张，还是慰问团妇女代表车毅英见照片上有我，才翻拍送我。

在俘虏营

我向俘虏（包括李承晚军和美军）问了话。现在把能记得起的叙述如下。

一个被俘虏过来的李承晚部士兵反映了这样一个情况：在中秋节，他们不少人收到志愿军送过去的礼物袋，大家都很高兴。没有收到的人过来要，不给就抢。没有收到的单位，也派代表来要求分一部分给他们。连长也下命令来要。营部听说了，说里面有毒，不能吃，最后硬把酒拿去他们自己喝了。

据敌工部的同志向我解释，他们为加强对敌的政治攻势，在一年中搞过3次规模较大的送礼活动。"6·25"朝鲜抗战纪念日、"7·10"停战谈判纪念日和刚过去不久的八月中秋节。中秋这次规模更大些，份数达近千份，内容有糖果、酒、纸烟、月饼，还有朝鲜人最爱吃的米糕。敌工部的同志还讲了这样一件事：我军曾在接近敌人处安放信箱，有一次拿回来看，里边有这样两条意见：（1）打仗时希望不要动不动就使用喀秋莎（苏联火箭炮）；（2）宣传画不要把我们画得过分丑陋。这些都说明我军政治攻势的威力，也说明敌军士气的低落。

还有一个美国空军少尉，他倒是比较坦率地谈了对我军高射炮火的恐惧。他说："上级规定在3500米以下投掷炸弹，可我总在5000米以上投放。"问他："你们队长不干涉吗？"他说："他呀，比谁都胆小，飞得更高。"问他："这样的准确性如何呢？"他说："管它呢，犯不着拿性命去和准确性拼。"问他："这样说来，你们的士气又如何呢？"他说："什么士气？好的生活就是士气，每人每天十几美元的伙食，不算低了，可总想回国。空军有个规定，飞满 100次可以回国。我们是为飞满 100 次而努力。"最后，他向我提出一个可能在他脑子里思考已久的问题："过去，你们夜间开车，总是灯火通明。最近好几个月以来，不等我们飞机飞近，灯就灭了，是不是每辆车上都安了雷达？"我指一指我的衣帽向他说："对不起，我不是军人，不可能作出使你满意的回答。"

"玻璃小姐"

所谓玻璃小姐是十五军文工团一个叫王玉婉的女团员，她从参军时起大家送她的绰号。1949 年，渡江战役以后，十五军进驻浙赣线上江西铅山、弋阳一带，军部驻河口镇。战斗部队进入浙西和闽西北进行消灭残匪、解放人民的战斗，机关在原地进行休整。文工团想补充一些新人，就开办了一个青年知识分子训练班，借以从中选一些可用人才。王玉婉是从上饶来报名参加学习的一个小姑娘。那时正是 4、5 月间多雨的季节，她常披一件透明塑料雨衣，脚上穿尼龙丝袜，塑料凉鞋，手腕上又是塑料表带。当时人们把这些称作玻璃雨衣、玻璃丝袜、玻璃皮鞋、玻璃表带……因为使用这些东西的人较少，人们还感新奇，更不用说从太行山上下来的人，不要说没见过，连听说也没听说过。因此，就凭她这一身打扮，人们就喊她"玻璃小姐"了。

我那时虽然已从文工团调到敌工部，文工团的事，有时也和我商量，这次训练班也把我找去讲课。王玉婉听课比较用心，遇到不清楚的问题，勇于提问，给我留下的印象是较为深刻的。训练班结束，就把她留下了。

这次专门到文工团，为了慰问，脑子里则想见到一些熟悉的同志，其中就有王玉婉。到了他们驻地，只王振中一人在家，虽然谈了不少情况，总觉着不满足。正要告别时，王玉婉从外边进来了。我开玩笑地说："这不是我们的'玻璃小姐'吗？"王振中接过去说："现在的'玻璃小姐'不简单了，台上是主演，《白毛女》里的喜儿，《血泪仇》里的王桂花，都由她演。台下更不简单，有一次从火线上把伤员背下来，连续背了 8 次，浑身是土是血不说，棉袄也被敌人子弹打开了花。军里给她记了功。"我握住她的手说："祝贺你，人民功臣！"她把身子一扭说："这算得了什么？我还赶不上人家郑立冰呢。"郑立冰，一个 17 岁的合江姑娘，四十五师文工队队员。在火线上照顾几十个伤员，敌机疯狂扫射，她把伤员一个个隐蔽起来，自己不吃不喝，保证伤员不缺水，坚持了整整一天。军里也给她记了功，刚才王振中给我介绍过。我这样说过后，又立即对着王玉婉说："立功不骄，又能自动找差距，这就更值得称赞。"我还补充说："从'玻璃小姐'到人民功臣，真可以写一出好戏呢。"

打不烂的钢铁运输线

慰问团回国以后，我曾以这个题目写了一篇文章，刊登在重庆的《新华日报》上。俘虏营里美国空军少尉的提问，使我感到看似平常的防空哨确有学问，值得一写。于是就有目的地进行了一些采访，掌握了部分材料，才写成文章的。其中有些数字是相当准确的，如防空哨使用的兵力、建立防空哨前后汽车损失数量的对比等。很可惜，这篇文章和其他文章的剪贴本一起被"文化大革命"的造反派没收，文章的命运就可想而知了。现在又把题目写出来了，意思是想使文章再生，可是数字是不可以凭空捏造的，因此只好做一回"客里空"（也是《前线》里的一个角色，前线记者，他的理论是记者不必亲临前线，凭传闻、甚至凭想象就可写报道）。

据说在朝鲜战争的第一年，运输线上的汽车损失相当严重，原因是敌人凭借空中优势，实行狂轰滥炸。后来加强了防空高射炮火的力量，好了一些，但仍不解决问题。不知什么人发明了这个"土雷达"，才解决了问题。"土雷达"是我根据美俘的提问，给防空哨起的一个诨名。防空哨加上高射炮火，使运输线上损失汽车的数量和建哨前的数量相比，几乎降到零的程度。为什么说"几乎"呢？据志愿军一位指挥员说，我们运输线上个别运输兵，为了多运、快运，也有一种自称孤胆英雄，对防空哨的枪声充耳不闻，当然会遭敌机的轰炸或扫射了。

其实防空哨并不神秘，就是从国内调去的公安部队，一公里左右安排一个哨所，分布在运输线旁。夜间运输兵开灯行车，是听不到飞机声音的，过去往往挨炸。现在有了防空哨，不等飞机飞近就鸣枪示警，汽车听见枪声，把灯关了，这样飞机看下边一片漆黑，就是撂炸弹，也难得命中。所以被我们俘虏的美空军少尉怀疑我们每辆汽车上都安了雷达。我当时真想这样回答他："一点也不错，叫你猜着了，'土雷达'。"

"土雷达"和坑道作业，都是志愿军为适应现代战争被逼出来的发明。有的战士戏说坑道作业是"气死原子弹"，可能过分，但它和"土雷达"一样，在对付敌人吹嘘的空中优势方面起了很大的作用，也可以说，立了大功，这是应该大书特书的。

附：西南分团代表名单

团长：王文彬（民建），副团长：朱丹南（中共、机关干部）、尹超凡（中共、军队）。

军队代表：张克刚、朱玉峰、房泽山、唐超汉、肖凤歧、王振明、王青农、于世发、李根源（兼文工队队长）、姜洁、武建初、韦晨爽。

民主党派代表：刘继祖（无党派）、宋杰人（宗教）、王福民（无党派）、朱己训（工商联）、李镜天（华侨）、林仁毅（民盟）、邓侯炎（民革）。

工人代表：袁银楚、牛汝森（劳模）、马忠才、杨嘉华（女、劳模）、李仲和。

农民代表：易登瀛、王淑贞（女）、乌纪发、李万贵。

妇女代表：车毅英、龚芷扬。

青年代表：刘文权、何大海、张莉容（女、农业劳模）。

民族代表：班登（藏）、梁绍福（彝）、吴通明（苗）。

机关干部代表：黄宗卿。

（四川省政协文史委供稿）

我参加两届赴朝慰问团的回忆

在伟大的抗美援朝、保家卫国运动中，中国人民抗美援朝总会共组织过 3 届中国人民赴朝慰问团。我有幸光荣地参加了第二届和第三届赴朝慰问团。这里，我沿着历史的足迹，将我亲眼所见、亲耳所闻和我亲身经历的许许多多往事，简述于后。

在我记忆的屏幕上，首先闪现出的是那锦绣的三千里江山，那勤劳勇敢、热情豪爽的朝鲜人民，那硝烟弥漫、战痕累累的土地，那一望无际的中华优秀儿女们长眠的山岭，那朝鲜战火刚刚熄灭，几十万志愿军立即投身于帮助朝鲜人民重建家园的火热场面，大批大批的建筑材料，都由火车、汽车源源不断从中国东北地区运进朝鲜的宏伟景观……

时光虽然流逝了 40 多个春秋，然而，每当我回首这一切，我的心被强烈地震撼着，激动、流泪、振奋，中国人民忘不了这一切，世界人民也忘不了这一切。

第二届中国人民赴朝慰问团

1952 年秋，中国人民抗美援朝总会组织了第二届慰问团，来自全国各地区的各族各界代表 1100 多人，在刘景范总团长的率领下，于9月上旬在沈阳集中，10月上旬分批在夜间过江入朝。入朝后，针对朝鲜战事的特点，组织上将战地慰问活动，均安排在晚间进行。

宁夏省抗美援朝分会委派韩文英（省学联专职主席、省抗美援朝分会委员）、马如麒（同心县抗美援朝分会主席）、褚力民（银川市实验小学校长）、张建武（宁夏军区民运科长）等4人组成了第二届中国人民赴朝慰问团西北总分团宁夏慰问组。我们4位代表于1952年9月初到达西安，然后，西北总分团率队到沈阳与总团会合。经过战备动员，战地演习性培训，向祖国人民写决心书，向亲人写遗书，建立通信录，全面体检，最后经总团审查确定过江入朝人员名单。凡是体检不合格或其他原因未能过江者，专门组织了一个总分团，留在东北、华北慰问归国志愿军和伤病员。宁夏代表中除张建武同志因体检不合格未过江外，其他3位同志均按时入朝。

慰问团在朝鲜受到了志愿军指战员和朝鲜军民的热烈欢迎。西北总分团重点慰问了十九兵团和炮兵师的志愿军指战员，以及他们的驻地——朝鲜的黄海道（省级）、开城、板门店、"三八线"前沿的中国人民志愿军和朝鲜军民。到前沿慰问时，各分团又互相结合，将团员编成慰问小组，我和甘肃省的解放军代表刘元等3人编成一个慰问组。我们慰问组一行3人，在刘元同志（当时是兰州市警卫营营长，后来是固原军分区副司令员）的带领下，曾慰问了保卫开城、板门店的炮兵营，以志愿军身份进入板门店并参观了板门店和谈会议大厅。同时，走遍了大德山前沿阵地，还参观了红山堡的激战夜景。我们从志愿军的领导机关到连队，一直深入伙房、仓库、休养所和最前沿的坑道阵地。我们3人在志愿军某部曾见到了解放宁夏的十九兵团杨得志司令员和李志民政委等领导同志，我们代表宁夏各族人民向他们特致以最亲切的慰问和最崇高的敬意。我们慰问了当地的朝鲜军民，直接和他们见面、握手、交谈。我们见到了宁夏解放后参军的一部分志愿军战士。我们向他们讲述了中国人民以及宁夏各族人民在毛主席和共产党领导下，亲密团结，干劲冲天。我们自豪地告诉战士们，宁夏人民生活有了改善，因而更加关心前方的亲人，正以加紧生产的实际行动支援前线等等，他们听了都非常高兴。我们还向曾在前线立功的英雄连队进行了庆功贺喜。

慰问团带去的全国有名的文艺团体和电影队，让战士们看到了新文艺节目和新电影。还带去了 6000 吨，需 1500 辆汽车才能运到前线的慰问品，像瓷茶缸、新手巾、白锡包、绿锡包、中华牌香烟、牡丹牌香烟、毛主席像、信纸、信封、日记本、烟斗和水果糖等。战士们收到以后都非常喜爱，有的用布包起来舍不得用，以珍惜的心情称之为传家之宝；有的感动地流下热泪；有许多战士把茶缸带在身上，糖含在嘴里，热泪盈眶地说："祖国太伟大了！""祖国人民想得太周到了！""祖国和人民比我母亲还要亲！"志愿军战士对祖国的建设最关心，我记得志愿军某团的团政委介绍了战士钱兰馨听到祖国的建设成就时，高兴地把他数月积累下来的 45 万元（旧币）托代表带回祖国，作建设铁道时买道钉之用。铁兰馨还激动地说："我是中国人，建设祖国也有我一份，我在朝鲜还没有给人民立功，我愿把积累的津贴用在祖国的建设事业上。我爱祖国如同爱自己的父母一样，见了慰问团代表如同见到了自己的父母兄弟姐妹。这点钱数目虽小，是我热爱祖国的一点心意。"听了这发自肺腑之言，代表们都流泪了。

　　在朝鲜前线，我看到了、听到了中朝军队的士气高涨。中朝军队都是具有高度爱国主义和国际主义修养的军队，他们和凶残的敌人进行正义斗争，表现出无比的英勇顽强。我们听到了志愿军总政治部甘泗淇主任介绍了从 1950 年到 1952 年，志愿军中涌现了数十万个功臣，其中有很多是英雄模范。像宁夏省中宁县盖湾村出了一位在朝鲜战场上一人英勇顽强坚守阵地的"二级英勇无畏战士"李吉武同志，他是某连机炮排的弹药手，优秀的共产党员，在 1952 年 5 月 28 日保卫开城的战斗中，敌军用两个连的兵力，在 8 架飞机、5 辆坦克的掩护下，向我智陵洞阵地进攻，这阵地东西两个山头，敌人攻了东山又攻西山，两边都攻不动，便向两山的中间接合部硬攻。当时，李吉武和 5 个同志正在接合部的中间，他清楚地知道：接合部如果丢了，东山要陷入三面背敌、一面是地雷铁丝网的险地。他说："阵地绝不能丢，同志们！杀敌立功全在今天！"当时炮组没有枪，他带了两个同志提了 3 颗手榴弹向着敌人扑去，眼看爬到山上的敌人被突如其来的手榴弹打得当时就倒下六七个，其余的都逃下山去。这时，我军的一个同志牺牲了，其余的也都负了伤，只剩下李吉武一个人。他用劲以手榴弹打垮了敌人几次冲锋，还抓紧空隙下去提手榴弹，当他第二次下去提手榴弹时副排长问他："李吉武，一人行吗？"他坚定地说："没关系！我一个手榴弹就打倒他五六个。"副排长虽然担心他，但敌人越来越多，到处进攻，实在抽不出人来。见他情绪很高，副排长也就放心多了，心想："李吉武同志行，平时不含糊，打仗也勇敢。"当时敌人发现接合部人手少，兵分三路，拼命进攻，李吉武把手榴弹打成扇子面，把敌人一片一片地打倒在他的面前，最后，剩下两颗手榴弹，五六个敌人带着一挺轻机枪离他只有五六米远了。英雄的李吉武拉开两颗手榴弹的弦，跳出工事向那人群冲去，人群中一声巨响，敌人的钢盔、机枪飞了起来，英雄的李吉武同志也倒在自己的阵地上。在这位惊天地、泣鬼神的英雄面前，敌人败退下去，阵地却屹立不动。优秀的共产党员李吉武同志，用自己宝贵的生命，完成了人民交给的最光荣的任务。李吉武同志在1949年9月中宁解放后参军加入十九兵团，1951年2月入朝，当年4月入党。在五次战役中负伤两次，每次都争取早日养好伤，入朝继续战斗。李吉武同志是志愿军中涌现出的千万个英雄模范人物之一。我们的志愿军战士，为了胜利，许多轻伤员都坚持不下火线。有的重伤员为了让更多同志继续战斗，自己爬下火线，拒绝别人抬送。我们的炮兵部队指战员更是英勇地在敌人飞机大炮的狂炸下坚持战斗，积极主动地与步兵密切配合，猛烈地杀伤敌人。运输部队也表现了最大的英勇和积极忘我的劳动精神，许多汽车驾驶员连续几昼夜不睡，饿了一边开车一边吃干馍。他们自己动手装车、卸车，在敌机敌炮的封锁下往返行驶，保证了前线弹药和粮食的供应。步行运输部队也冒着敌机敌炮的封锁背运着弹药，有些战士甚至一次背送200多斤，有的累得吐血仍坚持工作。电话员们在任何情况下都能保证通信联络，像17岁的青年电话员赵安，在炮火十分激烈的情况下，电话线一天断几十次，他冒着生命危险跑去接通。有一次因线太短接不上，他的左手被敌炮炸坏，就用牙咬着电线接通了，当电流通过全身，他仍坚持工作。还有许多电话员嗓子喊哑，嘴唇干裂得流血，仍然日夜不停地努力工作着。有的电话员牺牲以后，两手还紧抓着电线。当时，我到炮兵师慰问时，师政治部主任安排了一个座谈会，我见到了几位英雄。有在敌机狂炸下以自己身体掩护着重伤战士抢救伤员而荣立二等功的女护士李萍同志；有冒敌机扫射而抢救了3个伤员，又在转送130多名伤员中，几天不吃不睡，眼也熬红了，仍坚持工作，并救活了12个伤势很重的伤员，荣立二等功的女护士胡文兴同志；也有负伤 4 处，还挺身给连长挡住炮火射击方向，以身体保护连长安全的模范通信员尚月贵同志等。我们的战士们高呼"为毛主席争光！""为祖国争光！""援助朝鲜人民！""立国际功！"的战斗口号响彻全军。当我们慰问团到达前线，我们听到的都是"请毛主席放心！""请祖国人民放心！""我们一定能战胜敌人！"等充满着自信乐观和坚定恳切的英雄声音。敌人越战越弱，士气低落，美军中曾有一个连长坐着小车投降，一个排长带着 5 个士兵投降，有一架飞机也向我军投降了。

我们看到了前线工事坚固，战局已开始在"三八线"附近地区稳定下来。听部队同志介绍，在西起临津江、东至东海岸的 400 多里防线上，战士们就凭着忘我劳动的双手，把朝鲜的大山变成了地下长城，把每个山头都变成了敌人的伤心岭和坟墓。每昼夜都有几十万人投入挖坑道战。据不完全统计，挖出的土石方以 1 立方米堆积可绕地球 23 圈。这是人类历史空前绝后的奇迹啊！在我面对着山连山，洞连洞，穿越无数座大石头的山间坑道时，激动得热泪盈眶，双手抱住志愿军战士那布满血泡的大手说："你们太伟大了！太辛苦了！"而我们的战士则憨笑着回答："年轻人吃点苦算不了啥。"多可爱的战士啊！我军就依靠这样坚固的坑道工事，囤积大量弹药、粮食和人力，山上面哪怕敌人投下多少万发的炮弹和炸弹，都不能摧毁我们的铜墙铁壁，我军就这样来保存自己，杀伤敌人。从五次战役开始后的 18 个月中，敌人发动过千百次的大小进攻，除了人力和物力的大量损失外，始终无法北进一步，而且处于被动、挨打的地位。当我军发起反攻时，坚守在坑道的战士和地面部队里外夹攻，有力地歼灭敌人。

我们看到了祖国人民捐献的飞机、大炮，改善了志愿军的装备。部队同志介绍说，当时前线已有了日益壮大的空军和装甲部队，有了强大的炮兵，新的兵种不断成长壮大。战士们学会运用新式武器，作战技术能力不断提高，并开展了一些新战术运动。如打敌机运动，某部高射炮营创造出几个小时打落、打伤敌机 25 架的纪录。又如冷枪冷炮运动，冷枪手战士吕中和半年内一人打倒 100 多个敌人。这样，打得敌机不敢低飞，敌人出入、大小便甚至得爬行。

我们在前线看到我军的后勤工作随着战局的稳定大有改善。志愿军后勤部的首长介绍说，起初，运输供应上只要求多装快跑，后来则要求保证安全行车 5 万公里。有许多司机同志一夜跑 420 多公里，连装、卸车的时间在内。我军在从后方到前沿 1100 公里的运输线上，沿途设有强大的防空哨，晚上敌机来了我们一鸣枪汽车就闭灯，运输线上变得漆黑，弄得敌人莫名其妙，怀疑志愿军汽车上有雷达。沿着大桥、铁路、公路都有高射炮部队保护，保证了祖国人民支援前线的物资源源不断地运到前线。1952 年当年的棉衣一件未损，在中秋节前即运到前线。前线的战士也早动手种了青菜，把冬春的菜都储存起来，前线除了吃不到新鲜的肉外，什么都能从祖国送来：四川榨菜、无锡大头菜、山东粉条、木耳、蛋粉、牛肉罐头、花生米……战士们每天三菜一汤，细粮天天有。部队伙房有饭谱菜单。我军炊事员对粮油非常节省，还发豆芽菜、磨豆腐，变花样为战士做好饭菜。某部一连炊事员赵老六，他一人在一年内就给战士洗衣服 300 多件，还给前沿部队送饭菜、送弹药、抬伤员。

我们在前线看到了敌人细菌战的彻底失败。美国侵略者在 1951—1952 年的侵朝战争中，不仅用了海军、空军和坦克大炮、凝固汽油弹等，而且违反国际公约，还大量使用了毒气弹，甚至于 1952 年 1 月开始了灭绝人性的细菌战。但由于志愿军和朝鲜军民的共同努力，全面地展开了群众性的卫生运动，遏制了细菌战带来的破坏。我们亲眼看到过志愿军制造的各式各样的捕鼠器，双手创建的灭虱室、洗澡室（坑道中也有澡堂）、新式厕所、厨房、新挖的水井，并保护了水源，全面地清除了垃圾。他们真正做到了"人人清洁，处处干净"，战士们的身体素质也大大提高了。

我们亲眼看到了战士们对毛主席对祖国的热爱，不仅表现在英勇战斗、忘我劳动方面，还表现在他们为祖国财富的节约上。他们的口号是："为祖国节约一粒米，增加一分建设力量。"如某部的仓库保管员名叫赵伦峰，他捡装卸汽车时撒下的米粒，在 5 个月内，就捡了 140 多斤。我们还参观过志愿军某部展览室展出的战士们制造的铁锹、大小铁锤、洋镐、风车、斧、锯、钻等工具，连队里设有铁匠炉、木匠铺。也看到过战士们用三国的废品材料（祖国的罐头盒、铁片，朝鲜的木杆，美国的弦），改造制成的娱乐器材。每天，连队里唱歌、跳舞、编快板、说相声等娱乐活动普遍开展着。在前沿的战士，身上带着武器，还装着速成识字课本，敌人来了就打，敌人退下去，就学习文化。有些战士学会了 3000 多字，已经能给毛主席、给亲人写信了。

我们深深体会到中朝友谊在增长中。中国人民志愿军是由爱国主义和国际主义思想所武装起来的光荣的祖国儿女，他们认真地遵照毛主席的指示：尊重朝鲜人民的风俗习惯，爱护朝鲜的一山一水、一草一木，与朝鲜军民团结一致，彻底消灭美帝国主义侵略军队！他们不但在与敌战斗中对朝鲜的一个高地、一座野山都真正抱有像对待自己祖国国土一样的心态，以鲜血来死守，寸土必争。就是在平日的生活里，他们也帮助朝鲜人民耕地、开荒、插秧、收割、送粪、锄地、打场、修路、挖渠、担水、捣米、磨面、理发、治病、打防疫针……他们处处关心和爱护朝鲜军民。1952 年春季，朝鲜人民粮食困难，全军开展了每人每天节约一两米的救灾运动。据不完全统计，仅 20 多天时间，全军共捐出 250 万斤粮食给朝鲜人民。朝鲜人民军和志愿军在战斗中互相救应，在平时一起练兵一起娱乐，要不是语言和服装的不同，谁能相信他们是两国军队？朝鲜人民在极端困苦的条件下给了志愿军很大的帮助，他们热爱志愿军甚过他们的儿女。我们亲耳听到黄海道平山郡（县级）的郡党委员长讲话中介绍说："上甘岭战役中，朝鲜农民老大爷朴在根是担架队员，抬着志愿军伤员在途中遇到敌机狂炸，老大爷怕为朝鲜人民流血的志愿军同志再受伤，当敌机炸弹向他们扔下时，老大爷趴在志愿军的身上，结果朴大爷受伤牺牲了，志愿军伤员安全返回。朝鲜人民称朴在根是朝鲜人民中的罗盛教，以自己的生命来救志愿军伤员……"慰问团的代表每到一处，都听到朝鲜人民赞口不绝的欢呼声："中谷撒拉米乔司米达！"（中国人最好！）"中谷吉文公乔司米达！"（中国志愿军最好！）

我们还看到了以美国为首的所谓联合国飞机群每天仍不分昼夜地轰炸朝鲜和平地区居民、城市、乡村、学校、工厂、田地。我们曾亲眼看到被敌机炸死的朝鲜人民，学校、工厂被炸成一片焦土，田地都炸得到处是深坑。敌人的这种兽行，只能激起中朝人民和全世界人民的坚决反对。像上甘岭战役，使敌人碰了一鼻子灰，被我军歼灭 25000 多人。

全国慰问团于 11 月中下旬先后回国，在天津集中整休并进行了全面总结。同时，由中国人民抗美援朝总会在天津举行了盛大的追悼大会，沉痛悼念了慰问团在朝鲜前线阵地慰问中光荣牺牲的成员，并亲切地慰问了慰问团成员中的伤病员。追悼大会由中国人民抗美援朝总会主席郭沫若同志主持，朱德总司令到会并作了重要讲话。

宁夏代表4人于12月中旬回到银川，受到省市党政军领导和各界群众1万多人的热烈欢迎。在欢迎大会上，由宁夏省抗美援朝分会主席黄执中致欢迎词，韩文英代表致答谢词。翌日，宁夏代表向省抗美援朝分会委员扩大会议作了详尽汇报。12月20日宁夏省抗美援朝代表会议开幕，韩文英在会上全面传达汇报了赴朝慰问团的工作情况。会后，按照宁夏分会的部署，赴朝慰问的代表们深入全省各市、县、区、乡及陕西省的安边、定边、靖边3县的区、乡，向广大干部、职工、部队和学生进行广泛传达。历时4个月。代表们克服了重重困难，风雪无阻，有时坐着老牛车，有时骑上骆驼，有时徒步行走，争取更多地与群众见面，多作传达报告。经过努力，胜利地完成了传达汇报任务。

第三届中国人民赴朝慰问团

1953年7月27日，在朝鲜板门店达成协议，宣布朝鲜全线停战，中国人民抗美援朝总会组织了第三届中国人民赴朝慰问团。这次的慰问团规模比较大，来自全国各地的各族各界代表中，工农兵中的英雄模范人物较多，全国共有5000多人（含文艺队伍、工作人员等）参加了慰问团。总团团长为贺龙元帅。总团下设9个总分团：东北、华北、西北、中南、西南、华东总分团，解放军总分团，中央机关总分团，文艺团体总分团。宁夏省分团代表多达21人，有马腾霭（宁夏省政府副主席、民族宗教界代表）、黄执中（省政府副主席、省民盟主任）、梁大均（省委宣传部部长）、姚启圣（民革成员）、裘玉琢（省委宣传部干事）、黄应修（工人劳模）、王宝（畜牧劳模）、戴玉玺（农业劳模）、戴洪儒（农业劳模）、聂廷珩（青年干部代表）、贺育中（省委组织部干事）、刘和澄（省妇联干事）、陈兰洁（银川市政府干事）、罗桂芳（阿拉善旗妇联主任）、孔昭月（宁夏女中学生）、杨秀雯（宁夏文工团演员）、刘金禄、刘仁（解放军代表）、马秀英（志愿军军属、同心县回族女代表）、常健民（笔名"言年"，《宁夏日报》社记者）、韩文英（省学联专职主席），参加了第三届中国人民赴朝慰问团西北总分团宁夏分团。宁夏代表于 9 月 20 日由银川出发到西安集中，然后随西北总分团一齐在沈阳与总团会合，于 9 月底到 10 月上旬分批先后入朝进行慰问活动。西北总分团重点慰问了志愿军十九兵团及炮兵师的指战员，以及驻地朝鲜黄海道的党政军机关、厂矿、部队、学校和农村的群众。

　　朝鲜战火熄灭后的赴朝慰问团，同样荣受党中央、毛主席和全国各族人民的重托，带去了全国的名演员名剧团和大批的慰问品，在中国人民取得了抗美援朝斗争胜利的凯歌声中，我们乘着火车、汽车浩浩荡荡地进入朝鲜。慰问团在朝鲜活动中，均受到了朝鲜党政军民和志愿军指战员的热烈欢迎和亲切接待。我们每到一处，都会听到"毛太东满塞！"（毛泽东万岁！）、"中谷吉文公满塞！"（中国志愿军万岁！）的欢呼声。志愿军指战员亲切地称我们为："祖国的使者！""我们的亲人！"我们每到一处，都受到了十分的尊重和热情的礼待。宁夏代表黄执中先生时年 62 岁，留着长胡须，为此，他每到一处，都被朝鲜军民和志愿军争先恐后地抬着上下山。宁夏代表马腾霭是伊斯兰教上层人士，为了尊重他的生活习惯，有关部门还专门特派伊斯兰教教友关照他的生活，连每日食用的鸡、鸭等都是鲜活的，由他亲自宰杀后才烹调的。马腾霭十分感动，主动学习朝鲜话以便和朝鲜人民交流感情。因此还闹出一场笑话。朝鲜语"谢谢"音译是"高马司米达"，他开玩笑说好记，"马高四公尺"。谁知当天下午我们参加一个州的盛大欢迎会时，一群朝鲜妇女在献花后竟一拥把他举起来，他激动得连连喊道："马高四公尺"，这话一出口，朝鲜妇女惊奇地互相问道："莫太哟"（不懂、不明白的意思），他这才意识到自己说错了。经翻译解释后大伙哈哈大笑了一场。当晚我们参加了朝鲜军民联合招待慰问团的盛大宴会，热情好客的朝鲜军民又唱歌又跳舞，而且很能饮酒。当马腾霭副主席介绍了模范军属、同心县回族代表马秀英的主要事迹后，朝鲜妇女纷纷给马秀英敬酒、夹菜。马秀英指着自己的喉咙说："我已经吃到扎（这）了！"朝鲜朋友误认为她的喉咙被什么东西卡住了，马上请来了医生还带了仪器，要为马秀英检查治疗。经翻译解释后，又是一场大笑。

　　我们参观了志愿军司令部。志愿军副司令员杨得志将军还专门接见了宁夏分团的全体代表，合影留念，并设宴招待了大家。宁夏代表向杨司令员汇报了宁夏各族人民亲密团结，宁夏解放三年来的建设成就和宁夏人民对解放宁夏的十九兵团指战员的思念。杨司令员在谈话中对宁夏的情况问得很仔细，而且非常关心宁夏的民族团结、人民生活的提高和经济的发展。席间，宁夏代表们都高高举杯，异口同声地向杨得志司令员，向十九兵团的指战员——过去和现在都是我们最可爱的人，致以最亲切的慰问和最崇高的敬意。

我们在平壤参观了抗美援朝军事展览馆。这虽然是用简易帐篷搭成的展览，但它却展现了侵略者给朝鲜带来的灾难——平壤没有一幢完整的楼房，朝鲜到处是废墟和瓦砾。

我们祭扫了中国人民志愿军烈士陵园。在一望无际的几十处山坡上，遍布了数以万计的烈士墓。

朝鲜战火停熄，几十万志愿军立即投身于帮助朝鲜人民重建家园，大批的建筑材料来源于中国的东北地区。当时建设工地上的泥瓦工、木工、水电工、搬运工等都由志愿军同志兼任。我记得有一次我们慰问正在建设平壤一所中学的中国人民志愿军时，慰问团的成员也参加了义务劳动，恰好一位女教师带着十几个小姑娘前来献花，我顺手拉住了一个十二三岁的小女孩，亲切地抚摸着她的小辫子，这个小姑娘用汉语对我说："战争夺去了我的亲人，是志愿军叔叔救了我，我永远忘不了中国亲人！让我教你唱一支歌吧。"说完话，她马上用朝鲜语唱了一首朝鲜名歌《道拉基》，而且一句一句地教我，我十分喜欢这个小女孩的真挚和纯朴，急忙用本子记下了全部歌词，后来终于唱会了这支歌，而且这支歌伴随了我45年。

参加中国人民赴朝慰问团的经历是我终生难忘的。我衷心祝愿中朝人民在战斗中以鲜血凝成的友谊，如长白山长存，如鸭绿江水滔滔不绝。

（宁夏自治区政协文史办供稿）

第四辑

捐献增产

贵阳市工商界抗美援朝捐献战斗机

· 张垠 ·

1951 年 6 月 1 日，中国人民抗美援朝总会向全国各族人民发出了捐献飞机大炮等武器支援前线的庄严号召。

号召发出以后，全国人民及各地区的工商界都立即行动起来，纷纷响应。贵阳市工商界的负责人深知"天下兴亡，匹夫有责"，当即召开各行各业负责人会议，传达和学习中国人民抗美援朝总会的号召，并召开我市工商界代表 1740 人参加大会，进行全面动员。事后按同业公会组织讨论，领会精神，要求骨干先行，并制定了《五项爱国公约》。由于认识得到不断提高，工商联的广大会员争先恐后地谴责美帝国主义者侵略朝鲜的罪行，坚决拥护党和国家采取果断行动进行抗美援朝的英明决定。一致表示：自愿贡献一切力量，为保家卫国和巩固中国人民的胜利果实而努力。1951 年 12 月 12 日，贵阳市工商界满怀激情，正式电呈毛泽东主席表示决心。电文如下：

敬爱的毛主席：

由于您和中国共产党的英明领导，使我们的祖国获得了新生。但是，美帝国主义仍怀着它在中国百年来的经济侵略的野心，在亚洲大陆发动了疯狂的侵略战争。我们工商界经过学习和对美帝国主义经济侵略的控诉，已深刻认识到美帝国主义的侵略本质。通过各同业公会负责人于 11 月 23 日联席会议，已订出五项爱国公约作为我们抗美援朝的行动纲领。敬爱的毛主席，您给天津工商界的复电，同样使我们无比的兴奋！我们接受您的指示，坚决在您的旗帜下，团结贵阳市的工商业者，献出一切力量，为巩固中国人民革命胜利果实和战胜美帝国主义的疯狂侵略而斗争。光荣永远归于您，我们谨向您致以崇高的敬礼。

接着，贵阳市工商界展开了抗美援朝捐献飞机、大炮、坦克的爱国群众运动。当时，汽车运输业、花纱绸布业、百货业等各行各业都纷纷举行座谈会，并先后发表宣言。《新黔日报》做了报道，发表了短评。短评指出："贵阳市工商界在制定抗美援朝、保家卫国的五项爱国公约后，汽车运输等行业先后召开座谈会拟订和通过反抗美帝侵略的宣言，这是我市工商界热爱祖国的具体表现，我们对此表示热烈欢迎！回溯以往，在蒋介石、谷正伦的反动统治下，贵阳工商界和其他各大城市一样，由于遭受美国强盗的经济侵略，工厂被迫倒闭与民族资本破产的事实，是举不胜举的。但是，黑暗的年代随着中国人民的胜利是一去不复返了，如今中国人民已经起来把帝国主义及扶植的蒋介石政权赶走了，贵阳市的工商业在人民政府大力调整与扶持下，已从奄奄一息的险途逐渐步入恢复与发展的道路。正在这时，不甘心在中国失败的美帝国主义，又照着日本侵略中国的老路，扩大侵略战争，逼近我们边境，企图再来恢复其对中国的罪恶统治，再来摧残破坏我们的民族工商业，因此，最近贵阳市工商界爱国公约的制定，是十分自然与必要的。我们希望在这一基础上，能进一步扩大宣传，根除少数工商业者的崇美心理及对美帝国主义的糊涂认识。"

市工商联筹备委员会根据《新黔日报》的短评提出的殷切希望，立即对所属的 70 多个行业基层学习组，有计划地开展学习。为了确保学习效果，还发展和组织各行各业学习小组长 127 人先走一步，集中参加贵州省抗美援朝分会主办的时事讲座，结束学习后回到行业领导好会员的学习。各行业的学习分四个单元进行：第一周学习《镇反条例》；第二周学习支持农村反封建斗争的文件；第三周和第四周，学习美帝国主义重新武装日本帝国主义的材料与和平联大理事会的决议，要求通过学习，提高认识和思想觉悟，掀起反对美帝国主义武装日本的运动。

1951 年 7 月，《人民日报》发表题为"争取按时完成增产捐献计划"的社论。社论要求各级党政领导机关推动工会、工商业联合会及同业公会等组织，帮助机关、工厂、工商界与个人做出增产节约计划，并推动他们逐步实现捐献飞机、大炮计划。根据这一精神，市工商业联合会积极推动各工商行业从 8 月份起提出增产捐献计划。计划制订以后，各行各业纷纷付诸行动，至 12 月 9 日，有 17 个行业提前交清捐款，13 个行业提前超额完成捐献计划。其中，面条米粉业一马当先，首先超额完成任务，省广播电台邀请该行业筹备委员会主任委员王伦作专题广播。紧接着，各行各业都先后报捷，贵阳市工商界捐献 5 架战斗机的光荣任务提前胜利完成。

1952 年 8 月 16 日，贵阳市工商界组成了支援抗美援朝、捐献飞机的献金大队，70 多个行业的负责人和部分会员代表 1500 余人，手持彩旗，敲锣打鼓结成三路纵队，由大队长张荣熙带队，先进行示威游行，然后到大十字献金台献金，再由市人民政府转抗美援朝总会。通过这次声势浩大的抗美援朝献金活动，使我市广大的工商业者受到了一次深刻的爱国主义、国际主义和社会主义的教育。

（贵州省政协文史办供稿）

陈祖沛与大成行在抗美援朝中捐献三架战斗机

· 黄曦晖 ·

　　时任全国政协常委、广东省工商联会长的陈祖沛，在新中国成立初抗美援朝时，以他所经营的大成行名义捐献了 3 架战斗机，总值人民币 45 亿元（旧币）的往事，虽然已过去近半个世纪，但是，许多人至今还记忆犹新。

　　1950 年 5 月，以黄长水为团长，陈君冷、莫应溁、马万祺为副团长，陈祖沛为总务主任的港澳工商界赴东北观光团到东北各地参观。他们看到人民忘我工作，社会一派生机，留下了深刻的印象。观光团在参观后返回北京时，受到中央人民政府朱德副主席、政务院陈云副总理等国家领导人的接见，他们热情地介绍了新中国成立后的大好形势及经济建设构想，以及对海外侨胞、港澳同胞寄予的厚望，一再强调欢迎港澳实业家回内地投资办工业。新中国的诞生，党的召唤，使陈祖沛爱国之心早已飞回内地了。返港后，他立即召集总行和分行经理开会，统一思想，通过两项重大决定：一是 3 年内只发股息，不分红利，集中力量办工业；二是总行由香港迁往天津。这些决定，充分体现了他热爱新中国之情。当即受到党政领导的赞扬。对于广大工商业者来说，大家常把这一爱国行动作为话题，视为爱国的一面旗帜。

1950 年 10 月，中共中央作出"抗美援朝、保家卫国"的战略决策，全国各族人民积极响应，努力开展支援前线的活动。此时陈祖沛在香港，由于他早在解放战争时期经常受到中共在港的工商统战工作负责人许涤新和饶彰风以及中共在港出版的《华商报》总编辑刘思慕的影响，积极参加香港华侨工商俱乐部的活动，又在中华人民共和国成立后如前所述，参加了港澳工商界赴东北观光团，聆听了朱德、陈云同志的教海，爱国主义思想有了深厚的根基。面对抗美援朝一事，他毅然做了捐献 3 架战斗机支援志愿军的决定。开始，陈祖沛以大成行总经理的身份亲自起草了一封信，主要内容讲："中国以往长期受外国欺凌与奴役，幸得共产党领导人民群众斗争才得到翻身。并且推翻了旧政权，建立了新政权。现美帝通过侵略朝鲜，企图扼杀新中国于摇篮，广大人民群众同仇敌忾。以往，帝国主义侵略我们，没有哪一个朝代的当权者敢于与他们作斗争，如今中国共产党敢于同头号帝国主义作战，我们应当热诚拥护。因新中国成立不久，困难很多。我们应当有钱出钱，有力出力。为此，我提议大成行捐献 3 架战斗机，共人民币 45 亿元。其中企业（含总行各分行及工厂）两架，另一架在职员中（由总经理至见习生，工厂生产工人不在内）的 1951 年奖金提取半数，如仍不足，则由总经理本人补足。如同意，请在信中签名。"信发出后不久，就得到来自天津、广州、青岛、上海、重庆、长沙、汉口以及香港各行正副经理和广大职员签名响应。一位姓阮的职员曾背后煽动大家抗交款项，认为捐献属资方之事，与职员无关。初时有些职员动摇，但多数职员反对，结果如期如数入库。捐献数以天津最多，为 15 亿元，广州次之，为 5 亿元。

事后有人请陈祖沛谈一下对于大成行捐献 3 架战斗机在经济方面的承担能力情况。他说："战斗机是由苏联提供的，每架作价人民币 15 亿元，企业承担两架共 30 亿元，这是能够完成的。1951 年，大成行包括当年先后创办的天津大成五金机械厂、广州皮革厂、青岛榨油厂、上海针织厂、重庆涪陵食品厂以及恢复和发展了的长沙米机在内，资产总数为港币 1700 万元，全部转回内地折合人民币为 630 亿元，为企业资产总数 5% 左右，是有足够经济能力的，事实上亦是如期将款入库。支援抗美援朝，应当做到有钱出钱，有力出力，尽公民的一份责任。至于经理及职员个人，由于大成行当时业务兴旺，企业为了保障员工生活稳定，免受通货膨胀之苦，按折实单位计算薪金，而折实单位的数值是按生活的必需品价格计算的。中上层职员的月薪可买粗米10~18担，比大学教授月薪约8~13担还高。在他们获得的企业年度奖金（大学教授没有企业年度奖金）中付出一半捐献战斗机，以支援志愿军，亦是有足够能力的，所以绝大多数人都乐于解囊。"

当年，陈祖沛经营的大成行（包括广大股东与职员）捐献3架战斗机的爱国壮举，在社会上引起积极反响。在工商界行列中，不仅在广东而且在全国范围内都是首屈一指的。就以广州来说，对于工商界捐献飞机大炮发挥了很好的带头作用。据统计，广州市工商界捐款入库实际数为526亿多元，比原定计划450亿元超出76亿多元，折算可购战斗机35架。这当中，陈祖沛有显著的成绩，因而受到各级人民政府多次表扬。

（广州市政协文史办供稿）

捐献『洮南号』飞机始末

· 樊秀云 ·

　　1951 年，刚刚从战乱中得到解放的洮南人民和全国人民一道，投入了"抗美援朝、保家卫国"的伟大战争之中。当时的洮南大地刚刚从战乱中得到复苏，又遭到了严重的春旱、夏涝，人民生活十分困难。可是，洮南人民不但咬紧牙关，送走自己的子弟上前线，与美国侵略者浴血奋战，还节衣缩食省出钱来，捐献给志愿军买飞机、大炮。这里记叙的仅仅是全县人民在抗美援朝中捐献"洮南号"飞机的经过。

　　1951 年，中共洮南县委、县政府根据中国人民抗美援朝总会的号召，成立了洮南人民抗美援朝分会。大力宣传"抗美援朝、保家卫国"的伟大意义，动员全县各界人士订立爱国公约，提出了为志愿军捐献"洮南号"飞机的口号。

　　当时全县有 71 个行政村，10459 户居民，计 55343 人。其中 9600 户，50916 人，以户为单位订立了爱国公约。占总户数的 91.8%，占总人数的 92%。订立爱国公约后，共捐献东北币 59.8048 亿元，超过爱国公约中订立的捐款额的 54%，表现出空前高涨的爱国热情。向阳区德林村的孙桂芹老太太，家中没有壮劳动力，生活十分困难。订立爱国公约后，养了 10 只鸡，卖鸡蛋攒了 3 万元（东北币），全部捐献。

在城区，按造纸、纺织、被服、编织、毡毯、白铁等 72 个行业，订立了 72 个行业的爱国公约，共捐献东北币 106.9806 亿元，占爱国公约订立的捐款额的 94.6%。城内当时有市民 10046 户，其中 9832 户订立了爱国公约，捐献了东北币 24.0429 亿元，超过爱国公约中订立的捐款额的 2%。机关、学校等 29 个单位订立了爱国公约，捐献了东北币 18.7187 亿元，超过爱国公约中订立的捐款额的 21%。城关区私营建业造纸厂经理成盛三，带头订立了爱国公约。他克服困难，积极扩建纸厂的锅炉设备，使纸厂的生产能力成倍增长，利润也翻了番。他不但积极生产，支援抗美援朝战争，还捐款 3 亿元（东北币）买飞机、大炮。在他的带动下，工商业者纷纷行动起来，积极捐款支援战争。曹皮铺的曹经理，在行业中捐东北币 80 万元以后，又在居民组捐献东北币 180 万元。72 个行业在成盛三的带动下，共捐东北币 100 亿元。

当时洮南在抗美援朝战争中，全县人民总计捐东北币 209.5470 亿元。实现了为志愿军捐献"洮南号"战斗飞机的口号，有力地支援了抗美援朝战争，表现了崇高的爱国主义精神。

（吉林省政协文史办供稿）

石码工商界踊跃献机献炮抗美援朝

·洪文厚·
·郑永丰·

石码工商业联合会筹备委员会成立于1950年3月，随后就与全国人民一道，投入了轰轰烈烈的抗美援朝、保家卫国运动。当时，通过以行业组成的学习组为阵地，广泛深入地进行爱国主义和国际主义宣传教育活动。进而启发广大工商界人士消除亲美、崇美、恐美的畸形心态，发动大家热烈参加要求缔结五大国和平公约和反对重新武装日本的签名运动。家家户户都制订爱国公约，并以实际行动开展增产节约运动，踊跃捐献飞机大炮，积极支援中朝军队并肩作战抗击美帝侵略战争。

回顾40年前那场爱国行动，大家都深深地体会到，这是我们工商界人士与中国共产党"风雨同舟"的良好开端。从此，我们也就在热爱祖国，为争得祖国的繁荣富强的起跑线上，投身于轰轰烈烈的社会主义革命和社会主义建设事业。

石码工商联筹备组建时，曾经按行业（小组）成立业余学习小组，由学委及小组长共同负责组织开展业余政治学习活动。同年掀起的"抗美援朝、保家卫国"运动又把学习活动引向深入。工商界人士不但热心于学习时事政治，学习党的方针政策，还广泛教唱革命歌曲，组织工商剧社，开展篮球比赛等多样化的学习和活动。爱国情绪空前高涨，人人都有一股为国争光、为国献身的热情，随时都准备着响应号召报效祖国。1951年3月，发动工商业者开展写慰问信，献出捐款6500万元（旧币，下同）赠送中朝军队。同年工商联工作人员及工商界子弟共6人报名入伍，光荣参加中国人民志愿军。五一国际劳动节，石码地区举行反对美帝发动侵朝战争，并把战火烧到我国大门口的大规模群众集会和示威游行。工商联筹委会发动工商界参加人数达1517人，爱国热情空前高涨。

　　1951年，龙溪县第三区抗美援朝分会成立，中共第三区区委书记李清亮任主委，洪文厚等任副主委。该会热烈响应中共中央"六一"三大号召，迅速在全区各阶层传达贯彻。工商联通过学习例会，围绕抗美援朝、土地改革、镇压反革命"三大运动"深入进行爱国主义和国际主义教育。组织工商界及其家属，听取中国人民赴朝慰问团成员蔡竹禅的传达报告，对中朝军队不怕苦、不怕死的英雄事迹深受感动，进一步认识到中朝是唇齿相依的兄弟邻邦，抗美援朝、保家卫国，人人有责，义不容辞。7月间，石码工商界人士积极响应捐献飞机大炮，支援中朝军队打击美帝侵略者，捐献人民币1.45亿元。

　　为了以实际行动迎接志愿军出国一周年纪念，工商联提出倡议，争取在1951年10月25日前，提前和超额完成捐献飞机大炮款入库的光荣任务，得到了工商界人士的热烈响应。8月，工商联成立爱国公约检查修订委员会，中共三区分委会派来工作队协助开展工作，把增产节约和献机献炮计划寓于"公约"之中。在学习例会上反复酝酿讨论，根据各行业、工商户的实际情况，进行检查修订，并组织大会交流，典型引导，互相启发，使"公约"更臻完善，便于履行。9月，全面检查修订爱国公约，各行业开展增产节约运动也进入了一个新的高潮。机粮组实行深购远销、协购协销后，加工量由8月份的月碾1.3万担谷子，增至1.5万担。由于降低成本，增产增收，为该组认捐1.9亿元打下坚实基础。棉布业9月份附设土布加工厂后，自产自销一匹土布可增收2000元，也为该业认捐8000万元落到实处。酒业各厂家开展酿制工艺交流后，打破技术陈规，每担碎米由原生产16坎（相当37度）酒75斤，提高到78~80斤，全行业各商户都取得增产增收的效益。盐业采取联运联销的措施，节省人力和费用也增加收入……

在检查修订"公约"的基础上，工商联召开骨干及工商界开明人士座谈会，鼓励与会者在行业中起骨干带头作用，密切配合"修检会"重新讨论修订计划，提出要完成7亿元的捐献任务。发动工商业者以实际行动迎接志愿军赴朝作战周年纪念，掀起第二次捐献高潮。工商联为进一步鼓舞工商界人士的爱国热情，在圆圈北、上码武庙边街道上挂起捐献光荣榜，公布内容有：行业、认捐数、入库日期及金额、占认捐数百分比、名次等。为防止错漏或名次颠倒，一律凭银行"捐献专户"收款单日期为上榜公布的依据。上榜数字由原来三日一次改为二日一次，最后改为每日一次。还规定："专户"收款单应于当日中午12时前送给统计人员登记，超过12时的进度一律统计在次日，以保证统计数字的及时准确。开始时以长方形板报张贴光荣榜，后在公布总结果时改在圆圈中心，搭八角形立体亭——光荣亭，亭中张灯结彩，旌旗飘扬。石码消防队特地派人、机前来帮助发电照明，增添夜间的光彩，围观的人群熙熙攘攘、热闹非凡。当时工商业者的爱国热情很高，出现了行业与行业之间的你追我赶、爱国不甘落后、踊跃捐献的生动局面。至1951年10月26日提前完成9亿多元的光荣任务，超额原订计划达2亿元以上。

这次爱国捐献时间较长，工作量大。据工商联爱国公约修订检查委员会统计，从1951年10月20日至25日，共召开各种会议29次，出动干部、工作队130人深入基层宣传发动。各行业（小组）截至收款入库，召开会议419次，参与会议人数达7796人次。石码工商界开展宣传教育活动，从来没有这样的频繁和活跃，受教育的深度和广度也是空前的。中共龙溪县三区分委会为庆祝献机献炮的胜利完成，于1951年12月26—28日，特地邀请工商剧社、石码街道、学校及附近的农村业余剧团，在石码各主要街道公演，这是解放两年以来石码地区首次大盛典。

（蔡水源　整理）
（福建省政协文史办供稿）

· 孙秉侠 ·
· 齐晓明 ·

鞍钢工人的贡献

　　为了支援前线，1951 年 6 月 1 日，中国人民抗美援朝总会发出通知，号召在全国开展捐献飞机大炮运动。具有爱国主义光荣传统的鞍钢工人阶级，为了支援抗美援朝、保家卫国的神圣事业，争先恐后地贡献自己的力量。从工厂到矿山，从车间到班组，鞍钢全体职工订立了爱国公约，纷纷献工献款，捐献贵重物品。有的献出了结婚金戒指，有的则捐出了整月的工资。广大职工在增加生产、提高工作效率的基础上积极捐献。归国华侨工程师高豫和他的爱人将自己积攒的 400 元美钞全部捐献给志愿军，表达了爱国知识分子的赤子之心。

　　鞍钢的爱国捐献运动获得了巨大成就，武器捐款多达 90 多亿元（东北币），以每架战斗机价值 15 亿元计算，可折合 6 架战斗机。6 架"鞍钢号"雄鹰和祖国人民捐献的数千架飞机一起飞向抗美援朝的前线，它鼓舞了志愿军的战斗热情，增强了志愿军的战斗威力，英雄的"鞍钢号"立下了赫赫战功。

　　早在解放初期，党中央就确定了鞍钢是全国经济建设的重点企业。在战火已经烧到鸭绿江边的情况下，也没有动摇党和人民集中力量恢复和建设鞍钢的决心。

鞍钢工人阶级没有辜负党的期望，在敌机骚扰、警报频传的日子里，鞍钢职工一方面把重要资料和部分家属疏散到后方，一方面坚守岗位，坚持生产。老英雄孟泰把行李搬到工厂，昼夜守在高炉旁。许多干部、工程技术人员亲临生产第一线，克服重重困难，如期完成了各项军工任务。鞍钢在极其艰苦的情况下，先后生产了大批军锹、军镐、炮弹钢、副油箱等，并不断改进技术，提高质量。工人们提出，工厂就是战场，机器就是枪炮，我们在后方多流汗，多生产，志愿军就能少流血，多杀敌。在爱国主义和国际主义的旗帜下，鞍钢的干部、工人、知识分子团结一心，并肩战斗，你追我赶，力争上游，不断创造出惊人的新纪录，爱国主义生产竞赛热潮一浪高过一浪。在竞赛中，有的结婚不休息，有的病假不休息，大家不计工时，不计报酬，表现了工人阶级大公无私的高尚品质。

在抗美援朝时期，鞍钢的工程技术人员结合生产实际，以降低炉渣碱度、增加焦炭负荷、降低炉温等办法试炼低矽铁成功，解决了日伪时期日、美、英、德等国钢铁专家都未能解决的问题。不仅提高了产量，而且将日伪时期的"预备精炼炉"改为平炉，缩短了冶炼时间，钢锭成本下降10%以上。1951年试制自熔烧结矿成功，解决了贫矿炼铁问题，弥补了鞍山矿源以贫矿为主的缺陷。到1952年，鞍钢已经修复了6座铁矿和选矿厂、3座高炉、6座平炉、7座焦炉、10个轧钢厂和钢铁制品厂，这些厂矿的投产，使鞍钢初具钢铁联合企业的规模，主要技术经济指标均已达到历史最好水平。与此同时，鞍钢总体初步设计已经完成，以"三大工程"为先导的大规模经济建设即将开始，这样的辉煌成就，为抗美援朝提供了雄厚的物质基础。

在朝鲜前线捷报频传的形势下，鞍钢多次派出代表参加赴朝慰问团，向志愿军表达鞍钢工人对他们的亲切关怀和问候。成千上万件慰问信、慰问品、慰问袋送到了前线。化工部精制厂全体职工给志愿军写信说："1951年我们提前45天完成了全年生产任务，又提前16天完成了追加的增产节约任务，这些成绩是毛主席的正确领导和你们抗美援朝保卫了祖国经济建设所得来的，值此庆贺新年之时，我们特向你们致以崇高的革命敬礼。"祖国人民把志愿军称为"最可爱的人"，极大地鼓舞了他们的斗志。志愿军某部一大队高机连二排全体战士和五三八团全体指战员给鞍钢职工写信说："知道你们在经济建设中获得了很大的战功，尤其是热烈地展开了增产捐献飞机大炮运动，鼓舞了我们抗美援朝的热情。我们坚决将美帝国主义侵略者全部消灭在朝鲜战场上，用最大的胜利来回答祖国人民的热烈支援和希望。"

（辽宁省政协文史办供稿）

搞好煤炭生产　支援抗美援朝

·闵学骞·

抗美援朝开始后，阜新矿务局召开了全局动员大会，动员全体干部职工，响应党的号召，以多出煤、出好煤的实际行动支援抗美援朝、保家卫国。

局党委决定：各基层厂矿、车间、坑口都要成立竞赛委员会，由各级党政工团主要领导组成，抓好各单位的生产竞赛，特别是要做好思想政治工作。

海州矿于11月7日召开第一届第二次工人代表大会，掀起"抗美援朝、保家卫国"爱国主义生产竞赛高潮。

大会以后，在全矿引起了巨大的反响。矿工中抗美援朝、保家卫国的激情空前高涨，劳动竞赛热火朝天，生产纪录不断创新。海州矿露天一股508电铲原定额一个班装150车煤，开始大家还没有信心，怕完不成。竞赛开始后，不但班班完成和超过定额，而且生产纪录直线上升，一天比一天提高：班装车从160车、180车提高到200车、250车。从11月8日开始，经过半个月的不断提高，25日二班李占春组装车355车，创全股的最高纪录，超过原定额的1.3倍还多。为了创生产纪录，矿工们都提前上班，做好一切准备工作，一接班，立即开始装车，一直干到下个班来接班时，交完班后再收拾工具等东西，班中也是歇人不歇马，千方百计提高电铲的作业时间和单位时间的生产效率，不断改进电铲的操作方法，苦干加巧干。同时小组团结奋战，各工种互创条件，互相协作，所以生产纪录才能不断刷新。

海州矿生产一线工人你追我赶，各辅助部门和各基层单位人人奋勇争先，纷纷提出本单位、本部门的保证条件，向兄弟矿、兄弟单位挑战。海州矿电铲郑太小组在他们的挑战书上写道："采煤场子就是战场，电铲就是武器，我们多生产增强了国家的经济力量，也就是增强了抗美援朝前线的力量，帮助我们的志愿军打败美帝国主义的侵略，以保证我们不再当第二次亡国奴……"这几句话说出了矿工们的心声。矿工们纷纷在挑战书和竞赛书上签名和盖章，以表示要加紧生产，支援前线，打败美帝国主义，使抗美援朝爱国主义生产竞赛遍及全矿每个角落，并一再掀起高潮，各基层单位捷报频传。

海州矿的矿工们在爱国主义生产竞赛中一马当先，新邱矿、平安矿、高德矿及各辅助单位的职工们也都是你追我赶，互相挑战应战，互相激励，人人奋勇争先，生产都是直线上升。比如，高德二坑苏万阁采煤组，从11月11日到23日，平均每工效率达10.06吨（定额为8.0吨／工），还节省了火药、雷管；赵广有先进组突破定额42%；锯工张友义等做木钩子，过去4个人做500个，现在两个人能做七八百个；平安矿一坑王尚连掘进组，11月25日每工进道达0.82米（定额为0.3米／工），创最高纪录。平安三坑十一片采煤场子在安全条件下突破定额59%；六坑李春华组，11月26日三班超过定额97%；平安八坑掘进组上山7天超过计划30%；九风井超过任务62%等；新邱矿露天吴化宣采煤组超过任务58%；新邱六坑全坑从11月16日到20日，原煤生产超过任务27%；新邱矿露采股电工组检修两台电铲，计划用工15个，他们9个人，从早上8点干到下午5点半就完成了；电工王振山，为了保证不出机械事故，每天下班后献工两小时检修电铲。他说："我们不能到前方去打美帝，在后方就应该这样干！"新邱矿建设科木工于申、姚荣、李富三工友，钉防空用箱子100个，全部利用边角余料，节省了4立方米好木柴；瓦工曹德海组，用碎砖头砌成3栋房住宅的锅台，利用废料虽然费点劲，但为矿山节约了开支。他们说："这就叫抗美援朝。"新邱矿一坑王喜财采煤组，过去一贯完不成生产任务，被认为是落后小组，在爱国主义生产竞赛中，不但天天完成生产任务，从 11 月 15 日到 11 月末，平均每天还超过任务 30%；总机厂翻砂股才巨舟班长，在制造手绞机大牙轮时，计划用 224 个工，由于召开技术会议，动脑筋改进操作方法，仅用 164 个工就胜利完成，提高效率 36%；铆工三组制造绞车架，计划用工 109 个，经过群策群力，实干巧干，只用 59 个工就完成了，质量完成合格；车机厂电机股低压班工人每天献工两小时，3 天内完成 10 台电钻马达的突击任务，质量全部合格，没有一项返工，保证了生产的急需。

在爱国主义生产竞赛中，各级党组织和党团员起了很大的作用。各级党组织经常进行政治思想教育，教育全体职工做到事事处处想到抗美援朝，想到社会主义祖国。局直机关一个党支部在订竞赛计划过程中，决定：每个党员要团结两名群众，并具体分工做工作，方法主要是以身作则，言传身教，开展谈心活动，从关心群众做起等。结果这个处室竞赛搞得热火朝天，工作蒸蒸日上。整个阜新矿区的爱国主义生产竞赛都是在党团员的积极带动和影响下搞起来的。

在爱国主义生产竞赛中，妇女充分发挥了"半边天"的作用。选煤厂女职工在竞赛中，主动组织了业余工作队，提出业余工作队员除搞好本身工作外，业余时间要搞好时事宣传，帮助独身工友洗衣服，负责打扫厂房和独身宿舍的卫生，每月给工友们演出两场剧，以配合爱国主义生产竞赛等等。家庭妇女也纷纷挑战应战，平安矿家庭妇女在挑战应战书上提出：（1）保证让男人的出勤率达到 97%；（2）保证让男人休息好，不叫男人挑水、劈柴、抱孩子；（3）保证不叫男人吃冷饭、喝凉水，根据男人倒班时间及时做好热乎的饭菜；（4）保证不和男人生气、打仗，与邻居团结，不说闲话；（5）保证做好室内外、大人、孩子的卫生工作；（6）保证做好宣传鼓动和四防工作，搞好护路、护线、来客人报告等；（7）保证不扯男人后腿，鼓动男人积极参加生产竞赛；（8）保证做好家庭预算，不浪费一滴水、一块煤，让男人无后顾之忧；（9）保证对无事无病不上班的男人，用妇女集体扭秧歌的办法，到他家欢送他上班。在妇女的影响下，一个时期内矿工出勤率达到 100%。

夫妻双方签订"夫妇合同"，夫妇之间都互相提出了保证条件，男方提出努力生产和处好家庭关系等 12 条保证，女方提出搞好家务、照顾好丈夫、支持爱国主义生产竞赛等 10 项保证。矿工会和总工会妇女都要定期检查"夫妇合同"执行情况，通过签订"夫妇合同"，充分发挥了"半边天"的作用，夫妇间做到互相关心、互相帮助、互相鼓励、互相体贴，结果新邱矿订"夫妻合同"的 15 个家庭都做到了和睦团结，家庭幸福，生产竞赛热火朝天，职工干劲倍增，出勤率达到 100%，生产是日日超额完成任务。

矿区小学为了搞好抗美援朝工作，配合爱国主义劳动竞赛，除努力学习外，还组成儿童宣传队。这些矿工子弟，利用业余时间排练节目，研究宣传办法，每天下午 4 点，即上街宣传，利用文艺演出、演讲、读报等多种形式，表达他们反对美帝侵略的决心，鼓励父兄积极参加爱国主义生产竞赛。

阜新煤矿的抗美援朝爱国主义生产竞赛是 1950 年 10 月末酝酿，11 月初正式开展起来的。竞赛开展以后，生产直线上升，劳动效率显著提高，煤炭成本大幅度下降。

通过爱国主义生产竞赛，也增强了全体矿工热爱党、热爱社会主义祖国的自觉性，提高了爱国主义与国际主义觉悟，锻炼了党团员，培养了一大批积极分子，在以后的捐献飞机大炮和镇压反革命的运动中都起了很大的作用，有力地支援了抗美援朝。

（辽宁省政协文史办供稿）

抗美援朝中的庆阳化工厂

·王庆汉·

从 1950 年 10 月至 1953 年 7 月，在全国人民轰轰烈烈抗美援朝的 3 年时间里，地处辽阳的庆阳化工厂（1949 年 10 月至 1951 年 6 月称东北军区军工部第五七工厂，简称五七工厂）全体职工在极其困难的条件下，以饱满的劳动热情，忘我的牺牲精神，生产出 1 万多吨朝鲜战场上急需的炸药，直接支援了前线，为取得抗美援朝战争的胜利做出了积极的贡献。

1950 年 6 月朝鲜战争爆发时，五七工厂职工正在紧张地拆卸废弹，目的是把各种报废了的炮弹、炸弹、地雷等弹体中能用的炸药取出来。从废弹中取出的梯恩梯及苦味酸炸药十分珍贵，然而，为了得到这为数不多的炸药，却要冒着很大的危险。千余名职工把生死置之度外，将废弹处理场当战场，勤奋操作，忘我劳动，一年时间内，先后安全地处理废弹 3 万吨，取出各类炸药 2000 吨。废弹中的可用部件，回收后运往装弹厂重新组装。这些炸药和部件，大部分先后运往朝鲜战场。

为加强五七工厂的领导力量，加快火药生产的步伐，1950 年夏，东北军区军工部先后派孙洪品、高蔼亭等到五七工厂任副厂长，并决定将大连建新公司化学厂（简称大连化学厂）中的四分厂（硝化棉分厂）、五分厂（无烟药分厂）、二苯胺、乙醚制造及其他辅助生产装置、理化检测全套设备搬迁到五七工厂。

美帝侵朝战争爆发时，大连化学厂的硝化棉、无烟药两个分厂的职工正在紧张地拆卸设备。8月1日开始装火车发运，28日搬迁结束，全部设备总值633亿元（东北币）。大连化学厂的235名干部和工人也同时调入五七工厂。这些都为工厂的火药生产奠定了稳固的基础。

1950年末，东北军区军工部根据中央军委指示，决定"用大力来恢复辽阳化学厂"（五七工厂），并拟定出一整套恢复方案，指出"利用原有的设备以训练人才、积累经验及兼顾军用与民用火药为目的"；要求一方面根据战争需要，另一方面则根据原材料供应等客观条件，两年内恢复工厂主要生产线；要求恢复梯恩梯生产线日产6吨，硝化棉生产线日产1.5吨，无烟药生产线日产1.5吨，硝化甘油生产线月产1吨，废酸处理生产线日处理量达到20吨。

根据上级指示，五七工厂内各生产线同时动工，恢复、兴建，职工们全力投入各条生产线的建设中去。

1950年7月，硝化甘油生产线的土建工程，在于峰等人的指导下破土动工，11月竣工，新建和恢复工房28栋计6166平方米。11月开始安装设备，车间职工废寝忘食、昼夜奋战，安装进度一再突破，终于在1951年3月底完成了设备安装任务，5月底投料试车成功，6月正式生产，日产硝化甘油1吨。1952年，第二机械工业部向工厂颁发"硝化甘油试制成功"荣誉奖和奖金，于峰、李桎2人获个人一等奖。

硝化棉生产线的设备自大连搬运到厂后，在原硝化棉分厂副厂长刘钊主持下，开始设计、施工。1950年8月5日土建开始，年末完工。新建和修复工房11栋计7800平方米。12月开始安装设备。1951年3月试车，5月投产，日产1.5吨。

硝化棉生产的劳动条件极其艰苦恶劣，酸雾大，腐蚀性强。煮洗岗位的工人要在蒸汽弥漫、温度较高的煮洗锅内劳动；硝化工序的工人被酸烟熏得脸上蜕黑皮。1952年，4种硝化棉总产量为700吨，超额完成了中央军委下达的生产任务。1952年底的硝化棉日产量已经达到2吨。

硝化棉与硝化甘油生产正常以后，利用两种产品可以生产胶质炸药，胶质炸药生产线的土建工程与硝化甘油生产线的土建工程同时进行，1952年5月设备安装完毕，6月投产。这条生产线的建设，于峰既是设计者，又是生产指挥者，他做出了重要贡献。

无烟药生产线是在大连建新公司化学厂无烟药分厂搬来五七工厂以后建成的。以硝化棉、乙醚、硝化甘油等为原料加工制成。这项工程由原无烟药分厂副厂长邱鸿超负责。1950年9月开始土建工程，1951年1月开始安装设备，5月投产，生产单基药。6月起，生产双基药。以后产量渐高，由日产1吨逐渐增加到2吨。1952年5月起，生产达到3吨。根据抗美援朝战争的需要，1951年下半年生产了双基小方片药，作为90毫米火箭弹的发射装药。90毫米火箭弹这一反坦克武器系统是美国坦克的克星，在朝鲜战场上发挥了很大的作用。在无烟药生产线的修建和生产中，工程技术人员少，技术工种不全，技术人员既是设计员，又要动手安装设备，参加生产操作，就是除夕晚上的饺子也是在工房里吃的。

梯恩梯生产线的恢复比较困难。日本人生产梯恩梯时，不许中国人进入生产工房内。因此在日本人投降回国后，参加梯恩梯生产线恢复工作的技术人员没有生产经验，工人文化程度低，不会操作。虽然这条生产线是全国唯一的一条生产线，而且是全厂中保存得较好的一条，却也管断槽漏、无门少窗、残缺不全、破烂不堪。在这种客观条件下，要想尽快恢复生产，确实存在着极大的困难。

由于朝鲜战场急需炸药，为尽快恢复生产，1951年春节过后，在车间主任张洪盛主持下，集中全车间的几十个人开办了两个月的技术训练班，学习初等化学、梯恩梯制造原理、操作规程、技安守则等等。开办训练班的同时，车间组织了3名技术人员和2名工人进行两段硝化法生产梯恩梯的小型试验，几个月内获得了大量实验数据。4月开始修复工房和设备，6月中旬至7月底，先后开车32次。通过开车、停车、生产，摸索出两段硝化的最佳温度为75℃，否定了日伪资料中60℃的记载。

参加梯恩梯试验生产的职工共有72名。试生产过程中，许多职工吃住在车间，经常白天黑夜连轴转。由于设备、工艺落后，生产条件恶劣，室内酸烟较大。一个工作日下来，口内奇苦，一旦梯恩梯凝固在硝化机内，须人进去往外掏。盛夏酷暑，机内闷热，连续作业 20 个小时左右才能清理干净，工人的手脚变成了黄色，中毒现象时有发生。7 月 4 日，硝化机内着火，管线崩裂，火焰夹带着热酸从机内喷出。在这万分危急的时刻，18 岁的学徒工唐景硕迅速冲到机旁，关闭了甲苯流入活门，切断了火源，避免了一场大祸，保住了工厂。但唐景硕却被烧伤，昏倒在机台上。对此，工厂发出通报表扬。1951 年 8 月 2 日，东北军区《军工报》以头版头条报道了这一英勇事迹。到 10 月底，全线生产正常，产品的质量也有所提高，得率接近指标，日产 10 ～ 16 吨。在庆贺梯恩梯试生产成功的庆功大会上，中央兵工总局的领导讲话，祝贺梯恩梯试验生产成功，并向被表彰的人员颁发了奖金。

五七工厂生产的梯恩梯，是中国批量生产威力最大、用途最广的炸药，在抗美援朝战争期间，其粗制品未经深加工，就立即运走，用于装填炮弹或做爆破炸药应用。1950 年用亚硫酸钠法精制品梯恩梯成功，工厂开始生产梯恩梯精制品。它不仅储存期长，对弹壳无腐蚀，而且使用更安全。但不论粗制品还是精制品，它们都在朝鲜战场上发挥了巨大威力。

从 1950 年秋到 1951 年秋，五七工厂先后恢复了梯恩梯、废酸处理生产线，新建了硝化甘油、硝化棉、胶质炸药、无烟药、二苯胺等生产线，其建设速度之快，可谓空前绝后。在正式生产后的两年多时间里，职工们克服了难以想象的困难，忍受着令人窒息的硝烟、酸雾，抵抗苯胺的剧毒和梯恩梯粉尘的慢性中毒，冒着随时可能发生的爆炸及牺牲生命的危险，向国家提供了 1 万多吨火药、炸药，有力地支援了抗美援朝战争。

（辽宁省政协文史办供稿）

·于福海·

1949 年 11 月 30 日，重庆解放，山城人民无不欢欣鼓舞，中国人民解放军第二野战军后勤部航运部很快派员接管汉阳船舶修造厂第二分厂。在军代表的领导下，几个月后，工厂有条不紊地发展起来。

正当工人从牛马到主人，庆幸自己翻身成为领导阶级的时候，1950 年 6 月 25 日，朝鲜内战爆发。10 月 19 日，中国人民志愿军入朝和朝鲜人民并肩作战，抗击美国侵略军。不久成立了中国人民抗美援朝总会，在全国广泛开展抗美援朝、保家卫国的宣传教育运动。我们工人阶级深受教育，决心要以实际行动支援抗美援朝、保家卫国运动。

开展"二四得八"，捐献飞机大炮

著名豫剧演员常香玉关于捐献飞机大炮的倡议在《人民日报》登出后，立即得到全国人民积极响应。刚解放时，船厂工人们一贫如洗。动员捐献飞机大炮，哪来的钱呢？曾因不满国民党欺压，进行反抗而被开除的童启义，解放后回厂任车工场领班。他建议："钱，我们没有，但力气、技术我们有，旧社会我们一天干 16 个小时，今天我们每个星期多干一天不行吗？"在他的启发下，我们从延长时间上打主意。有的说：星期天要干家务，星期天上班不好；有的说：干脆一天多干点，加起来就是一天。人多智慧广。老童总结说："这主意好，从星期一到星期四，每天多干两小时，二四得八。"这样一个月就多工作4天，将所得的工资全部捐献。车工场发出倡议，全厂响应。《西南工人日报》进行了报道，从而推广到全市不少厂矿。"二四得八"成了一条有用的经验。

捐献活动中，有几位一贯省吃俭用、节衣缩食的老工人，将"救命"钱、"养老（买棺材）"钱、唯一的金戒指、金耳环乃至几块银圆都捐了出来，买飞机大炮，抗击美帝。

学习经验　增加生产

我国是个社会主义大国，但又是个经济落后的穷国，为了支援朝鲜人民，为了改变贫穷落后的面貌，需要积累大量的建设资金，这与刚解放国民党留下的烂摊子极其矛盾。1950年8月，政务院通过《关于奖励有关生产的发明、技术改进及合理化建议的决定》。军代表号召：从改造生产组织、劳动组织、生产技术、生产方法、生产设备等，到更有效地利用生产设施、生产工具，节约原材料、燃料、电力，利用废渣、废气、废水，节约生产时间，克服生产中的薄弱环节，各个方面的各种建议都包括在内，大家动脑筋，想办法，挖潜力。为此，工厂里设立了窍门台和合理化建议箱，并公布："所有合理化建议一经采纳都发放一定的奖金。"厂里掀起了增加生产、学习苏联先进经验，提合理化建议、支援抗美援朝运动的生产热潮。

车工场，你追我赶，马达欢唱。陈炳棠带头学习苏联车工高速切削法，接着搞"一压多车""六角刀架""内外刀杆""多头刀杆""自动牙箱"等，大大提高了生产效率，提高了产品质量。

锻工场，炉火熊熊，铁锤叮当。在卢瑞华领班的带领下，接受了为成渝铁路加工1万多个8磅榔头的任务。在节约煤炭方面，改煤炭搭棚为黄泥搭棚，大大减少煤炭消耗；在保证质量方面，改进模型、模具，使成千上万锻件一致。

翻砂场，火树银花，钢花飞溅。老领班田隆喜等，建议船用铜螺旋桨改用熟铁，节约了铜材，延长了螺旋桨寿命。

冷作场，争先恐后，锤锤铿锵。领班黄绍华积极学习苏联先进经验，派郑祥寿、梅家祥到哈尔滨船厂学习，将船体铆接改焊接，大大节约了钢材，加快了工程进度；在弯制角铁和管件时，改冷弯为火弯，杜绝破损和断裂，保证了质量。

电焊场，银光闪烁，点铁成金。领班张金炎见冷作工下料，用凿子榔头一下一下凿，工人劳动强度大。他带领学徒工周光志学习苏联经验，改冷凿为氧割，出现质量好、速度快的新气象。

模型场，精雕细刻，放样准确。领班林富来配合翻砂场，共同改进模型，方便了浇注。

木工场，木质飘香，刨花飞扬。老领班万声海、覃天信积极支持工人李少溪、田治德改进工具，在打造木驳、囤船过程中，创造出刨板机、打眼机、三面联合机，降低了劳动强度，提高了工效，保证了质量。李少溪先后成为市、省和全国劳动模范，田治德成为革新能手和市劳动模范。

钳工场，配套成龙，分毫不差。领班张文德鼓励青年刨工许恒，大胆革新，改进刀具、夹具、量具。许恒成为"跑在时间前面的人"，出席全国劳模大会，受到毛主席的接见，并合影留念。这给船厂工人带来莫大的鼓舞。青年钳工黄义生等学习巴氏配方，改进轴承内层浇注，提高了质量，延长轴承使用寿命。

合理化建议一件件被采纳，修造船只一再提前。几个月内将原国民党"同德""同心"兵舰，改造为"江发""江展"货轮，生产出第一艘轮船——"金钢号"，它们昼夜行驶在扬子江上，为抗美援朝运输物资、弹药。

废物利用　厉行节约

1951年9月，中共中央发出"增加生产、厉行节约"的号召。以后被作为党的长期方针规定下来。军代表要求全体职工，在生产过程中，合理地使用人力、物力和财力，精打细算，杜绝浪费，使劳动力、设备、原材料和资金得到充分的利用。对一切非生产部门也要求厉行节约，把节省下来的资金和物资用于国家建设，抗击美国强盗。

对于车、镗、钳、刨、磨、铣、插、钻各工种的青年团员和广大青年，建议大家出钱买碱，利用星期天洗用过的擦手、揩机床的棉纱，重新利用。

锻工们将车、刨出的铁屑回收回炉，锻打成铁杆，制成船用铁锚。

用电部门重新组合劳力，变一班为日夜班，充分利用设备。

铸工、锻工、伙食团、开水房，对未烧尽的煤炭进行回收再利用，锻工将冲下的圆饼打成铁钉，用于木驳，废物再生。

办公室的同志，将用过的信封翻过来再用，节约每一厘钱，积少成多。

不计时间、不计报酬的义务劳动是屡见不鲜的。船厂的大操场，是团员和青年利用星期天到大溪沟电厂，挖、运炭渣加石灰铺就的。工人俱乐部同样也是工人们利用星期天自己动手改建的。每年长江涨水，江边的木料，是全厂职工不分白天、黑夜无偿搬运的。工人爱厂如家，为了保家卫国，为了抗美援朝前线，他们什么都肯奉献。

加强保卫 开展镇反

新中国成立之初，重庆这个原来国民党的老巢，有不少潜伏下来的残余武装力量和土匪、特务、恶霸及其他反革命分子。美帝侵朝后，他们蠢蠢欲动，寄希望于爆发第三次世界大战。1950年12月，党中央领导全国人民开展了镇压反革命运动。

船厂原是国民党的军事工厂。当时保卫工厂的只有一个班解放军，因船厂分散，吴正发、于福海、刘纯矩等18个学徒工便自动组织起来，提出配合解放军，白天上班，晚上轮流站岗、放哨。勤杂班的安长明、钱德等同志也积极响应，一个班变成一个排，这一站就是3年，直到美帝国主义者在板门店签字为止。这一行动是尽义务无报酬的。由于刚刚解放，莫说手表，就连计时用的钟也没有。学工、勤杂和解放军值勤，除工厂大门有个挂钟外，在仓库、在木工场（江边）、翻砂场都用竹香代替钟表计时，一根香大约点两个小时，解决了计时问题。

敌人是不甘心失败的。混到车工场的原国民党区分部委员钟惠生、伪工会理事长尹亚雄等人解放前无恶不作，欺压工人兄弟，迫害进步工人、地下党员。解放后，以伪装积极掩护自己，不主动坦白交代，向人民低头认罪。经过政治学习、政策教育，很快被工人检举揭发。不久，这两个人终于被逮捕，受到法律的制裁。

声势浩大的镇反运动，震慑了暗藏的敌人，"首恶必办，胁从不问，立功受奖""坦白从宽、抗拒从严"的政策，督促、教育着有罪的人，使其绝大多数主动坦白交代，争取宽大处理。仓库管理员齐森，在抗日战争时期当过日伪小特务，在一次送情报过程中，被我八路军发现，为了逃脱，曾开枪向我八路军射击，未被我军抓住。在政策感召下他悔恨交加，为了表示悔罪，他用铁铲斩断食指，痛下决心彻底向人民交代自己罪行，重新做人，争取得到宽大处理。人民政府研究了他的交代，审查了他的态度，最终没有追究其刑事责任，但行政上给予降职处分，交群众监督管制，仍留厂工作，伪工会理事长谢××主动交代，积极揭发，受到宽大处理。

到1952年，船厂和全国一样，取得了镇反、民主改革的重大胜利。经过这些运动，提高了全体职工的政治觉悟，巩固了大后方，进一步巩固了人民民主专政。

加强政治　推动工作

"政治工作是一切经济工作的生命线。"军代表认真宣传贯彻党的路线、方针、政策，短短几年，将一个破旧的船厂改变为欣欣向荣的社会主义国营企业。

船厂在1950年初就成立了海员工会川江船舶工厂筹备委员会。工会号召大家纷纷订立爱国公约，捐献飞机大炮，向志愿军写慰问信，向志愿军家属送慰问品，为其做好事。开展增产节约运动，支援前线。在这些活动中涌现出不少先进人物。

1950年初，船厂建立了中国新民主主义青年团支部，一批先进青年入团。1952年，中国共产党川江船舶工厂支部公开，一些为大家所敬佩和爱戴的同志原来是共产党员，在这前后又建立了厂工会。这些党团员处处带头，以模范行动影响、带动大家。其中一些更优秀的分子如童启义、刘文义、冉长生、谭云魁、卢瑞华、王柏林、郑祥寿、陈宝林、焦荣钦、李筱芳、夏支时等，被送往西南人民革命大学和重庆市公安干部学校深造。回厂后，在厂部、车间担任职务，参与工厂管理。

抗美援朝战争期间，船厂先后建立了政治夜校、读报小组。政治夜校每周一、三、五晚7~9时学习；读报小组是按工种划分，下班后读当天《新华日报》《西南工人日报》20分钟，加强工人群众对马列主义、毛泽东思想和时事政治的学习，了解国内国际大事。

军代表和解放军工作人员担任政治教员。政治夜校上课时，他们多次讲解"国兴福连黎庶，国亡祸及家身""唇亡齿必寒"等无产阶级的爱国主义是同国际主义相统一的道理。说明中国人民具有爱国主义的传统，朝鲜是我们山水相连的邻邦，都是工农当家做主的民主国家，美帝国主义侵略朝鲜，危及我国的安全，我们决不能让美帝妄图称霸世界的阴谋得逞。

为了理论联系实际，学以致用，落实在行动上，大家纷纷订立爱国公约，开展团结互助，助人为乐的活动。

旧社会遗留下不少污泥浊水，工人中有个别人染上吸毒恶习。他们经济拮据，一旦发了工资就要去吸上一口，过过瘾。老工人林亦和与何延贵均吸毒，为了让他们改邪归正，爱国公约小组就主动帮助他们，除教育外，还"管制"他们的工资收入，交一部分给家属，其余部分每天发给饭菜票，帮助安排生活。几个月后，两人都戒掉了毒瘾，林亦和由于技术好、改正彻底，还担任了车工二组组长，不久还加入了中国共产党，成为无产阶级先锋战士。

从1950年10月19日中国人民志愿军雄赳赳、气昂昂跨过鸭绿江到1953年7月27日，美帝国主义者被迫在朝鲜停战协定上签字，长达两年多的时间里，船厂发生了巨大变化。抗美援朝运动，既教育了广大职工，激发了广大职工爱党、爱国、爱社会主义的热忱，又恢复发展了生产。船厂兼并了私营艺华造船机械厂、合众锅炉厂、建新冷作厂；船厂由200多人发展到500余人；购买了不少车床，由生产木驳到修理、制造中小型船舶；由几间破旧穿径木房发展到新建三大幢青砖车间。船厂的发展证明了党中央和伟大领袖毛泽东同志坚持"边打、边谈、边稳"的方针，把军事和政治、打仗和建设结合起来，既支援了朝鲜前线的战争，又推动了国内的社会主义改造运动和经济恢复工作，是无比英明和正确的。因而使广大职工更加热爱中国共产党，热爱人民领袖毛泽东同志，更加珍惜社会主义优越制度。

（重庆市政协文史委员会供稿）

抗美援朝激起柳州人民爱国热潮

·盛德萱·

我们柳州市人民和全国人民一样，在中国共产党领导下以高度的爱国主义热情，积极地投入轰轰烈烈的"抗美援朝、保家卫国"运动热潮之中。在志愿军出国之前的9月中旬，全市有10万多人（占全市17万人口60％以上）参加了"拥护和平的签名运动"。志愿军赴朝后的第二个月，柳州市各民主党派、人民团体联合发表了抗美援朝宣言。12月，市总工会号召全市工人开展爱国生产竞赛，与此同时全市各中等学校青年学生纷纷报名参军，并组织了"保尔·柯察金""赵一曼""沙布洛夫""五四"等战斗队，要求奔赴抗美援朝前线。市医药卫生界组织了医疗手术队，奔赴战场抢救伤员。1951年元旦前夕，市妇联首先举行"抗美援朝、保家卫国"的万人示威大游行，接着工商界组织了万人示威大游行，后来工人、农民、文教界、宗教界等相继掀起示威游行，全市各系统还分别制定了抗美援朝、保家卫国行动纲领。

1950年12月17日，中国人民保卫世界和平反对美国侵略委员会（下简称"保和反美"）柳州分会（后改为抗美援朝分会）成立，魏伯市长任分会主任。根据北京总会的指示，开展了各种形式的"抗美援朝"爱国主义运动，从1951年1月起，在全市掀起了"抗美援朝"一系列捐献运动，以实际行动支援朝鲜前线。2、3月全市各界各族人民中有13多万人参加，接着又开展拥护和平公约、反对美帝武装日本的签名运动，还举行了火炬示威游行，各界人民纷纷召开清算美帝在华罪行和日军侵华血腥暴行的控诉会，爱国热潮一浪高一浪地沸腾起来，紧接着开展了一系列抗美援朝的捐献运动。从 1951 年 1 月初开始，保卫世界和平反对美国侵略委员会柳州分会，发出了新年捐献慰劳品及 10000 封慰问信运动的通知以后，即时得到全市人民的热烈响应，很多单位职工，有的捐献了新年超产奖金，有的捐献新年的加班费，有的一次性捐献了全月工资，有的按月工资收入的 5%、30%、60% 长期捐献，直到抗美援朝胜利结束，有的还捐献出黄金戒指。据统计，不到一个月，全市捐献慰问金 3400 余万元，慰问品 5000 余件（其中有日用品、手巾、牙刷、牙膏、胶鞋、布鞋、草鞋等）。还有铁路职工工会捐献的慰劳袋 3000 多个，另外，各界群众写慰问信 9000 余封，题写"和平保卫者""反侵略先锋""卫国英雄""新中国长城""人民功臣"等字的大幅锦旗 6 面，这些慰问品和慰问金都即时汇交给北京"保和反美"总会。

1951 年 1 月 25 日，市"保和反美"分会积极筹备向全市各界人民募捐 1 亿元，慰问中朝部队，救济朝鲜难民。这次捐献采用义卖光荣旗，分为 200 万元、100 万元、50 万元 3 种和万元、千元、百元签名献金竞赛等方式。这一号召刚发出，市妇联首先响应，接受购买光荣旗和签名献金任务，并向市工商联等单位提出挑战。接着市工商联动员各行业会员，认购光荣旗及签名献金，市总工会、教工、学联、文艺界、医药界、各街街委会居民小组、地方父老等都广泛深入地开展了宣传活动。从农历年初五在解放南（五角星）、小南路口、河南码头等处分别设立献金台，从 2 月 16 日至 18 日，连续 3 天在街上展开了义卖光荣旗和签名献金活动，并组织学校学生、街道妇女成立腰鼓队参加宣传活动，使全市沉浸在抗美援朝献金热潮之中，全市人民爱国热情高涨。这些天时值新春佳节，献金台前人流如潮，男女老少及各界人士踊跃上台献金。在献金购旗过程中，出现了许多生动感人的事迹：柳南星光醒狮团由少年儿童组成，他们敲锣打鼓舞动狮子，兴高采烈地舞到献金台前，把自己春节期间舞狮表演所得的 20 多万元，全部投入了献金柜；还有一位从柳城来市里看病的妇女，当她经过解放中路路口，看见献金台前挤满了拥向台上献金的人。她被这些人的爱国热情吸引了，她激动地抱病上台，将看病剩余的钱全部丢进了献金柜；还有一位 60 多岁的老大娘牵着小孙子上台捐献出 4 块光洋、2 枚港毫，还在小孙子的衣袋里拿出过年的红包压岁钱；还有一位聋哑人，他虽然听不到，讲不出话，但是看见了献金台前动人的情景，他也挤上台献出身上仅剩的 3000 元。从开展捐献运动以来，妇女界在整个爱国捐献过程中，一直处于领先地位，市内各条街道都派妇女代表到献金台签名献金，工商界各行业公会也派代表献金购旗，后来教育界、文化界、医卫界等都不甘落后，纷纷派代表上台签名献金，龙城中学由校长代表全校师生购了 200 万元的锦旗一面，打破了全市机关学校购旗纪录。2 月 20 日是元宵节，很多单位都来定购光荣旗，如市公安局、农试场、新华中学、铁路一中、医联等单位向龙城中学看齐，各认购 200 万元锦旗 1 面和 50 万元锦旗共 12 面。工商界各行业会员认购锦旗爱国热情更为高涨，预订光荣旗的数量大大超过了初步认购的任务，计绸布业认购 200 万元锦旗 1 面；汽农运输业、汽车材料业、杂货业、国药业、旅店业、卷烟业等各认购 100 万元锦旗 1 面；百货业、图文业、钟表业、印刷业、酱料业、五金业、化工业、制革业、织布业等 20 个行业，以及龙怡泰酱园、柳兴行、万灵堂药房等大商号，还有工商界人士中个人购买的有胡东光、严少瀛、叶毓荪等，统计工商界认购锦旗 200 万元的 5 面、100 万元的 9 面、50 万元的 31 面。截至 3 月 22 日，计捐献总金额达人民币 1.6 亿元（包括认购光荣旗及东毫银圆、金戒指等由银行折价计入），超出原订捐献 1 亿元任务的 66%。其中总工会 2870 余万元，学联 2500 余万元，医联 600 余万元，工商界 5180 余万元，妇联 1800 余万元，教工 390 余万元，地方父老 1700 余万元，其他（包括各街委会）200 余万元，献金台 1100 余万元。为表扬认购锦旗的单位和个人，扩大爱国主义的宣传，市各界筹集慰问品、救济品工作委员会组织学校和街道腰鼓队敲锣打鼓将光荣旗送到每个认购单位和个人家里张挂起来，全市洋溢着一片爱国主义热烈气氛。紧接着 4 月份为执行市人代会的决议，开展了抗美援朝 1000 元献金运动，并在全市开展了抗美援朝反对美帝武装日本签名运动，到 5 月底，仅一个多月献金总额就达 4000 余万元，募集到慰问品计有布鞋 179922 双、毛巾 270 余条、线衣 49 件、书刊 1120 多本、慰问信 2200 多封，还有不少日用品，如牙膏、牙刷、肥皂、日记本、铅笔、水笔等等。郊区农民送布鞋等慰问品来工委会时，敲锣打鼓，热闹异常，他们写的慰问信，充满了军民鱼水情。仁爱村妇女莫树英用诗歌写的一封慰问信中说："做好鞋底捆底边，一夜不睡赶做完，今天穷人翻了身，谢谢前方指战员，我今有心做双鞋，眼睛闭了又睁开，今日分得田地种，支援前线实应该"；另一首是仁爱村全村妇女写的"妇女同胞一条心，做鞋寄给志愿军，中朝部队打胜仗，打败美帝才太平"。这些慰问信和慰问品、慰问金中都充分体现了柳州市人民热爱祖国、热爱中国共产党、热爱人民子弟兵的一片赤诚之心，这些慰问品和慰问信在 6 月初由工委会装了 40 个大麻袋、一个大木箱，载着柳州人民的爱国热情，托柳州铁路局送往东北转朝鲜前线去了。

　　1951 年 6 月 1 日，中国人民抗美援朝总会发出了《关于推行爱国公约捐献飞机大炮的号召》，抗美援朝柳州分会和全国各地一样，立刻响应，积极地开展这一运动，又一个新的爱国热潮在全市蓬勃兴起。各界和各系统纷纷订出捐献飞机大炮任务和目标，初步拟定为"工人号""鲁迅号""工商号""教工号""妇女号"等等，爱国热潮在柳州又沸腾起来。柳州日报社一个学习小组在半个小时内 5 个同志就捐了 42.5 万元，河北邮局职工一天内就捐了 330 多万元，搬运工人工会两天就捐了 1600 多万元，接着广西军区、柳州电厂、电信局、新华书店、专区人民医院、中亚烟厂、花纱布公司、军工汽车厂等单位职工各以千万元、百万元的捐款数字，飞报到抗美援朝柳州分会，全市仅在 6 月 12、13 日两天的捐款数就达 4000 多万元，有的还捐了金戒指、光洋、银毫，最动人的是军属杨五洲，慷慨捐献出水南街一间平房。不少军属把端午节人民政府给他们的慰问金共 22 万元全部捐献出来，她们说："后方多捐献，前方少流血。"中小学生和待业青年用义演和义务劳动等办法，将所得捐献出来购买武器，龙城中学文工团在 6 月 20 日晚上义演《丢掉幻想》抗美援朝诗剧、《人民公敌》、《鸭绿江之歌》（舞剧）等，他们都将售票所得的钱全部捐献。柳州高中、柳州高工待业工人训练班和市内各小学师生义务劳动，捡废钢铁得款捐献，市桂剧团名演员王盈秋、黄艺君，不但参加义演，还捐出黄金和金戒指。正当柳州人民抗美援朝捐献运动高潮一个接着一个兴起的时候，"最可爱的人"志愿军归国代表柴川若同志，于 7 月 1 日从朝鲜战场来到柳州，5 万多名群众到车站夹道欢迎，7 月 2 日，柴川若同志由魏伯市长等陪同在人民广场向柳州全市人民传达报告中国人民志愿军在朝鲜战场上英勇战斗、打击美帝侵略军的概况。可容 8 万人的人民广场爆满，向大会报到的各界群众队伍有 11 多万人，很多队伍坐立场外，在场内装好有线广播，各街道组织收听组，会场内外的群众肃静地听柴川若的报告。柴川若的报告把志愿军在跨过鸭绿江后于朝鲜战场上与敌人英勇战斗的英雄事迹讲得非常生动，激动人心，更激发全市人民的爱国斗志。这个传达报告会，从下午 6 点 30 分开始至次日凌晨 3 点多钟结束，听众始终保持会场肃静，人人精神饱满毫无倦意。柴川若的传达报告，把柳州市的抗美援朝捐献武器运动，推向一个新的高潮。7 月 5 日，柳州市和柳州地区联合召开各界人民代表临时扩大会议，地、市各界代表在会上纷纷提出各自捐献飞机大炮的新任务，捐献热潮一浪高过一浪地向前推进，至 1951 年 11 月柳州抗美援朝分会遵照北京总会通知，"全国抗美援朝武器捐献到年底结束，各地做好总结"。截至 11 月 26 日统计，全市各界共捐献购买武器款 65 亿多元（当时总会定飞机大炮价格为：战斗机每架 15 亿元，大炮每门 9 亿元，高射炮每门 8 亿元）。其中我市工人捐 16.4 亿元，农民捐 4.8 亿元，工商界捐 28.1 亿元，机关干部捐 4.4 亿元，文教界捐 1.3 亿元，妇女界捐 4.3 亿元，其他医联、学联、文艺界、宗教界、地方父老等共捐 5.4 亿元。从捐款数字看，工商界最多，其次是工人，总捐献金额合计可购战斗机 4 架，大炮 1 门（捐献武器命名为：柳州工商号战斗机 2 架，柳州工人号战斗机 1 架，其他各界战斗机 1 架、大炮 1 门）。至此柳州和全国各地一样，抗美援朝武器捐献运动胜利结束。在整个抗美援朝捐献运动中，柳州人民在中国共产党和人民政府领导下发扬了高度爱国主义、国际主义精神，超额完成了抗美援朝各项捐献任务，和全国人民一道，积极支援中朝两国部队并肩作战，打败美帝侵略军，为抗美援朝、保家卫国的伟大胜利做出了应有的贡献。

（广西壮族自治区政协文史办供稿）